〖中华诗词存稿·名家专辑〗

中华诗词学会 编

中国现代诗词选

词卷（上）

刘梦芙 选编

中国书籍出版社
China Book Press

图书在版编目（CIP）数据

中国现代诗词选 . 3, 词卷 . 上 / 刘梦芙选编 . 一
北京 : 中国书籍出版社 , 2020.10
（中华诗词存稿）
ISBN 978-7-5068-7980-4

Ⅰ . ①中… Ⅱ . ①刘… Ⅲ . ①词（文学）—作品集—中
国—现代 Ⅳ . ① I226

中国版本图书馆 CIP 数据核字 (2020) 第 169322 号

中国现代诗词选·词卷（上）

刘梦芙 选编

责任编辑	李国永	
责任印制	孙马飞　马　芝	
封面设计	采薇阁	
出版发行	中国书籍出版社	
地　　址	北京市丰台区三路居路 97 号（邮编：100073）	
电　　话	(010) 52257143（总编室） (010) 52257140（发行部）	
电子邮箱	eo@chinabp.com.cn	
经　　销	全国新华书店	
印　　刷	北京虎彩文化传播有限公司	
开　　本	710 毫米 × 1000 毫米　1/16	
字　　数	434 千字	
印　　张	41.75	
版　　次	2020 年 11 月第 1 版　 2020 年 11 月第 1 次印刷	
书　　号	ISBN 978-7-5068-7980-4	
定　　价	1698.00 元（全 4 册）	

编者简介

刘梦芙，1951 年生，安徽岳西人。现任安徽省社会科学院文学研究所研究员，近现代文学研究室主任，首都师范大学中国诗歌研究中心兼职教授，安徽师范大学中国诗学研究中心兼职研究员。著有《啸云楼诗词》《啸云楼文集》《二十世纪名家词述评》《近现代诗词论丛》《二钱诗学之研究》《近百年名家诗词及其流变研究》等，编有《二十世纪中华词选》及近百年名家诗词专集与文论三十多种。发表学术论文一百多万字，并获全国诗词大赛一、二、三等奖十多次。

总　序

　　我们这个诗歌大国有一个很好的传统，历来注重"采诗"、搜集整理诗歌材料。作为唯一的全国性诗词组织的中华诗词学会，自1987年5月成立以来，就十分重视这项工作。学会每年的学术研讨会和历届"华夏诗词奖"，都出版论文集和获奖作品集。纪念学会成立二十年、三十年时，还专门编辑出版了《大事记》《论文选集》《诗词选集》。《中华诗词》创刊以来，每年都制作年度合订本。2007年5月，在北京天识东方文化艺术传播有限公司的资助下，以近代以来诗词创作、诗词理论、诗词运动重要文献汇编，当代名家个人作品专集等为主要内容，出版了《中华诗词文库》。经过十来年的编辑整理，已经出了近百卷。这些诗集、文集的出版，记录了近百年来尤其是改革开放四十多年来，中华诗词从起步、复苏走向复兴的砥砺前行的历程，为近、当代诗歌史的撰写准备了丰富的资料。

　　党的十八大以来，中华民族优秀传统文化重新受到应有的重视。习近平总书记《念奴娇·追思焦裕禄》词和《军民情》七律的相继发表，引领中华大地诗潮滚滚而来。《中共中央关于繁荣发展社会主义文艺的意见》和中办、国办《关于实施中华优秀传统文化传承发展工程的意见》，都明确提出"加强对中华诗词、音乐舞蹈、书法绘画、曲艺杂技和历史文化纪录片、动画片、出版物等的扶持。"国家教育部组织制定由中华诗词学会起草的新中国语言体系中的新韵书《中华通韵》已经通过国家语言文字工作委员会语言文字规范标准审定委员会审定，即将颁布全国试行。这些都使我们真切地感受到，中华诗词的春天真的到来了。诗人们乘着骀荡春风，正以高昂的激情，书写着中华民族伟大复兴的新时代、新史诗，国家富强、民族振兴、人民幸福的中国梦；正以与人民同呼吸、共命运的诗人之心，对人民的欢乐、人民的忧患、人民的情怀给以诗意的表达；正以"美"或"刺"的诗人之笔，对市场经济大潮中人民对幸福生活的期待，对美好未来的希望，对假丑恶的深恶痛绝，或给以方向，或给以赞美，或给以鞭挞。正如习近平总书记所指出的："好的文艺作品就应该像蓝天上的阳光、春季里的清风一样，能够启迪思想、温润心灵、陶冶人生，能够扫除颓废萎靡之风。"

当前，传统诗词创作者和诗词爱好者队伍发展迅速，已超过三百万。每天创作的诗词作品超过唐诗、宋词、元曲的总和。诗词评论研究队伍也成长很快，诗词评论、诗词学、诗词创作理论研究成果丰硕。如何从浩如烟海的诗词作品中"淘"出优秀作品，并使之存下来、传下去，如何使诗词研究理论成果"面世"并发挥应有的指导作用，确实是摆在我们面前的无可回避的一个重要课题。中华诗词学会是一个没有国家编制，没有国家拨款的社会团体，事业的运转主要靠社会赞助和会员费支撑。俊识（北京）文化传媒有限公司总经理吕梁松、北京采薇阁总经理王强，两位一直是对中华传统文化情有独钟的热心人，慷慨解囊，愿意同中华诗词学会一起，搜集整理编辑推出《中华诗词存稿》这套书，共同为中华诗词文化的继承和发展，做成这件十分有意义的事情。

　　《中华诗词存稿》主要搜集整理出版三部分内容的资料：一是当代诗词名家的个人作品集；二是当代诗词评论家、诗词学者的学术著作集；三是当代诗词作品、诗词理论学术成果阶段性、专题性、地域性的集成类作品集。诗词作品强调精品意识，沙里淘金，把"有筋骨、有道德、有温度"的优秀诗词作品搜集起来。诗词评论、研究类资料强调理论性和创新性，应具有鲜明的个性特点，具有创建性的见解。集成类的资料应有一定的史料保存价值。总之，做成一套具有当代价值和历史意义的好书。在此，我们编委会人员，向提供资料、筛选编辑、版面设计、校对勘误，包括所有为这套资料付出辛勤劳动的同志们，表示真诚的谢意！

　　　　　　　　　　　　　　　　　郑欣淼
　　　　　　　　　　　　　　　二〇一九年七月于北京

现代词通论

——代《中国现代词选》前言

【引　言】

在中国文学史上，古典诗歌与文言骈、散文是相对于小说、戏曲而言的雅文学，《诗经》《楚辞》与历代古近体诗，占有崇高的地位，属于文学的正宗。诗歌中起初被视为"小道"的词，经文人学士的不断加工，也走上雅化之路，从歌儿舞女口头演唱的俗曲逐渐衍变为脱离音乐而存在的书面文学，或者说从歌者之词成为词人之词、诗人之词乃至学人之词，由附庸蔚为大国。两宋是词的黄金时代，历元、明而衰靡，至清代则词业中兴，词人之多、作品之丰，风格流派之繁，兼以词论之邃密高卓，皆已远越前代。"生机犹盛，发展未穷，光芒犹足以烛霄，而非如持一代有一代文学论者所断言宋词之莫能继也"（钱仲联《全清词序》）。《全清词》尚在搜集、编纂过程中，据有关研究者估计，"一代清词总量将超出二十万首以上，词人也多至一万之数"（严迪昌《清词史·绪论》）。而1840年鸦片战争后的晚清即近代，词业更是逐渐达到高峰。试观叶恭绰《全清词钞》、陈乃乾《清名家词》、龙榆生《近三百年名家词选》、沈轶刘与富寿荪合编《清词菁华》、钱仲联《清词三百首》、严迪昌《近代词钞》等选本，凡是清词中杰出的作手，大多集中在近代，尤其是 19 世纪末至 20 世纪初这二三十年间，词苑名家辈出，群星灿烂，对现代词的影响至为深远。

按当今学术界通行的历史分期，以 1840 年鸦片战争后至 1919 年"五四"新文化运动之前为近代；1919 年后至 1949 年为现代，新中国建立后迄今为当代。这是以重大历史事件为标志的一种分期，不符合文学发展的实际状况。我国的传统文化和文学，是一条奔腾不息的长河，各种经史诗文原典的甘泉滋润着一代又一代子孙的心灵，无切实的继承便谈不上真正的创新，强行割裂传统的教训是十分惨痛的。因此我们讨论现代词，必须回溯近代乃至古代的源流，方能明察词业绵延变化的轨迹。

【二】清末民初词的鼎盛

甲午（1894）中日战争及庚子之变（1900）前后，是清王朝政治上最黑暗、国家局势最危殆的时期。对日战争惨败，割地赔款；戊戌变法失败，维新志士牺牲；八国联军攻陷京城，义和团运动遭受镇压，一连串重大事件，交织成一幅幅血迹斑斑的历史画卷。清王朝苟延残喘到 1911 年，被辛亥革命推翻，中华民国宣告成立，但外受列强欺凌、内有军阀混战的局面未曾改变，中国依然处于万方多难的时代。在清末民初词坛，以饱含血泪的词笔写沧海桑田之变、发黍离麦秀之哀者，是以朝野清流为中坚的士大夫群体，其中王鹏运、朱祖谋、郑文焯、况周颐四大词人起主导作用。年辈最长的王鹏运（1848——1904）在八国联军入侵期间困居京城，与朱祖谋、刘福姚相约填词，共成《庚子秋词》两卷，为 20

世纪词史揭开悲怆的第一页。王氏首倡填词"重、拙、大"之旨，承常州词派比兴寄托之说而另开境界，尽扫轻倩浮华的积习，进一步提高词的品位；同时奖掖人才，开张风气，文廷式、朱祖谋、况周颐等皆曾得其指授。在词学研究方面，王氏精校、汇刻词籍多种，为现代词学中校勘之学首奠宏基。王氏逝世于20世纪初，朱祖谋接踵而起，高张大纛，郑文焯、况周颐为桴鼓之应。其作词的思想情感关怀家国，艺术特点"是标举周邦彦、吴文英为祖师，注重词藻的雕饰，强调词的音律。一时声势浩大，号'彊村派'，清末主要词人，大都奔趋在他们的旗帜之下"（钱仲联《中国近代文学大系·诗词集导言》）。"本张皋文意内言外之旨，参以凌次仲、戈顺卿审音持律之说，而益发挥光大之。此派最晚出，以立意为主，故词格颇高；以守律为用，故词法颇严"（蔡嵩云《柯亭词论》）。朱祖谋在填词的同时精刻词籍，校辑刊行《彊村丛书》总、别集共179种，另辑《湖州词征》《沧海遗音集》，保存文献，厥功甚伟。复与郑文焯等精研声律，细入毫芒，有"律博士"之称；况周颐则著《蕙风词话》，论词心词境，颇多卓见，他们共同在词学领域开宗立业，既有高水平的作品，又为校勘学、音律学和词论作出重要的贡献。

王、朱、郑、况虽声应气求，同以学古为填词途径，但都能自成风格，并非衣冠优孟。朱庸斋《分春馆词话》对此有精当的阐析："清末四家词，无论咏物抒情，俱紧密联系社会实际，反映当时家国之事。或慷慨激昂，或哀伤憔悴，枨触无端，皆有为而发。词至清末，眼界始大，感慨遂深，内容充实，运笔力求重，用意力求拙，取境力求大。王鹏运词学碧山、东坡；郑文焯学白石、耆卿；朱祖谋学清真、梦窗；况周颐学梅溪、方回，俱能得其神髓，而又形成自己之面目。学古人而不为古人所拘限，此乃清四家远胜于浙西、常州诸子之处。"而在四家之中，公认朱祖谋词成就最高，叶恭绰称为"集清季词学之大成""为词学之一大结穴"（《广箧中词》）；钱仲联先生《近百年词坛点将录》拟之为"天魁星及时雨宋江"。在 20 世纪前三十年中，朱氏为词坛盟主，辛亥革命前卜居苏州，郑文焯、张尔田、陈锐等词人都来聚会；晚年迁往上海，况周颐亦居沪，过从甚密。词人云从星聚，结社填词，极一时之盛 [1]。后起的词家如陈匪石、刘永济、邵瑞彭、龙榆生、夏承焘等均曾受朱氏薰沐；叶恭绰编《全清词钞》，大部分词皆系朱氏审定，其影响一直延续到整个民国时期，江苏、浙江、江西、天津、四川乃至广东、香港诸地词人无不传其衣钵。

奉朱祖谋、况周颐为宗师，形成"彊村派"的词人，作词大都取法南宋，学梦窗、碧山或白石、梅溪诸家以上窥北宋，尊清真词为最高典范，亦参以秦、柳、苏、辛。喜填慢词涩调，藻采富丽，格律精工，意境沉郁幽隐。有造诣的词家颇多，诸如陈锐、廖恩焘、汪曾武、曹元忠、曾习经、刘毓盘、王允晳、张鸿、陈洵、罗惇曧、周岸登、易孺、张尔田、夏敬观、陈曾寿、叶恭绰、郭则沄、林葆恒、杨玉衔、林鹍翔、黄公渚、陈方恪等，以及兼为南社社员的潘飞声、徐珂、吴庠、孙景贤、陈匪石、庞树柏、吴梅、王蕴章等，诸家词各有其特色，但就总体成就而言，皆未能超出朱祖谋以及郑文焯、况周颐的疆域，其末流未免摹仿涂饰，陈陈相因，了无生气。

这一时期中，尚有一些词人不为"彊村派"所限，开径独行，卓然成家。突出的大手笔首推文廷式（1856—

1904），虽也曾与王鹏运切磋词艺，但不走梦窗、清真一路。其《云起轩词自序》论词至南宋极盛而渐衰，"其声多啴缓，其意多柔靡"，"沿及元明而词遂亡，亦其宜也"；并批评清季词坛的风气："迩来作者虽众，然论韵遵律，辄胜前人，而照天腾渊之才，茹古涵今之思，磅礴八极之志，甄综百代之怀，非窘若囚拘者可语也"；"以二窗为祖祢，视辛刘若仇雠，家法若斯，庸非巨谬"？在创作实践中，文氏抒发平生伟抱，关合时代风云，"意气飙发，笔力横恣，诚可上拟苏、辛，俯视龙洲"（胡先骕评《云起轩词钞》）；"霆飞雷激，海立山崩，接迹辛、陈，生气遥出。在清词坛，两朱（彝尊、祖谋）而外，实与陈维崧相终始"（沈轶刘、富寿荪《清词菁华》）。廷式继武苏、辛，为豪放词派吐气，复参以白石之幽峭、少游之婉秀、《花间》之秾丽，风格沉雄而兼瑰美，无叫嚣浮滑之弊，故能在四大家外独张一帜。惜文氏去世过早，未能著词学理论专书畅宣其旨；一般词人又缺乏他那样宏阔的胸襟和超卓的才力，因而嗣响寥寥，构不成壮观的阵势。

不与"彊村派"同流者，尚有"只应独立苍茫，高唱万峰峰顶"（《双双燕》）的"诗界革命"健将黄遵宪，存词仅数阕却能别开疆宇；著名学者沈曾植为"同光体"诗大家，填词一如其诗，多用佛典僻事，陆离光怪；戊戌风云人物梁启超思想亦新亦旧，为词风格多变，豪婉兼融；另如才情宏放，"足令彊村、大鹤敛手"（钱仲联《近百年词坛点将录》中评）的金天羽；惊才绝艳、笔力奇横的易顺鼎；兼取《花间》、南唐、两宋，词风奇丽俊美的杨圻；下笔敏捷、骨格清苍的赵熙，皆不拘窘于某家某派之门户，为清末词坛平添异彩。

　　王国维是学界推崇的国学大师，所著《人间词话》以"境界"说词，用欧西哲学、美学思想阐发词中含蕴，主张为词真切自然，在现代词学界影响深广。其《人间词》著于20世纪初，绝大多数为小令，力图在创作实践中贯彻其美学观念，写身世之悲、家国之感，词中每含深邃之哲理，玄思冥悟，融合天人，迥出古今词家之上。王词体格甚高，惟心摹手追者，仅李煜、冯延巳、欧阳修、秦观数人而已，于清词仅重纳兰，对姜夔、吴文英、张炎、王沂孙等南宋诸家慢词皆贬斥之，取径未免褊狭，故未能成为广大教主。

　　自19世纪末至20世纪初期，中国思想界、文化界先驱无不向西方寻求真理，以救亡图存。康有为、黄遵宪、梁启超、谭嗣同、严复等维新派大力宣传西方的政治学说，鼓吹君主立宪，提倡民权，批判封建专制，形成近代史上第一次思想解放的洪流，士大夫如陈宝箴、陈三立父子及沈曾植、文廷式、刘光第等也积极支持并参与维新运动。戊戌变法失败后，孙中山、黄兴、章太炎、邹容等揭竿而起，明确提出推翻清政府、建立民主共和国的革命主张，经无数烈士的奋斗牺牲，清王朝终于在武昌起义的炮火中崩溃。但北洋军阀篡夺胜利果实，专制统治依然，在思想、文化方面尊孔读经，利用儒家学说以维护既得权益。一部分激进的民主主义者如陈独秀、李大钊、鲁迅等人，高举民主、科学的旗帜，奋起抗争，掀起声势浩大的新文化运动。在旧新交替、风雨如磐的年代，词坛雄杰之士亦应运而生，蛟腾凤起，电闪雷鸣，作品开创出老一辈士大夫词人笔下所无的境界。

　　柳亚子于宣统元年（1909）与陈去病等在苏州成立南社，鼓吹反清，其诗高歌慷慨，一洗靡靡之音。纵笔为词，风格雄健，但发露无余，转失词体之特美，成就不算太高。南社成员中多有造诣深于柳亚子的词家，如陈匪石、吴梅，入民国后皆为词苑名师。李叔同即出家后的弘一法师，1905 年赴日本留学，加入同盟会，投身革命，其《金缕曲·留别祖国》沉雄悲壮，有穿云裂石之声："二十文章惊海内，毕竟空谈何有？听匣底苍龙狂吼。长夜凄风眠不得，度群生那惜心肝剖！"抒发爱国深情与舍身以济苍生的宏愿，读之令人感发兴起。《满江红》云："双手裂开鼷鼠胆，寸金铸出民权脑。……魂魄化为精卫鸟，血花溅作红心草"，更充满为推翻封建帝制而不惜牺牲的气概，雄姿英发，凌厉无前。这种激越高昂的情调，是朱祖谋、王国维等人的词中所不可能出现的。

南社中情辞双美、独开生面的词人，当推黄人与吕碧城。黄人（1866—1913）以奇才著称一时，于文学、史学、名学、法律、佛道、医术、剑术乃至西方自然科学无不穷究，下笔千言立就，在思想方面反对王朝专制，主张民主自由。辛亥革命胜利时，欲往南京参加临时政府，以足疾未果，痛哭而返，后发狂疾致死。所遗《摩西词》三百数十阕，剑气飞腾，萧心窈窕，直承龚自珍的传统而意境更为奇幻，笔底若千花乱坠，万玉哀鸣。"骏马美人成一哭，莽乾坤无我飞扬路"（《贺新凉》），"愿遣美人都化月，山河留影无生灭"（《凤栖梧》），"问情为何物，深似海，几人沉？算麝到成尘，蚕空遗蜕，生死相寻"（《木兰花慢》），词中多写对恋人热烈的追求与深挚的思念，具有鲜明的个性解放色彩，其词与诗，皆为近代大家。

女词人吕碧城（1883—1942）以瑰玮杰特之才，在清末词坛横空出世，成就极高，龙榆生《近三百年名家词选》取为殿军。沈轶刘先生论其词："陆离炫幻，具炳天烛地之观。积中驭西，膏润滂沛，为万籁激越之音；寓情騫虚，伤于物者深，结于中者固，日出日入之际，奇哀刻骨，有不可语者在。使李清照读之，当不止江寒水冷之感。……其人其境，李可仿佛，其词所造广度与深度，则非李所可几。盖经历学养，相去悬殊也。"（《繁霜榭词札》）钱仲联先生亦云："圣因近代女词人第一，非徒皖中之秀。早岁为樊增祥所激赏，中年游瑞士后，慢词《玲珑玉》《汨罗怨》《陌上花》《瑞鹤仙》诸阕，皆前无古人之奇作。……杜陵广厦，白傅长裘，有此襟抱，无此异彩。"（《近百年词坛点将录》）碧城青年时代就投身时代潮流，在报刊频频发表诗文，为争取妇女解放、男女平权大声疾呼，词中紧密联系社会现实，痛斥满清统治者祸国殃民，英风侠气，雄迈苍凉。中年远涉重洋，长期游历欧、美，见闻广博，精研佛典，兼通外文，其经历、学养非但一般女词人所未有，即使男性词家中亦罕见。凡异域风光，诸如火山雪岭、碧海澄湖、奇花异木、名胜古迹以及近代种种新生事物，无不被碧城写入词中，雄奇瑰丽，美不胜收。但最可贵者，是词中表现自由之精神、独立之人格，既关怀国家民族之命运，又博爱宇宙万物，这一圣洁崇高的思想境界，固已超越古人，同时及后来的词家亦未易企及。吕氏创作时间长达四十余年，存词三百余首，几于首首皆精，洵词林宝典。而叶恭绰《全清词钞》仅取二首；龙榆生《近三百年名家词选》，沈轶刘、富寿荪《清词菁华》各选五首；钱仲联《中国近代文学大系·词集》选三首，皆未能展示吕词之突出成就，因此本书录吕词颇多，俾读者能有较为全面的了解。

鉴湖女侠秋瑾年辈略长于吕碧城，且与碧城为友，毕生以诗歌为战斗利器。"唤起大千姊妹，一听五更钟"（《望海潮》），"休言女子非英物，夜夜龙泉壁上鸣"（《鹧鸪天》），豪气喷薄，大声镗鞳，词风颇似李叔同，唯存稿不多，成就有逊于诗。另两位南社女词人徐自华与张默君，词亦晶光夺目，剑气腾虹，大有压倒须眉之概。其他有个性的词家尚多，未暇一一论及。概而言之，清末民初即 1901 至 1919 近二十年间，词坛虽以"彊村派"为主流，但同时又有多位不标宗派、自成一体的词家，群峰并立，蔚为大观，是 20 世纪继往开来的第一个鼎盛期。老一辈词人忧时伤世，感慨深沉，在艺术上师法前贤，树立典范；后起的词人在思想上冲破封建牢笼，扬清激浊，慷慨高歌，给传统词体注入旺盛的活力。新老词人虽有激进与保守的差异，但关心国事，以词笔反映社会现实是共同的特征。而"五四"运动的兴起，标志着中国近代史的结束、现代史的开始，词史也随之掀开了新的一页。

【三】"五四"后词坛概况（1919—1949）

在"五四"前后时期，一方面是东西列强继续在中国开拓殖民地，不断扩大入侵范围；一方面是积弱不振的中国政府也试图变革，废科举而兴学校，派遣青年出洋留学，知识阶层中孕育着新一代风云人物。随着西方大量哲学、文学、科学著述的翻译印行，自由、民主、平等、科学等思想观念影响文化学术界，广泛而深入。先进的知识分子从中汲取精神力量，力求迅速改变社会现状，以"文学革命"为标志的新文化运动乃如狂飙突起，包括诗词在内的数千年传统文化遭到前所未有的冲击。革新与守旧两大阵容展开激烈的论战，其结果是白话文与语体新诗夺帜摩垒，登上历史舞台；以纲常伦理为核心的礼教堤防被冲溃，文学走向平民化、世俗化。平心而论，新文化猛将们在现代文坛虽有开创之功，宣传民主、科学也确有振聋发聩的作用；但将几千年帝王极权专制的罪过统统归结于儒家学说为代表的传统文化，连精华也视同糟粕，这种"不破不立"的斗争哲学下支配的激烈行为，容不得学理上的平等磋商，听不进反对者的批评意见，既不"民主"，更不"科学"。而在当时，思想文化领域的论争毕竟没有政治权力的干预，"批判的武器"未曾发展到"武器的批判"，新诗逐渐占领诗坛的半壁江山，但未能一统天下。后来的文学史把新诗描绘成"主流"，仿佛旧体诗与词全遭摧毁或只有极少数人写作，这一霸气十足的论断是不符合历史真相的。请看以下一系列事实：

①成名于清末的诗人诸如樊增祥、陈宝琛、沈曾植、陈三立、林纾、严复、陈衍、易顺鼎、康有为、郑孝胥、陈诗、曾习经、曾广钧、张鸿、赵熙、何振岱、金兆蕃、梁启超、黄节、冒广生、许承尧、金天羽、杨圻、夏敬观、王国维、李宣龚、汪荣宝、陈曾寿、李叔同、马一浮、黄侃、柳亚子等；词人如郑文焯、朱祖谋、况周颐、俞陛云、陈洵、张尔田、刘毓盘、吕碧城、邵瑞彭、夏敬观、叶恭绰、吴梅、王蕴章、叶玉森等（以上作家群中许多人诗词兼作，唯侧重点不同），入民国以至新文化运动后仍然坚持写作，很多人到三四十年代才去世，创作高峰期或曰大成之时都在中晚年，马一浮、柳亚子等人到新中国成立后还在不断地作诗填词。自 1919 年至 1949 年共三十年间，不断地涌现新一代传统诗词家，

作品数量极为宏富。1931年日寇侵占东三省，1937年发动"卢沟桥事变"，全面侵华，直到1945年战败投降，这十几年间激励全民抗战的爱国诗词掀起一浪又一浪的高潮，刘永济、唐玉虬、夏承焘、王蘧常、钱仲联、沈祖棻等都是杰出的作手。而在三年解放战争期间，诗词依然波澜壮阔，主题为指斥国民党的苛政与腐败，哀痛黎民百姓，渴望和平，反对内战。诗词队伍中人文学者是主要成员，而新文化运动健将和新文学作家如陈独秀、李大钊、鲁迅、郁达夫、郭沫若、老舍、田汉、叶圣陶、闻一多等，无不有旧体诗集。书画艺术家如黄宾虹、齐白石、张大千、溥儒、潘天寿、林散之等，自然科学家如胡先骕、苏步青皆工于旧体诗。国民党政府和军界的诗人如于右任、王陆一、程潜等，造诣甚深，蒋介石也时作旧体诗（汪精卫虽沦为汉奸，但诗词的艺术成就很高）；共产党领导人朱德、董必武、毛泽东、陈毅、叶剑英等皆能诗或擅词。传统诗词作为高层次的文学艺术，尤为知识精英和政治精英所喜爱，创作兴趣并不因新诗兴起的风气而转移，这是不容抹煞的事实。

②二三十年代间，南北各大都市纷纷成立诗社、词社，定期集会，分题吟咏，结集刊行，词界风气尤盛。早在民国初，陈匪石、王蕴章等在上海发起春音词社，共推朱祖谋为社长，词家不断入社，活动时间甚长。至1930年冬，夏敬观与同仁又发起沤社，仍以朱祖谋为社长，此外尚有午社与声社。1935年，南京创立如社，历时数载。1918年夏至1931年春，天津结须社，社集满百次。1925年，北京有聊园、趣园二词社[2]。词社团结了一大批词人，唱酬切磋，留下丰富的作品。

③南北各高等学府中文院、系多开设诗学、词学课程，非但要求学生学习诗词史和相关理论，而且必须创作。以授词著称者，诸如南京中央大学陈匪石、刘毓盘、吴梅、汪东、王易、李冰若；北平北京大学赵万里（二十年代尚有刘毓盘）、俞平伯；燕京大学顾随（后入辅仁大学）；广州中山大学陈洵（后有詹安泰）；湖北武汉大学刘永济；开封河南大学邵瑞彭、蔡桢、卢前；杭州浙江大学储皖峰；之江大学夏承焘；上海暨南大学龙榆生、易孺；安庆安徽大学周岸登、李大防（周氏后入重庆大学）[3]，合而观之，阵容颇为壮盛。高校中培养后起之秀多人，诸如任中敏、陆维钊、胡士莹、徐震堮、唐圭璋、王季思、宛敏灏、万云骏、沈祖棻、任铭善、潘希真（琦君）、盛静霞以及年辈较晚的霍松林、叶嘉莹、王筱婧等，皆成为倚声名手或兼为词学专家。家父凤梧先生，二十年代末至三十年代初就读于安徽大学，师从周岸登、李大防先生填词，曾下数年苦功。词道承传，薪火不绝，以至于新中国成立，历经多次政治运动之后，到七八十年代，仍有老教授带研究生专力治词，唐圭璋、宛敏灏、吴世昌、钱仲联、叶嘉莹等皆是。

④1933年，龙榆生在上海创办《词学季刊》，连续刊载多位词学家的理论文章和词人年谱、词律考证等，词学开始成为一门独立的学科，逐渐发展为今天具有国际规模的显学。龙氏此举，在现代词学史上意义重大。

⑤书局不断出版诗词集与诗学词学理论专著，报刊也经常发表诗词作品。城镇、乡村千万个有传统文化教养的家庭和私塾坚持诗教，古典诗词与经史古文是蒙童必读的课本，学生在青少年时代已有相当的国学根基，能作合律的诗词，

这与 1949 年各级学校废除诗教、学生只能写白话文的状况大不相同。笔者为建国后生人，但自幼在家中承父亲教读唐诗、古文，大部分至今尚能记诵；而自"文革"后到现在创作诗词、从事近百年诗词研究，是得益于家学以及成年后的读书自学，学校的教育不起作用。

由以上论据观之，诗词作为中国传统文学中精美的体式，植根于数千年文化厚土和民族心灵之中，非暴风骤雨般的运动所能摧毁。随着时代的进步，诗词的思想内容在保持优秀的人文精神基础之上有所更新，而格律、音韵、语言等艺术载体则基本保持不变，依然在文学园地吐艳飘香。新诗虽然风行，但只是一种尚未成熟定型的诗体，未能取代源远流长的传统诗词，最多只能说与旧体诗同时存在而已。建国后的新文学史家们未能正视史实、开掘文献，下笔只言新诗，有意排斥诗词，这是极不公正的。

以"五四"运动为近现代分界线的 1919 年至抗日战争全面爆发的 1937 年间，在词业方面，可以说是继前二十年鼎盛期后的一个过渡期。朱祖谋在上海主持词社，仍处于词坛领袖的地位，但年龄老迈，创作力亦随之衰弱，词中时时流露的遗老意识，每每被人讥为陈腐，曾是逊清王朝士大夫的老辈词人，也多与朱氏同病。而在 19 世纪八九十年代至 20 世纪初出生的词人，开始崭露头角。诸如马一浮、刘景堂、刘永济、邵瑞彭、顾佛影、汪东、蔡嵩云、乔大壮、刘凤梧、溥儒、庞俊、顾随、张伯驹、沈轶刘、谢觐虞、李冰若、陆维钊、夏承焘、俞平伯、胡士莹、徐震堮、唐圭璋、周梦庄、赵尊岳、龙榆生、詹安泰、黄君坦、钟敬文、缪钺、卢前、吴白匋、宛敏灏、王起、吕贞白、潘景郑、吴世昌、苏渊雷、吴则虞、孔凡章以及女词人刘蘅、陈翠娜、陈家庆、丁宁、李祁、沈祖棻、张荃等，逐渐成长为20世纪词坛的中坚，其中有多人后来成为现当代词学界的宗师。这一段时期，国内虽有军阀混战、国民党政府"围剿"红军、1931年日寇侵占东三省并进据华北等多次战乱，但社会环境仍相对稳定。新文化运动虽曾批判旧体诗词，毕竟尚未上升到政治斗争的程度，喜作诗词者悉由尊便，故而词业活动较少外力干涉，不同风格、流派的词家，可以自由发展。况周颐、朱祖谋等老一辈词人虽相继谢世，词道却得到广泛的承传，词学研究更为深入。三十年代的词坛，没有公认的盟主，芳华吐萼，新笋成林，已展现出蓬勃的活力；年辈稍长、成名较早的词家，如陈洵、冒广生、张尔田、金天羽、杨圻、夏敬观、叶恭绰、吕碧城、吴梅、汪东、乔大壮等，词艺高度成熟。如果时世保持安宁，必将迎来更为兴盛的局面。

1937年七七事变爆发，日军全面入侵，短短几个月内，华北、华东、华南大片国土相继沦陷，词人四散流亡。一部分人随国民政府迁往四川，或居成都，或居重庆；一部分人到广西、云南、香港；另有若干人滞留在敌占区北平、南京、上海。夏承焘、徐震堮、王起、任铭善等则避寇于浙江雁荡山中。烽火弥天，生灵涂炭，词人失去了清静的创作研究环境，但"国家不幸诗家幸，咏到沧桑句自工"，全民抗战的怒吼声激荡着词人的心灵，他们以饱蘸血泪之笔，写出大量爱国词章，在词史上具有永垂不朽的价值。诸如汪东、乔大壮、刘永济、夏承焘、詹安泰、缪钺、丁宁、陈家庆、沈祖棻等，集中皆有分量沉重的抗战词。指斥日寇，痛哭山河，讥刺当局苟安畏敌，歌颂英烈慷慨捐躯，在劫难中坚持节操，于悲愤中渴望光复，是词中共同的主题。在艺术风格上，或继承张元干、张孝祥、岳飞、辛弃疾、陈亮、刘克庄、陈维崧诸家的壮词传统，气贯虹霓，声铿金石；或从王沂孙、张炎、元好问、陈子龙、王夫之、屈大均乃至清季诸家"亡国之音哀以思"的词作中借鉴表现手法，低回掩抑，沉郁苍凉，而千年来词中的脂粉气息，在国难期间扫除殆尽。二三十年代崛起的新一辈词人，其中有多位的创作成就达到各自的顶峰，共同占领了 20 世纪词坛的制高点。

抗战胜利后，国共两党短期的和谈破裂，接踵而来的是三年内战。词人的笔锋转为对腐败当局的批判和对黑暗社会的揭露，同时也抒发知识人士在战争局势下渴望和平、彷徨忧郁的心境，刘永济、夏承焘、黄咏雩、沈祖棻、钱仲联诸家词堪为代表。而在抗战与解放战争期间，更新一代的词人也开始闪耀光彩，诸如吴天五、蒋礼鸿、周策纵、寇梦碧、白敦仁、刘逸生、饶宗颐、曹大铁、罗忼烈、朱庸斋、霍松林以及女词人张珍怀、茅于美、叶嘉莹等皆是，其中寇梦碧、饶宗颐、朱庸斋成为 20 世纪后五十年间的大手笔，饶宗颐、罗忼烈、朱庸斋、叶嘉莹等在词学研究方面更有突出的贡献。

【四】现代词的思想内涵

"五四"前后期间，中西文化、新旧思想一次次激烈地碰撞、裂变与贯通、融合，使知识阶层的观念与思维方式发生极为深刻的变化，而严酷的战争环境，更使知识人士从肉体到灵魂经受着生死存亡的考验。在清末民初士大夫词人群逐渐凋零之后，代之而起的是现代知识分子，主导词坛。随着社会的发展、政治与经济体制的变更，词家的作品不仅仅是具有史料价值的纪录与现实生活的反映，更重要的是体现出神契先哲而又与古人迥异的现代精神。在思想内涵方面，突出的有以下几点：

1. 爱国情怀与忧患意识

中华民族之文化与学术兼容诸子百家，而以儒家思想学说为主导。诗教即由儒门首倡，为"六艺"之一，孔子为开山祖师，强调诗歌具有"兴观群怨"的社会功能和"思无邪"的纯真情感。热爱宗邦、护持文化、心忧社稷、情系苍生，是儒家思想的主要成分，影响三千年来我国古典诗歌，形成优良传统，自屈原、杜甫、白居易、陆游、岳飞、辛弃疾、陈亮、文天祥、元好问、陈子龙、夏完淳、顾炎武、王夫之、屈大均乃至林则徐、龚自珍、黄遵宪、丘逢甲等，代代承传，在沧桑易代之际、国难深重之时，爱国情怀与忧患意识表现得格外鲜明强烈。如前文所述，在士大夫笔下高度雅化的词，不再是雕红剪翠、供歌女演唱的靡靡之音，而重在寄寓仁人志士心忧天下的情志，这正是贯穿近现代词的主旋律。清末词家王鹏运、文廷式、黄遵宪、朱祖谋、郑文焯、张尔田等，词中多角度地折射甲午战争、戊戌变法、庚子事变时期的晚清政局，表现了作者对国事的认识与褒贬，抒发报国有心、回天无力的悲慨，其爱国性质已属于中华民族反抗帝国主义列强侵略的范畴，不同于宋元明清皇权更替之际那种民族内部的矛盾性质。然而清末词人因出身、立场所限，爱国之情往往与忠君伦理紧密纠结，难以截然区分，思想先进、支持变法维新的黄遵宪、文廷式亦如此。秋瑾烈士与柳亚子、李叔同等南社词人，志在推翻清王朝的腐朽统治，以挽救国家的衰亡命运，词作雷鸣狮吼之声，其爱国思想与士大夫已有明显的差异。"五四"以后的现代词家，继承了士大夫精神积极的一面，同样怀有忧国忧民、兼济天下的抱负，但经过新文化思潮的洗礼，已摒除了愚忠的糟粕，热爱的是以中华民族为主人、为整体的祖国，而不是效忠于君临天下的一姓一家，这更与留恋王朝、希图复辟的近代遗老迥然有别。试取吕碧城、马一浮、刘永济、顾随、夏承焘、丁宁、詹安泰、钱仲联、沈祖棻、寇梦碧、饶宗颐诸大家的代表作合而观之，其思想高度实已远远超越宋元明清历代词人，作品中绝无丝毫"天王圣明""君为臣纲"的痕迹。爱国当然并非仅仅是呼唤抗敌救亡，诸如强烈谴责内战分裂，热情讴歌锦绣山河，期待国家的富强统一和中华文化的伟大复兴，都是爱国精神的表现。与此同时，词家为亿万人民在战争、动乱中经受的深重苦难而悲哀号泣，以词笔抨击误国殃民的罪魁祸首、贪官污吏，讽刺社会中种种假恶丑现象，希求力挽颓风、重建文明，这一忧患意识也与爱国情怀密不可分。作品中闪耀着爱国主义的思想光芒，使词的品格至为崇高，极大地发挥了文学的社会功能；有此爱国精神、忧患意识为主导，才不致于盲目崇洋，在全球化浪潮中迷失方向，使本民族沦为西方强国的附庸。真正的爱国，不等于妄自尊大、狭隘排外的民族沙文主义，维护本国文化和领土主权与敞开胸怀接收融合外来文化的精华，应该是辨证的关系，爱国词人中不乏学贯中西的文化大师。作为文学品种，词不等于是宣扬政治教化的传声筒，而是词人盈腔热血的结晶，是经过理性思考、明辨是非而言志抒情的汩汩心泉，如此方有深切感人的力量。

2. 反对极权专制，呼唤民主自由

满清王朝崩溃之后，"五四"新文化运动先驱以民主、科学为利器，向几千年遗留的纲常礼教发起猛攻，锋芒所指，无坚不摧。儒家学说与诗词虽一度蒙受矫枉过正的批判，但被帝王用以维护专制的思想毒素得以清洗，而优秀的人文精神与精美的艺术形式并未毁灭，诗词吸收现代文明的营养，在雷霆烈火中脱胎换骨，起死回生。青年诗人徐晋如说："新文化运动对于传统文化是一次深刻的荡涤，它使得中国人从此有了自由的概念，民主的追求。……新文化运动，正为诗词创作提供了全新的参照系，为诗词摆脱唐诗宋词高峰的阴影提供了新的学理资源。如果没有新文化运动，诗词创作必然会走向死胡同，从而最终死亡。'五四'运动以来，的确产生了一些无愧于时代、无愧于历史的伟大诗人或诗篇，他们的作品高度，足可上摩唐宋而毫无愧色，甚或犹且远过之，因为他们的诗作当中，跳跃的是生命的律动，是独立精神与自由意志的强音符"[4]。这一阐析确有深刻的洞见，他在论文中举出鲁迅、陈独秀、陈寅恪、潘光旦、高旅数家诗为例。与旧体诗的创作相比，词中也不乏思想解放、人格独立的作家。吕碧城早在新文化运动之前的 20 世纪初就发表诗文，呼唤男女平权，反对礼教专制，在社会人士的多方支持下，兴办女子教育。1928 年在美国所作《金缕曲》，尽情赞美纽约自由神铜像："值得黄金范。指沧溟、神光离合，大千瞻恋。一簇华灯高擎处，十狱九渊同灿。是我佛、慈航舣岸。縈凤羁龙缘何事，任天空海阔随舒卷。苍霭渺，碧波远。衔沙精卫空存愿。遍人间、绿愁红悴，东风难管。筚路艰辛须求己，莫待五丁挥断。浑未许、春光偷赚。花满西洲开天府，算当时多少头颅换！铭座右，此殷鉴"。词充分表露以西方文明中自由精神的企慕，并指出人类必须不畏牺牲，艰苦奋斗，方能砸碎枷锁，解放自己，赢得美好的生活。全词光华朗耀，气象万千，一扫历代闺阁词缠绵纤弱的情调。复如沈祖棻在抗战胜利后的三年解放战争期间，有多首讽刺国民党当局专制独裁、镇压民主的词作，其《鹧鸪天》四首之一云：

> 惊见戈矛逼讲筵，青山碧血夜如年。何须文字方成狱，始信头颅不值钱。　　愁偶语，泣残编，难从故纸觅桃源。无端留命供刀俎，真悔蕾腾盼凯旋。

向来温婉的女词人，此时已横眉怒目了。在中国古代，士为四民之首，具有超越精神的士人并非只是站在统治阶级的立场上维护既得利益。"天视自我民视，天听自我民听"；"民为贵，社稷次之，君为轻"；"君视臣如土芥，臣视君如寇仇"；"闻诛一夫纣矣，未闻弑君也"，从善养浩然之气的孟子、追求自由境界的庄子、"苏世独立，横而不流"的屈子到写出《原君》的黄宗羲、呼唤"九州风雷"以打破"万马齐喑"局面的龚自珍，本来就有向帝王抗争、为民请命的传统，与现代的民主并不矛盾。因而自幼接受国学教育的现代诗词家既能从西方文明中汲取真知，强烈要求思想解放、精神自由，挣脱"君为臣纲"的桎梏，同时又保持"三军可夺帅，匹夫不可夺志""威武不能屈，富贵不能淫，贫贱不能移"的铮铮风骨，从而表现出独立的人格，树起民族的脊梁。这是"五四"以来词家在继承中有革新、极为可贵的时代精神，在新世纪必将发扬光大。

3. 悲悯人生与博爱宇宙万物的终极关怀

　　天人合一、神契自然是蕴含于古典诗词中的哲学思想，在山水、田园诗以及咏物诗中尤多表现。这种思想固然有听天由命、顺从自然的消极的一面，但也有将山川万物与人类平等对待、热爱珍惜的一面。儒家学说以"仁"为核心价值，推己及人，民胞物与；道家主张万物齐一，逍遥出世，返璞归真；释家以慈悲为怀，普度众生，这些基本精神对古典诗词都有深刻的影响，西方基督教提倡"博爱"，与儒道释三家思想亦不无共通之处。"人在天地之中，深切体认了宇宙自然生机蓬勃、盎然充满、创造不息的精神，进而尽参赞化育的天职。这种精神上的契会与颖悟，足以使人产生一种个人道德价值的崇高感。如此，对天下万物、有情众生之内在价值，也油然而生一种博大的同情心，洞见天地同根，万物一体"[5]。而到科学技术日新月异的现当代，在揭示天地奥秘、逐步改造自然、远征宇宙的过程中，人类不停地取得成功，已不再满足于依附自然，而是以贪婪的心态对自然无穷地需索，破坏生态平衡、污染居住环境，造成人类自身的莫大隐患，缺乏道德理性制约的高科技，实为戡天役物却又将害人杀人的双刃剑。兼以国际战争、暴乱与恐怖活动持续不断，军备竞赛愈演愈烈，人类为私欲而自相残杀，弱肉强食，世界上从古至今未有真正的和平。故而现代词家的悲悯情怀，并不限于一国一族，而是扩展到全球全人类，表现出更为深远的忧虑，更为博大的胸襟。这与农业经济时代古人徜徉山水、赏月吟花的闲适心境大不相同，是具有鲜明特色的时代意识。

在词中寄托悲悯怀情者，首推王国维。他既以叔本华的哲学思想阐析《红楼梦》的悲剧性质，复著《人间词》以抒发深沉窈窕之哀，诚如叶嘉莹先生所言："一方面既以其天才的智慧洞见人世欲望的痛苦与罪恶，……而另一方面他却以深挚的感情，对此痛苦与罪恶的人世深怀悲悯"[6]。吕碧城在二、三十年代一叶飘零，孤栖海外，中晚年皈依佛法，宣扬教义，极力提倡保护动物，"禁虐废屠"，以为此举是为了良心，也是为了文明、和平与正义[7]。其词中体现对人间万物的博爱关怀，沉痛谴责战争、杀伐："腥海横流犴狴锁。为护群伦，欲作慈云弹。但愿哀鸿栖尽妥，不辞玉陨昆冈火"（《鹊踏枝》）；"歌玉树，滟金尊，渔礐惊破梦中春。可怜沧海成尘后，十万珠光是鬼燐"（《鹧鸪天》）；"鄂君绣被春眠暖，谁念苍生无分"（《陌上花·木棉》），并显示出愿为拯救人类苦难而不惜牺牲自己的决心。临终之际，碧城遗命将火化的骨灰和面为丸，抛入大海，喂食水族，其精神境界非常人可及。现代儒家"三圣"之一的马一浮，毕生为诗数千首，词亦有百数十首，以儒家思想为主体，兼融道释，广纳万流。其诗品格之高，远越群伦，真能达到天人合一的化境，词中同样寄托着对人间的深切悲悯和道义的坚持。此外如当今罕有人知的广东词家黄咏雩，为词沉博绝丽，写抗日战争、国共内战中生灵涂炭的巨痛深哀，令人读之怆然泪下。知识人士这一种悲悯情怀的程度与范围，实已超出前文所述的忧患意识："忧患"是觉察国家民族的危机，激励仁人志士奋起救亡，即孟子所谓"生于忧患，死于安乐"；"悲悯"则是目睹战争仇杀、政治动乱的现实而产生的悲哀和怜悯。"长太息以掩涕兮，哀民生之多艰"，屈原《离骚》

的精神被现代词家所继承，又饱含 20 世纪特定环境中的凄黯色调。但这一类词，读之易使人消沉绝望，犹如佛门和老庄的看破红尘，入寂灭虚无之境，因此需要儒家积极入世、艰难百战的意志和坚忍不拔的毅力加以调济，使一片仁慈恻怛之心在实践中有所展布，方能挽救沉沦。实则儒家经典《易传》中就有"天行健，君子以自强不息""地势坤，君子以厚德载物"的理念，这种刚毅的意志和仁厚的情怀，从观天察地中参悟而出，形成了几千年来中华民族共有的精神[8]，历代圣贤和英杰之士表现尤为突出。而宋儒张载的名言"为天地立心，为生民立命，为往圣继绝学，为万世开太平"，更成为儒家士君子的坚定信念，其学术著作与抒情言志的诗词中时时显示这一宏伟的抱负，亦即从人间到宇宙、既现实又超越的终极关怀，这与西方将拯救人类的希冀寄托于上帝的宗教信仰和天人两分、二元对抗的哲学思维是截然不同的。上述爱国主义、忧患意识、自由思想、独立人格、悲悯情怀等等，要求达到的最高目标即万物之灵的人类应该参赞天地之化育，变干戈为玉帛，消杀伐于祥和，逐渐实现天下为公、世界大同的理想。词中表现这一崇高理想与美好境界，能激励人们抑恶扬善，去努力开创未来。

以上思想观念或意识情感，分论各有侧重，而在词家的笔下互相交织，融化贯通于作品中，合而观之，即今日常说的人文精神。至于描写爱情、抒发思恋；或称扬友朋之义、师弟之谊；或品画观书、流连风物以见雅人高致，题材自古有之，其情感、意境虽也带有现代色彩，如爱情作品中的反封建意识，但非创作主流，无须详论。现代词中也还羼杂着一些专制思想的余毒，兼以纵情声色、无聊酬唱，这都是有待清除，也必将为历史所淘汰的渣滓。

【五】现代词的艺术风采

"诗词"往往合称，同属传统诗歌这一大范畴，创作理论上多有共通之处，实则在体制、格律、修辞技法、审美意境诸方面皆有异于诗，古今词家论辨甚详，词有其独立的艺术个性。当代国学大师饶宗颐先生认为，词是传统文学中最精美的体式："词之为物，合声文、形文、情文三者而为一。句之抑扬长短，音之清浊亢坠，调谱以之形成，有其定格，故音乐性亦最高，其他韵文，无可与比拟者。若其炼字琢句，六丁难致其工；被质纬文，七襄亦逊其采。清空之气，流转于字里行间；真挚之情，无害乎乱头粗服。句兼对偶，辞极绵丽。盖合骈散之职能，华夏文体演进，至此而臻极致焉。又况一调一体，少之十六字，多者二百四十文（《莺啼序》），增减摊破，不离其宗；钩勒腾挪，出人意表。用笔既提顿承转，结拍复水尽云生。或淡语而以浓句收，或艳情而以幽景结。忽张忽弛，愈朴愈真，曲终人散，江上峰青，尤情文之不可及者也。……词中三昧，尤在托体高浑，眇尽比兴。试摅寄托于片言，譬投水乳于一瓿。作者诚能意内而言外，读者自可据显以知幽。玉葱层剥，微窥内蕴之心；珠帘半卷，且觅归来之燕。空中传恨，更谁定厥是非；表里相宣，聊假类以自达。渊乎词旨，归趣罕求，词体之尊，理原于此，文辞之变，斯其极矣。"[9] 饶先生对词的艺术特点，阐析和总结得精到透彻，融合了浙西、常州两大词学宗派的审美观念。词富有声韵格律的音乐美、词采意象的图画美和参差中寓整齐、回环中有对应的章句结构美，词人多运用比兴、象征手法，在丰繁多彩的体式中抒发或寄托芬馨悱恻的情思，构成含蓄幽深的意境，确乎是中国韵文的极致。历代词虽以"婉约"

即纤丽阴柔之美为"本色""正宗"，但并非排除雄健豪放的阳刚之美，只是反对粗直鄙俚和过于议论化、散文化的风格，许多大词人的创作往往刚柔兼济，尽量保持词体的特色。词固然不能取代古、近体诗，但凭其独具的艺术魅力赢得无数读者喜爱，千百词家为此殚精竭智，作品汗牛充栋。因此词由诗的附庸蔚为大国，对词人词作的历史考证、音律研究和思想艺术方面的理论探讨，成为有别于诗，具有独立和自足学术价值的专门之学。

"五四"前后，词家所处的社会环境急剧变迁，词作的思想内容和呈现的艺术风貌必然与古人不同，所谓一代有一代之词。就词人个体而言，因其胸襟品格、学养经历、审美趋向、工力造诣的不同，作品也必然是千姿百态；而每一位词人在创作过程中，早期与中、晚期又多有变化。其状况纷繁复杂，要在本文有限的篇幅内作详尽确切的描述，深感困难。虽然如此，笔者仍拟在词作的风格、流派方面大致清理出几条线索，并举出一些代表作家，以见现代词坛的总体风貌。

与语体新诗相较，传统诗词在创作艺术上有两个突出的特点：一是"规范性"，即遵守固有的体式、格律，古体诗、近体诗（律、绝）和词的各种调谱都有字句、声韵上的不同法则，不许轻易违犯；二是与此相关的"承传性"，即入门时先学古人，取其法度，得其神理，扎稳根基，融通变化，然后形成个人的风格，"入而后出"。在语言表达方面以运用文言为主（当然也融入一些口语、新词），同样体现了"承传性"。诗词至唐宋已臻极致，各体俱备，元明清各代甚难超越，只能在继承的基础上力求新变。虽然缺乏原创性，但使诗词艺术愈加成熟，风格更为缤纷多彩，从而形成众多的流派。现代诗词也脱离不了"规范"与"承传"这两条规律，如若彻底突破，不守格律，多用现代语言，其面目已不似诗词，而接近新诗了——如当前所谓"自度曲""自由词"之类。但与旧体诗相比，词的门径较窄，学古的痕迹也较重，因诗的发展历史远较词为悠久，格律的约束也相对宽松，风格、境界更加多样化。尤其是诗中的古体，篇幅不拘长短，作家可以驰骋才力，纵情挥洒，写至数千言；词则篇有定句、句有定字、字有定声，最长的词调《莺啼序》亦不过二百四十字，且音律规定远较诗为严细，形式上的限制必然影响到意境的更新。此外，"词以清切婉丽为宗"（《四库全书提要》），视慷慨雄豪为"变调"、非"本色"的传统审美观念，也每每制约着词人之笔，不向求新求异的方向发展。王国维云："词之为体，要眇宜修。能言诗之所不能言，而不能尽言诗之所能言。诗之境阔，词之言长"（《人间词话》），实能道出词的主要特点。试观晚清诗坛，出现了"诗界革命派"和风格偏向雄放的南社诗派、以学宋诗为主的"同光体"（其中又分闽、浙、赣三派）、宗法汉魏六朝及盛唐的湖湘派、唐宋兼采派，专学李商隐的西昆派等多种流派[10]，而词坛仅有从常州派发展而成的"彊村派"。其余有独特风格的词家虽不少，但形不成派别，足见在词国开疆拓宇，较诗为难。因此钱仲联先生说："近代词，它的成就，不能和近代诗相提并论，因为它没有像诗界革命那样，揭起一个词界革命的鲜明旗帜。相反，自近代一开始，词人们就循着清代常州派的轨辙在步趋，不管是较先的谭献也好，稍后的'四大家'也好，基本上只是在学古的范围内兜圈子"（《中国近代文学大系·诗词集导言》）。尽管如此，清末及"五四"后的现代词家大都立足于学古——重点是学南北宋，其次为学唐代，同时兼学清词——但并非一味摹古、泥古、食古不化，而是广纳精华，如蜂采百花，酿成新蜜。其中也有独立特行的词家，不师承宗派，不标榜门户，但又绝非未学古人，只是在词中善于融化，不着痕迹罢了。以下试分述之。

1. "彊村派"及其支流余脉

清词中兴，出现前期的浙西派与后期的常州派，有清一代词人被两大词派牢笼者，十居七八；另有陈维崧开创的阳羡派，则是孤军，后继乏人（文廷式词风与陈维崧有近似处，但直承苏、辛，非传阳羡派法乳者）。如前文第二部分中所述，王鹏运承常州派余绪而发扬光大之，朱祖谋、郑文焯、况周颐等共加开拓，形成以朱氏为中心的"彊村派"。此派兼容浙西、常州两派之长，词作的内容关怀国事，伤时感世，艺术上在强调比兴、意内言外的同时更提倡"重、拙、大"之旨，讲究音律、藻采，精益求精，词境深沉而格调醇雅。学古人词，基本遵循常州派词论家周济提出的门径："问途碧山，历稼轩、梦窗，以还清真之浑化"（《宋四家词选目录序论》），即由学南宋词人入手，上臻北宋，以周邦彦词为最高境界；而学南宋，实以学吴文英词为重点（吴词与周词风格最为相近）。因而"彊村派"词人，多填长调、涩调，着色秾丽，炼字精巧，用笔曲折，寓意沉厚。单纯学清真、梦窗，词风未免晦涩、单调，词家遂兼参白石、玉田的清空疏宕，稼轩、东坡的雄健高旷，在主调中有变格，奇正相生，蔚为异彩。清末四大词人均是博采多家，自成面目，只是朱祖谋学梦窗成就最高，也最受推崇，兼以创作时间最长，故而影响极广。

朱氏晚年寓居上海，大批词人与之往来，结社唱酬，南京词人亦声气相通，沪、宁两地成为词学中心，影响力向外辐射，主流外又有众多支流，绵延于整个民国时期，1949年后仍余波未已。从地域上看，岭南的广州、香港是词人活动的中心，老一辈词人如潘飞声、梁鼎芬、曾习经、潘博、麦孟华、李绮青、汪兆铨、汪兆镛、叶恭绰等多能兼采南北宋之长，而廖恩焘、陈洵、黎国廉、易孺、杨玉衔诸家皆力学梦窗，词风奇丽而艰涩，易孺之词分辨四声清浊，一字不肯放过。诸家中以陈洵成就最高，极受彊村推许，曾专函荐陈入中山大学任词学教授。后起的词人中，詹安泰与朱庸斋为粤地两大名家：詹氏早期词被吴梅称为"取径一石（姜白石）二窗（吴梦窗、周草窗）而卓有成就者"[11]，复得陈洵'问途碧山，宜所先也'之绪论，即专学王沂孙，并参究清末四大家之词源[12]，而锤炼新警，迥不犹人，别开瑰异奇崛之境。庸斋亦自称"为词四十年，方向始终如一，远宗周、辛、吴、王，兼涉梅溪、白石；近师清季王、朱、郑、况四家，所求者为体格，神致"（《分春馆词话》）。其词惊采绝艳，百炼精金，而情致温馨绵邈，哀感动人。詹、朱两家，均承"彊村派"法乳，皆能自张一帜，此外如傅子馀、罗忼烈，亦属清真、梦窗派嫡系。至庸斋弟子辈吕君忾、陈永正、梁雪芸、苏些雩等，活跃当今词坛，虽笔调有所变化，仍有乃师遗风。"彊村派"在四川亦有支流，老辈有周岸登，用梦窗、清真长调，填词极富；后起者有庞俊及其弟子白敦仁，学周、吴参以白石，风格坚苍密丽。白敦仁在青年时代即手抄彊村词吟诵，至晚年笺注《彊村语业》出版，探幽索奥，足见用力之深。

到四十年代以后，"彊村派"在天津又发展为一条支流，寇梦碧、陈机峰、张牧石皆宗法南宋，学梦窗、碧山参以稼轩、遗山。至八九十年代间，寇门弟子王蛰堪则学白石、玉田，兼取碧山之沉郁、梦窗之词采；蛰堪的友人熊盛元先学苏、辛，受王之影响，改学周、吴。而王氏弟子魏新河、张树刚或学碧山、白石，或专学梦窗，均初成体格，由此可见此派词流风余韵之长了。

2. 兼融两宋，广开词境的词家

二三十年代乃至四十年代先后崛起的词人，诸如陈匪石、吴梅、刘永济、邵瑞彭、王易、汪东、蔡桢、乔曾劬、姚鹓雏、徐行恭、顾随、张伯驹、李冰若、陆维钊、夏承焘、胡士莹、徐震堮、唐圭璋、周梦庄、黄君坦、赵尊岳、龙榆生、缪钺、吴白匋、吕贞白、吴则虞、孔凡章、徐定戡、饶宗颐、霍松林及女词人吕碧城、丁宁、陈家庆、沈祖棻、张珍怀等，多为现当代词坛大家名手，其中多人皆曾受彊村熏沐，集中词多有清真、梦窗色彩。陈匪石、刘永济俱问学于彊村，龙榆生、赵尊岳分别为朱、况弟子，实可归于"彊村派"嫡系；其余多家包括女词人之词作，亦颇见周、吴笔调。但他们并非局促辕下，而是有鉴于专学梦窗或专崇南宋词之失，博取兼收，拓开新局。

汪东为词不循周济所标示的途辙，落笔即法清真，兼及柳永，顺流而下，由北及南，白石、梅溪、梦窗、碧山、玉田皆所采纳，亦不废稼轩、后村、龙洲，取径甚广。刘景堂、张伯驹之词兼融唐五代与两宋之长，不过事雕琢，而气格高华，得浑化之美。唐圭璋早年师从吴梅，填长调、涩调，严守清真、白石、梅溪、草窗诸家词四声，字琢句炼，厚植根基，中年违难巴蜀，则多以小令独抒性灵，自成机杼。徐震堮早年亦学周、吴，中晚年则转学苏、辛，尽洗铅华，归于苍朴。饶宗颐大量填词在五十年代以后，其《选堂乐府》中有《晞周集》，遍和清真词，词采妍丽，但又有白石之清空、东坡之超旷；作令词"妙造自然，乃敦煌曲子、南唐君臣、欧、晏、淮海、《饮水》、《人间》之遗"（钱仲联《选堂诗词集序》）。吕碧城、丁宁、陈家庆具女词人悱恻温馨之特美，复兼有英风侠气；沈祖棻词亦以绮丽缠绵为本色，小令神似晏小山，慢词虽学清真、梦窗而不入僻涩之途，抗战中词参以稼轩，作变徵之声，慷慨悲壮。另如刘蘅词有林下清风，陈翠娜词珊珊仙骨，王筱婧词妍美复能沉雄，叶嘉莹词"风格三变"，"从冯、李、欧、秦、苏、辛诸人影响下脱化而出，以归于周、姜、吴、王"（缪钺《迦陵诗词稿序》），无不转益多师，不拘一格。而夏承焘《天风阁词》合白石、碧山、稼轩、遗山为一手，清峭空灵，有沉郁之气；雄浑超逸，挟飞动之姿，五十岁以后词更精进不已，屡出新意，瑰奇之境，美不胜收，终成一代词宗。值得注意的是，夏氏虽向朱祖谋致函请益，但不用力于梦窗，于清真亦不推崇，最喜者为白石、稼轩，立志在"彊村派"以外别开生面，这在当时普遍学周、吴的风气中，可谓卓立不群之士。以上举十数家略作分析，可见为词在兼容并蓄的基础上神明变化，是成为大家的重要条件，即使是学南宋词为主的詹安泰、寇梦碧、朱庸斋诸家，亦是博采英华，只是侧重点有所不同而已。

3. 学唐五代、北宋的词人

20 世纪初王国维著《人间词话》，极力推崇五代、北宋词，贬斥白石、梦窗、玉田诸家。其《人间词》多为小令，意境两浑，物我一体。后起者如沈尹默、溥儒、俞平伯诸家，皆工于令词，气格在南唐、北宋之间，长调则未免力弱。吴世昌著《词林新话》，承王国维论词观念而扬厉之，对张惠言、周济、谭献、陈廷焯等常州派词论大加挞伐，将南宋词除稼轩外皆一笔抹倒，于清末四大家亦贬斥几无是处。吴氏自为词，宗旨亦与王国维相近，自言"取径小山以入清真、稼轩"（《诗词论丛》），力求真切自然，厌弃雕琢涂饰，作令词亦不废长调，但词境较王氏为浅，有灵心而乏理趣。年辈较晚者如何嘉、周退密，专为短调，宗法《花间》及北宋欧阳修、二晏，词风清俊微婉。这几位词人皆极少作慢词，虽有《人间词话》与《词林新话》先后构成理论体系，但未明显确立宗派，各自为政，独写其心，在阵容声势上，远不能与"彊村派"抗衡。且不为长调，卑视南宋，途径未免过窄，因而总体成就未臻博大深闳之境。

王国维伸北宋而诎南宋，有似近代诗坛湖湘派首领王闿运之标举汉魏六朝，对盛唐以后诗皆鄙夷不屑，审美观念失之偏颇。饶宗颐先生云："夫五代、北宋词，多本自然，时有真趣；南宋词则间出镂刻，具见精思。即北宋末叶，过于求工者，已多斧凿痕迹，渐开南宋之先路。一切文学之进化，先真朴而后趋工巧。观汉魏诗之高浑，下逮宋齐，则以雕锼为美，斯其比也。故南北宋词，初无畛域之限。其由自然而臻于巧练，由清泚而入于秾挚，乃文学演化必然之势，毋庸强为轩轾。论诗而伸唐诎宋，清叶燮已深加非议。持以质王氏，宁不哑然失笑？"[13] 诚明通之论。一个很有趣的现象是，无论是学南宋的"彊村派"还是尊北宋的王国维、吴世昌，都高度评价周邦彦词，王氏称清真为"词中老杜"，其词"入人者至深"（《人间词话附录》）；吴氏称陈廷焯论清真词"词至美成，乃有大宗"，"自有词人以来，不得不推为巨擘"之语为"卓识"（《词林新话》）。其他非"彊村派"或不过尊北宋的词人，也大都推许清真，可见填词学周，是20世纪词坛尤其是前五十年间的普遍风气。

4. 弘扬苏、辛风格的词家

清末文廷式异军突起，与四大词人对树旗鼓，其《云起轩词》沉雄兀傲，是继苏轼、辛弃疾、陈维崧之后的擎天一柱。与文氏同时及其后的词人，诸如黄遵宪、梁启超、李叔同、金天羽等虽有壮词，皆不似文廷式以专力为之，影响不大。王鹏运、朱祖谋下及汪东、龙榆生等亦兼学苏、辛，均未形成主体风格。唯夏承焘在白石之外瓣香稼轩，所作"无论格局、气魄、辞藻、内涵皆逼肖辛，极辛全貌，而且直契其神，起辛于九地之下而视之，亦当不思龙洲"（沈轶刘《繁霜榭词札》）。但夏翁词格清刚，毕竟以沾溉白石者为多。至四十年代初，钱仲联先生在治诗之余，初入词坛，凌云高唱，为苏、辛一派吐气。自言"联中岁为词，实为门外。唯不向彊村门下乞残膏剩馥，差堪自信"（《梦苕庵论集·近百年词坛点将录》）。又说："我不赞同晚清词坛的摹拟风气。我认为，时人高谈北宋欧、晏、美成，他们那种脂粉气的东西，与我格格不入。我反对墨守梦窗，也不学《花间》、五代，而喜爱苏辛一派，但爱的是雄骏气格，厌恶粗犷之作。我主张熔白石、稼轩于一炉，参以后村、辰翁、遗山，梦窗的词华也可吸取"。（《钱仲联学述》）钱先生以此观点行之于创作实践，其词风骨遒上，笔力恣肆，境界广邈，情味渊永，有稼轩之沉郁，东坡之超旷，兼以湖海楼之"霸气"，又并非一味奔放，倾泻无余。虽取径苏、辛，但兼采白石、梦窗的艺术，间有清空绵丽之作，而婀娜中寓刚健，俊逸中见峭拔，仍以雄奇骏迈为主体风格。其瑰异杰特之处，龚定庵、黄摩西、金天羽等近代名家的词风似亦不无影响。青虹剑气，光烛龙渊，魄力才华，直摩文廷式《云起轩词》之垒，而作品的题材与意境焕然一新，呆学古人者望尘莫及。夏承焘对钱词作出高度评价："开卷诵桂林、阳朔诸篇，殆欲目空朱、厉；感时之什，如《感埃及近事》《京口渡江》《丙午元旦》等，亦使幼遐、彊村缩手。写山水清嘉，如《苏堤步月》《西湖初秋》诸阕，皆可颉颃《忆江南馆》。"（《梦苕庵词跋》）与钱先生同龄的苏渊雷先生，存词不足三十阕，而多为精品，词笔亦走东坡、于湖、稼轩、龙川一路，兼取白石、玉田，悲慨中有英迈之气，可称健者。年辈较晚的后起词人中，如马祖熙、刘逸生、彭靖、霍松林、刘峻等，词中皆有苏、辛气格，皆为现代词坛之劲旅。以苏、辛为代表，具有雄豪风格的宋词，到五、六十年代曾备受推崇，婉约词则遭受贬斥，是极"左"政治环境中形成的风气，一反传统观念，从一个极端走向另一个极端，原非客观公正的学术批评，但对大量的填词爱好者却颇有影响。报刊上所载词作，模仿豪放风格者颇多，而精品极少，大都叫嚣直露，不遵律法，仅得苏、辛之粗劣而已。殊不知苏辛词非人人可学，作者若不具备广阔的胸襟、深厚的学养，兼以超凡的才力，所作则画虎类犬，反不若学清真、梦窗、白石、碧山诸家，尚有法度可寻，用心磨琢，即能有所成就也。

5. 不依宗派，独成标格的词家

沈曾植是近代国学大师，博通万卷，其词艰深古奥，叶恭绰《广箧中词》评云："子培丈词，力矫凡庸，乃词中之玉川（卢仝）、魁纪公（樊宗师）也。"钱仲联《近百年词坛点将录》拟沈氏为"混世魔王樊瑞"，评为"词如其诗，可作西藏曼荼罗画观。盖魁儒硕师，出其绪余，一弄狡狯，若以流派正变之说求之则慎矣"。马一浮亦为大师级学者，为词天机自运，不专主任何宗派，多化用经史及佛典道藏中语，吐纳万象，霞彩氤氲，词中境界，浅人辄难索解。上海沈轶刘为东南诗坛巨擘，诗作以外著《繁霜榭词札》，历评有清及现当代人词作，画龙点睛，独抉精奥；又与富寿荪合选《清词菁华》，录三百八十家，词一千零一十八阕，评点皆出其手，鞭辟入里，卓见殊多。所著《逸留词》风格独特：多用僻调、涩调，喜押窄韵、险韵，琢语奇峭，隶事生僻。藻采密丽，托意遥深，有似诗中李商隐；而笔力雄鸷，缒幽凿险，又似韩昌黎。宛敏灏、王季思是同辈学者，宛专治词学，王精研南北曲，填词皆力去陈言，摆脱窠臼。宛氏以诗笔为词，明畅清新，六十年代所作游黄山系列小词尤脍炙人口；王氏出吴梅门下，早年即有意探索诗词与民歌结合之途径，晚年多次撰文发表于报刊，力主诗词与时代同步，紧密联系社会，熔铸新词，开拓新境；反对摹古拟古，但也认为不可肆意割裂传统。故其词多写时事，风格清丽而兼刚健，即其理论观点之实践。学者兼书法家启功虽泽古功深，为词却一扫旧习，纯用俗语，笔调诙谐幽默，所谓嬉笑怒骂皆成文章，有似聂绀弩、荒芜、杨宪益、黄苗子诸家之诗。平湖许白凤生活于农村乡镇基层，其词用白描手法，写乡村田园之风物情趣，融入散曲风味，生动流丽，通俗而不庸俗。女词人茅于美词笔清纯，小令尤胜，晶莹似玉，圆转如珠，写少女时代之恋情，韵味殊为新美。上述诸家词或高古雄奇，或清新畅达，风格与博采兼融唐五代、两宋的词家有明显的不同，虽无不具有深厚的根基，而词之格调、藻采皆能自出机杼，不依傍门户。即如沈曾植、马一浮、沈轶刘三家皆属通儒，词皆古香古色，而别开异境之处，则前无古人。诸家词成就之高下，或有待衡量，但独立探索的精神，是极为可贵的。

以上对现代词的艺术风貌，作了多方面的论介。从总体上看，除早期的"彊村派"及其支脉余波外，无论是学唐五代、北宋或是博采兼收，无论是以婉约为本色或是注重雄放，以及脱略形迹、自成新貌者，都未形成明显的、影响很大的流派。现代词坛上绝大部分有成就的作家，都是深深植根于传统的沃壤，汲取充足的养分，绽放奇葩，各具风采，其趋势是多元化的发展。这也是文艺创作的基本规律，唯有百花齐放，万紫千红，充分展现作家的个性色彩，才能形成生机蓬勃、气象博大的局面。违此规律，诸如鄙弃传统、破除规范；重思想而轻艺术、强调共性而不尊重个性；甚至以政治批判取代学术批评，事实证明其结果是弊多利少，归于失败。

【六】现代词的突出特色
——词人学者化和词作典雅化

清代学风极盛，影响诗风，诗人多为学人。清末"同光体"诗家陈衍，在所编《近代诗钞》中便明确提出"学人诗人之诗二而一之"的说法。同样的情况，清词与唐宋词相比，其中一个显著不同的特点，是词人兼为学者。自清初以至清末，诸如王夫之、朱彝尊、洪亮吉、姚燮、张惠言、周济、龚自珍、陈澧、谭献、刘熙载、俞樾、李慈铭、王闿运、沈曾植、文廷式、曹元忠、张尔田、梁启超、王国维、黄人、刘师培等，都是著名学者，厉鹗治辽史，张琦治舆地学，王鹏运、朱祖谋校勘词籍，皆为某一方面的专家（参观钱仲联《清词三百首前言》），王国维称朱祖谋"学人之词，斯为极则"（《人间词话》）。"盖清贤惩明人空疏不学之弊，昌明实学，迈越唐、宋。诗家称学人之诗与诗人之诗合，词家亦学人之词与词人之词合。而天水词林则不尔，周、程、张、陆不为词，朱熹仅存十三首，叶适一首而已。以视清词苑之学人云集者，庸非曹邹之望大国楚乎？"（钱仲联《全清词序》）而到20世纪词坛，中坚力量由初期的士大夫词人代换为新起的知识人士，试观前文列举的大批现代名家、大家，其中多数为著名学者。辛亥、"五四"以后的学者兼词人，继承清代形成的学术传统，融入现代的科学方法，深入开拓，使词学发展为国际性显学。学者们或是编纂、校勘、笺注历代词籍；或是研究词的图谱、声调、用韵、乐律；或是考索词人身世，写成评传、年谱；或是鉴赏批评古、近人词，撰为词论、词史，著述数量之丰、质量之精，皆已大大超越前代。其中夏承焘、唐圭璋、龙榆生、詹安泰、宛敏灏等俱以毕生精力治词，数十年如一日，极少旁骛；另如陈匪石、刘永济、吴梅、王易、刘毓盘、赵万里、汪东、乔大壮、顾随、邵祖平、俞平伯、缪钺、施蛰存、王起、吴世昌、钱仲联、吴则虞、李祁、饶宗颐、刘逸生、罗忼烈、白敦仁、沈祖棻、叶嘉莹等著名学者无不兼治词学，皆有突出的研究成果。学者们评论古人乃及近贤之词，多有独到的眼光，标举其审美宗旨，形成各自的理论体系；部分学者更结合本人的体验，谈作词的门径、技艺，直接指导创作。诸如唐圭璋论词的作法，提出"雅、婉、厚、亮"四条原则（见《词学论丛》）；赵尊岳著《填词丛话》五卷（连载于施蛰存先生主编《词学》），阐扬扩展乃师况周颐词论，更为精密周至；詹安泰论词之声韵、音律、调谱、章句、意格、寄托、修辞，面面俱到，剖析入微（见《词学论集》）；缪钺论词之有别于诗，不仅在外形之句调韵律，而尤在内质之情味意境，词之特征为"文小、质轻、径狭、境隐"，虽豪壮激昂之情，亦须出之以沉绵深挚（见《诗词散论》）；钱仲联撰《近百年词坛点将录》"借说部狡狯之笔，为记室评品之文"，评骘近现代词人，以显示其美学观念（见《梦苕庵论集》）；吴世昌论作词贵真切自然，恶雕饰晦涩（见《词林新话》）；饶宗颐论词心、词境，务求幽夐高浑，并阐说"形上词"之理由（见《固庵文录》及有关论著）；朱庸斋论学词当从流溯源，宜从清季四大家入手，上法两宋，体格求浑成雅正，神致求沉着深厚（见《分春馆词话》）；叶嘉莹以西方文学、美学理论结合中国古代词论以释词，注重词之感发兴起作用（见《迦陵论词丛稿》等多种专著），……凡此种种，无不皆深造有得之言，其中虽未免有偏执之见，但择善而从，观其会通，足资启迪。前代词家善作者多不立论，勇于立论者又往往不善作（如周济、陈廷焯填词的成就都不大），而现当代词人兼为学者，创作与理论紧密结合，相辅相成。因此在阅读名家词作的同时，必须探讨其学术理论，方能全面深入地了解词家的创作思想与审美观，在此基础上构筑更为精密的当代词学理论批评体系。

　　另有一部分词家，或本身是学人而无词学理论；或只喜创作而极少论词，又非专业学者，前者如马一浮、庞俊、胡士莹、徐震堮、苏渊雷等，后者如徐定戡、孔凡章、寇梦碧、曹大铁、刘蘅、丁宁、陈翠娜等，但无不学殖深厚，或博通中西，或熟谙经史，词皆典雅深醇，绝少浅薄空疏之病，具有明显的学者化特色。概而言之，现代词坛既以学人为中坚，其作品的共同之处是十分突出的：

　　1. 在帝王时代，诗词是士大夫即上层知识分子的专利品，凡诗史上著名的诗人词家，极少不在仕途为官，是统治阶级的重要成员，故古典诗词在"五四"时期被贬为"贵族文学"。但随着清末科举的废除，国家政治体制的变更，大批知识分子进入高等院校、科研部门、出版机构、报刊杂志社等单位，以教学、研究、著述、编纂为职业，成为脑力劳动者，是精神文明的创建与普及者，属于平民大众的一部分，无官府之特权。而中国现代知识分子的命运较一般民众尤为惨痛：战乱时期饱经颠沛流离之苦，呼唤民主自由者屡遭国民党当局的迫害；新中国成立后又成为思想改造、群众专政的对象，在"反右"、"文革"中忍辱蒙垢，九死一生，直到拨乱反正后，才逐渐恢复名誉，过上较为安定的生活。知识分子尤其是学问渊深的人士，是国家民族的精英，肩负着文化启蒙、道德评判的重任，具有高尚的情操、坚贞的气节、卓越的识见，诗词创作必然会表现出不同流俗的品格，充溢着如前文所述的人文精神。

　　2. 学者有深厚的国学修养，不少人更是学贯中西，打通文、史、哲、宗教、艺术等多门学科，成为学术大师。发为词章，格调高雅，意境深宏。多位学者从青少年时代起就倚声填词，成为专家后有充足的时间潜心吟咏，细致琢磨，在词的艺术上必然表现为律法精严，语言典丽，充分展示词体的特美。学者之词有过于古奥艰涩者，但非主流，大都是在学古的基础上求新求变，描写现代题材，抒发现代人情感，创造出古人未有的境界，形成多姿多彩的风格。

隋唐之间的民间歌谣，与当时从西域传来的燕乐配合，风行于社会。文人参加宴集，依调谱填上新词，让歌儿舞女演唱，颇似今天的通俗歌曲，是为词之起源。后经词家的加工创作，不断扩大词的题材，增强词的表现力；逐渐排除其中庸俗的成分，使之雅化，成为独立于音乐之外的诗歌形式。词与古、近体诗并称，属于中国文化大传统中的高雅文化，或称精英文化。"五四"前后的近现代词，亦复如此，学人之词的精英文化特征，尤为突出。相对于实用性和功利性的大众文化而言，精英文化是指知识人士所创作、在知识阶层中流行的文化，在思想上具有前瞻性和超越性，艺术风格表现为高华典雅，有着永恒的美学价值。精英文化绝非莫测高深，其中含有不少通俗的成分，但通俗不等于庸俗，内在气质仍是高雅的。由于精英文化显著的高品位、高格调，责无旁贷地负有提高大众文化的品位，并由此而促进整个民族文化素质提高的任务。一个国家倘若缺少哲学、史学与文学研究的大师和一流的诗人、作家，缺乏引导人民追求真善美的精神力量，即使科技、经济再发达，也不足以成为自立于世界的强国；而一个不懂得尊重知识精英、珍惜高雅文化的民族，是愚昧可悲、必将堕落的民族。在复兴民族文化、学苑文坛百花齐放的新世纪，再不能任凭珠玉沉埋、光华隐匿了！

馀　论

　　以上对承接清末民初词之血脉而又有新变的现代词发展概况，从思想内涵、艺术风格和突出特色诸方面予以阐述。必须强调的是，文学作品的思想意境与艺术形式是一个有机统一的整体，作者的品格、胸襟固然对作品的优劣有决定性的作用，但缺乏精美的艺术，则不成其文学。格律的宽严、语言的新旧、风格的典雅和通俗，都不是检验作品的绝对标准，唯有情性之真、品德之善和声律辞采之美一体浑融的作品，才有超越时空的价值。固然"一代有一代之文学"，因时而变的创新往往能反映一个时代的风气，如文学史所说的"楚辞、汉赋、唐诗、宋词、元曲"，但"新"并不等于就是真、善、美，许多趋时媚俗的新作品、新形式常常是昙花一现的东西，很快就会丧失生命力。汉大赋和元曲在文学史上有其地位，而在今天仿作者甚少，艺术方面缺乏恒久动人的魅力是一个重要的原因（汉赋堆积词藻，殊少真情；元曲律严于词，语言太俗）。继承和创新，是一个循环不已、永无休止的过程，而且新变之后产生严重的流弊，又需要回到起点重新接续中断、失落的优良传统，即所谓"返本开新"，这是中国文学史上经常出现的"复古"现象，西方的文艺复兴也是回到希腊去寻找创造的源泉。文学上的"复古"与政治上的封建复辟是两个性质截然不同的概念，前者大多数是成功的，在复古的基础上取得更新的成就（如陈子昂、李白的诗歌"复古"和韩愈、欧阳修的唐宋古文运动，清代诗词超越元明，也是"复古"后的创新；而明前后七子的诗文"复古"过于摹拟，为后人所讥，但亦有其真价）；而后者才是倒退、反动，应该唾弃。科技与工艺上的创新，永远新胜于旧，文学则未必如此。文学上的"复古"，实为继承千秋永在的人文精神和历劫不磨的艺术之美，思想内容上融入时代气息，艺术方面亦适度融通，不割裂传统与现代的关系，仍以追求真善美的统一为最高目标。新诗如毛泽东所说"迄未成功"，重要的原因是摈弃一切音韵、格律，片面追求形式上的自由，成为"欧化体"；在修辞造句方面脱离了汉语言文学的审美特点，丧失了民族作风与气派，因此很难征服广大的读者——试观书店中，长销不衰的仍然是古典诗词读本，不是新诗。新文化运动之后，语体文、小说和报告文学的受众面远远超过新诗，看似取得成功，但古代骈、散文名篇和小说《聊斋志异》、《红楼梦》的艺术成就依然高高在上，新文学中的典范作品也难以取代。诗词已经复苏，文言文也未必过时，随着国家的不断普及，国民素质的不断提高，国家综合实力的不断增强，我们将迎来一个中华文化全面复兴的伟大时代。

整理和研究"五四"以来的现代诗词，尤其是名家的作品，具有多方面的重要意义：

1. 现代诗词全方位、多角度地展示了 20 世纪中华民族的苦难史、抗争史和进步史，有重大的史料价值；

2. 名家诗词中的爱国情怀、忧患意识、崇高品格和健康向上的理想，是施行诗教、建设精神文明的上佳教材；

3. 名家诗词中反对封建专制、追求民主自由的现代人文精神，给旧有的诗词注入强大的活力，形成"五四"以来新的传统，继承发扬之，必将促进当今的诗歌创作，向更新更广的境界发展；

4. 诗词名家善于继承，勇于创新，形成众多的风格与流派，具有极为丰富的美学价值，研究和借鉴大量的名家精品，有利于提高当今诗歌创作的艺术质量；

5. 现代诗词，是中华诗史发展链条上一个极为重要的环节。"五四"以来由于政治、文化观念等多方面原因，诗词被冷落、被歧视，未能在文学史上安排应有的位置，大量作家湮没无闻，作品残毁失传。搜辑、整理现代诗词，进行全面深入的研究，填补20世纪诗史的空白，是我们这一代人义不容辞的责任。

受"中华诗词文库"编委会的委托，我负责编《中国现代词选》。经阅读文献，反复抉择，本书入选"五四"后民国间词人382家，词2262首，其中女词人73家492首。由于掌握的资料远远不够全面，难免有大量遗珠；兼以水平所限，所选作品未必尽数妥当，谬误之处，敬祈读者批评指正。

刘梦芙

2008年3月，岁次戊子新春，撰于淝滨寓居

【注】

所引前人及时贤论断之出处，大多在文中注明。惟文字稍多者，补注于下：

[1] 参观钱仲联主编《中国近代文学大系·前言》，上海书店出版社，1991年版；施议对《今词达变·百年词通论》第27页。澳门大学出版社，1999年版。

[2] 施议对《今词达变·百年词通论》，第32—33页。澳门大学出版社，1999年版；陈声聪《填词要略及词评四篇·读词枝语》，第101—102页。广东人民出版社，1986年版。

[3] 参观施议对《今词达变》，第33页。

[4] 徐晋如《为旧体诗词注入全新的生命——论新文化运动对于诗词发展的作用》，载周笃文、刘梦芙主编《全国第十四届中华诗词研讨会论文集》，《中华诗词》2001年增刊，第49页、第63页。

[5] 张岱年、方克立主编《中国文化概论》，第333页。北京师范大学出版社。

[6] 叶嘉莹《叶嘉莹说词》，第217—218页。上海古籍出版社，1999年版。

[7] 刘纳《吕碧城评传·作品选》，第40页。中国文史出版社。

[8] 参见张岱年《当代学者自选文库·张岱年卷》论"中华民族精神"一文。安徽教育出版社，1999年版。

[9] 饶宗颐《词学理论综考序》，载《选堂诗词集》，第313页。台北新文丰出版公司，1993年版。

[10] 参观钱仲联《梦苕庵集·论同光体》，第415—436页。中华书局，1993年版；钱仲联《近代诗钞·前言》江苏古籍出版社，1993年版。

[11] 参观施议对《今词达变·百年词通论》，第33页。

[12] 转引自施议对《今词达变·百年词通论》，第44—45页。

[13] 饶宗颐《澄心论萃》，第215页。上海文艺出版社。

附记

中华诗词学会与中国书籍出版社、北京采薇阁书店联合组织"中华诗词存稿"，将原在"中华诗词文库"中出版的《中国现代诗选》与《中国现代词选》合并为《中国现代诗词选》（分诗卷与词卷），对其中文字符号写差错予以修改修改，删除了极个别不宜出版的作品。特此说明。

中国书籍出版社

2020 年 7 月

《中国现代词选》编选凡例

1. 本书选入民国间词人 381 家，词 2262 首。十九世纪至二十世纪初出生，1919 年"五四运动"期间尚健在者皆入选。历史是割不断的，中日甲午战争（1894）至新文化运动前夕的近代词，多有反映重大时事的作品；许多近代词人至二十世纪四、五十年代仍在创作，从词中可见思想与艺术的源流与嬗变。但朱祖谋、况周颐、沈曾植、易顺鼎等大家名手创作鼎盛时期在清末，为多种近代词选重点采录的对象，故本书少选。词人生年下限为 1930 年，此后出生之作者宜入当代词坛。

2. 1930 年以前生人创作情况不一致：有建国（1949）后即辍笔者，有耆年硕学仍坚持作词不断者，有早年不作词、晚年却创获甚丰者。其作品有标出年代或题材内容明显可知作于何时者，有时、地不明无可考者。凡跨越现当代的词人，只录其 1949 年前作品。

3. 坚持思想性与艺术性统一的标准。既注重选入有关国事民生和具有爱国情怀、饱含时代气息的作品，又兼收其他题材的佳作。以"格高、体纯、辞美、律严"为衡词的基本尺度（"律严"，非谓拘于古代词之四声，一字不苟，而是指遵守词谱的平仄、押韵、句式规定，偶有变异但总体合律、词意颇佳者仍录之），兼容多种风格、流派。凡谀词、寿词、浮泛应酬、文字游戏之类不录，情词、艳词中格调低下者不录。无论何种题材，艺术性差的一律不录。

4. 对各家词，依据其总体成就决定入选数量的多少，不搞平均分配。多者选 12—30 首，少者仅选一二首。

5. 每家之前列小传，介绍词人的生卒年、籍贯、简历、职务及著作等，力求扼要。

6. 此书为断代式的精选本，非普及性读物。对词中的典故、语词、字音及本事等，不作注释。但作品中原有的注释，选录时适当保留，在词后标明"原注"。

7. 所选作品，大部分采自词人专集，一部分录自各种诗词总集、选本或诗词刊物。

8. 词牌有同调异名者（如《贺新郎》即《乳燕飞》《金缕曲》《貂裘换酒》；《念奴娇》即《大江东去》；《摸鱼儿》即《买陂塘》等），尊重原作所署，未按词谱考校统一。原作多有用繁体字、异体字者，一律换为规范的简化字。原作未标点者，据词中语意及韵律断句，加上现代标点符号。

9. 目录以词人生卒年先后为序，生年未详者另为一编，按姓氏笔画排列。

10. 若干名家词之专集搜求未得，唯有在通行选本或诗词刊物中录取，故选词数量有与作者之实际成就不符者，有待将来弥补。

刘梦芙

2007 年春

目 录

以词人生卒年先后为序

冯　煦

（1843——1927），字梦华，号蒿庵，晚号蒿隐，江苏金坛人。光绪十二年丙戌（1886）第三名进士及第，授翰林院编修，累官至安徽巡抚。休官后卜居宝应，晚寓上海，以遗老终。著有《蒿庵类稿》。其《蒙香室词》二卷，一名《蒿庵词》。又有《蒿庵词话》一卷。

高阳台

网户常扃，雕枕不暝，望中烟水凄迷。旧约湔裙，无人自弄参差。花开陌上归犹缓，算残鹃、五夜休啼。夜何其，天上人间，一样相思。　　钿车去后梨云冷，只灯边阁梦，笛外歌离。卷尽红心，争禁寸草春晖。双飞乳燕浑无主，怕湘帘、一桁重垂。莫偷窥，明镜尘生，憔悴谁知？

浣溪沙·题江建霞所藏屈翁山手书崇祯宫册

一老累然踏野阴，汉家城阙剧萧森。鹃啼鹤唳又而今。　　遗迹半沦皋羽砚，行吟还抱水云琴。更无人识黍离心。

百字令·沔县谒诸葛武侯祠

阵云似墨。掩丛祠、常与军山终古。废垒萧萧依沔土，万壑松涛犹怒。鹤下层霄，猿吟邃谷，仿佛灵旗驻。宗臣遗像，望中犹想纶羽。　　记否古驿沙黄，风斜雨骤，迟我西征赋。世事如棋经几劫，不数三分割据。起陆龙蛇，处堂燕雀，争得南阳顾？倚天舒啸，石琴烟际重抚。

金缕曲·题次珊前辈《日照楼饯别图》，用朦庵前辈韵

北望浮云叠。记楼阴、斜阳欲暝，脂车将发。衿上酒痕犹未浣，已远汉家宫阙。忍重话、软红烟月。苍狗白衣经几变，更倚天长剑商歌阕。浑不为，伤春别。　　江南丛树栖岩列。算年时、杜陵奔走，渐空皮骨。谏草如风传宙合，世事争禁千蝎。问朝士、贞元几绝。霜隼摩秋凋劲翮，况相逢、双鬓都成雪。铁如意，击将裂。

樊增祥

（1846—1931），字嘉父，别号樊山，湖北恩施人。光绪三年（1877）进士，改庶吉士，出补陕西渭南知县。光绪二十七年（1901），以凤颖六泗道迁陕西按察使。光绪三十四年（1908），调江宁布政使。有《樊山集》《樊山续集》《樊山集外》。

金缕曲·观弈

此局全输矣。对残枰、虬髯缩手，道兄夺气。黑白两奁交搏击，自坏长城万里。恨下手、惟差一子。鼠斗穴中虫入腹，好家山错被痴儿毁。真冷煞，雪猰齿。　　向来依倚神头势。到而今、星飞雨散，有谁料理？三策都无中上下，不战不降不死。叹秋水、人间何世？芥孔藕丝无避处，且安排、商橘秦桃里。休更说，妇姑事。

八声甘州·赋燕台八景（录一）

卢沟晓月

把英雄血泪做桑乾，东流过卢沟。甚胡笳吹晓，弯弯玉玦，低映城楼。桥上蹲狮百辈，拗颈望神州。夹岸金丝柳，眉不胜愁。　　一旦瑶京云扰，纵高车过此，犬子应羞。叹玉弓虚挂，星散万貔貅。效雍公、危桥渡灶，恨不如、白马送清流。虫沙劫，总由月姊，两作中秋①。

【注】

① 俗言闰八月有凶。

金缕曲

弢父见余近词，不胜感怅，宣南老友，唯君一人，言愁欲愁，再成是解。

轩翠风流歇。付双鬟、黄河一唱，玉龙凄切。试数人间词赋手，吾亦当年老铁。怎字字、滴成鹃血？一自灵云悭圣解，惨桃花天地成秋色。经几度，马挝折。　　王郎亦是秋风客。二十年、扬州一梦，玉箫呜咽。同谱弟兄两人耳，各自颠毛欲雪。忍重话、干戈离别！莫和凤凰池上句，伫麻鞋晓踏行宫月。家国恨，那堪说！

陈宝琛

（1848——1935），字伯潜，号弢庵，福建闽县人。同治七年进士。改庶吉士，授编修。后任内阁学士，弼德院顾问大臣。近代闽派诗人领袖之一。有《沧趣楼诗》。

淡黄柳·咏新柳

回黄转绿，谁透春消息？入画纤眉舒未得。寄语行人莫折。留与千门作寒食。　　御河侧。青青自今昔。乍妆点，可怜色。忆当年、重为灵和惜。试念东风，玉关遮断，犹有羌儿怨笛。

沈曾植

（1851——1922），字子培，号乙庵，晚号寐叟，又号谷隐居士、巽斋，浙江嘉兴人。光绪六年（1880）进士，官刑部主事，赞助康有为开强学会于京师。光绪二十四年（1898）三月丁忧南归，五月，张之洞聘往武昌，主两湖书院史席。后历任江西按察使、安徽提学使，署布政使，护理巡抚。宣统元年（1910）辞官归里。清亡后，以遗老居上海。张勋复辟，任学部尚书。事败归上海。有《海日楼诗集》十二卷、《曼陀罗㡑词》一卷。

水龙吟·夔笙拓江总碑残字，半塘得之，因为《秋窗忆远图》征题

白头江令还家，吴天极目迷残照。归心何处，桐阴井识，柳前门到。家国苍凉，人天悲愤，江山凭吊。付残碑翠墨，怀人千里，图画里，西风悄。　　太息骚人潦倒，总一例雨啼烟啸。暮年词赋，暮秋行旅，昔愁今抱。如此江山，数行雁落，一钩月皎。感余怀天末，芳馨脉脉，引幽兰操。（时久未得仲弢消息。）

渡江云·赠文道希

十分春已去，孤花隐叶，怊怅倚阑心。客游今倦矣，珍重韶光，还共醉花阴。长亭短堠，向从来、雨黯烟沉。人何处？匣中宝剑，挂壁作龙吟。　　登临。秦时明月，汉国山河，尽云寒雁噤。行不得，鹧鸪啼晚，苦竹穿林。寻常总道归帆好，者归帆、愁与潮深。苍然暮，高山流水鸣琴。

临江仙·彊村词来，调高意远，讽味不足，聊复继声

西北浮云车盖去，晚来心与飘风。高楼独上与谁同？名随三老隐，声在九歌终。　　不是凭阑无下意，新来筋力添慵。江心桃竹倚从容。音书迟雁字，经本閟龙宫。

疏影·苇湾观荷，半塘同作

　　艳霞停镜。遣碧筒传酿，莲台翻令。风约生衣，香浣轻纱，依旧涉江风景。鬓丝已逐哀蝉化，梦不到、鹭凉鸥静。任无边、水佩风裳，倦眼迷离愁省。　　艇子踏波去好，昔游似梦里，山河心影。薏苦难甘，丝拗还连，不转妙香根性。西来秋色看如此，料前度、雨声催听。付沙禽、漫画纷纷，又近夕阳烟暝。

江城子慢·阁夜

　　寒更欺病客。江阁夜、虬箭伶俜滴。金粟尺，玉带砚，隐约避人书迹。陨星石。万里归来鹃血污，天门泪，仙人兵解厄。人间直恁休囚，星汉更无消息。　　年时连环共解，对雪江愁晚，眼迷朱碧。枉抛掷，行云梦，神女今来天隔。了无说。袖里衣冠飘撇下，第几劫、昆灰晕赤。冥冥碧火，巢中鹗夜吓。

林 纾

（1852——1924），初名群玉，字琴南，号畏庐，别号冷红生，践卓翁，福建闽县（今福州）人。光绪八年（1906）举人，二十七年（1901）任五城学堂总教习，三十二年（1906）主京师大学堂讲习。入民国，任教北京大学。有《畏庐诗存》，并译西洋小说170余部。

齐天乐

一襟天宝年间恨，凄凄寄怀筝柱。小部花辰，离宫雁候，挑起清愁无数。湖光正曙。看供奉宸班，按歌金缕。水碧山明，四弦能作海青语。　　歌喉初啭变徵，替贞娥诉怨，何限凄楚。地下冤忠，人间酸泪，黯到无情飞絮。收场更苦。演独槽西泠，翠阴庭户。数遍梨园，吉光留片羽。

烛影摇红·《红礁画桨录》题辞

情海生波，情丝牵傍愁边岸。怏怏抱梦坠梨花，梦带梨花颤。恨事填胸渐满。数今生、伤心未半。寄怀何许，画里鸥波，绿漪风善。　　天际书来，书词能做冬心暖。回看纤影兀伶俜，那值人儿伴。画艇重撑又懒。峭金风、声声断雁。日斜钟定，草长帘深，眼中人远。

摸鱼儿·安琪拉《橡湖仙影》题词之一

荡林光、半湖新水，画楼侵晓微雨。双鸦小啄罘罳动，人向嫩春林墅。襟半举。扫一片花痕，敛入痴心绪。湖阴片语。看云影移钗，苔香吹履，描写好眉妩。　　定情许。何限愁根爱缕，窥人偏少鹦鹉。山容水态吟鞭远，地下月中酸楚。谁见觑。歌舞地、天涯也有鸳鸯浦。沧波逗汝。竟小劫存莺，横风聚燕，两两背花去。

严 复

（1853——1921），字又陵，又字几道，晚号瘉壄老人，福建侯官（今福州）人。诸生。光绪三年（1877）赴英国留学，先后在抱士穆德大学和格林尼次海军大学研习自然科学和海军知识。光绪五年（1879）归国，在福州船政学堂任教。后调任天津北洋水师学堂总教习、会办、总办。庚子事变后，历任京师大学堂译局总办，上海复旦大学校长，安徽高等师范学堂校长，学部名词馆总纂。民国后，曾参加筹安会。有《严复集》及译著《天演论》《原富》等。

摸鱼儿

傍楼阴、湿云凝重，黄昏虫语凄絮。秋魂僝僽惊寒早，谁念伶俜羁旅。从头数。问陌上相逢，可料愁如许？今休再误。早打叠心苗，销凝意蕊，忍与此终古。 茂陵病，捱得更更寒雨，此情依旧无主。微生别有无穷意，错认晓珠堪语。君莫怒。便舞凤回鸾，讵就轻轻谱。移商换羽。算海啸天风，成连归矣，霜泪冻弦柱。

金缕曲

　　旅邸情难遣。况秋宵、征鸿凄厉，寒衾孤展。觅地埋忧高飞去，那借步虚风便。云窗外、嫠蟾斜眄。解佩江皋魂先与，讵多情、他日谁家辇？思不得，泪空泫。　　长门可是无团扇？更何人、惆兰惋蕙，白头仙眷。填海精禽千万翼，试测蓬莱深浅。又不是、等闲莺燕。咏絮才高寻常事，抱孤怀、要把风轮转。春且住，勒花片。

陈 衍

（1856——1937），字叔伊，号石遗，福建侯官（今福州）人。光绪八年（1882）举人，曾入台湾巡抚刘铭传幕。戊戌政变后，湖广总督张之洞邀往武昌，任官报局总编纂。后官学部主事，任京师大学堂教习。清亡后，任无锡国学专修馆教授。最后寓居苏州，与章炳麟、金天羽创办国学会。有《石遗室文集》《石遗室诗集》《石遗室诗集补遗》《朱丝词》《石遗室诗话》《诗话续编》《近代诗钞》《辽诗纪事》《金诗纪事》《元诗纪事》等。

永遇乐

一发青山，何人占断，归去来处？比向潇湘谁教我，掉首向秦而去。杏花春雨，绿杨城郭，同不是，乡关路。怎蓬莱、回车指点，谪居独得家住。　　江潭自古。容行吟骚客，写怨朝朝暮暮。谁识年来，不生兰芷，润色牢愁句。小山丛桂，不来招隐，便合招魂共语。相望久，芙蓉浦上，尚盈坠露。

扬州慢

南浦残红，西山冷翠，一舟怎去温存。自江郎赋别，此恨算重论。望烽火、乡关照彻，酒旗歌扇，消歇芳尊。已全家儿女，片帆来挂荆门。　　自来俊赏，总牵缠、哀感馀根。把白练裙题，紫罗囊佩，并与销魂。寂寞鸥波门馆，花无主、蝶梦黄昏。有溪流和泪，潺湲都到江村。

沈宗畸

（1857——1926），字孝耕，号太侔，又号南雅，广东番禺人。光绪十五年举人，南社社员。早年随宦扬州，诗名籍甚。晚寓北京，卖文自给。有《东华琐录》《便佳簃杂钞》《宣南梦忆录》《繁霜词》，辑有《今词综》《骈花阁文选》等。

一萼红·红梅用碧山韵

斗芬菲。怕春痕冷淡，和雪更调脂。啼枕新妆，凝壶旧泪，窥户偷换琼姿。倚蛟背、珊珊冻骨，怪今夜，齐化绛云飞。月浸肌凉，雾融肤腻，波浅香霏。　　何逊已无清兴，捣珊瑚麝粉，沁上筠枝。福艳难修，魂清易染，灵境重证无期。怅幺凤、人间去后，再休问、潮晕酒回时。欲寄翻愁误认，嵌豆相思。

朱祖谋

（1857——1931）原名孝臧，字藿生，一字古微，号沤尹，晚仍用原名，又号彊村，浙江归安（今湖州）人。光绪八年（1882）举人，九年（1883）二甲一名进士，选庶吉士，授编修，累擢至侍讲学士礼部侍郎。光绪三十年（1904），出为广东学政，引疾去。久寓苏州。民国后，以遗老终。尝校刻唐、宋、金、元人词百六十余家为《彊村丛书》，又辑《湖州词征》二十四卷、《国朝湖州词征》六卷、《沧海遗音集》十三卷，选刻《宋词三百首》。自著有《彊村语业》二卷、补一卷。

洞仙歌

年年明月，照高楼无恙，只是清宵易惆怅。算姮娥识我，不为闲愁，飞动意、把盏凄然北向。　　酒醒乌鹊起，一碧云罗，遥指虚无断征鞅。知道有前期，对影闻声，甚邈隔、万重山样。须信是琼楼不胜寒，犹自有愁人，白头吟望。

摸鱼子

懒能探、劫馀芳信，年年闲了游骑。只林依旧霞千树，娇入上春罗绮。红十里。还一掩一层，淡沱烟光里。东风旋起。悄不似仙源，将家小住，便作避秦计。　　玄都梦，消与金门游戏，梦回惆怅何世。华鬘天也无香色，说甚道场兴废。空徙倚。怕轻薄芳姿，未省伤春意。刘郎倦矣。任题遍花笺，都无好语，剩溅感时泪。

水龙吟·沈寐叟挽词

十年轻命危阑，望京遂瞑登楼眼。虞渊急景，伶俜已忍，须臾盉缓。沉陆繁忧，排闾旧梦，一朝凄断。痛招魂无些，宣哀有诏，经天泪，中宵泫。　　垂死中兴不见，掩山丘、风回云偃。浯溪撰颂，茂陵求稿，湛冥何限。我独悲歌，紫霞一去，凄凉九辩。剩大荒酹取，人天孤愤，觅灵均伴。

高阳台·过苍虬湖舍

吹剑驱愁，挥杯劝影，湖上重与温存。一弄荒波，客来犹道闲身。隔年缥缈钧天梦，傍清钟、忍断知闻。袖香熏，携向虚堂，还熨诗痕。　　遮门不是闲烟水，洗秋心最苦，更托鹃春。小阁通明，夜深孤月寻人。褰裳手把芙蓉朵，问目成、可记灵均。便从君，把臂黄华，相守孤根。

齐天乐·乙丑九日庸庵招集江楼

年年消受新亭泪，江山太无才思。戍火空村，军筇坏堞，多难登临何地。霜飙四起。带惊雁声声，半含兵气。老惯悲秋，一尊相属总无味。　　登楼谁分信美。未归湖海客，离合能几？明日黄花，清晨白发，飘渺沧波人事。茱萸旧赐。望西北浮云，梦迷醒醉。并影危阑，不辞轻命倚。

定风波·丙寅九日

过眼黄花七十场，无诗负汝只倾觞。老去悲秋成定分，才信。便无风雨也凄凉。　　已自登楼筋力减，多感。雁音兵气极沧江。摇落万方同一概，谁在。阑干闲处恋斜阳。

丹凤吟·寄怀陈述叔岭南

俊赏霜花腴谱，韵起孤弦，秋蓬书客。兰荃盈抱，宜称赋情南国。歌成鬓改，老怀慵问，度厄莺花，招人萝薜。目著闲身句里，未忍伤春，春去留泪沾臆。　　却遣天涯怅望，暮云顿合无尽碧。袖底瑶华满，晦鸡鸣风雨，心素能惜。沧洲期在，落月照梁颜色。蔓草王风，身世感、共低垂头白。几时把臂，迎梦江路识。

南乡子

病枕不成眠，百计湛冥梦小安。际晓东窗鹧鸪唤，无端，一度残春一惘然。　　歌底与尊前，岁岁花枝解放颠。一去不回成永忆，看看，唯有承平与少年。

倦寻芳·题映庵藏大鹤山人词墨

断铭鹤蜕，零楮蟫栖，芳卷谁理。头白伤春，词客有灵孤寄。恨墨香沾新簇衍，哀弦心在闲宫徵。旧江南，怕湖山劫换，倚声无地。　　好看取、丛残收拾，一样生平，云海愁思。缃素连情，中有楚兰闲泪。珠玉故多临水感，文章何止藏山事。待招魂，小城隈、笛声不起。

浣溪沙·元夕枕上作

连夕东风结苦阴，通明帘幕却偎衾。病躯无复酒怀侵。　　止药强名今日愈，探芳越减去年心。月华人意两冥沉。

应天长

海绡翁客秋北来，坐我思悲阁谈词，流连浃旬。吴湖帆为作图饯别，翁示新章，借其起句答之。

王风蔓草，歧路乱花，萍蓬逝水迟合。老去庾郎萧瑟，相思素笺叠。哀时意，悭问答。漫料理、曼吟囊箧。梦回处、一笑南云，卷送帆叶。　　同抱岁寒心，旧赏新欢，弦外最清发。作弄断鸿踪迹，凉风动天末。芳馨在，双醉颊。悄未隔、美人明月。待飞盏、共酹前修，随分闲业。

鹧鸪天·辛未长至口占

忠孝何曾尽一分，年来姜被减奇温。眼中犀角非耶是，身后牛衣怨亦恩。　　泡露事，水云身，枉抛心力作词人。可哀唯有人间世，不结他生未了因。

宋育仁

（1857——1939），字芸芝，又作芸子，四川富顺人。光绪五年（1879）举人，十二年（1886）成进士。改庶吉士，散馆授检讨。寻升典礼院直学士，十七年（1891）充广西乡试副主考，官至湖北补用道。后又任艺风书院讲习。光绪二十三年（1897）与潘祖荫组织"蜀学会"，旋又创办《蜀学报》，经半年被禁。工诗善书，有《问琴馆词》。

风入松

小楼一雨作春寒，独自倚阑看。东风又绿楼前柳，一丝影、一忆华年。泥酒情怀似絮，焚香心事如烟。　　流光弹指记华鬘，挥手向人间。梦身犹着天花雨，认绿杨、魂往江南。觉后追寻迷路，屏风无限关山。

夏孙桐

（1857——1941），字闰枝，一字悔生，晚号闰庵。江苏江阴人。光绪十八年（1892）进士，选庶吉士，授翰林院编修，历任湖州、宁波、杭州知府。民国初入清史馆，嘉、道、咸、同四朝臣工列传及循吏、艺术两传，凡一百卷，皆出其手。又佐徐世昌辑《晚晴簃诗汇》及《清儒学案》。有《悔龛词》一卷，续一卷。

解连环·华阴道中咏冬雁，用玉田韵

为谁来晚？甚玉关倦羽，恋群不散。认爪印、那计东西，正日冷山河，自嫌程远。剩字书空，只伴得、疏星点点。带边声几许，雪后上林，盼开愁眼。　　还惊岁华荏苒，已随阳信阻，岭梅遥怨。念此去、多少风霜，纵耽误秋来，料逢春转。柳岸烟行，待马首、那时相见。指落霞、一朵峰青，阵云漫掩。

惜余春慢

慈仁寺双松，相传有清中叶重植，非渔洋诸老所题旧物。寺毁于庚子兵燹，松独无恙。社集分咏，京师花木，召南拈得。以平生未睹为憾，偶偕访之，一已枯萎，盖昨岁栖止流民，爨溷所侵也。慨然同赋。

佛国沧桑，仙根陵谷，太息树犹如此。摊书客去，题障诗传，都付洛阳残记。龙蜕何年复生，溜雨皴痕，拏云腾势。纵苍然非古，也曾亲见，贞元朝士。　　凭吊劫火迷茫，梵香零落，栖鹤仅留孤翠。空王殿宇，故国风烟，谁省眄柯深意？门外垂杨，送春分到新阴，炊羹堂里。任行吟庭静，清涛凄影，夕阳铺地。

齐天乐·早蝉

翠阴依旧闲庭院，惊时乍听清响。翳日高栖，嘶风递送，如诉炎凉无恙。声声报爽。到深柳堂中，早荷池上。倦耳醒初，昼长聊复伴孤唱。　　年年丝鬓对汝，露餐空自洁，凄调同赏。消夏光阴，吟秋信息，暗里偏增惆怅。宫槐梦想。任新曲频翻，别枝休傍。抱叶生涯，夕阳红半晌。

南楼令·秋怀次韵

残叶下寒阶，秋风震旅怀。话莼鲈、空自低回。莽莽神州兵气亘，听不得，泽鸿哀。　　夕照淡金台，消沉几霸才。对霜天、尊酒悲来。丛菊漫淹词客泪，偏多傍，战场开。

易顺鼎

（1858——1920），字仲硕，一字实甫，号眉孙，又号琴志，别号哭庵，湖南龙阳（今汉寿）人。光绪元年（1875）举人。甲午中日战起，间关航海，走台湾，欲赞刘永福抵御日军。年三十，以同知候补河南。张之洞总督两湖，招之入幕，又畀以两湖书院分教。后历官广西右江道，陕西布政使。袁世凯称帝，曾代理印铸局长。诗集名目繁多，不下二十种，编入《琴志楼诗集》。

踏莎行·京口舟中作

铁瓮楼船，银山戍鼓，江南江北愁来路。断霞鱼尾画金焦，残阳鸦背分吴楚。　　三十功名，万千词赋，英雄才子俱尘土。佛狸祠下听潮回，垂虹桥上呼秋去。

水调歌头

曾过蒋山否，烟雨怕登临。六朝残梦何处，鸥影卧波深。多少龙蟠虎踞，多少莺啼燕语，流水杳难寻。湖为莫愁好，一碧到如今。　　台倚凤，洲呼鹭，峭寒侵。消他几度斜照，换尽绿杨阴。可惜江山千古，输与红箫尺八，不付劫灰沉。四百画桥月，依旧荡波心。

疏影·咏桂

瑶华寄语。正碧山唤起，仙梦如雾。剪碎秋心，寸感难销，微熏冷麝凄苦。金风翠雨全身湿，浑不见、花魂来处。待问他、小谪根由，头白广寒宫女。　　惆怅蛛丝藓砌，嫩凉过几日，霜讯飘羽。一角蟾天，似有低鬟，悄倚悬香幽树。残烟剩水年芳在，算错向、景娥池住。自甚时、都没行踪，付与暗尘为主。

庆宫春

清溪水曲，不秋自凉，与二窗系舟垂柳下。水风萧寥，斜日入坐，游船罕到，明漪绝尘，相对闲鸥，匆匆已有归意。和白石此词，扣舷歌之，望美人兮天一方，不能无赤壁之感也。

高树蝉凉，断桥虹瘦，隔烟唤起秋阔。鱼国吹漪，空香四远，水风还似百末。有人凝睇，对帘外、眉山秀发。诗愁多少，飞满吴天，画篷难压。　　十年俊侣飘零，短艇蘋洲，笛声凄答。松陵归棹，飘然欲去，几被闲鸥相遏。玉阶薪簟，怕今夜、寒侵露袜。沙边幽恨，分付斜阳，淡红半霭。

康有为

（1858——1927），初名祖诒，字广厦，号长素，又号更生，广东南海人。光绪二十一年（1895）进士，授工部主事。参预光绪帝"百日维新"，起草变法诏令。变法失败后，逃亡海外，踪迹遍亚、美、欧、非各洲。组织保皇党会，主张君主立宪。清亡后，任孔教会会长。复辟之役，任弼德院副院长，失败后以遗老终其身。有《新学伪经考》《大同书》《万木草堂诗钞》。

蝶恋花

记得珠帘初卷处。人倚阑干，被酒刚微醉。翠叶飘零秋自语，晓风吹堕横塘路。　　词客看花心意苦。坠粉零香，果是谁相误？三十六陂飞细雨，明朝颜色难如故。

潘飞声

　　（1858——1934），字剑士，号兰史，广东番禺（今广州）人。早期曾随洪钧出使德国，在柏林大学讲中国文学。回国后，以贡生保知县，改国子监典籍，荐举经济特科，皆未赴。寓香港，报馆聘主笔政。辛亥后，久居上海。南社社员，与高旭钝剑、俞锷剑华、傅尃君剑，并称"南社四剑"。又参加淞社、希社、鸥社、鸥隐社等。曾选《粤词雅》一卷，合辑《粤东词钞三编》一卷。撰《在山泉诗话》等。自为词有《海山词》《花语词》《珠江低唱长相思词》各一卷，总名《说剑堂词》。

满江红

　　博子墩，译言橡树林也。有布王高得利第二离宫，风亭雪阁，数十里相望，大河湾环，明湖迤逦，山光水色，苍翠万重，为布鲁斯第一佳山水。

　　　　如此江山，问天外、何年开辟？凭吊古、飞桥百里，粉楼千尺。邻国终输瓯脱地，名王不射单于镝。看离宫、百二冷斜阳，苍苍碧。　　葡萄酒，氍毹席。挠饮器，悬光璧。话银槎通使，大秦陈迹。左纛可能除帝制，轺车那许遮安息！待甚时朝汉筑高台，来吹笛。

水龙吟

柴门淡月如烟，垂杨漫在轻烟里。半池荷露，一堤花影，两三船舣。今夜流云，昨宵宿雨，碧天无际。把湘帘四卷，瑶琴漫理，还乍听，疑流水。　　前度城西旧寺。集词人、携尊同醉。听潮亭上，弦声浩漫，有江湖气。响散松阴，愁生焦尾，知音谁是？记回船尚有，娟娟蟾影，照人无睡。

双双燕

昔在菊坡精舍听陈兰甫先生话罗浮之游，云仅得"罗浮睡了"四字，久之未成词也。壬寅三月，余游罗浮，至东江泊舟，望四百峰横亘烟月中，觉陈先生此四字神妙如绘，故于游记中纪其事。后黄公度成词一首见寄，猿惊鹤举，惜不能起陈先生相诵也。寒夜无眠，独起步月，如置身五龙潭上，玉女峰边。忽忆公度原韵，意有所悟，拟和成稿，盖距公度寄示时又易一寒暑矣。

罗浮睡了，看上界沉沉，万峰未醒。唤起霜娥，照得山河尽冷。白遍梅田千井。见玉女、青青两鬓。恰当天上呼船，倒卧飞云绝顶。　　仙洞有人赋隐。羡蝴蝶双栖，翠屏安稳。烟肩拟叩，还隔花深松暝。谁揭瑶台明镜？应画我、高寒瘦影。指他东海风轮，未隔蓬莱尘境。

大江西上曲

　　江亭酒醒，听西风一笛，离愁吹起。已判乡心抛撇去，禁得桥阑重倚。载笠前盟，诛茅后约，洒尽平生泪。丝丝疏柳，向人还更憔悴。　　早分万里关山，吴箫燕筑，萍梗看身世。何况西溟风雪路，多恐敝裘难理。潮打秋来，海浮天去，归梦知何际？苍茫云水，挂帆吾又行矣。

梁鼎芬

（1859——1920），字星海，一字伯烈，号节庵，广东番禺人。光绪六年（1880）进士，改庶吉士，授翰林院编修。中法战争时，曾疏劾李鸿章，议降五级调用。后入张之洞幕中，并主讲钟山书院，有《款红楼词》一卷。

念奴娇·酒醉再同绳庵赋，兼简孝达尚书

悲歌无益，恨匣中长剑，神光犹吐。流落非人天所定，只是生来不武。水面孤篷，山头匹马，豪俊何曾俯。功名甚物，笑他刍狗堪伍。　　休说堕泪新亭，楚囚相对，独见王夷甫。此局千年原未有，一错六州铁聚。弹指春残，有人发白，忧国心常苦。得闲且醉，隔帘吹落疏雨。

浣溪沙·孤山看梅

一点愁心万点苔，满山风露替谁哀。更无人在月初来。　　绝代婵娟还出世，断肠心事勿停杯。相思瘦尽有时开。

蝶恋花·题荷花画幅

　　又是阑干惆怅处。酒醉初醒，醒后还重醉。此意问花娇不语，日斜肠断横塘路。　　多感词人心太苦。侬自摧残，岂被西风误。昨夜月明今夜雨，浮生那得常如故？

台城路

　　乙酉六月二十四日为荷花生日。越八日姚柽甫丈约芸阁与余往南河泡看荷花，各得词一首。时余将出都矣。

　　片云吹坠游仙景，凉风一池初定。秋意萧疏，花枝眷恋，别有幽怀谁省？斜阳正永。看水际盈盈，素衣齐整。绝笑莲娃，歌声乱落到烟艇。　　词人酒梦乍醒。爱芳华未歇，携手相赠。夜月微明，寒霜细下，珍重今番光景。红香自领。任漂没江潭，不曾凄冷。只是相思，泪痕苔满径。

况周颐

（1859——1926），原名周仪，字夔笙，号玉梅词人，又号蕙风词隐，广西临桂（今桂林）人。光绪五年己卯（1879）举人，官内阁中书。张之洞、端方督两江，先后邀之入幕府。辛亥革命后，居上海，以遗老终。著《蕙风词话》，辑《薇省词钞》《粤西词见》等。自为词有九种，合刊为《第一生修梅花馆词》，后又删定为《蕙风词》。

摸鱼儿

又匆匆、红桑阅尽，天涯无恙芳节。垂杨几费黄金缕，得似寸肠萦结。芳草歇。见无数残红，错认啼鹃血。侵寻鬓雪。怅京洛风尘，沧洲身世，容易故人别。　　仙山迥，信有玉扃金阙，人寰下望愁绝。笙歌不破莺花梦，只是潮声呜咽。清怨切。更谁念、五铢衣薄春寒彻。馀香更爇。千万卷珠帘，斜阳过也，着意看新月。

风入松·宋徽宗琴名"松风"（四首录一）

北来征雁带魂消，夕吹咽寒涛。太清楼畔鹍弦涩，空回首、仙乐层霄。旧谱水云舟夜，新声国宝湖桥。　　杏花词事剪冰绡，遗恨付桐焦。音官大晟飘零后，风和雨、送尽云韶。今古人天凄籁，霓裳一例蓬蒿。

多丽·秋雨

　　碎秋心，断鸿残角疏砧。更何堪、潇潇飒飒，黄昏付与愁霖。问谁消、虫声四壁；知难醒、蝶梦重衾。败叶阶前，孤桐井畔，丝丝浑似泪沾襟。美人隔、红墙碧汉，尘世自晴阴。重阳近，横空作暝，见说登临。　　锁姮娥、浓氛惨结，西风消息侵寻。费香添、猊薰恁热；兼露滴、鹤警还瘄。变徵无端，移宫未稳，邻家铁笛入云深。向此际、违寒避湿，菊酿索浓斟。沧江晚，斜阳回首，恨满烟林。

鹧鸪天

　　如梦如烟忆旧游，听风听雨卧沧洲。烛消香炧沉沉夜，春也须归何况秋。　　书咄咄，索休休，霜天容易白人头。秋归尚有黄花在，未必清尊不破愁。

徵 招

沤尹将之吴门，有书来云："虽小别亦依黯也"。赋此报之。

清琴各自怜孤倚，停云总成消黯。后约几情深，比黄花香淡。客襟凄万感。算霜月、一秋分占。见说将离，绿芜愁到，冷吟阑槛。　　点检。浣花笺，珍珠字，天涯更无人念。咫翠隔吴云，也难为别暂。不辞青鬓减。只尊酒、再携须酽。两潮语，寂寞沧洲，更雁惊寒渐。

南乡子

秋士惯疏萧，典尽鹔裘饮更豪。况有鸾笙丹凤琯，良宵，不放青灯照寂寥。　　一笠一诗瓢，随分沧洲听两潮。何止黄花堪插帽，娇娆，江上芙蓉亦后凋。

金缕曲·海上秋深，炎景逾庚伏，拈此解

天也因人热。甚秋风、年年容易，者回奇绝。焰焰烧空云如火，占断沧溟空阔。却付与、乱虫骚屑。空谷断无人倚竹，笑梧桐何苦知清节。谁障扇，庾楼月。　　燠凉也作沧桑阅。便寻常、天时人事，而今休说。门外风沙骄杨路，珍重填胸冰雪。问襁褓、何如吾拙？推枕总然无好梦，又朝暾、红似残鹃血。愁极目，且晞发。

满路花·彊村有听歌之约，词以坚之

虫边安枕簟，雁外梦山河。不成双泪落，为闻歌。浮生何益，恁意付消磨。见说寰中秀，曼睩修蛾。旧家风度无过。　　凤城丝管，回首惜铜驼。看花馀老眼，重摩挲。香尘人海，唱彻定风波。点鬓霜如雨，未比愁多。问天还问嫦娥①。

【注】
① 梅郎兰芳以《嫦娥奔月》一剧蜚声日下。

绕佛阁·过教场头巷鹭翁故居

旧怀拌损。残照故国，无泪堪揾。愁路骢引。梦华逝水，雪鸿更休问。凤城大隐。门巷未改，阅世朝槿。暗尘凄紧。燕归暮也，雕梁怕重认。　　送目幻楼阁，自古沧桑无此恨。谁念未归，山丘须与忍。剩占取人天，各自孤愤。惘然金粉。便对影江山，无复游俊。悄寒边，暮云低尽。

鹧鸪天

匝地娇雷殷画轮，疏钟无力破黄昏。总然明月都如梦，也有青山解辟尘（沪渎无山）。　　枫叶醉，菊花新，色香天与馈吾贫。西风肯到闲庭院，消得凭阑一岸巾。

金缕曲·题东轩老人山水画册。老人一号寐叟

遗恨横苍翠。算年时、多情海日，见人憔悴。满目江山残金粉，叟也何尝能寐。丘壑是、填胸垒块。叠嶂层峦空回合，甚兰根、欲著浑无地。知渲染，费清泪。　　静观无那东轩寄。俯茫茫、同昏八表，涛惊云诡。陵谷迁流十年梦，并作无声诗史。聊付托、迂倪颠米。兜率海山堪盘礴，莫骖鸾回首人间世。墨黯淡，剡溪纸。

金缕曲

　　院内秋海棠数株，西风红泪，娇小可怜。转瞬小春将半，寒重于秋，娉婷晚翠，变为黄叶萧萧矣。流景自伤，漫拈此调。

　　秋也抛人去。旧吟边、是花是泪，都无寻处。还忆碧阑幽梦小，月底蓓腾香雾。拌寂寞、和烟和露。未解飘零无限意，恰西风、已觉思量苦。如我瘦，最怜汝。　　而今更是凄无语。误芳期、脂痕鬓影，暗伤迟暮。不为此时憔悴损，只为前时媚妩。争并作、一时情绪。翠袖不堪重倚竹，正愁人、何止飘红雨。休为我，唱金缕。

陈　锐

（1860——1922），字伯弢，一字伯涛，湖南武陵（今常德）人。光绪十九年（1893）举人。官江苏试用知县。为王闿运弟子，客居苏州时，常与朱祖谋诸人游。有《抱碧斋集》六卷、《抱碧斋词》一卷。

水龙吟·题大鹤山人《樵风乐府》

十年雪涕神州，气酣西蹴昆仑倒。素商夜起，潜蛟暗舞，危弦苦调。乱插繁花，时温浊酒，自成凄悄。为一闲放汝，掉头高咏，苍茫处，无人到。　　回首东华尘渺。溯题襟、旧游都老。尧章歌曲，玉田身世，最伤怀抱。占得吴城，荒园半亩，尽堪愁了。怕茂陵他日，人间流落，有相如稿。

齐天乐·重游沧浪亭

馆梧霜叶秋飞尽，高城雁回初响。半潦通桥，层烟冠石，吟屐萧萧孤上。寒钟又放。送天末潮音，替人悲壮。倚遍危栏，旧游谁共诉心赏？　　文章流寓自古，水亭风咏地，空肃遗像。土木移形，衣冠换目，时事几番新样。沉吟片晌。指吴会浮云，晚生千嶂。待语西施，越丝愁细网。

汪兆镛

（1861——1939），字伯序，号憬吾，晚号慵叟，清溪渔隐，广东番禺人。少从叔父汪瑔读书于随山馆，后入学海堂，为陈澧弟子。光绪十五年（1889）举人。粤督岑春煊曾聘为幕僚。辛亥革命后移居澳门，潜心著述。有《碑传集三编》《元广东遗民录》《广州城残砖录》《微尚斋诗文》《雨屋深灯词》《岭南画征略》《番禺县续志》《棕窗杂记》等。

一萼红

己巳初夏，薄游沪渎，潘兰史招集净土庵，为诗钟之会。归安朱彊村孝臧以小极未与。秀水金香岩蓉镜、龙阳易由甫顺豫、宁乡程子大颂万毕至，喁于甚乐。余南归未几，金、易、朱三老相继恒化，客腊复遭兵燹，眷言昔游，顿成焦土，感逝悲来，辄依白石老仙此调，谱以写臆。

访槐阴。共江湖老去，华发未胜簪。荒院钟声，疏帘烛影，相对炉篆烟沉。乍回睇、枫林月黑；叹渺渺、天际叫哀禽。楚些繁忧，汉台危涕，愁自登临。　　东海夕烽飙起，又兰枯蕙悴，浩劫惊心。哀赋黄旗，芜吟碧树，尘外幽梦谁寻？忍怀念、山川故国；向滦水、遗事话辽金。只剩悲歌酒阑，卧雨灯深。

蝶恋花·粤秀山木棉和榆生

广州北城跨山，山多红棉，暮春花时，照耀雉堞间，伟丽绝胜。闻山中人曰："二十年来，林壑陔贸，非复承平风景。"余亦颓疴偃蹇，键户罕出，倚竹答响，为之怃然。

霸气销沉山嶻嶭。望极愁春，春酿花如血。照海烧空夸独绝，东风笑客谁堪折？　　一片芜城都饱阅。火树年年，摇落清明节。听取鹧鸪啼木末，画情空忆山樵说。

赵 藩

（约 1862——约 1931），字樾村，号石禅，云南剑川人。光绪十一年举人。有《小鸥波馆词钞》六卷，又编有《滇词丛录》三卷。

满江红·次岳武穆韵，滇军军歌

佩剑雄冠，男儿志、昂藏不歇。凭半壁、涤腥湔垢，浩然义烈。金马腾空开宿雾，碧鸡叫梦醒明月。又两番推倒段和袁，抒诚切。　老松干，耐朔雪。坚金质，难磨灭。辇苍山巨石，补完天缺。尺组终拴冒顿颈，寸丹不化苌弘血。大中华璀璨彩云笼，开宫阙。

高阳台

白叠骸丘，红淹血泪，湖湘浩劫堪怜。巨镇名城，行来总断人烟。南强北胜争蜗角，只同根、萁豆相煎。攫金钱，弹雨枪林，各饱腰缠。　倏和倏战频贻误，是满怀机诈，莽操心传。木屐儿来，便愁席卷山川。一年容易中秋节，月朦胧、碧海青天。最凄然，世上流离，天上团圆。

李岳瑞

（1863——1927），字孟符，号小郠，别号荄滋、惜诵、悔逸、胡马、亮羼、大浣，陕西咸阳（今西安）人。光绪八年（1882）举人。九年（1883）进士，改庶吉士，授工部屯田司主事，擢员外郎，考取总理各国事务衙门章京。二十四年（1898），列名保国会中，以上疏请变服制，政变起，罢官归陕。三十二年（1906）游上海，任书局编纂，兼为各报馆撰文。1914年入都，任清史馆协修。1920年返陕。卒年六十五。著作刊行者有《春冰室野乘》等，手订《郖云词》一卷。

八声甘州·辛亥月九简沤老

蓦黄花都傍战场开，销魂故园秋。怅西风韦社，衰蒲细柳，一片清愁。望里秦山破碎，泾渭自东流。饮罢瑶池暮，日晏昆丘。　　问讯胥台倦叟，但无端歌哭，争挽神州。念浮家有约，何事苦淹留？碧沉沉、江南旧树，怕烟波、无地着闲鸥。千秋事，只霜花卷，为写烦忧。

惜红衣

七月十八夜中宵不寐，蛩声到枕，露气满帘，悄然有作，仍用白石韵并呈沤尹。

络纬虚堂，哀蝉坠叶，枉抛心力。一树无情，凄然怨凝碧。新愁黯黯，闻也到、鸥边狂客。沉寂。斟酌九秋，断姮娥消息。　　鹃声紫陌，寥落宫花，玉容泪痕藉。霜前白雁，恋国斗依北。为问故家亭馆，更待几回游历？奈误人多矣，江上六朝山色。

廖恩焘

（1864——1954），字凤舒，一作凤书。号忏庵，别署珠海梦馀生，忏绮庵主。广东惠阳人。早年供职北洋政府，任驻古巴兼巴拿马公使，后任江苏省金陵关监督，晚年居香港。先有《扪虱谈室词》，后成《忏庵词》八卷。

贺新郎

忍对西风说。渐人间、笙歌梦里，换裘抛葛。秋远中原迷落雁，云拥寒天欲雪。渺一线、吴山如发。负鬈舟藏今不见，恐巨灵、擘破千江月。杯掷去，劝弹瑟。　　漫教折柳轻伤别。看横刀、桥头断水，渐还冰合。记否吹笳城边路，沕穆腥尘沁骨。恨无故、当年裾绝。泪铸黄金都知错，又懵懵错铸神州铁。南共北，正分裂。

三部乐

榆生书来，言彊翁《语业》将付印，属题词。黯然摹此，声依梦窗

鹈鴂声沉，早泪眼问春，断红谁续。蠹馀蜗剩，百辈词流同哭。甚还惹、邻笛吹愁，记梦边校稿，夜窗消烛。练裙不忍，点检墨污残幅。　　热阑旧曾醉倚，对半髭岸柳，翠烟如沐。那堪小楼隔水，斜阳移谷。好帘栊、语鹦占却，人恰是、棋收冷局。兰佩自结，千秋下、无限芬馥。

风入松

甲戌清明粤中赋此调，今于乱离之际又逢佳节，新愁旧恨，何以为怀

花朝暂过又清明，寰宇未销兵。斜阳流水寒鸦外，惜燎原、劫火飞星。不见降幡招展，笙歌残霸宫城。　　村帘出杏为谁青，巢燕殢春程。家家灶冷愁时节，甚行人、还管阴晴。啼时杜鹃无血，铜驼仍旧荒荆。

（1940 年）

烛影摇红·癸未前十日，拙词奉赠仲联吾兄词宗正之

班马文章，蔚然奇气通词赋。万邦龙战血玄黄，飞向毫端诉。呵壁扪天漫语，夜沉沉霜虬起舞。旧家宗派，江上峰青，千年心素。　　不换兜鍪，儒冠肯被蝉貂误？男儿三十立功名，岂必为房杜？吾道干城寄与。遏颓波中流砥柱。河山泪点，甚采芳馨，纫囊同贮。

（1943 年）

水调歌头

吾乡罗浮飞云顶，奇境也。余年十九往游，分别六十二年矣。忆及纪以此解

四百卅峰外，云气忽飞来。罗浮有约难到，谁叩玉扃开？潭自五龙腾去，鳞爪了无痕迹，丹灶夜生苔。六十二年影，入梦不须猜。　　蝙蝠岩，蝴蝶洞，总消才。记曾空桑三宿，诗俏换仙胎。拥得吹笙低鬓，放出持螯左手，肩试拍洪崖。一览众山小，大地只纤埃。

（1945 年）

龙山会·重九后三日最高楼上晚眺书感，仍次梦窗韵

忽放登楼眼，凭遍栏杆，字总排成亚。冷云和泪看，斜雁影、几与残阳齐下。秋水一痕飞，骤横破、江烟翠冶。沁乾坤、诗愁万斛，纵情横洒。　　携笛到此休吹，怕引仙軿，驭紫鸾如马。染霜髭鬓满，还怎忍、浮白笙边连夜。须劝惜分阴，叹华镜、流尘迅泻。意未舍，似百仞断崖藤倒挂。

高阳台·如社限访媚香楼遗址题

烟蹙林容，风收花气，游人此地魂销。华屋山丘，欢场忍问前朝。鹃红溅上新罗扇，画折枝、恼煞歌娇。太无端，一点燕支，一寸鲛绡。　　词流百辈浑多事，又颓栏敲韵，浅岸停桡。何处珠帘，当时翠袖曾飘。云痕雨影昏灯夜，正秣陵、与诉回潮。不堪闻，城上吹笳，城畔吹箫。

汪曾武

（1864——1939），字仲虎，一字尹刚，号鹣龛，江苏太仓人。有《鹣龛词》，一名《趣园味莼词》。

女王曲（二首）

乙亥仲秋，寓斋词集，闰庵属以所藏埃及女王画像拓本为题。是碑端忠敏同门考察政治西洋，购石携归，拓本罕觏。溥心畬知女王为殷时人，生时有文在手，左右各一，曰"水陆卓有，武功雄长"。欧西像戴凤冠，手持明镜，姑就所知，率成二解。

（一）

周前复后夸明圣，李唐武曌无斯盛。囊括展雄才，英风遍九垓。　　生成文在手，水陆还书籀。轶事说寰西，五千年可稽。

（二）

蝉冠凤翼窥明镜，宫中照彻惊鸿影。镌刻未题年，青珉海外传。　　陶斋勤访古，寰宇碑宜补。珍重压归装，几人椎本藏。

四犯翠连环

丙子荷花生日，蛰云、熙民、默园同游南海瀛台，品茗湛虚阁。新荷出水，微褪红衣，旧雨欢谈，凉风飒爽，即景谱示同人。

水阁搴芳，冰奁漾碧，花光倒涵波暝。何处翠疏红隙里，短桨笠蓑人影。雨馀荷气净，画图仿佛昆明景。晚亭残照，小鬟初洗，绰约妆幽靓。　此境宜浣缁尘，把旧愁新恨，等闲消领。我欲快谈元祐事，还怕鹭鸥惊醒。鹤笙天半冷。迷茫那许重回省。风渐猛。凝望湖心，采菱罢歌声静。

古香慢

会逢七夕，望极双星，凉蛩絮秋，新月流影。骊酒劝客，且遣良宵，携句问天，自成孤讽。敢学樵唱，伫听韶音。

暝萤闪影，孤鹤惊秋，庭院幽悄。极目双星，碧海夜蟾都老。尘镜换朱颜，只懒对菱花独照。忆珠帘燕去，宝鼎麝沉，离恨多少！　漫迸入冰弦凄调。觞政诗盟，卮酒倾倒。遣此良宵，不管漏壶频报。为拾旧时欢，又添得鸿泥印爪。望河清，把新怨古愁齐扫。

曹元忠

（1865——1923），字夔一，号君直，晚号凌波居士，江苏吴县人。光绪十年（1884），以第一人补博士弟子。二十年（1894）中举人。曾参加康有为为首之公车上书。屡应进士试及经济特科试，俱不售。捐内阁中书，历任玉牒馆、国史馆校对官，学部图书馆、礼学馆纂修，实录馆详校官，内阁侍读，资政院议员。民国后为遗老。有《笺经室遗集》二十卷。

抛球乐①

　　帐殿无人绿化烟，玉车望断苑西边。翠罗泪点朝元雨，红豆秋零凝碧弦。看取空枝上，花落吹还不复鲜。

【注】
① 咏庚子之役，两宫西奔事。

眼儿媚①

　　灯暗长门雁声沉，月色玉阶阴。旧时辇路，绿芜埋没，比似恩深。　　泪波红酿桃花醋，点滴是酸心。凄凉滋味，怕提买赋，何况黄金。

【注】
① 咏珍妃与德宗隔绝事。

沈惟贤

（1866——1940），字思齐，晚号逜翁、逜居士，江苏华亭（今上海松江）人。光绪十七年举人。历任浙江嘉兴、钱塘、仁和、新城、石门知县。民初任江苏省议员、省议会会长。有《逜居士集》《平原村人词》等。

惜红衣·和白石题《秦山炼剑图》

素练禁秋，清尊度日，遣愁无力。醉舞龙泉，星芒破山碧。凭高泪眼，拼寄与、天涯髯客。沉寂。何地避秦，泊风尘残息。　　中原绮陌。连骑横磨，儒冠任凌藉。岩栖望气，旧国斗枓北。可惜楚宫宵梦，不省湛卢来历。怕过江飞去，摇落秣陵秋色。

杨玉衔

（1866——1944），字铁夫，广东香山人。与林鹍翔师事朱祖谋。有《抱香室词》《梦窗词校笺》。

诉衷情·观海

灵胥白马拥涛来，荡决地天开。蛟龙何事馀怒，入壑吼春雷。　　花四溅，白皑皑，撼前崖。射潮弓弱，泝汉槎遥，人隔蓬莱。

天香·自题《抱香室填词图》

毛谢飙扶，肠凭酒涤，蹉跎身世如此。汐社随鸥，吴云泊雁，结习未忘语绮。西窗嚼韵，惊梦里、睡夜龙起。孤悄吟灯只影，寂寞添香纤指。　　词仙御风万里（谓彊师）。马塍花、落残红紫。指点翠微高处，自今休矣。抱得寒香足未？图不出、危弦变声徵。漫道丹青，痕痕是泪。

齐天乐·偕夏瞿翁登市楼下瞰

黄沙白骨秦城路，谁驱五丁移此。断壁蓬支，空橡薜绣，王谢依稀邻里。斜阳半紫。尚凄恋当年，汉旌遗垒。歌舞繁华，漂花春去付流水。　　何堪重问往事，裹创犹肉搏，卷刃东指。捧土填川，挥戈返日，空使英雄垂涕。笙箫残市。有倦客凭阑，壶觞无味。逃酒逃禅，问谁知我意？

西河·长城怀古和清真

形势地。秦关百二雄峙。燕头晋腹尾皋兰，龙蛇陆起。窥边猎火燎平原，黄沙红入无际。　　饮马窟，罴冢是，安危钧发悬系。旌旆影靡鼓声沉，坏云崩垒。障亭叶落扫秋风，夜潮呜咽渝水。　　马茶见说久互市。甚渝盟、一蹴千里。锁钥丸泥何世？怅关门、牝铁宵飞，空说鞭石移山渔歌里。

大酺·香江登高

正岛帆寒，窗檠短、憔悴天涯羁客。亭皋凋木叶，怕东篱秋瘦，照人无色。泛绿萸尊，蹴红绳屧，芳草还堪眠藉。迷离西崦路，算斜阳虽好，乱云重幂。况催近黄昏，霎时风雨，满城沉寂。　　中原劳目极。星星火、一望平原赤。况又是、齐乌争幕（时山东划防未定），辽鹤迷归，翅低垂、空留残翮。那怪高飞雁，烟水阔、远怀沙碛。奈圆月，非今夕。暮霭环合，山下归途如漆。迟明问谁耐得？

曾习经

（1867——1926），字刚甫，号蛰庵，广东揭阳人。光绪十八年（1892）进士。历官至度支部右丞。辛亥革命前夕辞官归。有《蛰庵词》一卷。

桂枝香·庚子闰中秋

晚云绀碧，怅不语依前，蝉嫣何极！几度凝妆，愁锁暗尘罗额。重来恰喜逢秋惯，问琼宫、几时将息？良宵暗展，铅华净洗，镜鬘相忆。　　剩几处、笙歌瑶席？似今夜寒些，桂阴狼藉。小影山河，应也徘徊陈迹。坠欢零梦轻轻记，尽怜伊、攒愁钿笛。情怀积叠，平分不尽，半楼斜白。

眼儿媚①

西风吹叶下庭心，人去戍云深。金微残梦，玉关新恨，昨夜霜砧。　　愁烟梦雨飘零尽，斜照见孤临。伤秋苦语，感时清泪，簌簌空林。

【注】
① 词为戊戌政变后被杀害、流放者作。

刘毓盘

（1867——1927），字子庚，号椒禽，浙江江山人，名词人刘履芬之子。光绪三十三年（1897）拔贡，官陕西云阳县知县。清亡后，以教授终于北京大学。有《濯绛宦词》，又名《噙椒词》。又有《词律斠注》《唐五代辽金元词校辑》，而以《词史》十一卷为最著称于世。

浣溪沙

珠络香沉七宝钗，楞红亭子月如规。照人银烛也心灰。　　断送芳华鹃作主，传来消息鸩为媒。自家惆怅自安排。

西地锦

璧月似怜愁况，唤梦云来往。葡萄酒国，情波片片，约诗魂同葬。　　碧汉静无风浪，趁水流花放。低声嘱咐，莺梭莫更，织千丝成网。

长亭怨·和潘香禅钟瑞丈

已勾却、闲愁无算。闭上重门，彩禽休唤。自解罗囊，斩新花样镜中看。一夋湘月，争照出，芳心怨。绝好旧江山，听悄地、笛声零乱。　春短。怪南风百尺，不把片帆吹转。空林燕子，尽衔遍、落红谁管？便撇下暗里情丝，恁拈起啼珠成串。莫梦到琼阶，脉脉明河秋远。

水调歌头·泉唐晓发，寄怀蓟辽及故邑友人

咫尺斗牛府，清浅阻灵槎。黄金铸出酸泪，刿骨洗愁魔。旧誓江南江北，新忆天南天北，归梦瘴云遮。吹剑弄秋色，眺海掣银蛇。　我欲仿，鸱夷子，挈吴娃。明珠散作红豆，种草不成花。堤柳牵人同住，社燕邀人同去，去住两参差。呼起一轮月，飞影扫龙沙。

金缕曲

题吴瞿庵梅茂才《风洞山传奇》，谱瞿忠宣事

一滴真元血。是天工、撑持世界，作成豪杰。猿鹤虫沙秋烬化，了却中原半壁。生不幸、谋人家国。欲乞黄冠归里去，听桃花扇底娇莺泣。抽佩剑，四空击。　　靡笄独抱孤臣节。倪昏昏、终朝醉梦，草间偷活。柱木焉能支大厦，万丈灵光照彻。灰冷透、昆明残劫。遍地皆非干净土，莽青山、何苦收遗骨？休更向，老僧说。

水龙吟 · 潼关道中

终南积翠销沉，倒骑驴子回头看。秦楼话别，口脂私语，香痕未浣。柳忆鞶分，花怜笑减，旧人天远。恁芳菲世界，为欢能几，容易说，春情倦。　　初日朦胧四扇。念家山、宫商已换。千寻铁锁，费他多少，周郎巧算。铩凤刀光，惊鸳剑影，素衿啼满。怪谯门画角，声声犹是，诉征夫怨。

王允晳

（1867——1929），字又点，号碧栖，福建长乐人。光绪十一年（1885）举人。官建瓯教谕。奉天将军依克唐阿曾招之入幕，后又入北洋海军幕府。室至安徽婺源县知县。有《碧栖诗》《碧栖词》行世。

水龙吟

甲午十月，辽沈边报日急。偶过琴南冷红斋闲话，感时忆旧，同赋。

高斋不闭空寒，何人问取垂杨意。清霜未落，北风渐紧，丛丛荒翠。地冷无花，城空多雁，斜阳千里。只故人此际，萧然语罢，将丝鬓，临流水。　　何限闲愁待寄，有繁华旧时尘世。斜阶拥叶，危亭欹树，秋来如此！病后逢杯，梦中听角，沉吟暗起。算十年心事，江湖醉约，倦鸥能记。

疏影·菊影

苍茫雁字，荡清霜弄晚，愁在何许？废圃空阴，小苑微寒，销得几回凄顾？斜阳鬓底疏燕色，更漠漠、弥簪香雾。算也应、多谢秋娘，懒配断肠针谱。　　幽致常年共惜，月明细步绕，来往烟语。人老迷花，花自无言，冉冉窥人凉句。如今怕见西风面，悔不掩、笼灯深户。又一枝、斜入多时，看到半篱鸦曙。

菩萨蛮

回峰折叠晴川色，玻璃一镜醋春碧。镜里是儿家，蛮溪满屋花。　　东风吹别苦，直送云帆去。昨梦故乡看，月明千万山。

甘州·庚子五月，津门旅怀，寄太夷

又黄昏胡马一声嘶，斜阳在帘钩。占长河影里，低帆风外，何限危楼。远处伤心未极，吹角似高秋。一片销沉恨，先到沙鸥。　　国破山河须在，愿津门逝水，无恙东流。更溯江入汉，为我送离忧。是从来、兴亡多处，莽武昌、双岸乱云浮。诗人老，拭苍茫泪，回睇神州。

长亭怨慢

丙申九月，同年张珍午侍御与余别于台江舟次，执手怅然，襟袖沾湿。岁暮无绪，赋此追寄，并讯芝南、小轩、徵宇诸君。

又还是、将离时节。酒尽江楼，雁声相接。唤得愁生，半篙云浪涨天阔。故人都散，争忍唱、旗亭阕。那处不飘零，恨莫恨、长安秋叶。　　凄切。拥吟鞭试望，缥缈梦华宫阙。芦沟过也，怕水渡、暗澌先结。更问讯、近日西山，可犹有、梅花香发？念一片阴阴，谁扫苍崖苔雪。

瑞鹤仙·辽阳道中书感，寄沧趣楼老人

黄尘嘶马去。叹而今不是，少年羁旅。荒程渺何许？但云水纵横，乱山无主。人间事苦，有垂柳、青青倦舞。绕天涯、不见啼莺，那见一春归处？　　凝伫。听箫身世，换酒年光，黯如风絮。沧洲旧侣。总孤负，翠尊语。料溪桥南北，藤花零乱，长有愁香秀句（沧趣楼前后植紫藤数十本）。甚匆匆、茶熟湖亭，便成间阻。

齐天乐·秋日偕友人游台江作

　　曲塘不是调鞭路，当当更闻珂马。凉水斜门，疏花占屋，称得萧娘声价。红香惯惹。有事叠吟笺，泪藏离帕。再见蛾妆，俊怀消减定应讶。　　江关词赋纵好，少年情味在，秋气难写。跂脚眠云，扶头醉雨，换了当时台榭。波容慢冶。消几日相逢，渚莲开谢。老尽愁鸳，暗霜飘翠瓦。

一萼红·兴郡官廨宋梅，用碧山韵，同韵舫太守赋

　　锦芳菲。背苍寒嫩晓，重抹口边脂。玉晕难销，珠啼未醒，云意还锁山姿。似知有、词仙俊赏，小罗浮、生翠总双飞。官地花开，旧家人到，零乱春霏。　　曾是先朝池馆，念兴亡似扫，泪泫苔枝。横吹无情，清愁易老，谁见残客心期。抵多少、沧江烟雨，做青青、萦惹断肠时。往日宫妆在否，百遍寻思。

张 鸿

（1867——1941），初名㵅，字映南，一字师曾，号璠隐，别署蛮公、燕谷居士、童初馆主，江苏常熟人。光绪十五年（1889）举人，援例为内阁中书，迁户部主事。光绪三十年（1904）成进士，以户部主事归原班。旋改外务部榷算司主事，由郎中记名御史，出为日本长崎理事，调神户理事。归里后，兴办教育。有《蛮巢诗词稿》三卷，《游仙诗》一卷行世。

无闷·望雪

一望苍茫，做暝催阴，人向熏笼悄倚。叹天际长安，萧条如此。欲唤玉龙梦醒，整鳞甲、横飞东溟水。只愁恰比，春来柳絮，因风斜坠。　　沉思，更难似。索窗外梅花，助侬诗意。恨落叶空林，赚凝秋睇。偏又几番酝酿，任词客、低徊黄昏里。待晚来、收拾寒云，仍是夕阳天地。

清平乐

杨花无迹，飞入重楼白。三十六宫春寂寂，芳草玉阶自碧。　　斜阳柳色长门，落红凄断幽魂。不料夜来风雨，和烟做尽黄昏。

祝英台近·同柳公游大明湖

晚烟平，斜日暮，画舫趁波去。怕上南山，回首问何处？姮娥纵是无情，垂垂秋柳，更禁得、伤心几度？　　长安路。只见西北浮云，危楼正风雨。如此河山，忍付冷萤舞。可怜十里荷花，苇田分据。便零落、红香无主。（大明湖中，以荷为业者，俱以芦苇为界。）

三姝媚·入都有感拟梦窗

斜阳红带怨。黯西风、重来寻芦秋雁。絮卷丝迷，怅故宫花事，坠烟零乱。凝碧池头，珠泪湿、梨园弦管。衰柳朱阑，望杳雕梁，旧时双燕。　　犹记凌波琼殿。正粉蝶尘芳，芯蜂春倦。碧树一（作平）声，顿羽衣惊破，舞随云散。淡月长安，星厴厴、银河低转。晓彩凭穿，瑶帐浓香梦恋。

赵 熙

（1867——1948），字尧生，号香宋。四川荣县人。光绪十八年（1892）进士，选翰林院庶吉士。二十年，授翰林院国史馆编修。二十一年，主讲荣县凤鸣书院。二十三年至二十五年，主讲东川书院。二十五年，朝考得记名御史，仍供职国史馆。二十七年，主讲川南经纬学堂。二十九年返京，任国史馆协修、纂修。宣统元年（1909），实授御史。次年，转江西道监察御史。清亡后隐居不出。赵熙多才艺，文、史、艺术诸领域皆有所成就，诗、词、书、画皆名于时，为近代川剧重要剧作家。有《香宋诗抄》《香宋词》。

齐天乐·成都雨夜

竹梢留得西风住，千山万山凉雨。头白惊秋，灯红碎梦，遮断江关前路。橹声太苦。算一月离家，明朝白露。枕上荣州，夜潮心涌乱松处。　　横流沧海四注，我思兮不见，人在黄浦（松坡、孝怀）。乌鹊南飞，阑干北望，来时阴晴难悟。皇城动鼓。更战马频嘶，砌蛩如诉。晓郭芙蓉，万花谁做主？

满庭芳·清明

　　春老鹃声，秧开雀口，百花红遍山城。香街十字，邻女卖朱樱。一色东风柳线，韩翃句、适到清明。无憀甚，莺飞草长，云白万山青。　　春耕。齐绿野，经年一梦，锦水交兵。剩千家野哭，无定河腥。又是棠梨社酒，连宵雨、人望天晴。羲皇世，三间小塾，榕径读书声。

甘州·寺夜

　　任西风吹老旧朝人，黄花十分秋。自江程换了，斜阳瘦马，古县龙游。旧梦今无半月，蔬菜满荒丘。一笠青山影，留我僧楼。　　次第重阳近也，记去年此际，海水西流。问长星醉否，中酒看吴钩。度今宵、雁声微雨，赖碧云红叶识乡愁。清钟动，有无穷事，来日神州。

望海潮·用淮海韵题南海戊戌与雪庵绝笔书

当年衣带，如今禾黍，囚尧忍梦东华。含血喷天，椎心蹈海，青牛远放流沙。书籍故人车。托白头老母，餐饭先加。不是金轮，更谁纤手送唐家。　　江湖岁岁吹筦。又六旬进酒，二月飞花。知己半生，灵光一座，先朝信史空嗟。烟柳上洋斜。剩血痕泪点，浓墨翻鸦。柴市招魂，大星芒角耿云涯。

婆罗门令

两月来蜀中化为战场，又日夜雨声不绝。楚人云："后土何时而得干也？"山中无歌哭之所，黯此言愁。

一番雨，滴心儿醉。番番雨、便滴心儿碎。雨滴声声，都装在、心儿里。心上雨，干什些儿事？　　今宵滴声又起。自端阳、已变重阳味。重阳尚许花将息，将睡也、者天气怎睡。问天老矣，花也知未？雨自声声未已。流一汪儿水，是一汪儿泪。

水龙吟·题稼轩词，即用集中《登建康赏心亭》韵

风吹太古秋声，手扪星斗行天际。荒荒下界，齐州九点，万山如髻。元晦论交，叠山请谥，齐名苏子。有龟堂诗骨，龙川文笔，唾壶响，铁如意。　　志取长鲸为脍。问中原、虏尘消未？苍天老矣，赵家宫殿，钱塘王气。小试滁湘，可怜王蔺，谤书忘此。逗丛编夜雨，天惊石破，化黄河泪。

金缕曲

四壁秋虫叹。似栖栖、衰年才尽，病贫伤晚。伴我愁心无眠夜，思妇劳人合传。又凉雨、声声河满。老去匆匆神州路，甚涛头尚喷鱼龙战。风信黑，海无岸。　　九霄封事三更半。记归轮、谯楼挂月，御河南转。晓约酒人城西去，石景戒坛僧饭。忽落叶、一身天远。短剑床头苍龙吼，哭荒鸡小拍秦王犯。天又曙，数声雁。

念奴娇·用玉田"夜渡黄河"韵

苍龙星没，望神州不见，小阑干北。似听孤鸿天外语，十六燕云历历。承露铜仙，朝天银烛，驰道如弦直。忍拼孤注，幕巢秋燕如客。　　岁岁南北烽烟，茂陵归路远，马嘶无迹。宛转古城蒿影下，袅袅白狐人立。空穴来风，漫天作雪，火笑巢中碧。雄鸡尾断，一声天下皆白。

齐天乐·秋荷

水窗无避秋声处，田田半宵凉雨。翡翠无家，玻璃浸月，欲逼西风何路？生涯愁苦。记小叠青钱，一群鸥鹭。转眼铜仙，玉盘圆贮泪如许。　　托根曾隶太液，翠华三海地，都化南浦。暗绿摇天，枯香换世，叶叶洪荒一度。情天漫补。便战地黄花，也愁霜露。老付禅心，妙莲华万古。

莺啼序·闻成都川填军警

何辜锦江万户，涨滔天祸水。战尘起、腥色斑斑，溅血红绽花蕊。遍郭外、衰杨挂肉，惊风乱飚城乌坠。叹无边空际，霓云尽叠愁思。　　三月春浓，正好载酒，泛花潭艇子。二更后、芒角天狼，万千珠弹齐至。自皇城、鳞鳞破屋，火龙挟、金蛇东指。放修罗、刀雨横飞，问天何意？　　奇哉去日，被甲川南，共枕戈不寐。应记取、纳溪力战，誓死前往，唳鹤声中，路人挥泪。妖烽荡净，刀瘢合缝，回首啼鴂千山响，唤同袍、互酌军容悴。如何自伐中宵，画角频吹，乱尸武担山里。　　西南大局，化作芜城，剩鬼灯照翠。问此世、花卿知否，豆煮萁燃，海外鲸牙，怒涛方起。迂辛更苦，今应无恙，嵯山遥数春树影，忍双亲、怀远门闾倚。千秋认此残灰，大劫昆明，万魂在纸。

何振岱

（1867——1953），字梅生，晚称梅叟，号南华老人。福建闽县（今福州）人。光绪二十三年（1897）举人。曾任《福建省通志》协纂，福州《西湖志》主纂。有《觉庐诗钞》《我春室诗词文集》等。

八声甘州·题纳兰容若小影

淡无言、摊卷向风前，愁思带罗扬。是燕台骏影，乌衣词客，玉貌堂堂。弹指清音隐见，天气木樨凉。栏石回环处，无限思量。　　人世孤心难写，按银筝瑶瑟，怨峡啼湘。问一生窗月，离聚几炉香？者心盟、如今犹耿，算幽亭、渌水未曾荒。依稀见，独沉吟里，人隔斜阳。

鹧鸪天

鹤氅云边倚晓寒，琴丝碧海为谁弹？何曾仙佛无凭准，但惜人间解意难。　　毫浣露，纸熏兰，新词一卷托心肝。吟成不倚筝琶和，声出烟霄缥缈间。

绛都春·咏盆梅，寄示耐轩、坚庐

摇灯屏曲，袅一缕诗魂，和香来去。玉立癯身，寄托盆中无多土。掬泉漫入铜壶供，展病干、依然苍古。记锄明月，种成偏远，故园双树。　　重数。芳寻踪迹，疏篁外、冉冉绿鬖歌露。晓梦斜街，旧日春寒怎生赋？深卮隔雪炉边句。问何似、瘦驴溪路？澹然吟对黄昏，横琴无语。

浪淘沙·海上初秋快晴楼望

楼阁上初阳，净绝秋光。晨清万影辨微茫，一叶飞过瞒不得，如蝶飘黄。　　节候已新凉，倚槛天长。神游五岳梦三湘。却展道书成晏坐，小炷炉香。

高阳台·南昌夜闻大风

旋树才喧，排窗更厉，天公一意难平。万窍同号，不知何处先鸣。凄钲怨铎都沉响，近更深、瓦击垣倾。夜频惊，铁骑边驰，百万军声。　　平生浩荡江湖兴，记飞涛千顷，孤舸曾听。快意长风，犹疑鼓楫堪乘。几时短发催人老，看飘花、春晚江城。漫销凝，招鹤扶摇，梦绕青冥。

杨寿枏

（1868——1948），字味云，号苓泉居士，江苏无锡人。光绪十七年举人，官度支部左参议。民元后官长芦盐运使、山东财政厅长。两任财政部次长。后为无锡商埠督办、全国棉业督办。在《云在山房类稿》。

迈陂塘·咏秋水

渺鸥天、蔚蓝千顷，林峦倒映清峭。绿波南浦销魂夜，又是五湖秋早。重倚棹。爱藻影蘋香，翻比花时好。莲衣褪了。剩几点青荷，渔娘眉翠，还向镜中扫。　　横塘路，前度湔裙重到，如今枫荻都老。江天一色涵空碧，衬着落霞残照。归梦杳。问蟹舍鱼村，何日容垂钓。愁心缥缈。更遥指红墙，盈盈一水，金汉挂清晓。

疏　影

红窗寂寂（唐人曲名，有《红窗影》）。任映花掩柳，行处无迹。才度回廊，又入疏帘，惯似惊鸿飘瞥。空阶立尽梧桐月，却蓦被、轻云遮隔。最怜伊、生小相亲，步步正随鸳屦。　　金粟前身悟彻。是人是我相，真幻难识。长记华年，惨绿衣裳，照得春波一色。如今人比梅花瘦，尚伴我、醉笻吟帻。更那堪、破碎山河，还共玉蟾圆缺。

俞陛云

（1868——1950），字阶青，浙江德清人，俞樾之孙。光绪二十四年（1898）进士，授翰林院编修。1902年任四川乡试副考官。辛亥后寓居北京。有《蜀輶诗记》《小竹里馆吟草》《乐静词》《诗境浅说》《唐五代两宋词选释》等。

蝶恋花

容易春光过九十。展遍杨枝，不展眉心结。耐尽清寒无气力，画屏几点梨花雪。　　莫唱回波伤远别。郎比行云，妾比山头石。但使山头终古碧，云飞应有归山日。

高阳台

辛巳岁，先室绚华，侍祖外舅彭刚直公归衡阳。时余年十四，妇年十六。舟发胥江，依依惜别，为第一度分襟处。三十年来，伤离感逝之怀，焉得逢人而语？黄陵瑶瑟，飙乘仙女之踪；玄武明珠，泪结相思之字。野水孤帆，城阴一角，夕阳无语，离思当年，低徊独喻云。

崎岸无人，乱山如梦，重来尽耐思量。乍展情芽，娇憨骑竹年光。关河未识天涯远，只难禁、酸沁回肠。掩离觞，忍泪低鬟，已湿罗裳。　　嘘寒问暖寻常语，到临歧嘱咐，垂老难忘。小坐迁延，一双人影斜阳。卅年绮恨飘风过，剪秋灯、谁话沧桑？向横塘，淡月昏烟，独雁回翔。

金兆蕃

（1868——1951），字篯孙，号安乐乡人，浙江嘉兴人。光绪十五年举人。民初任职北京政府财政部，后任清史馆总纂。助徐世昌编纂《晚清簃诗汇》。晚居平湖，有《安乐乡人诗》《药梦词》。

金缕曲

燕去楼空矣。夜深沉、灯昏月暗，倩魂憔悴。依约凌波真耶幻，底事远山敛翠？还重话、庚辛旧事。一骑桃花千重柳，压罗襟、斜佩朝天紫。沙董辈，定输此。　　海山沦谪归无计。尽推排、红心拔尽，黄粱醒未？几度党家销金梦，几度陶家茶味。更谁惜、蜉蝣身世？汉燕唐环生无分，掩柴门、白发青裙死。添一段，玉台史。

【注】
此词咏傅彩云（赛金花）。

秋霁

秋老亭皋，讶怨涧惭林，又减颜色。水咽津桥，石殷栈路，暮寒杜鹃无力。劲飙未息。翠微亦敛长眉碧。忆故国。空剩酒醒，裘敝浪游客。　　尘影尚在，暗掷苍茫，种桑高原，如此寥寂。夜将晨、绳横斗落，孤星低隐片云白。谁唤渡河行未得？只自魂断，凄绝倦旅心情，听猿江峡，度鸿霜驿。

徐　珂

（1869——1928），初字仲玉，改字仲可，一作中可。浙江杭县（今余杭）人。光绪十五年（1889）举人。师事谭献。数应会试不第，考授内阁中书，改同知。戊戌政变后归里，辑录整理谭献词论为《复堂词话》。二十七年，移居上海，任职商务印书馆，编辑《辞源》。为南社社员。1923年又加入新南社。有《真如室诗》《纯飞馆词》《小自立斋文》《近词丛话》《清代词学概论》《清词选集评》《历代词选集评》《清稗类钞》《大受堂札记》《可言》《晚清祸乱稗史》。

疏帘淡月·梅花为彝斋赋

　　罗浮春暖，正一片随流，和梦都远。赚得檐前独笑，为谁帘卷？淡黄月色回阑底，认眉痕、旧时曾展。佩环声悄，啼残翠羽，尽容凄恋。　　漫冷却芳心一半。有空际仙云，流照亭院。忍著横斜双影，镜澜清浅。东风消息还宜准，怕高楼、玉笛吹怨。夜寒人静，相偎素被，冷香熏遍。

南乡子

疏雨晚来晴，一带长堤草色青。青到夕阳红尽处，回汀，知是兰桡第几程？　　双鬟坐调筝，不道朱弦手惯生。柳外东风花里月，清明，容易高楼又晚莺。

采桑子

黄昏几阵潇潇雨，历乱风铃，料峭寒更，付与春宵各自听。　　红鹃啼瘦清明节，絮落还萦，枝嫩才青，一样东风两样声。

绛都春·次况夔笙先生韵

相逢客里。怅燕麦兔葵，斜阳何世。旧柳汉南，阅遍番风知曾几？高楼西北登临地，怕苍月、愁边飞坠。隔邻歌管，严城鼓角，梦回情味。　　英气。花销不尽，忍都付、倦后茂陵吟醉。看剑问琴，同是天涯青衫泪。铜仙一去舰棱远，漫重话、长安春事。并栖何处雕梁，曲尘又起。

路朝銮

（186？——1946），字金坡，贵州毕节人。曾任四川大学中文系教授，任诗词曲教学多年。有《瓠庵集》。

渡江云·退庵见示沈成章司令
招游崂山泛海往还之作，次韵赋柬

流觞怀太液，旧游梦醒，苍翠失琼华①。挂帆东海去，台观凌云，闲访列仙家。阴崖虎豹，蹲险怪、时露须牙。溯怒涛，戈船来往，荒戍黯闻笳。　　休嗟。尘封宝篆，露冷星坛，渐亭皋叶下。更几回、松荫观瀑，溅沫飞花。横摩峭壁惊虬舞，留醉墨、馀沈欹斜②。清兴远，天风漫引灵槎。

【注】
① 往岁退庵曾邀禊饮故都北海，是夏国都南迁。
② 退庵近作"潮音瀑"擘窠书于崂山石壁。

疏影·闰老璩青以月当头夕
宴集聊园，书来索词，赋此奉寄

寒空敛碧，指素轮引上，光堕瑶席。鹤语虚廊，梅雪初消，闲园共饮嘉客。人生几见清辉满，况寄迹、铜驼坊陌。想是邦、宜住词仙，俊约忍辜今夕？　　长恨沧溟浩荡，故人怅望久，难奋修翮。何事凉蟾，独照华颠，点点吴霜凝积。还邀千里婵娟共，叹碧汉、玉容犹昔。恐镜中、残缺河山，冷绝影娥消息。

鹧鸪天·浮玉耽剑术，仍用前均赋赠

接迹猿公术未疏，当筵起舞为君娱。豪门何处容弹铗，晚岁无心老学书。　　腾虎气，愤难舒，际天风雪隐穹庐（时察北边氛正炽）。纵横十万横磨去，断得匈奴右臂无？

夏寿田

（1870——1935），字午诒，一作午彝，又字耕父，号武夷、直心居士。光绪二十四年（1898）一甲第二名进士，改庶吉士，散馆授编修。辛亥革命后任袁世凯总统府顾问，约法会议议员。

高阳台·驿庭花，永川驿寺题壁，答朱三云石

鼓角翻江，旌旗转峡，益州千里云昏。有客哀时，江头自拭啼痕。谁知铁马金戈际，共闲宵、细雨清尊。喜风流，词笔人间，玉树还存。　　是非成败须臾事，任黄花压鬓，相对忘言。虎战龙争，几人喋血中原？莫随野老吞声哭，纵眼枯、不尽烦冤。付驿庭花落，他年此际销魂。

陈 洵

（1871——1942），字述叔，广东新会人。少有才思，中秀才后，入江右幕中十余年。中岁归粤授徒度日。性孤峭，与顺德黄节善，番禺梁鼎芬每为扬誉，并称"陈词黄诗"。朱孝臧见其词，甚加推许，荐为中山大学教授，专授词学。著有《海绡词》《海绡说词》，均收入朱氏编《沧海遗音集》。

渡江云·闭门春尽，兀坐成吟

钩帘喧暝燕，絮风正急，忍问抱愁归。绣尘摇梦短，几处垂杨，水曲暗鹃啼。闲心漫理，怕尚有、一点芳菲。刚凭得、绝尘书幌，绕树绿成围。　　凄迷。单杯婪尾，小字蛮笺，更安排何计？空怨他、高楼银烛，催送斜晖。今宵泪到云屏隙，只断钟疏鼓休提。人静后，和春泥语低低。

长亭怨慢·谭子端家燕巢复毁，再赋

正飞絮、人间无主。更听凄凄，碧纱烟语。梦迹空梁，泪痕残照有今古。托身重省，都莫怨，狂风雨。自别汉宫来，眄故国、平居何处？　　且住。甚寻常客恨，也到旧家闲宇？天涯又晚，恐犹有、野亭孤露。漫目断、黯黯云墙，付村落、黄昏衰鼓。向暗里销凝，谁念无多桑土？

六丑·木棉谢后作

　　正朱华照海，带碧瓦、参差楼阁。故台更高，无风花自落。一梦非昨。过眼千红尽，去来歌舞，怨粉轻衣薄。青山客路鸪啼恶。泪断香绵，灯收雨箔，颓然旧游城郭。尚幢幢日盖，残霸天邈。　　川盘岭礴，算孤根易托。顿有离家恨，何处着？争枝又闹群雀。似依依念定，惹茸曾约。芳韶好、柳黄初啄。得知道、一样天涯化絮，到头漂泊。山中事、分付榴萼。笑燕子、尚恋西园夜，春归未觉。

虞美人

　　芳菲冉冉辞鹍鹕，又作人间别。黄昏楼殿月冥濛，一夜高寒相望断天风。　　宫衣瘦尽苔华在，不信连环解。无情辽水自年年，只有雁飞犹见旧山川。

风入松·重九

人生重九且为欢，除酒欲何言？佳辰惯是闲居觉，悠然想、今古无端。几处登临多事，吾庐俯仰常宽。　　菊花全不厌衰颜，一岁一回看。白头亲友垂垂尽，尊前问、心素应难。败壁哀蛩休诉，雁声无限江山。

南乡子·己巳三月，自郡城归乡，过区蓁吾西园话旧

不用问田园，十载归来故旧欢。一笑从知春有意，篱边，三两余花向我妍。　　哀乐信无端，但觉吾心此处安。谁分去来乡国事，凄然，曾是承平两少年。

烛影摇红·沪上留别彊村先生

鲈脍秋杯，树声一夜生离怨。趁潮津月向人明，还似当时见。芳草天涯又晚。送长风、萧萧去雁。凄凉客枕，宛转江流，揭来孤馆。　　头白相看，后期心数逡巡遍。此情江海自年年，分付将归燕。襟泪香兰暗泫。两无言、青天望眼。老怀翻怕，对酒听歌，吴姬休劝。

木兰花慢·岁暮闻彊村翁即世，赋此寄哀

水楼闲事了，忍回睇，问斜阳。但烟柳危阑，山芜故径，阅尽繁霜。沧江。悄然卧晚，听中兴琶笛换伊凉。一瞑随尘万古，白云今是何乡！　　相望。天海共苍苍，弦敛赏音亡。剩岁寒心素，方怜同抱，遽泣孤芳。难忘。语秋雁旅，泊哀筝危柱暂成行。泪尽江湖断眼，马塍花为谁香？

水龙吟

《海绡楼填词图》，往者彊村翁欲属吴湖帆为之。余曰，不如写吾两人谈词图，吴画遂不作填。今年秋黄兆镇游杭，复请余越园为此，去翁归道山行一年矣。独歌无听，聊复叙怀，欲如曩昔与翁谈词，何可得哉！

看人如此溪山，等闲消与填词老。流尘换镜，天风吹籁，危阑自好。南渡斜阳，东篱旧月，古今怀抱。算承平去尽，笙歌梦里，浑昨日，非年少。　　金粉旗亭谢了。剩伤心、紫霞凄调。新绡故素，啼红炫碧，不成春笑。湖水湖烟，馀情分付，又随风渺。望千秋洒泪，同时怅断，掩霜花稿。

风入松

甲戌寒食，陈剑秋、叶湘南、张庶平、叶茗孙、韩树园光复来过，皆四十年故人也。独剑秋时相见，其四人皆避地香港。湘南乃至四十年不相闻，庶平则已九十矣。良辰聚首，往事茫然，声以写之，亦余情之不能已也。

　　人生离合似萍蓬，时节苦匆匆。年年寒食空相忆，今年见、蜡烛光融。往事山河梦里，高谈风雨声中。　　承平冉冉逐孤鸿，天阔更无踪。相携便作佳期看，亲知面、也算遭逢。且喜落花门巷，依然故国东风。

罗惇曧

（1872——1924），字孝遹，号掞东，又号瘿庵、瘿公，广东顺德人。光绪二十九年（1903）副贡。后客北京，官邮传部郎中。工诗，与梁鼎芬、曾习经、黄节合称"近代岭南四家"。有《瘿公词》。

蝶恋花三首

（一）

吹尽残红春已老。舞袖弓弯，冷落长安道。珍重钿车归去好，鸾肠收影愁孤照。　　脉脉斜阳欢意少。罨画层楼，步屧愁重到。拗断莲根须及早，酒醒剩遣伤怀抱。

（二）

踯躅虚廊无好计。歌管千场，尽是伤心地。谁信帕罗刚委置，夜阑犹自冰红泪。　　分手哀弦挠薄醉。夜夜银灯，轻照浓欢坠。双燕倘传归后意，露兰啼眼清如水。

(三)

　　筝雁行行弹别怨。强驻欢悰，默对芙蓉面。掩抑灯前重结线，西陵松柏生生愿。　　怊怅玉津天样远。梦掩屏山，万一还相见。柳外虹桥肠百转，明朝镜里朱颜变。

周岸登

（1872——1942），号癸叔，字道援，别号二窗词客，四川威远人。历任广西阳朔、苍梧知县及全州知州，辛亥革命后任四川会理、莲溪等县知事，未几赴赣，先后任宁都、清江、吉安等县知事及庐陵道尹。民国间历任安徽大学、重庆大学、四川大学、厦门大学教授。著有《蜀雅》《梦碧簃曲稿》《戏剧新花子拾金》等。

踏莎行·和庚子秋词沤尹韵

旧酒尘襟，新歌障扇，江湖十载经行遍。当筵禁得奈何声，试妆已是随年变。　　笛里惊魂，花边倦眼，旗亭画取兴亡怨。过江涕泪满青山，无人说与当时燕。

大酺·金陵舟次酬胡步曾（先骕）见赠

叹蜃舟移，江山在、千古空无英杰。金陵花月好，问南朝遗事，燕莺愁说。顾曲当年，横江此际，心写君身仙骨。高吟天风冷，望烟峦沐翠，雾螺梳发。似辽鹤重来，梦新人故，倦怀何极。　　年涯如过客。旧游地、吴楚今非昔。尽廿载、豪情湖海，热泪神州，卷沧波、练涛山立。雁字排笙翼。还预蜡、岳晴双屐。待相约，高秋日。卢阜天外歌风，峰头吹笛。快游共君领得。

拜星月慢·和简庵秋斋静坐

泪蜡销更，吟蛩凄夜，解识闻根喧静。月子窥人，觉秋娥妆靓。渐空外、断续疏砧促漏，声声短笛，哀筑遥应。绕树惊鸟，悄归飞不定。　　背冰奁、照彻停空镜。天香满、斗尽婵娟影。印证古愁今怨，苦铢衣清冷。洞庭波、暮瑟朱弦迸。湘烟散、宋玉添悲哽。啼梦误，卜了灯花，碧釭摇夕暝。

八犯玉交枝·厦门南普陀
观潮用仇山村招宝山观月上韵

嘘蜃云高，沐螺烟湿，画出绿瀛苍屿。空际涛飞松万壑，半杂蝉声铃语。谁撑鳌柱。海客争说蓬莱，天青潮白生寒雾。如见驷虬骖凤，群真无数。　　遥望隔海烟峦，瑶宫琪树，神仙知在何处？漫回首、朝元仙步。渺凝睇、吴城龙女。奈风急、冯夷乱舞。洞庭张乐愁归去。怕醉倒钧天，鱼龙喷薄惊秋雨。

木兰花慢·戊辰重九南普陀寺后最高处舒眺

　　落云愁海思，俯空阔，作重阳。奈大地秋风，无边落木，万感沧桑。高冈。更穷望眼，指青天一发是家乡。斜日搔余短鬓，暮潮咽断清商。　　徜徉。薜壁经廊。寻篆刻，吊诗狂。叹当年铸错，虚名画饼，招蜀怀湘。魂伤。悼今感旧，记京华选胜共萸囊。休觅残僧话往，有人独立苍茫。

念奴娇·焦山和半塘题《如此河山图》（东坡原韵）

　　一拳危石，锁江流、阅尽前朝英物。谁仗摩天疏凿手，点破顽苔昏壁。水滥岷艎，诗从玉局，浪卷蓬婆雪。狂澜须换，我来翘伫时杰。　　曾访海上成连，移情玄赏，舒啸潮音发。岛屿微茫琴思远，回首山河明灭。九域虫沙，同舟风雨，痛痒连肤发。江神安在，扫云呼起江月。

破阵乐·闻台儿庄大捷

巨鳌断足，乖龙割耳，无限东海。谁遣虾夷跳掷，变封豕长蛇增害。风引神山，尘昏震旦，云沉雨戒。叩黄灵、与日偕亡恨，诉黔嬴无语，淋漓真宰。帝曰东方寇深，妙手连环难解。　休怪。虎变鹰扬，同仇誓死，淮泗浒，终奏凯。楚汉当年争夺地，戏马高台犹在。大风歌，三侯舞，干城敌忾。国有酬庸尊有酒，指黄龙、相将痛饮，众心称快。旧曲新谱巴渝，浩歌烈采。

六州歌头·悼蔡松坡

神州断送，无福者英雄。稽周孔，卑唐宋，道污隆。若张弓，一发千钧重。师儒统，共和种，谁智勇，谁天纵，辟群蒙。浴日补天，只手黄人捧，天下为公。更功成身退，避谷访乔松。并海而东，太匆匆！　昔骖鸾辂，陪宾从，六年共，桂林中。尘澒洞，怀侘傺，气如龙，旆如虹。瞬破华胥梦，辰极拱，八方同。枯骨冢，王头陇，思悲翁。走却鳗鱼，半壁西南动，绝巘崆峒。叹滇池鼎沸，斯世莫予宗，举国俄空。

六州歌头·辛亥革命纪念日有作

年年国庆，都不是今番。悲风满，旌旆卷，广场边。雨声酸，杂逻人声怨。白虹贯，云容变，哀默展，雄词演，听宣言。雪涕东溟，同效男儿愿，誓扫凶残。指扶桑三岛，血沸海波干。宿世仇冤，切心肝。　　况天灾荐，民多难，乘忧患，突吾藩。西旅叹，东邻算，狃亡韩，启兵端。左臂辽阳断，疆谁捍，只空拳。鱼自烂，盟虚践，国徒联。痛煞强权世界，何曾见，被发撄冠？仗吾人群起，整顿好河山，白日青天。

（1931 年）

陈训正

（1872——1943），字无邪，号天婴室，浙江慈溪人。光绪二十八年举人，同盟会会员。与从弟布雷创办《上海商报》。曾代理浙江民政厅长，两任杭州市长。有《天婴诗辑》《玄林词录》《晚山人集》等。

霜叶飞

隔窗烟语。飘萧入、偬人如报秋去。北风著意送征鸿，愁绝无归处。更说甚、湘皋日暮？天涯香草迷兰杜。漫去采秋江，渺渺夕云生，怕有洗秋飘雨。　　犹记紫燕来时，红鹃唤后，冶英开满春路。几时无梦到江南，摇落便如许！怎禁得、离怀别苦。伤心扬子东头路。竟一夕，飘流尽，漠漠杨花，不成情绪。

垂杨·休日过白堤望南屏山色而作

客途倦矣，笼一鞭暮色，乍来人外。马足尘深，柳兜烟眼明秋地。空云不与填心事。怕天雁、背风难起。甚清清、弥望山川，也似人憔悴。　　终古回峰滴翠。看残日挂林，总无晴意。万杵霜声，旧愁应共秋红碎。当年几点金牛气，但剩有、柔光绕指。任喧凉，半壁虫沙催暗泪。

梁启超

（1873——1929），字卓如，号任公，又号饮冰室主人，广东新会人。光绪十五年己丑（1889）举人。受业于康有为之门，与师合称康梁，主张变法维新。二十四年（1898）戊戌二月入京，五月，奉旨赏六品衔。政变后亡命日本，漫游欧陆。辛亥革命后，曾任北洋政府司法总长、财政总长。晚年在清华大学研究院讲学。有《饮冰室全集》，附词一卷。

水调歌头

拍碎双玉斗，慷慨一何多！满腔都是血泪，无处着悲歌。三百年来王气，满目山河依旧，人事竟如何？百户尚牛酒，四塞已干戈。　　千金剑，万言策，两蹉跎。醉中呵壁自语，醒后一滂沱。不恨年华去也，只恐少年心事，强半为消磨。愿替众生病，稽首礼维摩。

甘州·郑延平王祠

甚九州尽处起悲风，汉军落前星。剩百年花鸟，种愁荒砌，啼血空城。夜半灵来灵去，海气挟蛟腥。似诉兴亡恨，铃语声声。　　今日红羊又换，算学仙辽鹤，有梦都醒。对斜阳无语，弹泪满冬青。渐东流、夜潮去急，荡旧时、明月下寒汀。凭谁问，阂重重恨，树靡东平。

暗香·延平王祠古梅，相传王生时物也

东风正恶。算几回吹老，南枝残萼。水浅月黄，长是先春自开落。二百年前旧梦，早冷却、栖香罗幕。但剩得、片片倩魂，和雪度溪彴。　　依约，共瘦削。便撩乱乡愁，驿使难托。鸾笺罢写，闲煞何郎旧池阁。休摘苔枝碎玉，怕中有、归来辽鹤。万一向、寒夜里，伴人寂寞。

西河·基隆怀古

沉恨地，百年战伐能记。层层劫烬，閟重渊、潜虬不起。但看东海长红桑，蓬莱极目无际。　　耿长剑，谁更倚？虞泉坠日难系。鼓声断处月沉沉，浪淘故垒。返魂槎客若重来，酬君清泪铅水。　　夕阳一霎见蜃市。又罡风、吹堕千里。欲问人间何世？有寒流涌出，汉家明月，消瘦姮娥山河里。

金缕曲·丁未五月归国，旋复东渡，却寄沪上诸子

瀚海飘流燕。乍归来、依依难认，旧家庭院。惟有年时芳信在，一例差池双剪。相对向、斜阳凄怨。欲诉奇愁无可诉，算兴亡、已惯司空见。忍抛得，泪如线。　　故巢似与人留恋。最多情、欲粘还住，落泥片片。我自殷勤衔来补，珍重断红犹软。又生恐、重帘不卷。十二曲阑春寂寂，隔蓬山何处窥人面？休更问，恨深浅。

贺新郎

昨夜东风里。忍回头、月明故国，凄凉到此。鹑首赐秦寻常梦，莫笑钧天沉醉。也不管、人间憔悴。落日长烟关塞黑，望阴山铁骑纵横地。汉帜拔，鼓声死。　　物华依旧山河异。是谁家、庄严卧榻，尽伊鼾睡？不信千年神明胄，一个更无男子。问春水、干卿何事。我自伤心人不见，访明夷、别有英雄泪。鸡唱乱，剑光起。

陈　思

（1873——1932），字慈首，辽宁沈阳人。清末举人，曾为江阴知事，久寓常州。后为东北大学教授。工诗词，兼擅书法及考据学、医学、佛学。有《白石道人歌曲疏证》《白石道人年谱》《清真居士年谱》《稼轩先生年谱》。

三姝媚·和瞿禅太湖词

疏梅攲雪舞。记梅园探梅，笛吹仙吕。燕客飘零，只共春流转，梦惊溪鹭。雨冷云昏，何处是、於陵荒圃。无力东风，犹似年时，蝶慵蜂去。　　飞下湖天新句。想酒动鳞红，气豪吞虎。翠叶书成，带露华、将与弄珠龙女。絮乱丝繁，漫寻问、遥山娇妩。却待相逢，细诉相思病苦。

仇 埰

（1873——1945），字亮卿，又字述庵，江苏江宁（今南京市）人。清宣统拔贡。早年留学日本，加入同盟会。历任南京第四师范校长、南京美专学政。曾与吴梅、汪东组织如社。

精镌梅燕印章赋此酬答（二首录一）

一醉难降万种愁，知君南望强登楼。我怀寥落无弦谱，天意微茫逝水舟。　　凭寸楮，记前游，廿年相与謇灵修。封侯击筑浑闲事，留取寒花共白头。

薄幸·戊寅岁除，羁栖海上，寄怀天涯吟侣

梦程重记。正郁郁、烟霏雾翳。便悟得、流行逢坎，少定逐萍心事。念故山、松鹤盟寒，沧江晚卧难为岁。趁剑阁云开，辰溪帆转，倾写幽忧盈纸。　　任悄剪，淞波影，都不称、秣陵诗意。只凝思、天外惊尘千丈，断鸿零乱飞无地。嚼冰花碎。甚蛮声似海，盲歌醉舞昏黄世。登高放眼，容有清光尺咫。

玉京谣·淞居秋感

　　笛乱回塘晚，数点飞凫，敛影冲波去。引领西楼，斜阳犹恋晴宇。看逝水、消尽流光；任客梦、栖皇东露。茫无绪。寻秋有著，擎天难语。　　江南大好湖山，画境慵开，甚莽烟急雨。瑶瑟清湘，河梁谁倚新谱？剩半淞、云罨孤滩；许万里、落鸿成侣。还惜与、芦上絮风辛苦。

冒广生

（1873——1959），字鹤亭，号瓯隐，亦号疚斋。蒙古族，江苏如皋人，清初名人冒襄（辟疆）后裔。光绪二十年（1894）举人。戊戌变法时与维新人士来往密切，列名"保国会"，参与"公车上书"。历官刑部、农工商部郎中。清亡后，任瓯海、镇江、淮安等地海关监督，南京考试院考选委员，高等典试委员，国史馆纂修。三十年代末，任教于广州勤勤大学、中山大学，兼广东通志馆总纂。四十年代任上海太炎文学院等校教授。1949年后，被聘为上海文物保管委员会特约顾问。晚岁专力于编订唐、宋、元、明、清诗文集，校勘《管子》等古籍。著有《小三吾亭文甲集》《诗集》《词集》《笔记》《词话》《疚斋杂剧》《疚斋散曲》《冒巢民先生年谱》等多种。

满江红·乙未西湖作

眼底河山，一半是、宋家陈迹。斜阳外、断桥衰柳，湖光如雪。竖子何知南渡恨，才人空拟西施洁。听冬青树底子规啼，犹凝血。　披香殿，灯光灭。宜春院，笙歌歇。便平章宅里，也无秋蟋。宰相本来长乐老，诸君莫唱无家别。把前朝旧事付沧桑，书空咄。

琵琶仙·乙未十一月二十日，观伶人演《长生殿》弹词

冷落霓裳，更谁问、开宝当时遗谱？无奈客里销魂，愁深屡回顾。浑不信、蛇皮弦子，惯弹得、泪珠如雨。满地江湖，极寒宫阙，回首何处？　　便从此铁板铜琶，把棋局沧桑为君诉。多少琼花璧月，总春风尘土。才几日、淋铃曲罢，怨天涯、肠断声苦。又是一抹斜阳，暗迷烟树。

摸鱼子·福州道中有怀晚翠

莽阎浮、无多词客，飘零都在羁旅。春风一片征帆影，吹送女螺江路。江畔觑。恁立尽红桥，没个商量处。长淮北去，想客里家山，愁中诗句，依约定凝伫。　　特提起、当日碧波黄浦。雕鞍少解同住。金钗绿鬓齐年少，难得飞扬跋扈。君记否？记满地红心，共踏西泠墓。前尘俊侣。有说剑吹箫，一般狂态，为尔忆任父（梁启超）。

金缕曲·题康更生戊戌手札

往事沉吟乍。记当时、黄门北寺，清流白马。腹痛故人头万里，痛定思量犹怕。蓦弹指、廿多年也。今日艰危馀一老，算尺书未共池灰化。重展读，泪盈把。　　火风过去飙轮霎。只未来、三灾八难，佛都无法。一代兴亡无说处，吞炭从今成哑。也休管旁人笑骂。文字不磨心血在，是开元天宝凄凉话。分付与，后来者。

虞美人·咏剑

虚堂内雨漫漫夜，斫案生悲咤。欲从临济问宗风，可是众流截断便英雄？　　恩仇将相都闲事，老剩怀知泪。酒酣频向壁间呵，我亦许人肝胆被人磨。

荷叶杯·故乡沦陷，复闻久旱，谱此以写闷怀

极目江皋云黯，肠断。芳草绿天涯，不如飞燕解还家。珠箔受风斜。　　神女知他何处，行雨。明镜怯开奁，经春消渴病恹恹。无复旧眉尖。

（1938 年）

明月棹孤舟·送谢孝苹归扬州

一舸鸱夷，抱琴长往，江南江北悠悠。叹喜人魑魅，当路貔狖。行也怕行不得，不行无计能留。一杯属汝，布帆无恙，早到扬州。　　年时记起，寻声问息，荒村曾泊孤舟。重把玩、画中云树，依约前游。料得枯桐焦尾，已经釜底难抽。成连渺矣，高山流水，何处相求。

陈去病

（1874——1933），字佩忍，号巢南，别号垂虹亭长，江苏吴江人。光绪二十一年（1895）中秀才。二十九年，赴日本留学。次年，回国创办《二十世纪大舞台》及《警钟日报》，被查禁。三十二年，赴徽州教书，在芜湖入同盟会。宣统元年（1909），与高旭、柳亚子创建南社。1913 年任江苏讨袁军司令部秘书。1917 年参加护法战争。1922 年任孙中山北伐大本营前敌宣传主任。1927 年后，历任江苏省监察委员、博物馆馆长。"九一八"事变后辞官归里。1933 年在苏州出家，旋病逝。有《浩歌堂诗抄》十卷。

虞美人·五人墓

五人已矣何消说，有碣谁能设？凄清如我五人存，只是年年上冢渍啼痕（时与天梅、屏子、刘三、道非偕）。　温馨别有真情墓，艳迹传千古。可堪名士诩风流，对着名山名妓总含羞。

天仙子·重谒张东阳祠

短艇轻桡随处舣，又到中函香火地。神鸦社鼓不成声，哀欲死，无生气，入门撮土为公祭。　　痛饮黄龙今已矣，亮节孤忠空赍志。满园花木又飘零，馀碧水，向东逝（祠在绿水湾），盈盈酷似伤心泪。

踏莎行·张家口旅行，竟日愁不能已，写此寄怀

揽辔登车，凭高瞰远，胡沙一片连天晚。故园消息近如何，梅花落尽愁难返。　　瀚海烽多，哀鸿喉断，天涯白发人应倦。朔风吹彻乱鸣笳，伊谁解道春将半？

陶　牧

（1874——1934），字小柳，江西南昌人。早岁游幕四方，客燕京较久，一度出关，参加辽社。南归后寓居吴中及沪上。为南社社员。

渡江云·久客燕京，得遇高钝剑、陈去病，填此志之

好春归去也，踏残绿草，又开落红花。遇君同一笑，对酒言欢，仍旧是天涯。沧桑笛里，吹绉了、衣上风沙。吹未尽、断肠诗句，窗外夕阳斜。　　无家。等闲双燕，可惯飘零，问堂前王谢。寻叠叠、行云相送，多少年华。泪痕只向青衫染，惹客愁、弹折琵琶。愁几许，阑干曲曲难遮。

三姝媚·题天梅《变雅楼三十年诗征》

夕阳依旧好，照如此江山，几多恨事。独坐高楼，与破书残酒，料量诗史。歌哭无端，思拔剑、闻鸡而起。三十年来，眼底沧桑，尽随流水。　　早识流风消靡。赖小有闲吟，寄予情味。一样清狂，指名姬骏马，绿杨阴里。怕听催归，却又到、杜鹃啼死。收拾奚囊，写遍相思满纸。

摸鱼儿·中秋

送秋光、等闲又到，西风凉入窗户。不堪愁对团栾月，丛桂几经香聚。灯畔语。只诉尽、阶前黄叶飘零苦。梦归无路。见叠叠遥山，潺潺流水，黯黯望边树。　　孤客里、剩有伤心词句。刘郎怕说前度。千生万劫人间恨，碧海青天何处？啼雁住。谁却忆、长安车马衣尘土。相思成缕。怨来日幽长，今宵凄绝，旧事匆忙去。

摸鱼儿·和剑华见赠韵

说相逢、正秋风到，行踪愁聚萍水。一生几坠天涯梦，归梦被虫惊起。蛩咽地。却莫共、匆忙燕子思乡里。剪灯眠未？苦漏短宵长，新寒衣薄，窗幕层层闭。　　征鞍卸、满眼尘沙世事。一枝残柳谁倚？绝怜我辈头将白，都在扁舟浪里。歌未已。算只听、盲词谈笑兴亡史。墙边树底。知木叶飘零，闲花淡泊，刚又重阳是。

易　孺

（1874——1941），号大厂，又号韦斋，广东鹤山人。原名廷熹，字季复。早岁肄业广雅书院，为陈澧再传弟子。中年游学日本，习师范。旋从杨文会学佛。工诗、词、书、画，尤精篆刻。历任北京高等师范学校、上海音乐学院教授。与萧友梅合作新体乐歌，盛行于民国初年。有《大厂词稿》《和玉田词》。

极相思

竹素园折海棠回旅居，明艳绝尘。次梦窗题水月梅扇韵。

薄罗轻熨脂痕，清被露华分。萧疏人到，蘋池携手，莫误梨云。　　观瀑亭前仍草草，傍丛祠应有诗魂。伴他竹素，红妆倩影，湖暝烟昏。

祝英台近

都下伍宥公二次宠书，无以报也。倚此写之，尤痛托于元和第三子之接席耳。（癸丑）

剪孤根，沉弱梗，诗境瘦无据。楼角残阳，依旧挂风絮。甚从天外春归，燕惊莺怯，料难问、层阑谁主？　　便歌舞。争奈人远香消，馀欢作酸楚。绿了天涯，还认梦中树。早知真底销魂，青衫湿遍，也留伴、碧灯红语。

西子妆慢

狼烟重叠，近及家江。云持都下贶书，极道母弟遭乱离走避之酷，益之以诗。辱念索居憔悴惊困之苦，言韵凄怀，既强次和，意未申也。更谱此君特自度之调，借续余悲。杜陵见陷，名世之吟遂著；叔夜愤俗，绝交之论谁广？云持之于我，友朋姻娅，文章卝角，斯指喻耳。用沤尹集中酬瘦公韵。

连岭幂云，涨江喋水，讯息年华俱晚。故衣游子黯尘红，况星星镜中偷换。深杯泪溅。漫不省柔肠寸断。念秦淮，蘸古城衰柳，支秋孤燕。　　销芳宴。北院宣南，旧径花落片。不禁乡雁再惊弦，渡碧云罘罳深浅。江关赋倦。堕昏雾空花愁眼。怕登楼、历乱风声又满。

八声甘州

楼外楼赋落日和忆云词黄叶楼赋夕阳韵。宾阳邹四从金陵瓦砾中来同登。

漾晴空凄丽紧霜天，高花伥嫣然。漫苏门舒啸，阳关意外，一帧龙眠。看到痴红如梦，场草碧萋芊。叶叶鸦边影，应暗斜川。　　别是凭高赋远，奈晚霞骄鬓，牢落今年。问侧身垂暮，鱼鸟忍流连？照凤江、催黄成歇，怕万杨、寒浦咽秋前。归来也，有危阑处，却有昏烟。

八声甘州·沪上徐园九日同乔上（甲寅）

鉴芳塘衫影为秋疏，孤杯腻红萸。怅穿林乌帽，约臂朱囊，闲慰萧居。嫩透微凉细叶，漾水浅游鱼。鸳屦轻雷外，塘上芙蕖。　　难得清尘词客，伴酒徒华发，篱落追呼。问龙山何处，诗瘦杜陵癯。记年前、夕阳赋笔，有江山、延眺入平芜。残阳在，负黄花也，人淡谁如？

满江红

不匮词翁、忍寒教授皆赐和拙作《满江红》之阕，欢感何既。别触怆伤，更次前韵，分呈诲督。

一叶舆图，惨换了、几分颜色。谁忍问、二陵风雨，六朝城阙。雨粟哭从仓颉后，散花妙近维摩侧。咽不成"鬲指念奴娇"，声声歇。　　尘根断，无生灭。山河在，离言说。剩仓皇辞庙，报君以血。蜀道鹃魂环佩雨，胡沙马背琵琶月。莽乾坤今日竟如何，同倾缺。

虞美人

　　霜中枫冷犹红舞，樵笛凭谁谱？不求老屋得三间，让与枯僧和饿占名山。　　幽兰自尔能心素，休作倾城顾。水清拈取一枝看，忍向春风为伴卷帘寒。

张尔田

（1874——1945），一名采田，字孟劬，一字遯堪，浙江钱塘（今杭州）人。父上龢，曾从蒋春霖受词学，又与郑文焯为词友，侨寓苏州。尔田初官刑部，后以知府候补江苏，丁父忧去官。民国初，曾应史馆聘，预修《清史稿》。旋任政治大学、交通大学、北京大学、北京师范大学教授，晚为燕京大学国学总导师。著有《史微》《蒙古源流笺证》《俱舍论诠注》《入阿毗达摩论讲疏玄义》《玉溪生年谱会笺》《遯庵乐府》二卷。

烛影摇红·晚春连雨，感怀

轻暖轻寒，谢巢愁损双栖燕。东风只解绊杨花，往事和天远。半镜流红浣遍。荡愁心、伤春倦眼。数峰窥户，约略残鬟，一眉新怨。　　寥落空尊，少年曾预西园宴。流光销尽雨声中，此恨凭谁遣？容易林禽又变。绿尘飞、蔷薇弄晚。恹恹睡起，淡日花梢，无人庭院。

三姝媚·中秋夜感遇成歌

　　西堂残烛炧，荡帘波、沉沉镜天无罅。细浪芳尊，绕桂丛犹记，赏秋阑夜。露脚飞迟，双鬟妥、花飘凉麝。望里琼空，依约年时，半灯蜑话。　　春老兰情衰谢。叹旧箧题香，怨红销帕。扇底圆姿，问故山眉意，淡蛾谁画？倦眼霄程，还自觑、仙軿来下。那更苍龙侵晓，瑶台梦惹。

木兰花慢·尧化门车中赋

　　倚轵天似醉，问何地，着羁才？看乱雪荒壕，春鹃泪点，残梦楼台。低徊。笛中怨语，有梅花、休傍故园开。燕外寒欺酒力，莺边暖阁吟怀。　　惊猜，鬓缕霜埃。杯暗引，剑空埋。甚萧瑟兰成，江关投老，一赋谁哀？秦淮。旧时月色，带栖乌、还过女墙来。莫向危帆北睇，山青如发无涯。

木兰花慢·春来又将北游，赋别海上二三知友

素弦尘挂壁，又弹指，作离声。叹海燕春来，江南代北，两地逢迎。兴亡事，天不管，便铜人无泪也堪倾。黯黯衰兰古道，离离芳草长汀。　　神京，回首暮云平。慷慨重行行。问结客幽并，高生鞍马，可抵浮名？阳关句，休更唱，只吴山西笑眼还青。竹叶于人落寞，杨花似我飘零。

玉漏迟

古微丈逝世海上，读弁阳翁吊梦窗"锦鲸仙去"句，怆怀万端，即用其调，以当哀些。

乱离词客少，锦鲸仙去，鹤归华表。把酒生平，都是旧时言笑。零落霜腴润墨，流怨入、江南哀调。春恨渺。十年心事，残鹃能道。　　白头饱阅兴亡，又浅到红桑，海尘扬了！万里吞声，凄绝杜陵愁抱。归唱水云夜壑，料应比、人间春好。鸥梦觉，沉沉卞峰残照。

木兰花令

繁华催送，人世恍然真一梦。何处笙歌，水殿风来散败荷。　　饥乌啄肉，回首都亭三日哭。国破城空，残照千山泪点红。

满庭芳·丁丑九月客燕京，书感

照野江烽，连天海气，物华卷地休休。残阳一霎，怎不为人留？几点昏鸦噪晚，荒村外、鬼火星稠。伤高眼，还同王粲，多难强登楼。　　惊弓如塞雁，林间失侣，落影沙洲。便青山纵好，何处吾丘？夜夜还乡梦里，分飞阻、重到无由！空城上，戍旗红闪，白日淡幽州。

渡江云·僦园杂莳花木，颇有终焉之志，赋示榆生、瞿禅

溪堂何处好？杂花手植，背郭俯晴郊。十年云海卧，自断音书，泛宅到渔樵。舟横野杓，渐梦落、江雨春潮。兰径探，隔邻疏援，紫蔓上藤梢。　　无聊。墙东遗世，塞北为家，任旁人一笑。休更惊、羌村烽火，投老安巢。绿荫满地初宜夏，步水曲、山鸟相招。沉醉语，生涯换得枯瓢。

水龙吟·挽黄晦闻

　　竟拼与陆俱沉，苍茫不晓天何意。哀时双泪，蟠胸万卷，一棺长闭。如此奇才，忍甘终老，诗人而已。忆当年对策，墨含醇酞，亲坐阅，虞渊坠。　　黯淡神州云气。唤沉冥、睡狮不起。艰难戎马，崎岖关塞，亭林身世。来日荆榛，庸知非福，先驱蝼蚁。只伤心絮酒，荒郊揽涕，向悲风里。

金天羽

（1874—1947），初名懋基，改名天羽，又名天翮，字鹤望，号松岑，爱自由者，自署天放楼主人，江苏吴江人。诸生，南菁书院山长。光绪二十四年（1898），荐试经济特科，辞不赴。在乡兴办教育。后至上海，与爱国学社之章炳麟、邹容等交游甚密，倡言革命。《苏报》案发，屏迹乡间。辛亥革命后，历任江苏省议员，吴江教育局长、江南水利局长等。晚居苏州，与章炳麟、陈衍创办国学会。抗战时期，任上海光华大学教授。卒后，门人私谥曰贞献先生。有《天放楼诗集》二十一卷、《红鹤词》一卷。

金缕曲·为瞿安题《风洞山传奇》（乙巳）

　　帝子花消歇。莽南天、蛮烟春瘴，杜鹃凄绝。从古流离家国事，偏惹鸾吆凤泣。只难望、将军死贼。汉腊存亡天一角，数降王、谱系羞从逆。还夺我、女儿节。　　忠魂碧汉旌幢立。猛回头、残山拱木，血藏凝碧。种界灵魂儿女共，埋玉埋名可惜。厮守着、茅庵半壁。后死馀生丁末日，一蒲团、了却氤氲牒。亡国恨，永难灭。

水龙吟 · 画师樊少云《罗汉观瀑图》，此大龙湫诺讵那应真故事也

九天垂下银虹，悄无声向澄潭底。毒龙潜寐，醒来便到，人间游戏。佛说降龙，戒阿罗汉，来持半偈。到雁山胜处，龙湫潭下，结四果，安禅地。　十丈危崖如洗。抱龙都、苍寒水气。朝阳光射，珠玑万斛，幻成霞绮。静极投虚，惝惝天籁，雷霆收起。笑普陀山趾，潮阴圣洞，百灵狂沸。

壶中天 · 灌口二郎神庙

苍崖壁立，放盘涡、激作蹴天惊浪。十丈灵旗天半舞，秦守声威犹壮。万马嘶空，三犀蹲谷，风簸绳桥荡。龙门劈破，禹功崭绝能仿。　我欲照见重泉，峥嵘水府，桎梏支祈状。西蜀古来神秘国，飒爽英姿在望。玉垒云封，青城月照，法驾长来往。荒祠夺席，封神幻出台榜。

杨 圻

（1875-1938），初名朝庆，更名鉴莹，又名圻，字云史，号野王，江苏常熟人。以诸生录为詹事府主簿，后又为户部郎中。光绪二十八年（1902）举人，官邮传部郎中，出任驻英属七洲、海门领事。入民国，任吴佩孚秘书长。"七七事变"后避地香港，遣其妾携书至北京，劝阻吴佩孚出任傀儡。病殁于香港。有《江山万里楼诗钞》十二卷，分少年、壮年、中年、强年四集，附词。居港时所作，只有油印本流传。

贺新郎·马

共尔人间世。莽萧萧、眼前空阔，悠悠天地。所向无人清愁满，未必相逢容易。算多少英雄老死！弹到琵琶边月暗，有孤鸿闲傍雕鞍起。浩荡事，凄凉思。　　河山一寸千行泪。猛回头、玉关秋劲，金门春丽。踯躅生云幽燕远，谁把离愁远寄？叹此恨古今一例。黄竹歌残双成老，剩空窗风冷生瑶水。休怨抑，但牢记。

暗香疏影

史阁部墓在扬州梅花岭下，残腊初春，老梅百株红白相间开拆，香雪成海，清绝愁绝，不能遽去。甲辰春游赋此。

斜阳淡绝。照寒梅开到，墓门深没。冷影横苔，老干年年自花发。几点谯楼画角，怨一夜空枝吹彻。剩满径片片幽香，吹上杜鹃血。　　寂寞鼎湖春去，乱山野水里，葬诗无骨。何处伤心，暗了黄昏，直是五更风雪。江头魂返关山黑，不见也、故宫残月。抱孤城、流水无言，还解替人呜咽。

水调歌头

辛亥中秋夕游海上望月，他岛山楼有吹笛者，清光满秋，哀音动空际，愀然生故国之思，后十日束装归国。

明月飞天水，苍莽海云间。长风吹送秋思，绝域夜如年。一片山河旧影，清簟疏帘深照，病骨觉新寒。故国七千里，肠断画楼前。　　叹清狂，吹玉笛，总堪怜。海天深处，今夕何夕念家山。旧日清光犹在，多少云房水殿，惊起不成眠，一夜人随月，扶梦上长安。

蝶恋花·武昌感怀（四首录一）

　　水碧沙明飞白鹭。最爱登楼，最怕登楼去。极目中原红尽处，斜阳直上长安路。　　看尽斜阳新月吐。西塞山前，前度扁舟住。独树临江秋自语，西风黄叶如相诉。

钱振锽

（1875——1944），字梦鲸，号谪星，更号名山，别署藏之、海上羞客，江苏武进人。光绪二十九年进士，官刑部主事。无意宦途，归隐家园，以教授生徒及著书为乐。有《谪星诗文集》《名山九集》《名山文约》《名山诗集》等。

蝶恋花·雪杏

好是溪南红杏树。二月春晴，照眼花无数。不道昨宵风又雨，朝来飞雪漫天舞。　　如此荒寒溪上路。零落燕支，有恨凭谁诉？若使名花都解语，人间尽是伤心处。

夏敬观

（1875——1953），字剑丞，号盥人，又号映庵，江西新建人。光绪二十年（1894）举人，历任三江师范学堂、复旦、中国公学监督，江苏巡抚参议，署提学使。民国初，任浙江省教育厅长。旋退寓上海。有《汉短箫铙歌注》《词调溯源》《忍古楼词话》《学山诗话》《忍古楼诗集》《映庵词》。

浣溪沙慢

春日访龙榆生真茹，因重游张氏园，榆生设酒寓斋，尽欢而别。赋谢主人，兼柬卢冀野。

雨宿润路陌，晴午喧村野。印苔步屐，秾李夭桃下。相映秀靥，薄染铅脂冶，芳意共陶写。重拂小阑干，称吟笺、零骚碎雅。　　逝波泻。是过去年华，叹兵尘未了，亭馆无多，谁问花开谢？往事梦回，莺燕也惊诧。一醉非无价。其奈独醒何，酒杯中、阳春和寡。

八声甘州

听愁霖一阵打窗来，层阴黯重轩。任皋雷殷地，梅风拂渡，莫扫蛮烟。江拥涕洟入海，楚梦总无边。谁管汤汤水，渐蹴吴天。　　廿载萍浮南北，问故乡何所，能守田园。睹啮根桑尽，本不植高原。对沧洲、潮吞汐卷，恐陆沉、深恨有难言。空凝望，止狂流驻，休涨前川。

虞美人·和桂伯华

柔魂一缕花间卧，万劫依然我。泪痕惊见水仙红，破晓霜高无限断肠钟。　　蕊宫夜半喁喁语，时霎飞香雨。东风着意上西楼，阑外沧波犹向夕阳流。

玉楼春

故栽碧柳听莺语，不卷珠帘妨燕去。墙头新绿密如烟，窗外乱红飞似雨。　　沉思往事千番误，欲换罗衣犹恋故。斜阳只在最高楼，无奈霎时留不住。

风入松·秋夜

暮蝉不耐暑无休，嘶断柳梢头。开轩欲待金风入，耐斜阳、依恋层楼。何处能寻凉意，画屏闲戏沧洲。　　绛霄今夜碧云流，银汉薄生秋。纱窗旋解增眠味，听西窗、微响帘钩。虫语还亲阶砌，雁声初递江楼。

徵　招

花朝社集，追念沤翁下世，各拟挽章。五旦徵调最哀，为燕乐所不备。白石寻韵作谱，音响巉峭。覆杯堕泪，漫倚此声。

温风不解哀弦冷，泠泠雪溪霜水。缥缈鹤归云，断词仙游戏。舜韶潜在耳。念遗响、紫霞能记。痛绝人琴，折杨难继，玉桐教碎。　　眼底破家山，空凭吊、凄凉故人身世。帝所奏钧天，唤颓魂不起。为君图玉笥。问谁识、女萝山鬼？强持酒、一酹荒丘，奈谷兰春萎！

陈衡恪

（1876——1923），字师曾，号槐堂，又号朽道人，江西义宁（今修水）人。陈三立长子，范当世婿。早年留学日本，入日本高等师范学校博物学专科。归国后，先后任江西教育司长、教育部编纂处编纂股员、北京美术专门学校教授。病逝于南京。有《陈师曾遗诗》二卷、《补卷》一卷，又有《觭庵词》。

玉烛新·赋梅用清真韵

小园才雪后。正东阁春回，冷红妆就。醉霞泛玉，徐凝睇、宛转芳心微漏。停杯忆旧。料寂寞、倚阑时候。烟碛远、糁玉胡沙，飘零漫侵歌袖。　　江南水驿关情，问解佩归来，尚能诗否？婵娟惯斗。愁未稳、镜里暗窥簪瘦。眉边弄秀。应念我、几番搔首。休更听、残笛声声，高城夜奏。

解连环·为公湛画水仙并题，用清真韵

素根聊托。怅潆洄别浦，寸心绵邈。试睡起、慵展晶奁，但䗶惹月寒，梦移春薄。画桨来迟，正孤守、幽窗笑索。定冰姿恨隔，不共丽人，细评花药。　　湘皋近来自若。想轻裳暗揫，香送天角。甚乱云、渐阻相思，忍付与瑶环，怨期闲却。净洗铅痕，稳伴取、烟条珠萼。怕荒汀、夜风似剪，点波泪落。

陈　融

（1876——1955），字协之，号颙庵，别署松斋，颙园。广东番禺人。早年留学日本，入同盟会。1911 年参加黄花岗起义。后历任广东法政学校监督、警官学校校长、司法厅长、高等法院院长、政务厅长、行政院政务处长、广州国民政府秘书长、西南政务委员会秘书长。1948 年任总统府国策顾问。1949 年去澳门，后居香港。有《读岭南人诗绝句》《黄梅花屋诗稿》《颙园诗画》等。

百字令·题朱执信自书诗遗墨

文光剑气，向天南寥阔，乍明疑灭。躯壳平生尘与土，襟抱朗然如月。牛李恩仇，萧曹规画，多事何曾决。江山无限，伤心都在吾粤。　　真有独造孤忱，成仁取义，孔孟皆陈说。利锁名缰乌足道，羞煞自来豪杰。三径云踪，廿年秋梦，此后成凄绝。商量遗著，几篇差未残缺。

琵琶仙·思乡

迢递家园，一春也、又近清明寒食。鸪影一发青山，红棉正红绝。声声听、不如归去，怪差了杜鹃饶舌。北郭云山，西江烟雨，何事轻掷？　　兵锋后、雁讯方来，故人里、殷殷望予切。谁耐天涯孤月，已几番圆缺。千万点、眉间心上，又落花、满地红雪。待得沧海来航，是甚时节？

于右任

（1876-1964），名伯循，号经心，晚号髯翁，陕西三原人。光绪举人。1901年赴日本，加入同盟会，先后创办《民呼》《民吁》《民立》报。曾任南京政府交通部次长。创办上海大学，任校长。1922年初，任国民军联军驻陕司令。1931年后，任监察院院长。1949年后居台湾。有《于右任诗选》。

鹧鸪天（三首录二）

（一）

十道娜嬛去不回，吾家文物亦成灰。书生莫吊龙蟠里，争得金瓯带血归。　　三尺剑，一戎衣，园陵曾见五云飞。蹉跎兵马收京日，惨淡人民哭庙时。

（1937年）

（二）

无限精诚接万方，元戎秉钺镇非常。风云作怪人争睹，雷雨及时夜未央。　　天运转，地机藏，大风吹动太平洋。自由神女姗姗下，喋血人间认故乡。

鹧鸪天·偕庚由自西安往成都机中作

凭倚高风且觉迟，身悬万仞一凝思。山如列国争雄长，云似孤儿遇乱离。　　秦岭峻，蜀山奇，西南著我此何时？相随更是金天雨，洗净人间会有期。

（1938 年）

暗香·野人山下一战士

野人山下。有荷戈战士，歌声相亚。白骨夕阳，废垒幽花自开谢。于役而今至此，依依是、孤怀难写。但盼得、血洗关河，百战作强者。　　歌罢，倚征马。见照耀丛林，星月如画。几番泪洒，想念流亡岁寒也。展望光明大路，愁万垒、皇天应讶。等怎时，才赐与、白云四野。

（1944 年）

浣溪沙·小园

歌乐山头云半遮，老鹰崖上日将斜。清琴远远起谁家？　忆旧小园迷燕子，翻怜春雨泪桐花。王孙绿草又天涯。

（1944 年）

【注】

小园：即重庆山洞小园。此词系当年因于右任发起弹劾中央银行大贪污案遭拒绝后，愤而提出辞监察院院长职，离渝出走成都时作。

高 旭

（1877-1925），字天梅，又字剑公、钝剑，江苏金山（今属上海市）人。光绪末，留学日本东京政法大学，后参加同盟会，任同盟会江苏分会会长。宣统元年（1909），与柳亚子、陈去病等创建南社。辛亥革命后，任国会议员，政治上渐消沉。有《天梅遗集》《变雅楼三十年诗征》。

蝶恋花·芳华满眼，而旧时双燕，迟迟未来，书以讯之

多谢好风传一语。觅到乌衣，定在斜阳处。纵使天涯抛别绪，也应怜我无俦侣。　　只怕海东波浪阻。卷上珠帘，终日劳延伫。风景南朝留几许，主人情重难忘汝。

桃源忆故人·和无闷韵即答

斜阳影里伤心赋，默对痴天无语。泪湿暮云春树，重认分携处。　　东风无赖添愁绪，零落乱红难数。落时犹自争飞舞，青鸟休衔去。

廖仲恺

（1877-1925），原名恩煦，广东惠阳人。1905 年在日本参加同盟会。辛亥革命后，任广东都督府总参议，复任广东财政厅厅长。1925 年，在广州被国民党右派暗杀。有《双清词草》。

如此江山·题《白云远眺图》

尺方矾纸丹青染，居然岭东形势。万壑龙绵，千寻链锁，谁遣江山如此？茫茫眼底。有多少荣枯，沧桑人事。野绿畦黄，依稀犹是太平世。　　滔滔浊流注海，浪花淘不尽，今古王气。日暝云寒，风翻叶乱，那更萧萧秋意。孙郎去矣。只目断鱼珠，几重烟水。天堑长存，恨阴霾未霁。

金缕曲·题八大山人《松壑图》

未合丹青老。剧怜他、铜驼饮泣，画才徒抱。丘壑移来抒胸臆，错节盘根写照。想握笔、愁肠萦绕。国破家亡馀墨泪，洒淋漓、欲夺天工巧。缣尺幅，碧纱罩。　　繁华歇尽何须吊？且由他、姹紫嫣红，一春收了。地老天荒浑不管，空谷苍松独啸。经几度、风狂霜峭。如此江山归寂寞，漫题名、似哭还同笑。诗四句，古今悼。

虞美人·壬戌九月，赴日本舟中

　　兰舻百尺凭都遍，目送吴江远。白鸥追逐口呢喃，欲问海波何处漾深蓝？　　山形树势随舵改，日上孤云碍。画舫付与载鸳鸯，不载秋风秋雨惹神伤。

贺新郎·题大兄忏庵主人《粤讴解心》稿本

　　讽世依盲瞽。一声声、街谈巷话，浑然成趣。香草美人知何托？歌哭凭君听取。闻覆瓿、文章几许？瓦缶繁弦齐竞响，绕梁间三日犹难去。聆粤调，胜金缕。　　曲终奚必周郎顾？且仿来、蛮音鴃舌，痴儿騃女。廿四桥箫吹明月，那抵低吟清赋？怕莫解、天涯凄苦。手抱琵琶遮半面，触伤心岂独商人妇！珠海夜，漫如故。

临江仙·题柳亚子《江楼秋思图》

　　万里长江排闼入，画帘高卷秋阴。西风鲈脍耐人寻。天涯历遍，依旧故园心。　　笛声频唱江南好，却怜景物萧森。烽烟寂处漫登临。吴山楚水，霸气易销沉。

王国维

（1877—1927），初名国桢，字静安，一字伯隅，晚号观堂，浙江海宁人。诸生。早岁从罗振玉游。留学日本，通多国文字。光绪末年，执教于苏州师范学堂。充学部图书馆、编译名词馆协修。辛亥革命爆发，东渡日本。归国后，以遗老自居，讲学为业。后主讲清华研究院。1927 年，自沉颐和园昆明湖卒。国维学术上为近代大师，甲骨古史、戏曲、小说、词以及西方哲学、美学皆有精深研究，著作宏富，约六十馀种，辑为《王忠悫公遗书》《海宁王静安先生遗书》《观堂集林》等集。词有《观堂长短句》《人间词》。

蝶恋花

昨夜梦中多少恨。细马香车，两两行相近。对面似怜人瘦损，众中不惜搴帷问。　　陌上轻雷听隐辚。梦里难从，觉后那堪讯。蜡泪窗前堆一寸，人间只有相思分。

虞美人

碧苔深锁长门路，总为蛾眉误。自来积毁骨能销，何况真红一点臂砂娇。　　妾身但使分明在，肯把朱颜悔？从今不复梦承恩，且自簪花坐赏镜中人。

蝶恋花

　　百尺朱楼临大道。楼外轻雷，不问昏和晓。独倚栏杆人窈窕，闲中数尽行人小。　　一霎车尘生树杪。陌上楼头，都向尘中老。薄晚西风吹雨到，明朝又是伤流潦。

蝶恋花

　　阅尽天涯离别苦。不道归来，零落花如许。花底相看无一语，绿窗春与天俱暮。　　待把相思灯下诉。一缕新欢，旧恨千千缕。最是人间留不住，朱颜辞镜花辞树。

浣溪沙

　　天末同云黯四垂，失行孤雁逆风飞。江湖寥落尔安归？　　陌上金丸看落羽，闺中素手试调醯。今宵欢宴胜平时。

浣溪沙

山寺微茫背夕曛，鸟飞不到半山昏。上方孤磬定行云。　　试上高峰窥皓月，偶开天眼觑红尘。可怜身是眼中人。

蝶恋花

窣地重帘围画省。帘外红墙，高与银河并。开尽隔墙桃与杏，人间望眼何由骋？　　举首忽惊明月冷。月里依稀，认得山河影。问取嫦娥浑未肯，相携素手层城顶。

蝶恋花

窈窕燕姬年十五。惯曳长裾，不作纤纤步。众里嫣然通一顾，人间颜色如尘土。　　一树亭亭花乍吐。除却天然，欲赠浑无语。当面吴娘夸善舞，可怜总被腰肢误。

蝶恋花

连岭去天知几尺？岭上秦关，关上元时阙。谁信京华尘里客，独来绝塞看明月？　如此高寒真欲绝。眼底千山，一半溶溶白。小立西风吹素帻，人间几度生华发。

蝶恋花

帘幕深深香雾重。四照朱颜，银烛光浮动。一霎新欢千万种，人间今夜浑如梦。　小语灯前和目送。密意芳心，不放罗帏空。看取博山闲袅凤，濛濛一气双烟共。

蝶恋花

忆挂孤帆东海畔。咫尺神山，海上年年见。几度天风吹棹转，望中楼阁阴晴变。　金阙荒凉瑶草短。到得蓬莱，又值蓬莱浅。只恐扬尘沧海遍，人间精卫知何限！

百字令·题孙隘庵《南窗寄傲图》（戊午）

楚灵均后，数柴桑、第一伤心人物。招屈亭前千古水，流向浔阳百折。夷叔西陵，山阳下国，此恨那堪说。寂寥千载，有人同此伊郁。　　堪叹招隐图成，赤明龙汉，小劫须臾阅。试与披图寻甲子，尚记义熙年月。归鸟心期，孤云身世，容易成华发。乔松无恙，素心还问霜杰。

陈曾寿

（1878—1949），字仁先，湖北蕲水人。著名诗人陈沆曾孙。光绪二十八年（1902）举人。二十九年（1903）进士，历官刑部主事、学部郎中、都察院广东道监察御史。辛亥革命后，以遗老自居。张勋复辟之役，曾出任学部侍郎。晚年往伪满洲国，任近侍处长。有《苍虬阁诗》《旧月簃词》。

临江仙

修得南屏山下住，四时花雨迷蒙。溪山幽绝梦谁同？人间闲夕照，消得一雷峰。　　极目寥天沉雁影，断魂凭证疏钟。淡云来往月朦胧。藕花风不断，三界佛香中。

八声甘州·十月返湖庐，晚菊尚余数种，幽媚可怜

慰旧来、岁晏肯华予，寒花靓幽姿。剩青霞微晕，残妆乍整，仍自矜持。休更消魂比瘦，惆怅易安词。洁白清秋意，九辩难知。　　我是辞柯落叶，任飘零逝水，不忆东篱。早芳心委尽，翻怯问归期。看灯窗、疏疏写影；算一年、今夜好秋时。平生恨，尽凄迷了，莫上修眉。

木兰花慢·春日雪后泛舟

晓妆匀粉重，带眉妩，忒连娟。正一镜堆鬟，数峰写影，雪韵高寒。经年。画中居住，笑今朝还向画中看。浅碧才回暗霭，飞霙又没绵芊。　　飘然，一叶水云间。天渺渺，叩湘舷。荡吟情未远，关心仍在，一树窗前。苔钱。几枝缀玉，问多时春色上词笺？但祝十分开好，不妨小勒红妍。

吴眉孙

（1878—1961），名庠，别名寒竽，江苏镇江人。曾任北京交通银行秘书处长，上海文史研究馆馆员。

绿盖舞风轻·重过沪西李文忠祠观荷

惜别记江南，翠羽明珰，尊前又相见。罗袜尘香，沧波寻旧约，强笑眉展。缕缕恩情，忍抛弃、题词纨扇。怕西风、袭冷红衣，容易秋晚。　　清浅太液池荒，骤雨打、鸳鸯好梦烟散。手折芳馨，说兴亡洒泪，五湖人远。有限斜阳，更何苦、回栏留恋。露盘欹，飞起乱萤千点。

木兰花慢

己卯腊八日铁尊翁病殁沪上，词社罢会，赋此寄哀。袁伯夔后翁二日亦逝，同人咸谓其落花首唱为不祥，故前结及之。

锦鲸仙逝了，看海水，正群飞。共溅泪莺花，陶哀丝竹，有限年时。新题落红赌唱，记春残、催客杜鹃啼。夜鏖良朋携手，那堪吟谶重提。　　天涯，霜菊酒盈卮。把醉更无期。盼金陵山色，玉峰塔影，化鹤来归。填词。可怜发白，恨万方多难识君迟。半亩园樱弄色，销魂邻笛声凄。

胡汉民

（1879—1936），原名衍鸿，字展堂，广东番禺人。光绪二十五年举人。曾留学日本，入同盟会。历任广东都督、南京临时政府"总统府"秘书长、"交通部长"、"外交部长"、"立法院长"。有《不匮室诗钞》。

百字令·寄怀协之，闻游西湖，用东坡赤壁韵

为苍生起，问谁是、江左风流人物？把酒新亭教我辈，留得江山半壁。歇浦晨经，函关宵度，襟袖皆风雪。虬髯人去，此间偏有豪杰。　　遥忆范蠡当年，五湖舟稳，载西施俱发。丝竹中年应屏尽，只是盛名难灭。未愧卢前，且居王后，镜里添华发。相思万里，孤心一片明月。

满江红·和大厂次文信国改王昭仪作

寄语诗人，可曾似、玉颜鸦色？休更拟、铜仙铅泪，痛辞宫阙。七发谁从枚乘后，五噫常在梁鸿侧。伥天家倾国重佳人，升平歇。　　繁华梦，难消灭。兴废事，何从说？有低头臣甫，子规啼血。消息难凭云际雁，玲珑只见窗前月。听高歌换却断肠声，壶敲缺。

徐树铮

（1880—1925），字又铮，号铁珊，又号则林，江苏萧县（今属安徽）人。早年投段祺瑞军，保送日本留学，毕业于士官学校。1914 年任陆军部次长，旋任段氏政府秘书长、西北筹边使兼西北军总司令等职。直奉战争后出国考察，回国后被冯玉祥枪杀于廊坊车站。

金盏子·题姚少师为中山王作山水卷子

风雨龙飞，望蓟门烟树，九边雄阔。鹅鸭起军声，偏无道民心，老僧能说。那知画里功名，早客空飘忽。休更问金陵，大功坊畔，柳花如雪。　　销歇，吊勋阀。揩倦眼、纵横王气竭。无人愿骑战马，难重遇、天生病虎侠骨。坐看万里江山，只春风鹝鹩。泉寒悄、谁管细雨侵帘，燕子愁绝？

刘大白

（1880——1932），字清斋，浙江绍兴人。"五四"时期参加新文学运动，倡导新诗。后任教于上海各大学。有新诗集《旧梦》《邮吻》，旧诗集《白屋遗诗》以及《文字学概论》、《中国文学史》等。

双红豆（三首录二）

（一）

望江南，树凋残。莫作寻常老树看，相思凭此传。　　体微圆，色微殷。星影灵光耀晚天，离离红可怜。

（二）

豆一双，人一双。红豆双双贮锦囊，故人天一方。　　似心房，当心房。偎着心房密密藏，莫教离恨长。

送斜阳

又把斜阳送一回，花前双泪为谁垂？旧时心事未成灰。　　几点早星明利眼，一痕新月细于眉。黄昏值得且徘徊。

一剪梅·西湖秋泛

苏堤横亘白堤纵，横一长虹，纵一长虹。跨虹桥畔月朦胧，桥样如弓，月样如弓。　　青山双影落桥东，南有高峰，北有高峰。双峰秋色去来中，去也西风，来也西风。

释演音

（1880-1942），字弘一。俗姓李，名成溪，继名岸，号叔同，又号息霜，又号苦李。浙江平湖人，占籍天津。南洋公学毕业后，光绪三十年（1905），留学日本东京美术专科学校。创组春柳剧社。加入同盟会。毕业归国，任北洋高等工业学校教员。辛亥革命后往上海，主编《文美杂志》，入南社。旋膺浙江省立第一师范之聘，往杭州任教。1918年，出家于虎跑寺，继受戒于灵隐寺。1942年示寂，有《弘一大师文钞》。

喝火令·哀国民之心死

故国鸣鹈鴂，垂杨有暮鸦。江山如画日西斜。新月撩人，窥入碧窗纱。　　陌上青青草，楼头艳艳花。洛阳儿女学琵琶。不管冬青，一树属谁家。不管冬青树底，影事一些些。

金缕曲·东渡留别祖国

披发佯狂走。莽中原、暮鸦啼彻，几枝衰柳。破碎山河谁收拾，零落西风依旧。便惹得、离人消瘦。行矣临流重太息，说相思、刻骨双红豆。愁黯黯，浓于酒。　　漾情不断淞波溜。恨年年、絮飘萍泊，总难回首。二十文章惊海内，毕竟空谈何有。听匣底、苍龙狂吼。长夜凄风眠不得，度群生、那惜心肝剖。是祖国，忍孤负！

满江红

皎皎昆仑，山顶月、有人长啸。看囊底、宝刀如雪，恩仇多少！双手裂开鼷鼠胆，寸金铸出民权脑。算此生不负是男儿，头颅好。　　荆轲墓，咸阳道。聂政死，尸骸暴。尽大江东去，余情还绕。魂魄化成精卫鸟，血花溅作红心草。看从今一担好山河，英雄造。

苏 鹏

（1880——1953），字凤初，湖南新化（现划属冷水江市）人。早年留学日本，为同盟会会员，参加辛亥革命。后任湖南省议会副会长、上海群治大学教授，有《海沤剩渖》。

台城路·怀杨笃生燕京

纵横眼底看余子，英雄几辈堪数？一领尘衾，十年孤愤，莫向长门献赋。剑书如故。怅易水歌寒，击秦频误。叔度雍容，襟怀涤我津沽渡。　　沧桑世变无据。奈鸡鸣不已，八荒风露。紫燕无家，哀鸿满野，尚待何人相顾？关山旧路。为结客燕丹，京华流寓。珍重加餐，年华容易暮。（余与君昔狙慈禧于颐和园未成。）

满江红·登岳麓山礼黄克强、蔡松坡两公墓，用萨天锡金陵怀古原韵

一代人豪，均去也、湘流不息。曾收拾、河山故国，抚今怀昔。岭峤黄花余烈事，共和洪宪交相识。望中原、依旧待澄清，风云急。　　生死异，神交织。风雨晦，怀芳迹。对摩空华表，停云孤日。留守金陵王气尽，功标铜柱生民泣。我重来、瞻仰旧威仪，天空碧。（黄花岗之役，党人有自认为黄兴而死者三人，盖冀以一死易黄之生也。）

二郎神·病中罗植乾寄词，步原韵以报

　　万方同慨，遭劫运、同悲阳九。纵封豕奔腾，长蛇荐食，赖有精神不朽。血海波涛翻不尽，尽有那、沼吴时候。但满目鸿嗷，怆怀鱼赪，可怜黔首。　　依旧。多情雁系，书来秋后。报霹雳轰空，河山破碎，难认衡阳官柳。老骥鸣长，醒狮睡足，准取黄龙尊酒。只叹我、渴病相如，人比寒梅癯瘦。（民元余监理宋教仁侣议会选举事，驻车衡州府署东廨，庭前杨柳依依，今被日机滥炸，故忆之。）

摸鱼儿

　　寄罗植乾兄衡阳。与植乾论交三十年矣，盼驾来新相晤莫果。承和六十生辰诗，勾起旧事，怅然填此寄意。

　　望衡阳、雁飞断续，朱霞天半犹驻。怆怀帝子南巡地，春老花飞几误。风云剧。正满地胡尘，刁斗严征戍。烦愁莫语。怅万缕游丝，飘摇无定，此意待相诉。　　阳春曲，报我琼瑶丽句，美人例悲迟暮。旧时花絮伤春意，又被东风吹呴。君且住。歌进酒、五陵年少皆非故。斜阳到树。只千里关山，万家忧乐，艰巨仗谁付？（清末，余为营葬陈烈士天华，被清廷缉捕，南走粤，湘校多被勒令解散。君和诗谈湘学运旧事，重提及此，为之怅然。）

薄幸·辛巳秋感，时抗战已逾四年矣

举尊为寿。望碧落、玑璿挂斗。欲摘此、横天柄杓，一饮世间清酒。记当年、书剑飘零，浮名误我难回首。剩歇浦滩潮，幽燕夜月，休说屠龙屠狗。　　放眼看，神州地，锦绣似、山河依旧。几回凭、碧血丹忱相换，伤今却被腥膻垢。不先偏后。倘卅年小我，单于手系牵凭右。国仇待复，趁取黄金印绶。

南浦·避倭军进掠，入山书感

扶杖入荒陬，夹道迎、高低两岸云树。牧笛不成腔，骑牛路、篆出蝌文形状古。炊烟一缕，横斜拖茹劳农苦。等闲又暮。看山外夕阳，流光几许。　　华年身世无凭，笑富贵浮云，功名尘土。老去欲逃禅，莫再说、燕市豢龙擒虎。茫茫劫海，无聊聊把新词谱。烦忧待诉。叹憔悴闾阎，何堪风雨！

钟毓龙

（1880——1970），字郁云，号庸翁，浙江杭州人。清光绪癸卯举人。历任浙江高等学堂教席、宗文中学校长、浙江通志馆副总编纂、杭州市政协副主席。有《说杭州》《上古神话演义》《科场回忆录》等。

金缕曲·居建德前田村时作

寂静荒村屋。看四面、棉田丘陇，风来尘扑。独上小楼闲眺望，极目遥青近绿。更点点、远山如菽。不尽苍茫身世感，问何时收此残棋局？愁入晚，对明烛。　　横天一弩长流玉。空想望、扁舟东下，归期难卜。待把胸中无限思，写上蛮笺百幅。奈愁绪、终难收束。不惮千言和万语，总无能、传尽余心曲。长太息，掷斑竹。

（1944 年）

眼儿媚·思乡

东风一夜满平湖，吹梦醒朦朦。遥知西子，此时应起，浓淡妆梳。　　八年沦落谁怜惜，摧抑任天吴。远山眉黛，桃花笑靥，还似前无？

（1944 年）

叶恭绰

（1881-1968），字裕甫，又字玉甫、玉虎、誉虎，晚年自号遐庵、遐翁，广东番禺人。早年毕业于京师大学堂。历任邮传部路政司郎中、代理铁路总局局长、铁路总局局长、交通部次长兼邮政总局局长、财政部长、交通总长、铁道部长、全国经济委员会委员长。1949 年后历任全国政协委员、中央文史馆副馆长、北京中国画院院长。有《遐庵汇稿》《遐庵词》《遐庵谈艺录》《广箧中词》《全清词钞》等。

石州慢

中秋游虎丘，适逢月蚀，时星稀露冷，万象沉寂，荟薄幽阴，疑非人境。余呼茗坐千人石，云破月来，笛声发自林际，抚时感事，殊难为怀，乃写此调，以寄其郁，仍用方回原韵。

夜气沉山，商音换世，愁与天阔。留人岩桂攀馀，梦远塞榆都折。琼楼影暗，忍照破碎河山，伤心还话团圆节。涕泪玉川吟，剩枯肠如雪。　　歌发。风亭笛弄，沧海珠生，寄怀浑别。恨逐胥涛，越网千丝谁结？全消虎气，算有堕粉零香，清宵索伴蚤声绝。怕半镜重圆，异当时明月。

【注】

作者注：是日日本承认满洲国。

西河·白门新感用清真韵

歌舞地，龙蟠胜势谁记？倾城半面晚妆残，梦云倦起。八公草木未成兵，真人遥在天际。　　凝情处，瑟罢倚，曲终柱凤愁系。一时王谢总寻常，燕迷故垒。小楼昨夜几多愁，临江休问春水。　　涨空蜃气幻海市。甚窥墙、惆怅臣里。不分阅人成世。怕啼鹃泪断，千红都尽，狼藉春光台城里。

木兰花慢·送春

渐惊春又去，怅重草，瘦花铭。甚鹃梦沉酣，鸠声佻巧，蝶影伶俜。萦情。东阑雪色，叹人生禁得几清明？飞絮迎风无定，芳尘落地偏轻。　　丁宁，愁绪短长亭，忍说卜他生。便九转肠回，千丝网结，谁问归程？盈盈。相望寄语，怕伤春伤别总难名。万一阳关唱后，尊前重见云英。

八声甘州

重阳日挈伴灵岩登高，同人绘《琴台秋畅图》记其事，叔雍先步梦窗韵为此阕。越二旬，余继赋此。时秋深霜厉，边氛益恶，眼底新愁，视重阳时又增几许，宜其声之掩抑矣。

甚凭高抒恨费葳蕤，风前劝长星。伥销沉今古，虚廊废苑，残堞山城。遍洒诸天法雨，不洗血花腥。空写登临感，盈纸秋声。　　休问凄凉故陇（时并上韩蕲王冢），怅销金一例，冶梦难醒。怕琵琶孤冢，山失旧时青。泣新亭更无人在，剩南飞哀雁落前汀。愁来路，看胥涛起，云黯天平。

兰陵王

用清真韵，湖帆出示金吉金红梅画幅，内有朱古微王佑遐诸公题词，多感时抚事之作，复多及景阳宫井事，辄题此阕，用遣新愁。

锦笺直，一片冬心化碧。金台下、羁羽未归，忍话孤山旧时色。行吟似去国。应识江潭楚客。寒香里、哀咏郢中，声咽城南去天尺。　　题襟尚余迹。甚泪泫芳尊，欢散前席。方诸争避蟾蜍食。惊委地红蕚，断肠青冢，杨花依样瘗古驿。祇愁满亭北。　　添恻，梦痕积。更玉笥云埋，瑶轸风寂。燕支远盼山何极。怅陇首春早，调翻羌笛。画图重展，恍劫火，尚点滴。

鹧鸪天·感事

盗寇西山阻路歧，苍茫和咏杜陵诗。不堪地转天回日，正是红纷绿骇时。　情感激，意栖迟，苍生群望欲何之？虬髯若有扶馀业，肯负中原一局棋？

好事近·卢沟桥

销钥控京西，漫道关山难越。多少挡关猛士，洒桥边战血。　风云转变不寻常，冷眼秦时月。奋迅东方狮子，蹴踏幽燕雪。

浪淘沙·题徐悲鸿廖承志合作《倚剑图》

游目送飞鸿，矫首天东。何人长剑倚崆峒？待斩毒龙清海宇，一试青锋。　扑面柳丝风，春景方浓。提携万紫与千红。好踏昆仑凌绝顶，第一高峰。

渡江云·得公渚海上寄词，依韵和之

大江流日夜，佳人空谷，千里寄愁心。颓波空极目，一发中原，蔽日白云深。迷空蜃气，尽迸入、瀛客凄吟。荡横流，稽天巨浸，嗷雁不成音。　　幽寻。危峰费展，古刹留衣，感归期无准。凭梦想、松风解带，萝月开襟。星辰昨夜虚延伫，隔银河、遥睇商参。琴韵杳，移情海水愔愔。

眼儿媚·送饶伯子归里

笛声吹断念家山，去住两都难。举头天外，愁烟惨雾，那是长安？　　仙都路阻同心远，谁与解连环？乡关何处，巢林瘁鸟，忍说知还。

郭则沄

（1882-1946），字啸麓，又字孑庵、雪苹，号蛰云、蛰园、龙顾山人等。福建侯官（今福州）人。光绪二十九年（1903）进士，官浙江温处道，政事堂参事。后又历任铨叙局局长、国务院秘书长、侨务局总裁。抗战期间为铁路学院名誉校董。著有《龙顾山房全集》，中存词三卷。编有《十朝诗乘》等，又著《清词玉屑》传世。

甘州·露台晚眺

倚丛台四望渺苍烟，寥天挂琼钩。指霞绡揭处，金凫飞舞，迢递灯楼。一派瑶空凤吹，风峭夜珠愁。疑有仙车过，隐见青虹。　　暗惜吴霜鬓短，向烟波捎眼，身世轻鸥。怨云峰幻影，残画黯沧州。尽安排、孤欢闲醉，怕春风不为酒人留。销凝处，倩红儿唱，恨咽箜篌。

倦寻芳·秋日重过莹园，借彊村韵写感

磴深草掩，楼迥花沉，星鬓伤晚。荡影银塘，多少梦云飞散。孤笛愁听流水诉，瘦筇闲写斜阳怨。睇烟林、似湘皋曲罢，数峰清远。　　剩一片、荒亭残柳，皱尽诗心，凄怨难展。踠径春丝，记拂旧时歌扇。冷榭呼鸥人意懒，寒畦招蝶风光贱。好楼台，更安排、几番肠断。

天香·旧京海棠秋后重花

珠佩来初，冰帘卷后，新妆误著罗绮。走马今朝，听莺前度，总付冷吟闲醉。高楼又近，伛万感、东皇知未？愁袂。新回镜舞，啼绡早分铅泪。　　伤春画栏更倚。恼秋人、几番凝睇。消领旧香多少，暮寒如水。寒乱江花梦里。对红萼、微吟共憔悴。试弄琼箫，蝶魂唤起。

一萼红·宁园纪游用白石韵

野亭阴。认藏花径窈，锦石映斜簪。鸥汊通湖，虹桥夹水，烟外荒翠疑沉。画桡去、清歌未歇，又暮霭、催起剪波禽。拓地林塘，上梁台榭，孤感登临。　　燕赵客游偏久，镇风埃满眼，蹙损诗心。龙汉身更，鸥夷约误，欢绪飘雨难寻。且消领、菰芦晚兴，赚渔蓑、新句抵千金。恼煞斜阳，断红还印愁深。

张宗祥

（1882——1965），字阆声，号冷僧，浙江海宁人。民国间曾在教育部任职。建国后，任浙江省图书馆馆长、西泠印社社长。长期从事图书古籍整理工作，抄校孤本、珍本古书达六千余卷。有《归杭草》《游桂草》《入川草》《铁如意馆诗草》《不满砚斋剩稿集》《书学源流论》等。

南歌子

三十岁前，间喜作词，积稿百余首。今不知何往，且亦不能复记。今春忽有所感，复作此章。

柳叶风前嫩，桃花露底新。旧时风景旧时春，可惜当前不见旧时人。　　四序东流水，千秋野马尘。几回疑梦几回真，剩得苍茫独立片时身。

摸鱼儿·题高存道《南塘渔舍图》

傍西湖、苏堤深处，天然水竹明秀。待寻隙地茅编屋，好共群渔为友。桃浪后。看钓得鳜鱼，肥美斜穿柳。将鱼换酒。更一醉相拼，千愁尽扫，狂笑喧童叟。　　南塘路、渔舍何时告就，蹉跎难再回首。频年兵燹连天地，草没旧时堂构。惆怅久。索画入丹青，继继绳绳守。劝君放手。问赵氏离宫，钱王故殿，一瓦能存否？

章士钊

（1882——1973），字行严，号孤桐，湖南长沙人。清末任上海《苏报》主笔。历任北京大学教授、北京农校校长、广东军政府秘书长、段祺瑞执政府司法总长兼教育总长、中央文史研究馆馆长。有《柳文指要》等。

祝英台近

理冰弦，调玉柱，绣箔映珠户。往事思量，脉脉黯无语。那堪三月樱花，南朝紫陌，怎都被啼鹃催去？　　与君诉。但觉怨慕哀思，别来甚情绪。怕忆阑干，清泪猛如许。为谁收拾繁华，风吹潮卷，剩萧瑟江关词赋。

念奴娇·怀重庆诸友

漓江西上，是几时、不见渝州烟雨。闻说日长阴洞里，贼火今年如许。四面山明，一肩人瘁，人被山留住。却怀诸友，此时分散何处？　　谁管独秀峰高，延年魂在，读得书如故。作客漫将诗骨换，稍稍寻声按谱。潭水深汪，东阳瘦沈[①]，谁与商今古？开缄试问，渠侬新学言语。

【注】

① 作者注：词人汪东，书法家沈尹默。

水龙吟·过蒋翊武就义处①

　　桂林何处堪思，漓江试数英雄泪。伏波军败，靖江城圮，残痕都是。风洞山前，四松双烈，存亡忠义。奈一呼张楚，功成天忌，宁自惜，不同死。　　袍泽今存有几？记当时、武昌借醉。忆君年少，豪情万丈，甘为玉碎。无可奈何，刀横江水，乌骓不逝。到于今只有，断坟遗褛，识要盟意。

【注】

①　蒋翊武（1885——1913），湖南澧县人。曾参加武昌起义，任军政府军事顾问，代黄兴任战时总司令。1913年7月在湖南讨袁战役中失败被捕，10月就义于桂林。

念奴娇·坐看诸山，颇涉遐想，拈此自解

　　平生疏懒，尽意中、山水眼前放过。一到桂林形势异，硬把千峰围我。南郭子綦，枯容憔色，隐几堪同坐。嵯峨如画，纵横莹玉堆垛。　　曾记安石当年，从容蜡屐，准拟云间卧。雁荡环城今日事①，临绝曾无一个。却羡于湖，靖江作帅，水调声声破②。东还海道，重寻旧约差可。

【注】
①　本石湖（范成大）句。
②　宋张孝祥有《水调歌头》题称帅靖江作。张有《于湖词》。

周曾锦

（1883——1921），字晋琦，号卧庐，江苏南通人。光绪三十二年（1906）优贡生。有《香草词》《卧庐词话》《藏天室诗》《木樨庵印存》等。

齐天乐·诸葛菜

野蔬不重群芳谱，也随大名千古。带露晨挑，和烟夜煮，调入三分鼎俎。前踪细数。想抱膝隆中，亦如先主。一样君臣，闭门心事寄农圃。　　躬耕无限事业，况汉朝家法，非种锄去。冷眼曹瞒，青梅止渴，一世奸雄何补？南阳偶顾。便小草生辉，卧龙兴雨。莫笑书痴，咬根风味苦。

水调歌头

唾壶忽敲缺，长剑划天青。胡姬三五年纪，酌我碧螺觥。醉把山川形胜，以及古今成败，说与美人听。虎豹富韬略，十万腹中兵。　　好男儿，须杀贼，立功名。神州莽莽无主，卧榻起鼾声。放下珊瑚七尺，携取宝刀一柄，入海斩飞鲸。红烛悄无语，闪闪照金屏。

大江东去·舟中望赤壁

霸图已矣，剩巉岩石积，代人凭吊。未免周郎谋太毒，八十万人同槁。笑煞曹瞒，用兵韬略，终逊诗才好。当歌横槊，峨峨雄视江表。　　后来只有坡仙，纪游两赋，异代称同调。我亦扁舟来访古，依旧山高月小。有客吹箫，和之击楫，曲罢馀音袅。江干烟树，夜深乌鹊犹绕。

小楼连苑·西湖

美人名士英雄，三分割据西湖去。请君勿语，为君偻指，为君细数。第一风流，钱塘苏小，西泠桥住。有小青琴操，一般命薄，俱留得，埋香处。　　潇洒孤山隐士，绕荒坟、梅花千树。等闲难忘，苏公政绩，白公诗句。十二金牌，三千铁弩，馀情犹怒。更前胥后种，江涛八月，看银山舞。

陈匪石

（1883——1959），原名世宜，字小树，号倦鹤，江苏江宁人。早年参加同盟会、南社。历任南洋槟榔屿及上海各报记者，中国大学、华北大学、持志大学、中央大学、重庆南林学院教授。著有《宋词举》《声执》《倦鹤近体乐府》《旧时月色斋诗》。

水调歌头

癸丑春自海外归，檗子赋词相劳，次韵酬之。越十馀年乃克改定，檗子已不及见矣。

寥廓此天地，目送夕阳迟。玉龙哀怨吹彻，杨柳又丝丝。几尺淞波新涨，十载吴宫残梦，依约白云飞。执手两无语，帘外鹧鸪啼。　　星辰夜，山河影，为谁悲。隔年乳燕，门巷犹自认乌衣。歧路天涯愁满，别泪花间弹尽，难得醉中归。出海云霞曙，盈耳早春词。

甘州·舍弟仲由于役幽燕，道经上海，信宿而别

正潇潇暮雨作新秋，西风动江城。对当窗明烛，匡床碎语，浊醅深擎。别绪丝丝未理，津鼓促征程。帘外飞鸿过，寒阵初惊。　　姜被当年重认，渺故园一角，梦委荒荆。问天涯投老，踪迹几回并？望长安浮云千态，幻海波愁蔽晚山青。伤高泪，劝须臾忍，休洒新亭。

徵招·天宁寺登高，循银湾而返

扬鞭却指银湾路，荷香旧沾衣袂。雁背又斜阳，换西风人世。客尘浑未洗，正回首白云无际。帽影欹寒，角声催晚，满襟诗思。　　眼底惯逢迎，卢沟外、滔滔乱流东逝。万古此西山，拥愁鬟如睡。菊丛今日泪，漫枨触、故园心事。楚天远，脉脉秋魂，被暮鸦呼起。

洞仙歌

高秋残蓼，掩空庭凉雾，弱柳千条为谁舞？只无情日月，有美湖山，轻换了、一片斜阳箫鼓。　　珠帘寒不卷，半榻茶烟，且话巴山旧时雨。涕泪满江关，曾几西风，认黄叶、村边归路。听隔院疏钟一声声，便化作秋心，不成秋绪。

甘州·裂帛湖秋词和梦窗

殢重阴到处乱鸦啼，长空翳明星。倚吴根残画，荒波故苑，斜日残城。咫尺楼台涌现，蜃气海波腥。片叶飘红尽，流怨声声。　　终古铜仙无语，问露华秋重，尘梦谁醒？有沿堤衰柳，留眼向人青。浸回漪、西山愁黛，拥石鳞寒雨泣前汀。重回首，指东华路，歌舞升平。

念奴娇·过什刹海，一畦晚稻，昔之荷荡也

镜波澄碧，浸宫墙倒影，斜日红妩。夹岸垂杨青未了，隐约藏春深坞。画鹢朝飞，珠帘暮卷，阅遍阴晴雨。湖山无恙，经行犹记前度。　　此地十里荷花，流连歌酒，几辈贞元侣。不信冷香吹又尽，一水盈盈谁语？沧海人间，野风门外，如彼离离黍。残蝉相送，倚鞭重认归路。

木兰花慢·彊村翁下世一年矣，追念成赋

鹧鸪声不作，怆长别，忆冬分。驷万里苍虬，九天玄鹤，云暗尘昏。无津。挂帆出世，感山丘重问过江人。真个迷阳唱倦，白头心事谁论？　　洲蘋，残谱笛中闻。唤起未归魂。记叠鼓阴沉，方诸泪迸，曾赋吴春。清尊。独弦自赏，送王风蔓草百年身。终古高桐井上，寒蛩愁傍孤根。

解连环·雪中和梦窗

素尘冰结。乍人踪径灭，夜光无极。漫画景、收入诗囊，似驴背灞桥，惯餐寒色。万里归鸿，盼不到尺书天北。但声声断角，隐隐乱烽，有人愁忆。　　华年未甘枉掷。指关榆瘁叶，连阵云白。引梦魂飞度辽西，正铁马怒驰，遍地燐碧。醉拂吴钩，誓独挽银河残汐。破穷阴唱筹到晓，店鸡唤得。

金缕曲

大地风光好。任芳丛、蜂酣蝶倦，燕新莺老。十万金铃亲手系，还向通明夜祷。怕冉冉樱桃红了。绿叶成荫平芜碧，染蛮笺、化作伤心稿。千百度，画阑绕。　　海棠浓睡惊回早。费禁持、高楼雨急，野塘雷小。几日轻寒重门闭，门外声声啼鸟。问落絮飞花多少？扬起天涯愁如海，愿从今休放东风到。揩泪眼，对残照。

霜叶飞·岳麓山爱晚亭和梦窗同白匋

晚来情绪云涯外，飘风悲撼千树。乱鸦衰柳大江东，残梦孤篷雨。送一夕、南飞瘁羽。回头疑见红桑古。听悲瑟湘灵，冷泪湿征衣，暗换客中缁素。　　何意翠麓停车，丹枫照眼，二月花艳同赋。忍寒无限后凋心，对酒丁宁语。挽白日、长条万缕。流波还洗烟尘去。访旧游，吟筇健，五岳天齐，画屏开处。

念奴娇·巴山坐雨，久不得舍弟书

夜来风雨，信天涯、一样清明寒食。冶翠娇红浑见惯，梦里乡愁如织。冢卧狐狸，灰飞蝴蝶，到处残鹃泣。空城潮打，东边淮月无色。　　篱落一树荆花，移栽何地，荏苒春消息。万里麻鞋三尺剑，吟望低垂头白。峡束滩危，城敧楼迥，雾满江南北。哀猿断续，为余啼破空寂。

水龙吟·吴瞿安挽词

酒边恻恻吞声，瘴云万叠埋忧地。低垂白首，浮湘断梦，沼吴残泪。不见江南，杏花春雨，先生归只。但相期早日，中原北定，丁宁嘱，蒸尝事。　　金马碧鸡遥指。玉龙哀、斜阳红里。平生仿佛，评量月露，咀含宫徵。惨绿年华，冷红亭馆，昔游馀几？郁人间百感，高歌风洞，又当前是。

临江仙

卷地霜风侵客梦，几回验鬓添愁。帘纹如水屋如舟。好音鱼浪阔，残篆兽烟浮。　　梦里浑忘筋力减，狂呼击楫中流。高天丸月冷于秋。山河新旧恨，一笛正当楼。

蓦山溪·双十闻捷

隔城箫鼓，喧破愁霏晚。卅载话前游，拥黄鹤、玉梯天半。河山两戒，休作画图看。曾几夕，月华清，留照金尊满。　　好风吹送，帆影随湘转。千里指江陵，浪花中、峡云初展。青春白首，有梦早还乡，佳丽地，浣尘腥，灯火谁家院？

高阳台·微雨中园梅始花

酥雨融泥，寒烟锁黛，依稀江国初春。破两三椒，梅红恰近冬分。催年叠鼓匆匆里，费歌声、遏住行云。怕东风，吹泪成冰，荡梦留痕。　　老怀剩有闻哀乐，又兼天浪涌，连海尘昏。暝色高楼，长空断雁遥闻。山中豹隐无消息，寄南枝、驿使何人？记花时，每倚雕栊，同罄芳尊。

虞美人

一年一度桐花冻，独醒翻疑梦。伯劳东去燕西飞，唯有啼鹃夹道劝人归。　　高楼望眼长空暝，笳鼓风前竞。隔墙吹送卖饧声，才信客中时节过清明。

齐天乐·归后半载，波外翁至，执手相劳，喜极而悲

频年漂泊西南后，苔岑久忘同异。半折芳馨，千茎霜雪，携手危阑重倚。羁尘暂洗。正烟月笼纱，晚天浮霁。镜展山屏，向人犹斗旧眉翠。　番番花信过了，驻骖还认否，觞咏前地。树杂莺飞，堂空燕宿，如说人间何世。因风皱水。怕才息惊涛，又添新泪。倦眼慵开，乍逢人梦里。

月华清

连夕阴雨，中秋后一日放晴，月分外皎洁，是日值秋分节。

江雁涵天，阶蛩吟露，素娥今夕初见。水令翻新，恰好剪秋一半。琼楼迥、金镜谁磨；莲漏永、玉绳徐转。相伴。自广寒游后，芳期能展。　吴质不眠已惯。怕老树婆娑，斫来还满。小影山河，胜隔雾屏云幔。纵未睹、昨夜星辰；忍负却、故园心眼？良愿。要人间普照，清辉无限。

马 浮

（1883——1967），学名福田，字一浮，又字一佛，号湛翁，晚号蠲叟，蠲戏老人，浙江绍兴人。光绪二十四年（1898）县试第一名，在上海与马君武、谢无量编印《二十世纪翻译世界》，介绍西方文学。后曾赴美国、日本留学，遂学贯中西。民国元年（1912）一度出任教育部秘书长。辞归后居杭州，潜心考据、义理之学，并精研书法。抗战中任四川乐山复性书院院长。建国后，历任浙江文史馆馆长、中央文史馆副馆长等职。有《蠲戏斋诗前集》《避寇集》《蠲戏斋诗编年集》。

声声慢·春日湖上漫兴

孤根离幻，翳眼观空，颓年倦对芳朝。一曲柔波，边愁不上兰桡。家山画图如绣，称笙歌、兵气能消。庭院静，看疏帘燕度，暗柳莺捎。　　终古山河见病，笑蓬莱仙药，久误王乔。云水无心，鱼龙未是天骄。花源避秦人远，又东风、吹绽园桃。烟树暝，倚霏微，何处玉箫？

（1926 年）

一丛花·和金香岩叟春感元韵，连日大雷雨不辍

秋阴过了又春阴，恼乱薜萝心。黄蜂紫蝶频来去，早落花芳草难寻。暝色连江，天风吹梦，尚有伯牙琴。　　焚巢归鸟已迷林，冻雨没荒砧。阿香枉费驱龙力，剩千山万径苔深。莨菪针前，刑天影里，剑气夜沉沉。

（1927 年）

浣溪沙·敬和弘度元韵

行尽青山已白头，词人心事总悲秋。干戈满地莫登楼。　　胡骑凭陵还此日，宜州流转又嘉州。相逢何处觅丹邱？

鹧鸪天·再和弘度

一片降幡在石头，汾阴箫鼓更生愁。阿胶不止黄河浊，七国终贻五尺羞。　　悲战伐，病温柔，巴人曲里唱《伊州》。不堪白帝防秋急，浪说江东雪涕收。

南柯子

　　佳节偏催老，胡尘久罢觞。败荷残菊减秋光，又是一番风雨过重阳。　　绨绤惊寒早，关河入梦长。千山出处割愁肠，消得几多岁月看沧桑。

（1941 年）

水调歌头

　　独客听巴雨，三度菊花天。故国何处秋好，兵火尚年年。汹涌一江波浪，迢递数行征雁，愁思共无边。极北况冰雪，大漠少孤烟。（闻莫斯科早雪，鏖战方急。）　　登临倦，笳鼓急，瘴云连。明年悬记，此日万国扫腥膻。看遍篱东山色，不把茱萸更插，巫峡一帆穿。白发倚庭树，归梦滞霜前。

满庭芳

　　身是浮云，生如流电，百年能几春晴？新消残雪，才见柳梢青。瞥眼风花历乱，刚数日、春已飘零。栏杆外，红英满地，高树遍啼莺。　　堪惊人世换，兵前草木，别后池亭。奈铢衣乍拂，痟首如酲。旧日归心总负，空惆怅、倚杵天倾。悲笳动，游辰易歇，灯火黯西泠。

烛影摇红

翠幄成围，楼前一水流春去。曲栏小苑旧经行，处处愁风雨。帘外山光欲暮。荡晴漪、栏桡不驻。压堤烟柳，幸是无情，青青如故。　　休问虫沙，游仙多被洪崖误。归花别叶尽回肠，写入江南赋。纵有芳馨谁与？立残阳、婆娑此树。人间何世，辽鹤飞来，桃源无路。

蝶恋花（二首）

（一）

山村水郭江南路。绿满池塘，又是三春暮。闲恨闲愁驱不去，思量梦境何时寤？　　门外东风吹柳絮。燕子飞来，几日雕梁住。可惜倾城轻一顾，苍生总被斯人误！

（二）

烟笼暗柳台城路。谈笑弯弓，目送行云暮。百尺楼船横海去，乖龙惊起眠鸥寤。　　池上飘萍风后絮。桃叶桃根，未肯同心住。千啭黄鹂人不顾，乌衣巷陌重来误。

（1949 年）

沈尹默

（1883—1971），原名君默，浙江吴兴人。早年留学日本。历任北京大学教授、北平大学校长。建国后任中央文史馆副馆长等职。有《沈尹默诗词集》。

风入松·瓶荷

水风多处立娉婷，暗叶簇花明。画桡过尽浑无影，荡红芳、鸳梦曾醒。凉满水晶宫阙，帘衣一夜秋生。　　寒浆素绠汲金瓶，供养水云轻。未开先自愁摇落，有空房、冷露香凝。三十六陂何处，一屏凉月无声。

蝶恋花

百二韶光今几许。燕子来时，那识春情苦。拈遍落红无一语，小楼受尽风和雨。　　过眼游丝纷万缕。蓦地牵愁，知向谁边去？千古伤心人不数，断肠枉说江南路。

浣溪沙

梦断楼台望转深，一春烟锁到而今。檐前依约堕青禽。　　飞过画帘留不住，杨花飘泊总无心。伤春人却在帘阴。

浣溪沙·寒夜作

青女飞霜颇耐寒，素娥揽镜怯衣单。林间风动叶声干。　　云鹤去来三万里，梅花开落一千年。海波引起与同看。

傅熊湘

（1884——1931），号屯艮、钝剑、钝庵等，湖南醴陵人。少时肄业于长沙渌江书院、岳麓书院，后入高等师范学堂。光绪三十二年与同邑宁调元赴上海，共创《洞庭波》杂志，抨击清廷，鼓吹革命。为同盟会会员。南社成立，为早期社员。1913年从事反袁活动。1920年后历任湖南省长署秘书、沅江县县长、省议员、北伐军参议、长沙中山图书馆馆长等职。有《钝安遗集》。

罗敷媚

灵均天问无消息，纵有难凭，况是无灵。叫尽重阍未必应。　　朔风苦助寒威虐，已过霜零，早又坚冰。只合长眠睡莫醒。

吴 梅

（1884—1939），字瞿安，号霜厓，江苏长洲（今苏州）人。历任北京大学、光华大学、中山大学、东南大学、中央大学教授。抗战军兴，转徙湘、桂间，病故于云南大姚县。吴为现代词曲大师，于南北曲尤精研，制谱、填词、按拍，一身兼擅，论者以为晚近无第二人。著有《霜厓词录》《诗录》《霜厓三剧》《词学通论》等。

洞仙歌·出居庸关，登八达岭

万山环守，一线中原走，茸帽冲寒仗尊酒。正长城饮马，大漠盘雕，羌笛里、吹老边庭杨柳。　雄关霄汉倚，俯瞰神京，紫气飞来太行秀。天末隐悲笳，残霸山川，容易到夕阳时候。甚辇路荆榛戍楼空，对眼底旌旗，几回搔首。

解连环·独游怡园感赋

故家池阁。招东华倦客，试寻孤约。又岁晚三九光阴，看篱外几枝，破春红萼。万感幽单，雁程紧、北风寒作。想词仙那日，闭户自吟，绕遍花药。　吴天鹧鸪正恶。念巾车去国，休问哀乐。对四壁沉陆河山，指杯酒中原，正苦漂泊。泻入琴丝，待诉与西园梅鹤。凭雕栏、半襟泪雨，画楼梦各。

水龙吟 · 昌平州谒明陵

玉京西去多山，山花红到云深处。疲驴紧跨，停鞭遥指，十三陵路。我亦亭林，麻鞋拜泣，黯然怀古。看裬恩门外，丰碑突兀，留宸翰，伤高句[①]。　　偏遇清明风雨，问春郊、棠梨谁主？薰天珰焰，沉渊诏狱，都归黄土。大似前朝，靖康北狩，永嘉南渡。喜寝园无恙，漫劳义士，种冬青树。

【注】

① 清高宗哀明陵诗，刻长陵碑阴。

临江仙

短衣羸马边尘紧，五年三渡桑乾。漫天晴雪扑雕鞍。旗亭呼酒，黄月大如盘。　　苦对南云思旧雨，杏花消息阑珊。新词琢就付双鬟。紫箫声里，看遍六朝山。

翠楼吟·金陵秋感，寄张仲清（茂炯）

月杵秋高，霜钟晓急，今宵梦回天际。湖山沦幻劫，正风鹤长淮兵气。停云惊起。怕万一阴寒，千花弹泪。情难寄。庾楼凭处，自伤憔悴。　　忍记金粉江城，也建牙吹角，羽林千骑。玉京芳信渺，便南浦归帆慵理。人间何世！待冷击珊瑚，西台如意。雄心碎。板桥衰柳，莫愁愁未？

玉京谣·客广南三月，龟冈独酌，辄动乡思，倚梦窗调

热泪弹蛮雨，对酒孤吟，记取江湖味。荔浦潮平，年来芳事荒矣。问大好金粉楼台，借一夜东风何计？黄尘底。单衣广陌，清愁余几？　　江山信美堪怜，赋罢登楼，看海门月起。瓶钵天南，宵长长苦无寐。料故乡渔火霜枫，定笑我白头游子。空谷里，难禁寸心千里。

徵招 · 南塘观荷，次白石韵

澄湖一片红妆影，沙棠载将佳士。散发倚朝阳，喜无人来此。碧筒吾醉矣，对乡国不知秋思。万叶吹凉，绿波如镜，水行良是。　　迤逦。采莲歌，横塘路，江南盛时情味。近岸落霞飞，起蘋风一二。拍浮还共尔，几耽误旧狂清志。展双桨月白前溪，问夜游何计？

清平乐 · 郑所南画兰，次玉田韵

骚魂呼起，招得灵均鬼。千古伤心留一纸，认取南朝天水。　　北风吹散繁华，高丘但有残花。花是托根无地，人还浪迹无家。

水龙吟 · 古微丈挽词

暮年萧瑟江关，举头唯见河山异。抗声殿角，回槎岭表，乱云如戏。海峤莺花，吴门鲑菜，匆匆弹指。记听枫旧馆，隐囊挥麈，知珍重，林泉意。　　还是悲歌无地。结沤盟、沧江鼎沸。东华待漏，中兴作颂，纷纷槐蚁。忍泪看天，十年栖息，天还沉醉。算平生孤愤，秋词半箧，付人间世。

望海潮·吊戚南塘

　　旌旗严阵，楼船飞渡，平生万战争先。南国罢兵，东藩卸甲，知君破虏多年。云气暗樱川。看将星夕陨，烽靖甘泉①。斗大沧溟，挂弓鳌阙报凌烟。　　高名父老犹传，有新书纪实，谈笑安边。筤筜健儿，钩镰妙手，如今胜算难全。霜骑走朱鸢。问广宁直北，谁换星躔？空念梅林，绣衣横海拜婵娟②。

【注】

①　自秀吉（丰臣秀吉）殁，东患始平。

②　南塘罢后，继任者胡梅林（宗宪），其平徐海，功由海妾翠翘。事平，翘失志死。吾乡秦肤雨曾作《翠翘曲》吊之。

高阳台·石霸街访媚香楼

　　乱石荒街，寒流古渡，美人庭院寻常。灯火笙箫，都归雪苑文章。丛兰画壁知难问，问莺花可识兴亡？镇无言，武定桥边，立尽斜阳。　　南朝气节东京并，但甘陵俊友，未遇红妆。桃叶离歌，琵琶肯恕中郎？王侯第宅皆荆棘，甚青楼寸土犹香。费沉吟，纨扇新词，点缀欢场。

三姝媚

乙亥上巳，乌龙潭修禊，分韵得满字，次梦窗都成旧居韵。

城西携杖惯。过清凉山前，古怀何限。胜节重临，对故丘云树，乱尘难浣。水毒龙蟠，愁剑底、腥涎滋蔓。画里楼台，休展芳塘，种花招燕。　　知道风鸢吹断。但线弱风高，那知长短？绣陌依然，纵手携金缕，漫临歌宴。暖律初调，春未改、阴晴千变。剩有盈盈夕照，蘼芜恨满。

菩萨蛮 • 长安（五都咏录一）

奉春定策关中壮，终南瑞气开千丈。走马杜樊乡，雄图冷汉唐。　　出门西笑懒，日近长安远。天下几英雄？灞桥衰柳风。

高山流水 • 自题《霜厓填词图》

半生落落守寒毡，写风怀弹尽商弦。无路诉相思，霜灯梦入壶天。惊心处锦瑟华年。旗亭去、还记双鬟按笛，泪咽尊前。似深秋戒露，独鹤唳荒烟。　　停鞭。欢场忍回首，花月地、换了山川。衰鬓倚西风，水国饱听啼鹃。抱灵修、几误婵娟。白门便重问，乌衣影事，陌巷凄然。算春愁酒病，哀乐付枯蝉。

王蕴章

（1884—1942），字莼农，号西神残客，简称西神，江苏无锡人。光绪二十八年（1902）副贡，官直隶州州判，寻出游南洋。南社社员，曾主编《小说月报》十年。后在上海办中国文学院，自为院长。晚境艰困，有堕节之嫌。有《秋平云室词钞》。

金缕曲

鹦鹉偏能语。苦爱居、沉沉长夜，享他钟鼓。秋雁一行心万里，劫换虫沙还苦。看细燕、轻狸无主。唤起铜驼醒也未，鹤归来、城郭都非故。行不得，鹧鸪住。　　冤禽精卫漫思补。海茫茫、鱼龙涌起，波翻云舞。鸦背夕阳红正好，一棹鸥夷何处？算生作、号寒原误。咽尽枯蝉衣早断，织西风、络纬愁如许。且让与，候蛩诉。

满江红

缅甸金塔丛立如笔，缅俗佞佛，相传昔英兵据缅时，缅王犹膜拜塔下也。最著者为大光塔，西人游览者，履声橐橐。华人则必跣而后入，不则以为污亵佛地，山僧且呵斥及之矣。

笔立苍茫，写不尽、惊人诗句。却付与、塔铃愁绝，声声凄诉。如此楼台天不管，任他风雨春无主。听残僧指点说沧桑，今非古。　　丛林迥，云飞驻。江影落，山痕聚。算庄严三宝，登临难许。佛寺宵深红烛泪，故宫花老斜阳怒。问何如带砺奠山河，金瓯补。

如此江山

香港太平山，崖崩壁立。西人置机山巅，设轨敷练，曳西车辘轳而上。山中楼台如画，绣球、杜鹃之花，遍植皆是。天风吹衣，海波如镜，殊有清都咫尺想。凝眺徘徊，怆然成赋。

天梯石栈钩连上，荡胸白云来去。山蘸眉青，波揩镜碧，红衬斜阳无主。岑楼燕语。似辛苦衔泥，负他前度。恨煞莺花，春光如许等闲误。　　尘海频惊倦旅。登临无限好，只是迟暮。万籁停风，一钩堕月，渐有鱼龙起舞。羁怀漫诉。扪尺五星辰，寄愁何处？独立苍茫，几声啼杜宇。

貂裘换酒

钝根老友遁迹山中，憔悴可念。日前以《红薇感旧记》索题，率成此解，以为他日相思张本。钝根见之，当知余怀之渺渺也。

脱帽悲歌起。数平生、一箫一剑，更无知己。不是扬州狂杜牧，十载坠欢重理。只赢得、鬓星星矣。骏马美人都去也，莽乾坤合为多情死。负汝者，有如水。　　狂言忽发君须记。遍相思、灵均香草，澧兰沅芷。结客他年公事了，还我倾城名士。更碌碌、嗤他馀子。痛哭山中闲日月，肯如今、短了英雄气？浮大白，拼沉醉。

八声甘州

别侯大戬庵久矣。今春两见于里门，并为介于凌大伯升，同登东横山梅园，望太湖，取道惠麓，买醉泉亭而归。翌日，又为春申江之行，赋此却寄。

又东风吹我落天涯，相逢鬓丝苍。料山灵笑客，倦游何处，不傍鸥乡。斫地长歌谁识，未减少年狂。且住为佳耳，小酌壶觞。　　七十二峰无语，荡鳞波万顷，浅晕眉妆。怕鱼龙睡稳，一例梦沧桑。莫再向、梅边谱笛，换悲笳、四野正凄凉。归休也，倚阑干处，总是斜阳。

六丑 · 丙辰春尽日作

问东风底事，送笛里、梅魂轻别。采芳后期，花开谁劝惜，一谢难折。几误仙源路，洞迷香雨，蘸绛波千尺。玉骢待指青芜国。燕絮残泥，鹃啼剩血，红心泪痕同色。但斜阳烟柳，愁绪催织。　　江南消息。有庾郎赋笔。梦绕哀筎起，啼恨墨。怀中锦段非昔。换年时秀句，看朱成碧。高楼望、阵云西北。不堪是、掷遍金钱买了，好春无迹。繁华尽、还恋瑶席。怎两番鼓吹，池塘外、昏蛙闹夕。

临江仙

沪宁车中，所见满地皆菜花。杨柳中时露春旗一角，则戒严声中之防务也。忏红内史曰："农事荒矣，子盍为词纪之？"感成一解。

几日平芜愁满眼，灌园谁傍高城？黄金铸泪太纵横。宫袍还妒否，布谷已无声。　　自是群芳吹欲尽，只馀此色分明。休将憔悴问苍生。裙腰青断了，寒角起孤营。

乳燕飞·题《风洞山传奇》

一滴真元血。是天公、撑持世界，做成豪杰。猿鹤沙虫秋烬化，了却中原半壁。生不幸、谋人家国。欲乞黄冠归里去，听桃花扇底娇莺泣。抽佩剑，四空击。　　靡笄独抱孤臣节。尽昏昏、终朝醉梦，草间偷活。柱木焉能支大厦，万丈灵光照彻。灰冷透、昆明残劫。遍地皆非干净土，莽青山、何苦收遗骨？休更向，老僧说。

湘月·星洲秋感，寄示沪上诸友

秋风海国，做飘零词客，飘零天气。大好河山，刚换得、满斛蟾蜍清泪。猿鹤输他，鲲鹏笑我，世事今如此。还君一剑，双龙啸破秋水。　　思欲南走扶馀，东穷日出，西去行欧美。万里投荒，消减尽、当日豪游情味。击筑声雌，吹箫曲怒，鬓影星星矣。夜来多谢，玉虫开作如意。

谢无量

（1884—1964），名沉，字仲清，号希范，别署啬庵，四川乐至人。曾任孙中山大本营秘书、参议，东南大学、四川大学等校教授，中国公学文学院院长。建国后，任中国人民大学教授、中央文史研究馆副馆长。有《中国大文学史》《谢无量自写诗卷》等。

百字令·成都杜甫草堂

诗人何许？指西郊熟路，旧时茅屋。千古清江终不改，只换人间歌哭。白眼看天，青袍踠地，几许空山足。新松初引，小园删罢丛竹。　　莫管拾翠佳人，移舟仙侣，门外痴云逐。寱寐敢忘天下计，沧海狂澜如沸。拜听鹃声，起吟梁父，高韵谁能续？重开祠宇，寒泉待荐秋菊。

吴湖帆

（1884—1968），字东庄，名燕翼，号倩庵，江苏吴县人。南社社员，著名画家。曾任上海中国画院画师、上海美协副主席、上海文史馆馆员。有《吴湖帆画集》《佞宋诗痕》等。

蕙兰芳引·《梅兰图》赠梅兰芳用清真韵

歌散舞零，访重奏、大晟新乐。听笛里阳春，声转断肠似续。韵余袅袅，缀一字、一珠盘玉。叹定场消息，正是江南花落。　　渐筑苍凉，琰箫哀怨，漫赋荣辱。忍丝管升平，珍重翠华旧曲。江山无恙，怎堪痛哭。金缕长，千载绕梁犹昨。

水调歌头·米芾《多景楼诗册》用放翁韵

铁瓮城边路，灯火望扬州。大江襟带多景，尽揽起琼楼。四顾湖山如画，三国英雄安在，杯酒笑曹刘。一枕华胥梦，尘土即貔貅。　　襄阳笔，剑川跋，几经秋。龙蛇起舞，掀动墨海六鳌愁。丞相东窗余事，良将干城重寄，奇物共争收。待访宝章录，千载足风流。

陌上花

重门闭也，天涯何处，一枝横笛。只隔红墙，吹得柳丝无力。栖鸦不管销魂况，犹带夕阳颜色。又恹恹睡起，炉香烧罢，玉阶闲立。　　怅年来病里，嫌寒怯暖，负了许多佳日。转眼重阳，尚恐雨晴难必。流光容易抛人去，谁见柱移瑶瑟？便寻思二十，五条弦上，已过三七。

金明池

残日楼台，遍灯户牖，暝月朦胧成晕。难消受、梨花蟾惨；空凝想、杨花金嫩。夜沉沉、戍角悲笳，听断续声声，动牵长恨。若九十韶光，一场春梦，转眼秾华垂尽。　　破国分鸾尤痛损。叹冷落孤怀，交亲无进。愁滋味、迢迢最苦；冤情况、凄凄难问。休重道、阆苑隆都，便玉宇高空，不胜霜信。恁辽鹤哀翔，离鸿泣诉，省识惹人闲问。

马叙伦

（1884—1970），字夷初，浙江余姚人。同盟会会员，南社社员。历任清华大学、北京大学教授，教育部次长、教育部长、高教部长、全国政协副主席。有《石屋余渖》《石屋续渖》等。

西江月

爽意满阶幽草，陶情一盏清茶。娇儿隔户笑呼爷，欲语不成咿哑。　　白马东来震旦，青牛西去流沙。人间万事看分瓜，底用蜗头争霸？

八声甘州

辛稼轩《水调歌头》和杨济翁、《破阵子》为陈同甫赋及本调读《李广传》皆自写，不独《鹧鸪天》追念少年时也。余少志颇似稼轩，辛亥以后，始一意文史。去冬谢太学归卧海上，至菽水不给，逐斥藏书，辄效稼轩体赋此。

甚年年风雪走关河，行李总萧疏。记挑灯看剑，长城饮马，气欲吞胡。也拟舳舻十万，东去王扶馀。收拾平生志，都付黄垆。　　一自胡人退后，便埋头窗下，雕琢虫鱼。算怀铅握椠，成就等身书。只无如、生花妙笔，反饿来交谪愧妻孥。从今学，莞翁榜样[①]，聊救清癯。

【注】
① 黄莞圃晚贫，至鬻其藏书。

夏丏尊

（1885—1946），浙江上虞人。曾创办开明书店，编辑《中学生》杂志，任长沙第一师范、白马湖春晖中学等校国文教员，于语文教学多所创见。与叶圣陶合著《文心》《文章讲话》。自著《文艺论ABC》等书行世。

金缕曲

已倦吹箫矣。走江湖、饥来驱我，嗒伤吴市。租屋三间如艇小，安顿妻孥而已。笑落魄萍踪如寄。竹屋纸窗清欲绝，有梅花慰我荒凉意。自领略，枯寒味。　　此生但得三弓地。筑蜗居、梅花不种，也堪贫死。湖上青山青到眼，摇荡烟光眉际。只不是家乡山水。百事输人华发改，快商量别作收场计。何郁郁，久居此！

寿　鉨

（1885—1950），字石工，一作石公、硕功，号珏庵，又号印匄、印丐、印侯，别署会稽山顽石、辟支尊者，浙江山阴（今绍兴）人。著名篆刻家，师事杨烈山，改师黄士陵，工书能词。著有《墨史》《重玄琐记》《珏庵印存》《珏庵词》。

兰陵王·城南歌席

水仙瑟，流响煎情共急。依稀严帐古帘，瞥眼繁花媚瑶碧。清寒味惯识。萧寂，春如过客。黄昏半、何处顿欢，微著歌云弄香息。　　回风麝尘藉。但碎语虫天，零梦鸥席。商弦催唱销魂色。看蕚熨眉小，晕酣涡浅，娱光飘送电骆驿。怎临去禁得？　　行历九街直。渐入画遥空，皴剩铅墨。沉阳戏鼓声中黑。便约扇笼暝，障羞痕窄。灯筵妆竟，又冒影，翠黛涩。

辛际周

（1885—1957），字祥云，号心禅，晚号灰木散人，江西万载人。十八岁中举，入京师大学堂攻英文。后任江西第五师范学监，《民报》主笔。抗战时执教厦门大学，未久省志馆聘为总纂。有《灰木诗存》。

高阳台·中秋前一夕凭阑作，用碧山韵

润绿侵襟，蛮红照眼，中秋尚作春妍。独客天涯，凭阑易感华年。霜痕点鬓吟腰瘦，掬幽怀、都付银笺。又还愁，写尽相思，寄向谁边？　　宵来景色尤清绝，谢蛩声雁影，伴我无眠。买断风光，也知不费囊钱。红巾翠袖今飘散，恨无人、共棹游船。剩低徊，月下魂销，泪洒风前。

念奴娇·中秋后五日凭栏晚眺作

围天暝色，正凭阑、闲把秋期细数。小别匆匆经一月，眼底家山何处？雁叫长空，蛩喧幽砌，总作伤心语。吟身垂老，能消多少羁绪？　　失笑樊凤囚鸾，忍饥争食，那许凌风去？老子平生豪气在，且要香歌红舞。花雨虚粘，梨云轻散，短梦成今古。排愁无计，断肠都付新句。

蝶恋花·九日登高作

踪迹年年悲客寄。每遇佳时，勾起乡关思。强意登高温旧例，余生更得重阳几？　莽莽兵尘归眺底。一寸山河，一寸伤心地。风景新亭今又异，衰眸欲洒无多泪。

（1939 年）

浪淘沙慢

洗霄雨、苔痕绣润，几篆萦碧。深掩荆扉昼寂，偷闲暂许偃息。正刺耳声声笛吹急。悄无语、搔首孤立。念世事身谋两如许，盈襟恨堆积。　京国，望中阵垒云隔。问大好河山今谁主，忍泪弹叵得。嗟乱里余生，天际逋客。坠乌向夕，同鲁阳心事，挥戈谁识？词赋徂年尤萧瑟。兴亡梦、倦传彩笔。挂愁眼、烽烟南接北。续残命、强劝蒲觞，负令节，伤心怕见朱榴色。

黄　侃

（1886—1935），字季刚，湖北蕲春人。弱冠游日本东京，从章炳麟学，加入同盟会。清亡后，历任北京大学、东北大学、中央大学、武昌高等师范学校、金陵大学教授。著有《量守居士诗集》《量守居士词集》《量守庐日记》《黄侃论学杂著》《文心雕龙札记》《诗品注释》《音略》《声韵通例》《集韵声类表》《集韵声类》《说文古韵》《尔雅略说》《三礼通论》等。

鹧鸪天

六曲围灯照堕蝉，荑烟初烬夜将阑。如何琼漏丁东响，苦碍罗帏楚女眠。　　春梦窄，画楼宽，推窗犹见月痕弯。迷魂招得天鸡唱，却怪罗衣耐晓寒。

木兰花

多情只是伤离别，相见何因愁更切。谁知情重即愁多，若是无愁情亦绝。　　开帘却见团栾月，又恐冰轮还易缺。可怜圆缺似郎心，愿得清光常皎洁。

采桑子

谁能零落随风雨，分付游丝，系上空枝。长作愁红也不辞。　　明知断梦终难续，送得春归，强订来期。侬比啼鹃一倍痴。

唐多令

高树早凉还，渠荷开又残。几分秋已是凄然。唯有夕阳红可爱，人去后，好凭栏。　　楚泽忆幽兰，初心总未寒。对西风遥计平安。未必重逢真绝望，只不是，旧朱颜。

虞美人

斜阳冉冉空山冷，剩得凄凉影。哀鸿南去不堪闻，肠断苍梧何止万重云。　　如今好梦真难再，眼见山川改。凭谁呵壁问青天，更劝仙人留命待桑田。

洞仙歌·重过神武门，咏荷

凌波万叶，讶重来依旧，雨破圆痕翠澜皱。
暗尘稀、恰好罗袜徘徊，凝望杳、魂黯江妃去
后。　　舞衣寒易落，纨扇秋多，何处哀弦又轻
奏？秘殿映深渠，试检啼珠，芳流滪、题红应负。
待强整残妆为君留，怕一夜西风，看花人瘦。

念奴娇·月夜太平洋舟中

海天如镜，暮烟拖、断缕随风还灭。远舶微
灯三四点，摇影才明仍歇。列宿光沉，潜虬睡稳，
涌起波间月。琼田千顷，广寒深浸宫阙。　　遥
指天际神州，念情凝望，唯有青馀发。宿燕眠鸥
惊醒后，怜我悲歌难彻。驾海楼船，回思应是，
未抵舟如叶。江潭春夜，此时知更澄洁。

长亭怨慢·连夕卧病书怀

望栏外远天衰草，无限芳菲，一时销歇。人
去楼空，乍逢归燕对悲咽。昔年闲恨，而今别、
痴怀更切。大好秋光无人管，伤心时节。　　凄绝。
旅愁难诉处，羞与暮云亲说。愁多泪少，又分与
西风黄叶。问斜阳底事匆匆，便了却一天秋色。
断霞无奈多情，留照晚山明灭。

迷神引

烽火惊心，江关暮、旧国尚迷归路。空城澹日，更迟迟度。念漂浮黄尘里，恨谁诉？危堞悲笳，隐和愁语。呜咽分流水，断肠否？　　半壁东南，此错何人铸？一枕华胥真无据。最怜回首，好山河，都非故。渺神州，浮云黯，寒鸿去。还对宵灯影，泪如雨。荒原西风急，战声苦！

摸鱼儿·吊江户樱花

恨无端送春风雨，繁樱零坠无数。辞枝还爱随流水，一片也无寻处。卿已误。愿莫把韶光，携往天涯路。为谁独苦？算只有啼莺，一般痴绝，尽日绕空树。　　飘零恨，侭与卿卿对诉，人间谁解愁绪？他乡正拟长相聚，不奈子规能妒。卿识否？卿别后、绿荫千树都无主。伤离不语。知甚处重逢，他生未定，还恐化飞絮。

贺新凉·秋恨

望远皆秋色。向天涯、萧条万感，顿伤羁客。为问新来南飞雁，应忆青芜旧国。但满眼沧桑难识。休吊斜阳高楼外，算长安更在浮云北。谁念我，正凄恻？　　西风暗送流年急。叹金仙移盘未久，泪铅犹滴。漫道铜驼今方醒，还见长眠荆棘。纵蚁梦枯槐何益？化鹤几时仍归去，怕人民城郭都非昔。思到此，恨无极！

高阳台

残雪梅销，新晴柳弱，郊原复见初春。海国归鸿，年年轻弃游人。如今但怕啼鹃到，劝人归、归又无因。更消他，几曲清歌，几度佳辰。　　层楼定是怜芳草，望迢迢远道，费了眉颦。只惜朱颜，何时比似前新？娇红愿共春常聚，奈东风、不肯相亲。待春归，懒化飞绵，拟花香尘。

水龙吟·白莲

万花无此娉婷，接舆偶向孤山见。结璘小谪，飞琼暂堕，瑶台仙眷。缟袂延凉，珠珰弄水，寰中游衍。便酡颜收却，铅华洗尽，冰夲内，越清显。　容易玉绳西转，动微波袜罗轻溅。飘然归去，更无人觉，露瀼风软。柳外眠鸳，葭边隐鹭，来寻已晚。待今宵月下，练单宿处，共婵娟伴。

蝶恋花

流水潺潺无断绝。流向天涯，何止千回折？不得长留甘永诀，可怜缘尽空呜咽。　旧恨茫茫何处说。暂蚀仍圆，只有多情月。捣麝成尘香未歇，痴魂愿作青陵蝶。

寿楼春

去国已将一年，故乡秋色，未知何似。登楼眺远，万感填胸。古人有言，悲歌当哭，望远当归。无聊之极，赖有此耳。

看微阳西斜。倚层楼醉起，秋在天涯。怎奈乡关千里，断云犹遮。悲寄旅，思年华。问浪游何时还家？想故国衰芜，长亭旧柳，唯有数行鸦。　摧蓬鬓，惊尘沙，听寒风野哭，荒戍清笳。换尽人间何世，海桑堪嗟。凉露下，沧波遄。澹一江凄凄蒹葭。但遥望苍茫，招魂路赊，愁转加。

绮寮怨

九月朔日淞滨赛会，都人出游厂门，独吟和清真此解。

万舞钧天沉醉，剧怜人尚醒。讶往日玉树铜驼，兴亡感便到新亭。迟迟残阳欲下，荒原外、一发山更青。但自伤去国经年，雄心损、鬓额霜易盈。　怅望故国几程。佳人信断，何须再报瑶琼。鼓急江清，三挝在，有谁听？身闲羡人观赛，漫怪我，最多情！狂尘满城。黄昏独坐处，偏泪零。

探春·雪中感怀

　　彭蠡归鸿，纥干冻雀，飘零同感时序。萧瑟关河，严凝天地，望里难分吴楚。休说氛霾静，怕海岱犹多烽橹。最怜越使梅残，征人消息谁付？　　此际羁愁重否？正野哭千家，声断蓬户。风掣旌旗，寒侵重甲，郊野还催鼙鼓。三峡江流咽，问蜀客船回何处？应羡群鸦，长得安巢枯树。

望海潮

　　荒江烽燧，浮云楼阁，回头试望京华。伤别恨人，招魂怨曲，苍茫伫立尘沙。无处驻牛车。怅路穷日晚，羁思频加。拟问残阳，待将秋色向谁家？　　孤城正隐悲笳。早惊飙振叶，流水漂花。霜鬓易摧，青山更远，浮生似此堪嗟。烟里柳丝斜。纵比前摇落，犹庇栖鸦。肠断征蓬，未知何日到天涯？

柳弃疾

（1887——1958），初名慰高，字安如，更名人权，字亚庐，更字亚子。因慕辛弃疾，又用弃疾为名，复字为稼轩，江苏吴江人。早年在乡从陈去病、金天羽游。光绪二十九年（1903）赴上海，肄业爱国学社，《苏报》狱起，学社解散返里。三十二年（1906）至上海，加入光复会、同盟会。宣统元年（1909）与陈去病等在苏州创南社，鼓吹反清，辛亥革命后，任南京临时总统府秘书。后又创新南社，提倡新文学。1924年入国民党，任中央监委。抗日军兴，由香港经桂林赴重庆。建国后，任全国人大常委。有《磨剑室诗词集》等。

虞美人·题稼轩词

霸才青兕兵家子，读破书千纸。河山半壁误英雄，赢得雕虫馀技擅江东。　　唐宫汉阙荆榛遍，苦恨铜驼贱。华夷倒置总堪忧，未请长缨孤负汝吴钩。

（1907 年）

念奴娇

余在海上，慧云有词见寄，即步其韵，兼怀卧子白门、巢南汕头、镏三武林。

小屏红烛，正去年今夕，与君相叙。问息寻消刚一载，料理重逢偏误。幽怨词笺，峥嵘剑气，迟汝从头絮。一灯古店，低徊往事如许。　最怜絮迹萍踪，天涯地角，哀怨谁能语？江左夷吾无恙在，歌泣新亭何处？南国行人，西湖狂客，迢递双鱼素。晨星寥落，海天无限凝伫。

（1908 年）

满江红·题《剑魂汉侠图》

荆匕良椎，叹底事、侠风消歇？蓦地里、逢君吴市，箫声激烈。壮士悲歌辽海曲，健儿醉踏沙场月。吊要离冢畔草连天，雄心切。　沼吴耻，几曾雪？报韩谊，终难灭。看不平棋局，唾壶击缺。青史百年薪胆恨，黄衫一剑恩仇血。问何时恢复旧中原，收京阙？

（1909 年）

金缕曲·六月六日秋侠忌辰，寄寄尘、小淑、巢南索和

六月飞霜雪。记当年、轩亭道上，英姿流血。荡虏雄心谁得似，如汝须眉巾帼！只短命、令人凄绝。大好西湖无福分，甚一抔难葬伊人骨。还被那，虎狼撺。　　素车白马成陈迹。遗恨事、椒浆展拜，我侬还缺。一种交情死生感，二妙玉台曾识。问何处、萍踪此日？剩有元龙湖海士，困病魔豪气应消歇。谁和我，山阳笛？

金缕曲

三月朔日，南社同人会于武林，泛舟西湖，醉而有作。

宾主东南美。集群英、哀丝豪竹，酒徒沉醉。指点湖山形胜地，剩有赵家荒垒。只此事、从何说起！王气金陵犹在否，问座中谁是青田子？微管业，付青史。　　大言子敬原非戏。论英雄安知非仆，狂奴未死。铁骑长驱河朔靖，勒石燕然山里。算才了、平生素志。长揖功成归去日，便西湖好作逃名地。重料理，鸱夷计。

（1910 年）

满江红·次庚白《秣陵感怀》韵

袖手枯枰，已厌看长安棋弈。最难忘、叛旗初展，杀人如织。血染缣囊魂魄壮，身横乱刃尸骸掷。正伤心、萁豆本同根，相煎急！　猿鹤恨，成今昔。胭脂巷，休寻觅。叹龙蟠虎踞，久无颜色。侯景当年曾跃马，王琳此日犹埋碧。更何时旭日射光芒，阴霾革？

（1929 年）

金缕曲·悼黄晦闻

太息分宁叟。蓦惊心、松凋竹陨，岁寒时候。一恸龚生天年夭，耿耿精灵难朽。剩向笛凄凉怀旧。绝笔阳秋遗憾在，怎黄书未续姜斋手！民史约，总辜负。　江湖卅载论交久。镇难忘、吹箫说剑，王前卢后。龙战玄黄沦万劫，世态移星换斗。更莫问、斓斑古绣。凭仗筹安搜佚史，证名场风谊名山寿。君倘鉴，奠杯酒。

（1935 年）

浣溪沙·见芙蓉一枝，忽有所感，漫拈是解

绝代名花字拒霜，秋江冷艳断人肠。龙蟠虎踞奈沧桑。　　剑底模糊苌叔血，灯前妩媚丽华妆。人间天上太凄凉。

（1942 年）

醉江月

九月二十四日为旧中秋节，羽仪、佛西、雁冰诸子邀集牯牛岭步月，旋泛舟江上，归成此解。

年年今夜，问姮娥何事，敞开宫阙？俊侣招邀成胜会，惜少瑶尊浮白。筇杖登山，兰桡嬉水，共此团栾月。相思江上，生憎镜里华发。　　无那东望秦淮，北瞻辽水，顾影成凄咽。名士新亭馀涕泪，惭愧刘鞭祖楫。乌鹊南飞，旌旄西驻，待补金瓯缺。琼楼玉宇，人间天上愁绝。

刘景堂

（1887——1963），号伯端，广东番禺人。早年供职广东学务公所。黄花岗事起后来香港，任职华民署文案。曾加入南社。五十年代后与廖恩焘共创坚社，振兴词风，影响深远，公认为香港传统文学中首屈一指之词人。有《心影词》《沧海楼词》《沧海楼诗钞》等。香港中文大学黄坤尧博士搜辑其诗词文稿，合编为《刘伯端沧海楼集》，2001 年 3 月由商务印书馆香港有限公司出版。

念奴娇

正月二十季裴丈招饮妙高台，以词属和，即步原韵。

海山如画，正黄昏过雨，晚烟浮绿。户外嫦娥窥半面，后夜清光才足。减字偷声，流商刻羽，碎戛琼琤玉。豪情俊赏，一杯同泛寒醁。　　遥看倒影山河，前朝遗恨，荒苑馀乔木。欲补金瓯无好手，此意更谁相属？当日诸公，琼楼高处，曾听霓裳曲。故园如梦，何时归问松竹？

虞美人·秋星

楼台灯火人初静，上下相辉映。空庭独立意苍茫，万里寒云疏处漏孤光。 一弯眉月成心影，冉冉惊秋信。斜河无色雁飞寒，不觉天涯北斗又阑干。

翠楼吟

连日雨滞云沉，春怀恼乱，倚白石调写之。

蜃气团波，龙涎结雾，羁乡久淹行客。闲愁无著处，又看到、红棉初拆。胡笳声彻。正海国春深，天涯人寂。风流歇。一年芳事，忍催啼鴂。 见说。花信初番，怕海棠枝嫩，不禁攀折。那知寒食后，便飞尽嫣红谁惜？韶光轻掷。任宝镜朝空，铜壶宵滴。休相忆。甚时同倚，画楼吹笛？

洞仙歌

十六夜月色清明，与季裴、叔文散步海滩，便欲乘舟重访小梅村，不果。昨宵月负人，今宵月又负人矣。因赋短阕，兼呈汉丈。

冰蟾浴海，荡银波千顷，夜半来寻最幽境。算天风吹我，休近琼楼，尘世外、应有南飞鹤影。　　昨宵风雨里，人倦雕阑，还问嫦娥为谁等？纵有再来时，过了中秋，霜信急、渐催秋冷。便明月明年倍还人，怕蓬转天涯，又都无定。

庆宫春·岁穷日暮，倚此摅臆

孤屿烟漫，沧洲云变，怒涛卷起潜虬。戟折沙沉，刀埋石锈，血光腥染神州。极天回首，黯寒日、江山暮愁。相看无语，憔悴庾郎，雪满貂裘。　　膻乡七度残秋，人未归来，燕已难留。乱石荒滩，疏帆深港，几回来对闲鸥。百忧填臆，却聊把、清尊自酬。穷年谁慰，梅绽一枝，绿萼含羞。

木兰花慢·入秋以来，即事多感，倚此寄怀

悄危阑倚遍，为红叶，惜秋光。怅劫后湖山，无人管领，轻付斜阳。寒螀。万千絮语，是谁家池馆最凄凉？一霎云朝雨暮，几回尘外沧桑。　　神伤。画烛虚堂，凭翠袖，劝离觞。奈未歌先咽，低徊意尽，零泪双行。空梁。漫留倦燕，任天涯惊月又惊霜。闲检哀弦断轸，早知寥落词场。

摸鱼儿·孤雁

向天涯、暂留斜照，莫教抛却孤影。沧洲千里芦花白，欲下几回还警。归路迥。问可忆、横塘旧侣相呼应？飘零不定。更低渡江天，暗随关月，何处最凄冷？　　鸳鸯梦、深锁碧纹圆顶，知他清唳谁听？葱纤何苦调弦柱，数到十三难并。珠泪迸。怕故国湖山，尽是荒凉境。空阶露凝。忍误了西楼，玉珰无据，芳信夜深等。

临江仙·和沈伯棠

乱石故王遗业，落花名士新亭。夕阳西下泪纵横。有楼皆海气，无树不秋声。　　故国烽烟迢递，暮年词赋飘零。当时衫鬓两青青。别来无限事，莫放酒杯停。

木兰花慢·月夜

正素娥有恨，问瑶镜，为谁圆？负夜夜青天，心心碧海，如此婵娟。无端。一弦一柱，任飘零锦瑟思华年。唤起鲛人不寐，借他泪眼长看。　　飞鸾。曾列仙班，低月妩，乱风鬟。奈九霄无路，佩环迢递，终隔蓬山。人间。万千浩劫，怕重来何处认华鬟？争似刘纲眷属，白云长掩松关。

浪淘沙·春郊望家园感赋

策杖独寻幽，歌啸无俦。隔花啼鸟自啁啾。几日不来春渐老，绿满平畴。　　双水绕浔洲，今古悠悠。天涯无地著归舟。回首夕阳红尽处，谁倚高楼。

摸鱼子 · 乱后旋乡，景物都异，赋此志感

向天涯、暂停征辔，杜陵归计何晚。废池乔木馀兵气，残角晓风吹断。尘梦短。又一局、枯棋未了柯先烂。旧游易感。任败壁留蛩，荒庭专雀，黄叶暗惊散。　　君须记、十里珠帘乍卷，知他多少幽怨？只今柳老绵都尽，张绪料应愁见。肠百转。拼点检、闲愁难入生花管。横空雁倦。羞为稻粱谋，翩然飞去，孤影碧云远。

点绛唇 · 夜归渡海，扣舷歌此，不知今夕何夕也

如此沧溟，后波推送前波逝。钓竿慵理，寂寞鱼龙睡。　　亘古星河，谁会浮槎意？空回睇。百年兴废，渔笛秋风里。

摸鱼儿

今岁送春，兼送远人，读义山"人生那得轻离别，天意何曾忌险巇"诗句，不禁泫然流涕也。

变鸣禽、绿催杨柳，堆烟池阁无数。闲门那计春深浅，但见燕来胥宇。帘卷暮。怎挽得、飞花聊为斜阳住？浮生迅羽。算夜气楼台，几回吹蜃，人事已非故。　　沧溟外，莫问龙蟠虎踞，狂澜依旧东注。啼鹃错会凭阑意，抵死劝人归去。千万语。却不道、天涯无处无风雨。离觞漫举。怕残梦回时，青林黑塞，愁绝杜陵句。

齐天乐·春山探杜鹃花

碧桃飞尽红棉老，春光倩谁留住？滴露凝香，馀霞散绮，疑入仙山深处。东君也误。怕鹧鸪先鸣，众芳非故。几日新阴，翠遮裙带旧时路。　　枝头残认泪点，是花还是鸟，相顾无语。踯躅津桥，飘零蜀道，一样天涯羁旅。朝风暮雨。怎开落匆匆，又催归去？莫待空林，独寻情更苦。

木兰花慢·中秋夕对月歌东坡《水调歌头》感赋

又婆娑对月，问今夕，是何年？正半壁分秋，一轮倒影，飞上中天。无端。片云暗度，似冰绡轻弄水晶丸。箫鼓楼台散后，十分清景能专。　　跫然。蹀躞空庭，飘桂露，冷吟肩。念素娥孤迥，不窥绮户，偏照无眠。词仙。漫歌水调，任广寒吹梦落人间。碧海青天夜夜，玉瓯知为谁圆？

金缕曲·题坚社声家赋赠《燕芳词册》

百啭春莺舌。是何人、广寒偷得，梦中残阕？不是词仙谁解赏，醉把琼壶敲缺。算粉黛、才华双绝。莫倚玉龙寻怨曲，怕空枝、上有啼鹃血。催入破，倍凄切。　　回肠别有愁千结。叹人间、燕歌未了，楚歌相接。今古英雄成底事，弹指声名俱歇。空听取、昆池呜咽。何况尊前儿女恨，向西风、只共寒虫说。沧海泪，为谁热？

踏莎行·题梁羽生说部《白发魔女传》，传中夹叙铁珊瑚事，尤为哀艳可歌，故并及之

家国凋零，关山离别，英雄儿女真双绝。玉箫吹到断肠时，眼中有泪都成血。　　郎意难坚，侬情自热，红颜未老头先雪。想君定是过来人，笔端如粲莲花舌。

踏莎行·送殿儿赴英伦

绝峤分携，危楼独立，萋萋草绿王孙去。老来别易见应难，临歧忍作伤心语？　　病掩孤檠，梦回疏杵，千山万水愁风雨。东西南北总天涯，离魂随汝知何处？

刘永济

（1887——1966），字弘度，号诵帚，湖南新宁人。曾执教东北大学，后任武汉大学文学院院长、湖北省文联副主席。有《屈赋通笺》《唐乐府史纲要》《词论》《诵帚庵词》等。

倦寻芳

辛未中元，与证刚、子威、豢龙乘月步登东北大学高台茗话。次日豢龙有诗纪事，赋答。（1931年，四十四岁在东北大学）

絮云贮彩，玉气涵空，孤抱先冷。俊约寻秋，平步露台清迥。眼阔休伤关塞远，语寒初觉星辰并。甚无端、数沙虫浩劫，人天悲哽。　　正是处莲灯凄炯。蘸水荒魂，零乱难定。回首南中，烟波涨天千顷。剩有幽怀招楚魄，忍持密意规秦镜。料嫦娥，也含颦，广寒愁凭。（时江汉暴涨，人物庐舍，漂荡无数）

水调歌头

辽变事起，朋好惊散。予挈家遵陆西行。蓥龙并海而南重遇于故京，出示中秋渤海舟中和东坡韵词，危苦之音而出以沉雄之气，以此卜之，国其有瘳乎！因和其韵，更以广之，虽曰强颜，庶几破涕。

银液写溟澥，绀宇正昊天。独弦聊永今夕，哀响彻千年。坐惜团栾明镜，迸裂千堆雪浪，零乱玉光寒。搅起馋蛟怨，争攫海云间。　　动吟魂，惊幻景，破愁眠。浮尘转毂，几人曾见缺时圆？乞取冰壶清泚，净洗凡情迷眼，何处觅亏全？试看山河影，终古自娟娟。

解语花

壬申上元，淞沪鏖战正烈，故京灯市悉罢，客枕无寐，竟夕忧危。翌日，蓥龙写示和清真此调，触感万端，继声赋答。（1932年，四十五岁寓北京）

烘莲旧节，唳鹤严城，危睇酸风射。绀烟浮瓦。觚棱外、悄悄素蟾西下。悲拽变雅。暗惹起、愁丝千把。清漏阑、犹倚香篝，冷绣薰残麝。　　还记珠光不夜。称承平年少，人物妍冶。翠鞲朱帕。笼纱底、对立秀发骄马。豪华梦也。休苦怨、狂飙吹谢。怎奈他、深锁千门，教好春都罢。

惜秋华

在武昌武汉大学

倦羽惊风，渺天涯寄泊，沉哀何地。残夜梦回，还疑醉歌燕市。冰霜暗忆胡沙，怅一霎、红心都死。鸿唳。料征程怕近，长虹孤垒。　　遗恨付流水。剩荒原夜黑，怨啼新鬼。莫自泪枯，谁遏涨天鲸沸。须知玉树声妍，浑不解、人间愁味。无寐。听寒涛、断魂潮尾。

庆宫春

长武车中晨起有作，寄惠君长沙。

寒野烟垂，春朝日紫，去程倦眼初醒。列戍哀笳，连江铁索，东南犹自鏖兵。彩绳双燕，定巢计、商量未成。骚兰新恨，歌黍前悲，无限牵萦。　　古今几局残枰。化蝶蘧蘧，诗鬓先惊。携酒江楼，看花山寺，那堪一片鹃声。留眼人间，怕真见、沧桑变更。客怀凄苦，千里飙轮，犹梦湘城。

（戊寅，1938 年，五十一岁）

高阳台

昨梦放棹东湖，露明荷净中，微波乍生，冰轮忽碎，化为千万，光景绝奇，得层波四字而醒。时急雨捎屋，余寒在衾，凄然其如秋也。追怀昔游，足成此解。

双桨千荷，层波万月，扁舟又落东湖。冷露闲鸥，如今也似城乌。凌波几度邀琼佩，更几回、吊楚歌呼。算都成，翳眼空华，事往难摹。　　伤心群玉神仙府，有西昆楼阙，东壁图书。碧霭千门，睛宵万萼明珠。云屏未稳华胥梦，早无端、海换桑枯。但牵情，故宇神游，泪满菰蒲。

水龙吟

客怀如梦如烟，佳辰只作寻常度。殊乡节物，香蒲角粽，依稀荆楚。汉上旌旗，湘中鼓角，岭南烽火。正忠肝义胆，争城陷垒，能余几，清平土？　　前事诸宫漫数。尽沉酣、琼筵歌舞。高唐梦冷，章华春晚，江山谁主？极目心伤，断魂难返，江南红树。剩一潭怨水，年年此日，费辞人赋。

（庚辰重午）

减字木兰花

吊法京凯旋门。已有纪念战胜之碑，二十年前欧战后建，今闻已为德军移去矣。

丰碑去国，今日休悲陵变谷。二十年前，曾见雄师乐凯旋。　　翻歌成哭，梦断钧天何日续？宫月荒寒，可有金仙带泪看。

浣溪沙

行到蚕丝地尽头，凄清云物又成秋。销忧难觅仲宣楼。　　剩水吞声过楚峡，斜阳凝血下神州。欲呼辞魄吊高丘。

临江仙

闻道锦江成渭水，花光红似长安。铜驼空自泣秋烟。绮罗兴废外，歌酒死生间。　　野哭千家肠已断，虫沙犹望生还。金汤何计觅泥丸？西南容有地，东北更无天。

南乡子

压梦漆云深，雨气昏昏袭枕衾。梦外乾坤龙战苦，阴森，白骨成山肉挂林。　　天帝式凭临，肯把神鳌一击沉。愿乞银河淜铠仗，从今，日月昭回万象湛。

雨霖铃

衰兰歌绝。剩魂销、到乱冰凄叶。重湖万点狂雨，惊梦里、鱼龙悲咽。绿冷蘅皋，问几见湘灵芳襟。但万里、千里关河，断莽斑斑鬼雄血。　　西风惯与愁肠结，向酒边换却清秋节。吟怀早是凄苦，争忍听、故山哀鸩。暗幌衰灯，往事纷纷，眼底明灭。只赚取无限苍凉，诉与残宵月。

浣溪沙·中秋前夕闻湘捷

电语流空夜正赊，将军雄剑断长蛇。衡云犹护梦中家。　　分付清尊催皓月，安排长笛换惊笳。恨深愁极一欢哗。

琶琶仙

辛巳乐山中秋，约子苾夫妇味橄薄饮云巢。念辛未甲戌此夕，曾与蓁龙叠和东坡水调，以写幽忧穷魇之音。今时境远非昔比，而蓁龙深隐衡云，予乃窜身荒谷，奇情胜概，久堕苍茫，顾影婆娑，怅然成咏。

秋老山空，乱蛩里、露草光摇玑玓。鸾驾应怯新凉，霓衣皱轻白。愁记省眠云俊侣，暗萦惹十年尘迹。涨海铜琶，明湖翠盏，都到胸臆。　算唯有丸月疏星，向天末、依然伴岑寂。多少瑶情霞思，总而今抛掷。伤换劫河山坏影，堕玉尊特地凄碧。那更残曲重寻，故人难觅。

喜迁莺

香港陷落数月，始闻寅恪脱自贼中，将取道桂黔入蜀，已约乃弟致书，劝其来乐山讲学，词以坚之。

鲛尘掀户。又惊起、乍宿南云双羽。委地蛮花，飐空腥浪，轻换翠歌珠舞。漫省荡愁山海，曾是谁家丸土！断肠事、剩闲鸥三两，苍波无语。　知否？人正在、野水荒湾，灯底相思苦。万驿千程，乱烽残戍，归梦去来何处？未了十洲零劫，休问寒灰今古。雁绳远、怕玉珰俊约，欲成还阻。

木兰花慢·挽豢龙

　　万缘吹剑首，忍遥吊，楚兰魂。正残画芜城，斜阳故宇，何限愁痕。乾坤。只供醉眼，奈忧时肝胆自轮囷。谁惜千经万纬，换来泪雨哀云。　　前尘。去水潾潾。情漫苦，梦难温。记乱雪榆关，惊涛汉渚，恨墨空存。孤坟。甚时酹酒，唤灵旗赤豹出荒榛。为语沧江淡日，故人垂老酸辛。

（1943 年）

菩萨蛮

　　老友以摄影券要我入国民党（入党例缴半身小像，时人皆贫至无力摄影，故于要入党者可赠免费券），久置未报，今检出却还，縢以小词，用致庄生泽雉之意。

　　花边谁唤娉婷出，柔肠别有丁香结。未办缕金衣，清歌只自奇。　　还君青玉佩，宛转千重意。眉样画难工，何关心不同？

浣溪沙・客谈北平广播荀慧生歌曲

一自华胥好梦惊，听风听水每愁生，烟尘无处问瑶京。　　玉树歌中应有泪，云波空外漫传声，有谁凝碧独伤情？

浪淘沙

衡阳之役，闻方军苦战四十七昼夜，将士伤亡殆尽，而援军不至，词以哀之。

风雨卧天涯，凄断金笳。故山从此战云遮。莫向蒿藜寻败壁，雁也无家。　　残垒跕饥鸦，白骨叉牙。苌弘怨血晕秋花。新鬼烦冤旧鬼哭，无尽虫沙。

声声慢

人如花瘦，梦与云荒，清尊倦领残秋。坠叶风中，啼鹃唤起闲愁。河山纵然无恙，莽烟尘、还怕登楼。书漫卷，甚白头诗酒，仍滞西州？　　长望韬戈洗甲，奈鲸鲵乍静，萁豆还雠。佩委兰衰，谁哀无女高丘？便教片帆归去，问故山猿鹤都休。情正苦，听创鸿声度蓼洲。

八声甘州

漫斜阳野草唱新词，城荒燕无家。便春明朝市，蓬莱宫阙，今化龙沙。翠莽黄云万里，废堞隐悲笳。白首飘流感，何止天涯！　闻道长安棋局，又衣冠第宅，争斗妍华。只苍山暗泣，流水自长嗟。料如今、逃秦人渺，问渔郎何地觅浮花？空凄惘，悄无人处，门掩昏鸦。

烛影摇红·寄怀湘弟长沙

芳讯沉沉，落梅帘户东风悄。夿波潋滟蘸初阳，湖上人家晓。叶底鸣禽变了。惹相思、吟堂梦草。白头昆弟，两地青灯，一般愁抱。　乔木荒凉，故家风味今休道。文章何定换浮名，乞米难裁稿。花雨纷纷倦扫。佩香零、伤春共老。楚天望极，雁外兵尘，阑干红照。

（1947 年，六十岁）

浣溪沙·春草（二首录一）

谁解怜芳到甲根，漫将生翠到罗裙。断肠何止忆王孙。　　莽莽但添新战血，离离犹带旧烧痕。东风无力绾春魂。

浣溪沙

夏间下阶，倾跌伤肋，病热昏瞀，恍然一境：岩树森秀，流水萦纡，曳杖独吟，翛然清远。醒后惟记一湾七字，而幽境俨然，尚可追写，因足成之。

枕上吟魂不受招，溪山佳处去迢迢。人间烦热暂能消。　　万叠翠云如幄密，一湾柔绿殢人娇。梦魂刚到小红桥。

鹧鸪天·读寅恪丁亥除夕诗感赋

绝倒驴鞍那可期，拂簪盥眼定何时？（后汉任永冯信二人，公孙述连征，皆托青盲，以避世难。及闻述诛，皆盥洗更视日，世适平，目即清。韩致尧残春诗曰："拂拭朝簪待眼明"即用此。）重衾夜夜江山梦，老去龟堂未断痴（放翁诗："老病已全惟欠死，贪嗔虽断尚余痴"）。　　红烛泪，替谁垂，更长吟坐独成悲。残梅乱雪纷纷里，已觉春光冉冉非。

汪国垣

（1887—1966），字辟疆，号方湖，又号笠园，展庵，江西彭泽人。清末毕业于京师大学堂。历经南昌心远中学教员、心远大学教授、中央大学教授、国史馆修纂。有《汪辟疆文集》。

洞仙歌·黄梅

繁华歇尽，忽香飘庭院，水榭风来送清远。画帘开、十里乍吐寒苞，人一笑、缃阁轻黄鬟绾。　　夜来双袂冷，庭户无尘，暗影疏香最清软。蜂蝶未曾知，自抱檀心，芳园里、不妨墙短。且醉把涪翁好诗吟，更莫道初春，额黄犹浅。

瑞龙吟·白下饯春和清真

台城路。还见小径吹香，丽花飘树。凄凄倦客停车，暮山翠紫，销魂是处。悄延伫。容易故宫芳草，翠迷庭户。流连往日芳菲，定巢燕子，呢喃自语。　　堪恨长条难系，几番眠起，随人低舞。追想旧时欢娱，情抱非故。狂春艳迹，休写缠绵句。伤心见、梅冈瀹茗，江干微步。忍舍前盟去。为伊消损，茫茫万绪，空有丝千缕。清泪满、宵深哀弦风雨。梦歌怨叠，鬓惊飞絮。

鹧鸪天

由高楼门至神策门，空旷幽宫，迥绝尘境。时春雨初过，嫩绿如洗，偶出小步，不觉至郭外矣。归途倚声，曷胜怅惘。

春隐江南作暝阴，空明一径地初临。林峦过雨寒塘迥，山路穿云翠坞深。　烟淡宕，意飞沉，赏幽真入短长吟。笕笪几处留鸳迹，留与他年旧梦寻。

朱蕴山

（1887—1981），安徽六安人。早年参加辛亥革命。1927 年参加南昌起义。1947 年与李济深、何香凝等组建国民党革命委员会，任中央常务委员。建国后，任全国政协副主席、全国人大常委会副委员长、国民党革命委员会主席等职。有《朱蕴山纪事诗词选》。

青玉案

亡妻佩隐忌辰，往闸北视察遗柩。时值淞沪停战后，瓦砾累累，感慨交萦，为填一阕志之。

烽烟遮断江南路。便黯黯，春归去。拍岸惊涛谁与渡。颓垣枯井，夕阳孤墓，都是伤心处！　开门揖盗奸人误，竖发裂眦将军怒。一棺碧血，十年飘絮，几阵黄梅雨。

（1932 年）

念奴娇·悼亡友邓演达

　　海潮激烈，正大泽深山，蛟龙夜发。万里沧波来眼底，旧恨新愁重叠。浊浪排空，惊风挟雨，天水昏于墨。人生如寄，一杯黯然伤别。　　应念壮士归来，中流击楫，肝胆坚如铁。易水萧萧风渐冷，泪逐波臣呜咽。禾黍离宫，荆榛塞道，往事那堪说！何年把剑，神州誓归腥血！

（1933 年 2 月）

邵瑞彭

（1888——1938），字次公，浙江睦州（今建德）人。清季入浙江省优级师范学堂。南社社员。民国初，被选为众议院议员，曹锟贿选总统，瑞彭拒贿。后历任北京师范大学、河南大学等校教授。晚年贫居开封。为朱祖谋词弟子，有《扬荷集》四卷、《山禽馀响》一卷。

梦横塘·颐和园

岚光匀碧，水色挼蓝，故宫离苑何处？一夜西风，看换了、一番今古。铜辇惊秋，金仙辞月，楼空人去。让多情儿女，来话兴亡，雷塘梦，江南赋。　　愁云冷煞椒房，更渔歌寂寞，佛火凄楚。剩黛零铅，蓦化作、满天飞絮。对隐隐、凉花病蝶，门外青燐黯无语。如此湖山，可怜齐付与，东华尘土。

丑奴儿令·春水

桃花雨过春潮起，楼上明眸，江上轻舟。如画林峦带梦浮。　　鱼天一角东风小，绿意芳洲，红怨漪流。中有人间万斛愁。

徵 招

香冢在陶然亭西北小阜上，碑阴题句哀艳，予读而悲焉，系之以词。

西风残照城南路，红鹃悄然无语。短短瘗花铭，付荒烟凉雨。秋魂还在否？恍遥夜、佩环曾遇。万劫情天，一场春梦，可怜黄土。　　莫漫上江亭，江亭畔、谁禁者般凄楚？蝴蝶尚双飞，问灵修何处？昙云留不住，剩吟断、庾郎愁赋。角声唤、忍泪归来，向灯王深诉。

摸鱼子·武强溪山赋竹筏

小溪头、一痕苍玉，凌空荡漾烟水。鳞纹隔浦亭亭绿，重认袖罗寒翠。来便逝。怕弹彻箜篌，添上湘娥泪。春朝未起。尽短荻牵情，香菱熨梦，人抱冷云睡。　　沤盟好、休叹浮沉身世。江湖毕竟非计。沿村画断筼筜雪，撑老几家渔子。何况是、正叶叶轻风，暗换流红意。兰津悄指。笑石畔银湾，壶中瑶席，残影满天际。

曲游春

予最爱萧斋《曲游春》词，因忆壬子春间流连湖上情事，追填此解。即步其韵。

西子归来未？喜玉钩双卷，波共帘织。柳外黄昏，小檀栾压水，万荷无隙。灯火重城隔，正倦倚、画栏吹笛。等月华、涌上南屏，重看一湖春色。　　远陌，明霞垂碧。有堤碍轻桡，桥阻香勒。遥夜生凉，付云蓝墨溅，泪红纱幂。烟冷催寒食，听古寺、疏钟敲寂。只少年、冶梦成尘，遣愁未得。

绮罗香·晚过神武门，残荷欲尽，秋意可怜

泛瑟烟昏，欹盘露冷，一镜愁漪低护。梦堕瑶台，长恐万妆争妒。念佳人、路隔西风，思帝子、讯沉北渚。怕相逢、恨井秋魂，月明遥夜耿无语。　　宫沟谁写泪叶？回首霓裳换叠，繁华轻误。玉簟香销，零落袜尘残步。便立尽、门外斜阳，又暗惊、晚来疏雨。问涉江、此际闻歌，断肠君信否？

拜星月慢

暗月窥林，哀虫吟露，永夕篝灯绿晕。客枕寒生，觉重阳期近。画楼畔、往日雕栏玉砌应在，马角乌头难信。惨淡星河，动谁家幽恨？　听西风、乱叶飞成阵；关山远、旧梦如相问。记到海上蓬莱，苦游仙无分。算年光、过隙垂垂尽。珍珠泪、背榻和衣揾。且坐待、擘碎筝房，拨鸾弦不忍。

西河

十八年前曾和美成金陵怀古，今再为之。

征战地。繁华事去难记。临春殿阙委蒿莱，夜潮怒起。数声铁笛响秋风，哀歌人在云际。　露台上，和泪倚。鹿卢古井绳系。降幡又出石头城，梦沉故垒。送他六代好江山，秦淮依旧烟水。　蜃楼过眼散雾市，访龙蟠羞认闾里。袖手夕阳时世。共齐梁四百，僧房闲对，零落丹枫霜天里。

无 闷

大梁寓舍，密迩城闉，新寒酿雪，弥望萧索，和碧山。

残叶惊霜，枯树弄风，重叠高城怯倚。叹满眼平沙，故园无此。一夜胡笳缥缈，送绕岸年年黄河水。暗愁积处，横空鳞甲，怒龙飞坠。　　羁致，转蓬似。悄换尽阴晴，酒边人意。剩罨画关山，不成回睇。窗外群鸦渐少，更恼乱、休文闲身世。待卧后、酣梦丰穰，笑引白毡铺地。

木兰花慢·彊村师挽词

倚阑干望远，乱山外，暮云横。讶海水禁寒，江关促梦，凄感平生。泠泠。楚歌旧谱，把商弦弹绝更谁听？过眼完人有数，到头天意无凭。　　严城鼓角夜三更，孤月此心明。话别殿春雷，空林夏雪，一例吞声。骑鲸。归来甚日，又要离冢畔草青青。忍对琼楼玉宇，重招河岳英灵。

木兰花慢 · 邺城怀古

渡黄河北去，鞭不起，古漳流。想万里风烟，三更灯火，残霸中州。封侯。壮心在否，听西陵歌舞使人愁。高树闲栖乌鹊，空阶长卧貔貅。　平畴。落日下荒丘，慷慨看吴钩。问倾泪移盘，沉沙折戟，谁记恩仇？回头。汉家宫阙，剩鸳鸯瓦冷雉媒秋。欲唤南来王粲，为君重赋登楼。

祝英台近

碧云轻，银汉淡，横笛隔江弄。红藕香残，门外露华重。玉珰缄札沉沉，水遥山远，五千里、夜凉谁共？　蜡飘凤。几度唱彻回波，庭竹背风动。骏马黄金，如今已无用。可怜天上嫠蟾，照人到晓，照不到、画屏秋梦。

渡江云 · 和美成

金风喧永夜，满阶坠叶，面旋舞尘沙。候虫吟未已，桂殿秋深，冷落谢娘家。罗屏绛蜡，劝努力、将息年华。环汴堤，绿芜凋尽，树树有栖鸦。　休嗟。幽人挥泪，荡子登楼，是前朝白下。临路歧、酬歌量锦，题句笼纱。无多恨事江南北，听鼓角、凄动霜葭。还障袂，魂销故国烟花。

胡小石

（1888—1962），名光晖，号夏庐。浙江嘉兴人。两江师范学堂毕业。历任东南大学、中央大学、金陵大学中文系教授。有《胡小石论文集》。

卜算子

冀野和东坡韵，词殊危苦，余亦作一首。

风斾不摇人，小立何曾定？蓬发观河更百年，改了波斯影。　　楚客叹多艰，此意今谁省？不上昆仑顶上来，不觉天心冷。

顾佛影

（1889—1955），原名宪融，别号大漠诗人。上海南汇人。曾任商务印书馆、中央书店编辑。抗战期间流寓四川，在大同大学、金陵大学任教。著有《大漠诗人集》《红梵精舍诗文词曲》。

浣溪沙

花压帘栊酒溢壶，斜风小院半人无。妙人天气雁儿疏。　　种出绿杨低似柳，结成红豆小于珠。薄魂销尽病相如。

暗 香

偕内子肖梅及俞韵娟女士游梅园，轩马阗咽，未惬幽兴。出门步行至万顷堂，渡鼋头渚，沙柳摇春，汀鸥迓客，疏梅三五，零落堤岸间，转觉凄淡。归后为赋此解。

湖风如语，问载愁一舸，客来何许？羁旅心情，偏爱幽寻向孤屿。早是飘零已遍，多受了痴烟蛮雨。绕树底、暗检残英，数罢又重数。　　荼墅，小凝伫。试同倚阑干，绿波堪俯。鸱夷归路，千古风流更无据。漫认镜中华发，算唯有、垂杨能舞。暝色起，还坐对数峰清苦。

蝶恋花·劫后归上海

不道春来还见汝。劫后眉痕，写出愁凭据。一例飘零风转絮，人间那得长相聚？　细剔银釭斟绿醑。后约家山，漫把芳时误。绕屋桃花千万树，花神待汝商晴雨。

（1932—1933 年间）

王　易

（1889——1956），字晓湘，号简庵，江西南昌人。少时随父宦居中州封丘县，与其弟王浩并有诗名，曾合刊《南州二王词》。入河南省立高等医学堂，旋入京师大学堂。毕业后执教心远大学，南京第四中山大学（后来南京大学），与汪东、吴梅、黄侃、王伯沆、胡小石等唱酬。抗战初返赣，流寓庐山、袁山。中正大学创立于泰和县杏岭，王易出任文史系主任、文学院院长。晚年就任湖南省文史馆馆员。有《词曲史》传世，为民国间论词之经典专著。另有《国学概论》《修辞学通诠》《乐府通论》《简庵诗词稿》《藕孔微尘词》等。

绕佛阁·秋宵读《鹜音集》，慨题卷端，寄彊村蕙风两翁

雁程乍回，灯乱夜阁，流恨湘绮。哀凤慵理。更闻露洒西台，纵孤泪。　　暗尘又起。垂暮望眼，惊燧千里。欢意无几。定中怕有，城乌唤愁至。　　故国梦寥落，漫抚荆驼重陨涕。还向旧山，渔樵堪把臂。对麦秀西风，肠断何世。楚兰心事。尽付与词仙，空外歌吹。小红桥、画船潮尾。

金缕曲·东湖感旧

一棹江南去。乍归来、湖壖风色，暗惊前度。湖水看天如白眼，乔木阴阴非故。记往日、承平箫鼓。画鹢轻鸥春似醉，认穿林莺燕都欢侣。罗绮梦，雨云赋。　　沧波旧影愁重数。趁朋尊、白社寻盟，紫霞传谱。台馆已空王谢宅，芳草更迷行路。又何况天寒日暮。便乞阳春施步障，倚东风十万垂杨树。人静也，为谁舞？

水龙吟·集彊村词句吊彊村先生

白头心事飘萧，天涯唯有啼鹃苦。觚棱梦坠，五湖计熟，残年倦旅。老泪柴桑，义熙题遍，哀时词赋。怅新歌散雪，迷阳唱倦，凄咽断，蘋洲谱。　　只有高台歌舞。素心难、旧盟谁主？支离病骨，惊飙吹幕，风灯摇暮。身世浮云，人天孤愤，低头臣甫。又西风鹤唳，酸声噪月，近连桥路。

霜叶飞·重九集饮市楼，次梦窗韵

袖香吟绪登高候，江空愁数烟树。半楼孤影照城闉，天净藏风雨。正落日遥冲雁羽。山川随地成今古。更旧节回轮，远翠蹙晴峰，做弄一秋寒素。　　休问荐菊题糕，阿谁送酒，醉笔传恨空赋。几回搔首对芳尊，待语还无语。怕击筑难消怨缕。青霜频解青丝去。便放歌，层云外，乱荻荒洲，散仙何处？

惜馀春慢·春尽日湖楼移情第一集

展席香分，酽花觞满，润入小楼春晚。平招净侣，半被清愁，一径万红争乱。尘外自遣闲情，瑶轸轻调，玉枰敲遍。正罘罳日上，波痕岚影，坐酬青眼。　　应最怜、舍北鸥群，江南莺曙，丽景误人偏短。衡阳雁落，瘴海鲸腾，却付绮春谁管？凭向危阑，暗嗟垂柳东风，晴阴催倦。待重温冷梦，还写沧波画卷。

叶玉森

（约 1890——1929），字葓渔，号中泠，江苏丹徒人。宣统元年（1909）优贡。历官安徽滁县、颍上、当涂知县。南社社员。曾游日本。有《樱海词》《桃渡词》各一卷，总名《啸叶盒词》。

菩萨蛮（二首）

（一）

花边苦说沧桑事，骊龙自抱娇鱼睡。玉笛画棋枰，中心那得平？　　遣谁驱海水，中有鲛人泪。泪已不成珠，可堪和泪枯？

（二）

五铢衣薄寒如水，月斜还贴青鸾背。指冷玉参差，天风自在吹。　　碧云飞满袖，只觉秋星瘦。无力渡银河，银河怨更多。

桃源忆故人·与半梦谈边事

两丸飞猎天山下，丝控桃花骢马。风劲角弓鸣也，片片荒云鳎。　　烟迷列堠边笳哑，波卷龙沙如赭。画戟玉关双亚，船漏酤千斝。

木兰花慢

清明日薄晴不温，申之夜雨，时秀夫、醲园次第北上，黯然赋此，离绪纷如。

秭归啼不住，寒食了，又清明。早杏靥销红，梨涡减素，寂寞帘旌。青春，去如逝水，幸眼前、犹未绿荫成。潦草六朝梦境，飘蓬二月江城。　　流莺。已自牵情，况客里，送人行。便商量花略，安排酒阵，难破愁兵。黄昏，柳绵飞上，看天涯能有几分晴？偏是一宵苦雨，做成万种秋声。

甘州·夜渡太平洋

乘长风夜渡太平洋，狂歌太平谣。听雷鸣雪吼，挟舟龙健，破浪鲸豪。那管珊瑚礁岛，逸气入云高。把剑低回看，海若应逃。 试问雄飞战史，有几家血泪，几种哀潮？是分明祸水，飓母扇惊飙。待何时、波魂涛魄，化中流、铜柱压天骄。楼钟震，早榑桑晓，海日红烧。

汪　东

（1890——1963），初名东宝，字旭初，号寄庵、寄生、梦秋。
江苏吴县人。早年肄业于上海震旦大学，1905年赴日本，毕业于
东京早稻田大学。在东京入同盟会，任《民报》编辑、主编。归
国后参加辛亥革命，任上海《大共和日报》编辑。民国间，历任
北京政府内务部佥事，浙江象山、于潜、余杭等县县知事，江苏
省省长公署秘书；中央大学文学院教授、中文系主任、文学院院长；
监察院监察委员，礼乐馆馆长等职。建国后，任上海市文物保管
委员会委员、政协江苏省常委、民革江苏省委员会副主任委员等。
著有《梦秋词》《吴语》《法言疏证别录》《唐宋词选》《词学
通论》《寄庵随笔》等。

洞仙歌·与季刚晚步至古林寺同作

万方多难，望城西高处，落日荒寒试闲步。
剩苍苔萧寺，白发残僧，浑未识、舟壑潜移几
度。　　人间同一梦，地不埋忧，天又无言向谁
诉？后日待如何，载酒重经，青青鬓依前青否？
又何况黄尘蔽空来，怕江燕飞回，定巢无树。

减字木兰花·题马湘兰画兰卷子，湖帆所藏

素心舒箭，佩结幽芳移楚畹。叶叶枝枝，珍
重璃奁下笔时。　　托根非所，大地已无干净土。
空谷佳人，异代相思一怆神。

碧牡丹

季刚殁后，欲述哀词，久而未就。今秋卧病兼旬，追感旧游，始成此解。

阵阵边笳起，暝色共愁无际。斗酒狂吟，似续三闾遗制。佩袭芳兰，更唾壶敲碎。伤今时，有谁继？　泪难制，冠盖长安市。偏容个人憔悴。月黑枫青，梦中此夕来未？试托巫阳，赋大招哀只。且归魂，楚江水。

水龙吟

置身天半层楼，尽收世界微尘里。东西南北，沧溟如带，昆仑如砥。鞭叱群龙，倒翻银汉，等闲儿戏。算经传许郑，文高扬马，都未是，平生意。　阊阖九重难问，问君平此身何世？镜中青鬓，匣中雄剑，卅年前事。问舍求田，而今销尽，刘郎英气。叹吾谋不用，浩然长啸，作归来计。

八声甘州·雁

又霜钟警梦夜凄清，雁阵破空来。自榆关风紧，卢沟月冷，秋思难排。应羡六朝金粉，嘹唳度长淮。铁锁沉江后，楼殿成灰。　　本是随阳信鸟，甚浅洲远渚，不肯徘徊。历间关烽火，毛羽屡惊摧。倘遭逢、青冥矰缴，剩衔芦孤影亦堪哀。何如共，泛沧溟去，游戏蓬莱。

贺新郎

借问西飞鹊。问金陵、凤凰台下，水流如昨？虎踞龙蟠终形胜，微恨湖名燕雀。是几辈酣嬉危幕。玉树歌残家山破，剩啼鹃声里花开落。风力紧，纸鸢薄。　　黄旗紫盖今萧索。绕宫沟、青燐点点，暗萤低掠。细雨骑驴诗人老，万里音书谁托？料怨绝、山中猿鹤。便与虫沙同化劫，也难偿填海冤禽错。鸿翼举，去寥廓。

花　犯

九龙香港相继陷没，并沪江亲友亦久不得消息矣。

雨凄其、斜风送冷，青灯照无寐。鬓丝愁悴。愁赴楚寒江，鱼信难寄。断樯卧影，烟波底、沙鸥相共倚。怕此夕、玉钗分破，鸾胶空似洗。　　楼台万家旧豪华，霓裳罢舞后，胡笳吹碎。惟暗想，兴亡梦、燕莺能记。如今但、泪痕界脸，盼游伴天涯重料理。正戍鼓、一声声缓，江城人夜起。

破阵子

卉服但馀鸟迹，蓬山那有仙京。日出僭称天子号，蚕食翻渝上国盟，神人愤共盈。　　海水垂天皆立，火云彻地通明。万翼回旋风雨势，千里遥闻霹雳声。芙蓉峰已倾。

蝶恋花·病起重入渝州市作

变幻休论当世事。深谷高陵，只在人心里。醉踏春阳欢未已，烦忧从此如云起。　　夹岸楼台灯火市。步步重经，步步伤心地。一寸山河多少泪，江南塞北三千里。

摸鱼儿·闻桂林柳州相继失陷之信

误年来几番花信，南园花事谁问？催花漫怨东风恶，偏向素秋尤紧。君细认。看桂粟香残，柳也凋零尽。霜空四警。怕寒到巴山，乌啼绕树，落叶已成阵。　　阳台下，梦事荒唐再整，为云为雨无定。美人远隔秋江水，葭苇乱流千顷。归未稳。便纵有归期，也是明年讯。腰围瘦损。枉带结同心，钗簪宝髻，难解此时恨。

木兰花慢·为祖棻作《涉江填词图》并题

问词人南渡，有谁似，李夫人？羡宠柳娇花，镕金合璧，吐语清新。前身。更何处是，是东阳转作女儿身。盥手十分薇露，惊心一曲阳春。　　知君福慧自相因，镜里扫愁痕。待采罢芙蓉，移将桃李，归隐湖漘。阊门。最佳丽地，料只凭斑管答芳辰。已办绿杨深处，纸窗不受纤尘。

六　丑

　　制幽兰妙谱，倩玉指、朱弦微拨。调高韵谐，泠泠环佩彻。忽告弦绝。未讶盟言变，暮春光景，付雨中啼鴂。云山自此愁千叠。望眼成枯，回肠绕结，西楼待歌怨阕。怕苍凉极处，如意先折。　　香寒重爇，遇飞琼降阙。再把柔荑手，头尽雪。沧桑换几尘劫。叹珍珠纵赐，密函羞拆。家国恨、掷与东流逝水，自拼长诀。人间世、如梦消灭。正夜阑暗数，铜壶漏、虚帘坠月。

声声慢·读《涉江词》，和其闻日本败降之作

　　伶俜身世，飘泊风尘，十年江上偷安。捷报争飞，起看锦绣川原。高歌杜陵佳句，卷诗书收涕成欢。归计稳，有巴童不寐，夜半行船。　　谁道依然留滞，费熏炉重熨，料理春寒。楚尾吴头，魂随潮信空还。璇玑自深闺思，怎知人去住艰难。待剪烛，梦西窗闲话夜阑。

贺新郎·效刘辰翁

再拜嗟臣甫。最愁听、西蜀猿啼，东川鹃诉。当日麻鞋趋行在，破屋随风掀舞。日夜祷、收京心苦。待得收京诗咏就，甚饥肠一饱肠先腐。今古事，奈何许！　　箜篌解唱公无渡。悔提壶、被发匆匆，乱流狂溥。自笑修蛾何曾画，一例遭人谗妒。空见说、相如能赋。才出修门三五里，望长安已在云深处。还踯躅，去时路。

水龙吟

大壮自沉后逾月，乃为词以哭之。

屈原何事沉湘，问天呵壁天方醉。千秋冤愤，至今犹有，蛟龙噎气。易世同符，彭咸遗则，超然尘壒。过梅村桥畔，吴娘唱罢，潇潇雨，都成泪。　　不恨文章逝水[1]，恨人间众芳芜秽。金陵邀笛，巴山剪烛，胜游难再。回首当年，吞声死别，几人同辈？又谁能解得，词翁心事，在沧波外？

【注】

[1] 乔大壮自号波外翁。"遗句文章随逝水"，"潇潇暮雨在苏州"，皆自沉前作也。

八声甘州·登灵崖访琴台遗址，下憩落红亭题句，和梦窗韵

问吴宫鹿走是何人，当时为占星？望湖波杳渺，鸱夷一舸，同载倾城。犹胜沉渊玉冷，剑水吐蛟腥。胥愤千年在，呜咽涛声。　　藓蚀荒台琴意，换几番宫徵，尘梦都醒。想西施妆罢，曾对越山青。倚天风思随秋远，遣霜红相伴落烟汀。空题恨，似弹棋局，心事难平。

金缕曲

题犹更斯所著《双城记》，适读迦陵词，即因其韵。

地偪天无罅。叹微生、于中虱处，鬼门人鲊。少日周旋多游侠，臂箭腰弓驰射。快呼酒汉书能下。喷沫高谈罗兰辈，气崚嶒却笑傍人怕。今有口，壁间挂。　　一编展对凉如洒。纪千年双城鬼蜮，笔端有画。恩怨都凭翻覆手，瞥眼浮云野马。因果律何殊铁打。细数断头台上客，被人残原是残人者。金鉴在，正堪借。

金缕曲

有忧国际形势日亟者，作文论之。余因谓今日之患不在强邻，患自弃其文化耳。八叠罅韵为赠。

　　玉缺金瓯罅。妄思量、刀分瓜豆，鼎尝鱼鲊。强敌生心星占现，枉矢欃枪纷射。毕竟是谁家天下？众志成城坚不拔，况岳家军在胡先怕。指四壁，舆图挂。　　不须泪向新亭洒。看淋漓草成露布，自然心画。只恨才华无人惜，一任文高枚马。恐一网还教尽打。瓦釜雷鸣黄钟弃，汨横流举世滔滔者。龟与策，又何藉？

虞美人·重阳后一日作

　　年年强预登高宴，醉把茱萸看。今年偏赋却登高，怯上层楼何处望平皋？　　凄风又送潇潇雨，飘向闲庭住。垂杨还似旧轻盈，恰便一枝一叶是秋声。

（1949 年）

袁克文

（1891—1931），字豹岑，号寒云，河南项城人。曾辑录《洹上私乘》，内有《围炉倡和诗》及《寒云词》。

金缕曲

眼底无馀子。任峨峨、雄冠剑佩，望之非似。虎帐销沉英雄气，胠箧穿窬流耳。遍鼙鼓、哀鸿千里。天下都无干净土，笑鸡虫蛮触纷如此。荣与辱，一弹指。　　中原立马情何止。且休论、重瞳项羽，斩蛇刘季。纵有丹青千秋在，败贼成王而已。又几度、冲冠裂眦。无限江山休别去，待回头收拾君须记。长啸也，叱龙起。

蝶恋花（二首）

（一）

宛转流莺窥碧树。不是当年，花底相逢处。轻絮无端飘陌路，游丝可系行人住？　　飞燕归时天欲暮。数遍楼台，知向谁家去？愁说寻春春又误，旧时明月还如故。

（二）

吹上花枝还又住。花外流莺，却被东风妒。花落不关春欲暮，有情芳草无情树。　　帘底车声衔陌路。卷尽残红，不卷愁思去。莫问飘零花与絮，江山到眼今何处。

蔡嵩云

（1891—1944），名桢，以字行，号柯亭词人。江西上犹人。三十年代初，执教于河南大学。有《词源疏证》《乐府指迷笺释引言》《柯亭词论》《柯亭长短句》。

梦扬州

依宋本淮海长短句九十五字体。

野烟收，望短亭芳草都休。乍雨乍风，倏忽凄然为秋。古城路，云阴黯，念岁时红簇花稠。胡尘迮，笳吹竞，雁南声带边愁。　　谁问同侪旧游。曾贳酒春郊，树底扶头。系马看山，独喜燕台勾留。戍楼一梦征人老，对乱峰频抚吴钩。中夜舞，闻鸡未寐，心在神州。

鹧鸪天

乱世英雄貉一丘，更无人解问金瓯。侏儒毕竟轻臣朔，阿斗何曾见武侯。　　王霸业，等浮沤，秦淮烟水足优游。官家大计尊南渡，谁念燕云十六州？

（1934 年）

高阳台·乙亥季秋访媚香楼遗址

柳共桥湮，兰随壁毁，秦淮甚处芳留？曾几斜阳，空余冷月荒丘。吟蛩似学琵琶语，絮当年、雪苑清游。羡双修，画阁栏边，画舫溪头。　　探幽怕听焚琴惨，怅凝尘玉锁，小劫珠投。洗净铅华，争输扇坠风流。伤心数点桃花血，染齐纨、一曲千秋。念莺俦，不近横波，莫误迷楼。

（1935 年）

八声甘州·壬年春初和谢西来韵

听秦淮玉树正酣歌，沉迷旧京华。幻楼台海气，云翻雨覆，野哭家家。出没城狐社鼠，世味薄于纱。千变残阳色，尽量烘霞。　　底事西来流水，带春光有限，春恨无涯。任寒梅开谢，谁问故园葩？几沧桑、江山陈迹，怕健儿、都尽付虫沙。闲登览，惹新亭泪，意乱如麻。

（1942 年）

摸鱼儿·京西访圆明园遗址

问铜犀、禁垣何处，西风催换尘世。寒芜夕照人踪绝，呜咽御沟流水。游宴地。只极目蒿莱，断础参差是。笙歌梦里。早长乐春空，昭阳月冷，盛事久谁记？　　荒地畔、依旧垂杨旖旎，纤腰曾妒佳丽。栖鸦漫诉当年恨，辇路劫灰飞起。兴废史。君不见、秦宫汉阙浑如此！行行未已。又入镜遥峰，将昏欲暝，愁色锁烟翠。

西河 · 和邵次公金陵怀古，用美成韵

形胜地，南朝旧事曾记。台城路北隐孤松，怒涛暗起。曙钟寂寂景阳空，钟山斜睨云际。　戍楼坏，垣半倚，覆舟缆朽谁系？千年废铁出沉沙，恨埋败垒。浪淘百战几英雄，满江东逝秋水。　酒狂梦醒乱后市。古长干、今变蒿里。放眼劫灰人世。觉荒堆断碣，无言相对，葵麦青芜寒烟里。

绮寮怨 · 和清真韵应如社作

旅馆宵深离话，野风摇梦醒。漏冷月、败柳疏槐；荒园里、碎盖亭亭。潜蛩哀吟砌隙，秋灯炧、四壁残焰青。念逝尘、数阅星霜；车前草，路曲余恨盈。　燕雁自寻去程。瑶台望断，何年再遇飞琼。玉笛孤清。奈同调，已难听。天涯漫追芳影，可怪我，太钟情。羁栖凤城。伤高泪洒处，珠露零。

扬州慢·和白石

邗水波腥，蜀冈云翳，苇湾久滞归程。衬游骢陌草，过烧劫三青。怅江海、澄清事远，泪花长日，天未销兵。送晨昏筋咽，人非谁问芜城？　纸灰梦里，玩芸编、馀烬还惊。任坐树园开，沿溪棹稳，争慰诗情？夜月暗尘来处，巢乌噪、撼屋酸声。念簧门薪木，吟边新旧愁生。

法曲献仙音

春归矣，遥念北湖花事，黯然赋此。用草窗韵。

尘曲波翻，絮萍风霾，巷陌飞花深浅。唱彻新莺，听阑蛮鹧，忙中艳阳偷换。向剩水残山处，相嬉好春晚。　恁销黯。遍湖滨、翠阴驰道，都认是、前侣画轮绣辇。缥缈十洲人，蜃楼成、心意空远。燕雀堂高，闭闲门、芳草愁满。恐红消绿长，暗惹蜀鹃啼怨。

霜叶飞·赋枫叶倚梦窗声律

万千愁绪。朝和暮、惊心都在风树。绚空青女幻春花，寒过重阳雨。算梦蝶、栖迟倦羽。荒凉谁探丛林古？念旧绿新红，冷艳不多时，醉梦独忘商素。　因叹送客浔阳，残衫剩粉，怨曲身世同赋。楚山吴水感凋伤，雁哽空江语。忍一夕、飘烟断缕。秋芳从此随波去。似故人、萦回岸，惨别尊前，挂帆行处。

西子妆慢·西湖春感和梦窗

园柳碧愁，岸花玉惨，镜里迷茫尘雾。画桡谁与说年华，照桑波、短长桥坞。珠歌翠舞。怎不挽、青阳共住？纵重来、对冶游尊俎，湖山如许。　佳期误。逐队飞红，看趁潮汐去。绿天深处急鹃声，怕血黏、两峰高树。坡翁妙句。尽常变、阴晴兼赋。甚而今，独剩鼙烟恨雨。

十二时·辛巳季夏雨后观荷用屯田韵

晚晴天，断虹残日，光映湘娥梳洗。入胜处、幽襟凉思，已觉平添秋气。艳色含颦，啼妆陨泪，磬折娇难起。纵万叶不作枯声，骤雨过时，都是凄人心耳。　　争似他、花丛一棹，竟夕北湖长系。露冷粉房，风摇水珮，梦落鸥眠地。月乍升、柳下觞杯，共饮醉里。　　近岁来、孤吟泽畔，易感飘零愁意。等得凌波，余香销尽，翠减西亭被。祝盛炎莫谢芳华，忍教轻弃？

胡 适

（1891——1962），字适之，安徽绩溪人。早年留学美国，获哥伦比亚哲学博士学位。1917 年归国后，投入新文化运动。历任北京大学、光华大学教授，中国公学校长兼文理学院院长，北京大学文学院院长、校长。1938 年后出任中国驻美大使共四年。1958 年后任台北中央研究院院长。主要著作有《中国哲学史大纲》《胡适文存》《白话文学史》及《尝试集》等。

翠楼吟

霜染寒林，风摧败叶，天涯第一重九。登临山径曲，听万壑松涛惊吼。山前山后，但何处能寻，黄花茱酒？沉吟久。溪桥归晚，夕阳遥岫。　应念鲈脍莼羹，只季鹰羁旅，此言终负。故园三万里，但梦里桑麻柔茂。最难回首。愿丁令归来，河山如旧。今何有。倚楼游子，泪痕盈袖。

（1910 年 10 月）

水龙吟

无边枫赭榆黄，更青青映松无数。平生每道，一年佳景，最怜秋暮。倾倒天工，染渲秋色，清新如许。使词人憨绝，殷殷私祝：秋无恙，秋常住。　　凄怆都成虚愿，有西风任情相妒。萧飕木末，乱枫争坠，纷纷如雨。风卷平芜，嫩黄新紫，一时飞舞。且徘徊、陌上溪头，黯黯看秋归去。

（1912 年 11 月 6 日）

满庭芳

枫翼敲窗，榆钱入户，柳绵飞上春衣。落花时节，随地乱莺啼。枝上红襟软语，商量定、掠地双飞。何须待、销魂杜宇，劝我不如归？　　归期今倦数，十年作客，已惯天涯。况壑深多瀑，湖丽如斯。多谢殷勤我友，能容我傲骨狂思。频相见，微风晚日，指点过湖堤。

（1915 年 6 月 12 日）

临江仙

　　隔树溪声细碎，迎人鸟唱纷哗。共穿幽径趁溪斜。我和君拾葚，君替我簪花。　　更向水滨同坐，骄阳有树相遮。语深深不管昏鸦。此时君与我，何处更容他？

（1915 年 8 月 20 日）

沁园春·誓诗

　　更不伤春，更不悲秋，以此誓诗。任花开也好，花飞也好，月圆固好，日落何悲？我闻之曰："从天而颂，孰与制天而用之？"更安用，为苍天歌哭，作彼奴为！　　文章革命何疑！且准备搴旗作健儿。要空前千古，下开百世，收他臭腐，还我神奇。为大中华，造新文学，此业吾曹欲让谁？诗材料，有簇新世界，供我驱驰。

（1916 年 4 月 12 日）

百字令

　　几天风雾，险些儿、把月圆时孤负。待得他来，又还被、如许浮云遮住！多谢天风，吹开明月，万顷银波怒。孤舟载月，海天冲浪西去。　　念我多少故人，如今都在，明月飞来处。别后相思无此月，绕遍地球无数。几颗疏星，长天空阔，有湿衣凉露。低头自语：吾乡真在何许？

（1917 年 7 月 4 日）

江城子

　　翠微山上乱松鸣。月凄清，伴人行。正是黄昏，人影不分明。几度半山回首望，天那角，一孤星。　　时时高唱破昏冥。一声声，有谁听？我自高歌，我自遣哀情。记得那回明月夜，歌未歇，有人迎。

（1924 年 1 月 27 日）

陈方恪

（1891——1966），字彦通，江西义宁（今修水县）人。陈
三立之子。震旦学院毕业。曾任上海正风文学院教授，南京南方
大学文学院院长。建国后任南京图书馆研究员、南京大学古籍版
本目录学特聘教授。词集先后有《瑑香馆词》《浩翠楼词》《鸾
陂词》等。

蝶恋花

却似无情应有恨。梦里相逢，欲引还相近。
不照菱花知瘦损，搴帷怕倩人人问。　　过尽铜
街车隐辚。拂槛柔荑，恼煞春韶汛。好雨良宵刚
一寸，清眠不与愁人分。

虞美人

梦魂惯织春庭路，不抵仙源误。争知重到尽
魂销，最是当时依样月华娇。　　画廊检点泥痕
在，漫共辞巢悔。断肠何处说酬恩，一度花开一
度卷帘人。

清平乐

枣花西院，弄语闲莺燕。已是闻声情不浅，况道恁时相见。　　尊前别有风流，三年同梦扬州。剪取吴淞江水，输他一段凝眸。

临江仙

歌断酒阑灯晕冷，银河门外迢迢。金风城郭夜香飘。去时冠剑，赢得壮怀销。　　永日绣帘慵卷，妆成独自无聊。一天风露湿檀槽。廿年家国，愁绝楚宫腰。

临江仙

岸柳萧疏虫语断，画船双桨空横。迢迢城上报三更。相看愁欲绝，为我一调筝。　　棹转波回凉月堕，秋心暗警栖禽。江山清感十年情。消伊千点泪，何必问他生。

三姝媚 · 崇效寺牡丹

笼莺初唤起。撩晴丝芳菲，钿车如水。锦障街南，认翠翘金暖，绿烟垂地。玉蕊唐昌，应换却仙家尘世。凤吹归来，潋滟韶华，好天沉醉。　　何以千娇罗绮。问第一昭阳，那人能比？稳护雕栏，对露凝妆镜，粉融香腻。梦觉倾城，偏误了平章门第。记取春风词句，闲情自理。

满庭芳

楼傍春阴，山衔小苑，可怜人似秋萤。石城西去，溪绿黯冥冥。来唤湔裙旧侣，寻前迹、屐印苔生。朱门闭，杏花风急，零落燕泥馨。　　牵情。争奈是、偷传香柬，初见云屏。几惯闲僝僽，蓦笑逢迎。漫道那时别后，多少事说与无凭。销凝久，年光暗捎，江柳又摇青。

乔大壮

　　（1892——1948），原名曾劬，以字行，又曾字勤父、勤孙，号壮殴，别署壮夫、伯戢、劳庵、波外翁。四川华阳（今成都）人。毕业于译学馆，通中法文学，以书法篆刻、诗词闻名于世。早岁任教育部佥事，后任中央大学教授。1947年赴聘台湾大学中文系主任。次年投水自沉于苏州。有《波外楼诗》《波外乐章》《乔大壮遗墨·印蜕》等。早年译著有波兰显克微支《你往何处去》及《路宾外史》。

生查子

　　舵楼东逝波，鹢首西沉月。何似一心人，自此无期别。　　犯雾剪江来，打鼓凌晨发。君去骨成尘，我住头如雪。

踏莎行

　　马足关河，莺啼院宇，旧经行地无寻处。无情唯有纸鸢风，年年吹绿台城树。　　三月桃花，一汀芳杜，柳绵如雪飞还住。夕阳西下水东流，兰舟好载春愁去。

八声甘州·和东坡

好江山笑我乱离来，依然未成归。对巫云千尺，吴船万里，终古残晖。二十年前乡梦，人老事全非。除是寥天一，谁悟先机？　　客问鱼蚕何处，付鹧鸪唤雨，朝暮霏霏。自东坡仙去，回首赋才稀。不堪看、新亭风景，信转蓬踪迹与心违。苍茫里，忍神州泪，莫洒征衣。

菩萨蛮

夕阳红过街南树，雁飞不到春归处。翠羽共明珰，为君申礼防。　　东风寒食节，帘外花如雪。百折缕金裙，去年沉水薰。

【注】

唐圭璋云："居雍园时，有请出为高官者，翁深恶痛绝，作《菩萨蛮》以明志。以美人自喻，身分高绝。至其出语俊爽，尤类小山。"

齐天乐·重到秣陵，次韵答倦鹤

绿杨千尺台城路，新翻洞箫凄异。画省香炉，沙场箭镞，西北高楼同倚。胡尘乍洗。看朝日层阴，暮霞迟霁。赋后江南，晕蛾依旧数峰翠。　　都亭前度唤酒，故人谁健在，沉恨天地。暗井双桐，轻舟片石，今日伶俜身世。来风去水。送仙鹤馀音，冷猿清泪。鬓点匆匆，赚将明镜里。

还京乐

谢堂里、昨夜银屏画烛春犹浅。放绣帘垂地误伊，隔晚归飞双燕。任候风吹遍，蓬飘絮泊游丝转。旷望久、除是暮雨朝云曾见。　　甚流波远。送轻帆过尽江东，病客惊心，投老世换。寻常巷陌重来，近高楼、乍听歌管。几阴晴、催丽日都长，良宵又短。顷刻花如雪，林莺休恁凄怨。

念奴娇

　　半天飞絮。记来时杨柳，藏鸦无隙。满地落花遮去路，燕子寻巢不识。画角谯楼，青门祖帐，蓝尾催寒食。秋千闲挂，那人何处行迹。　　自古事逐星移，春随梦散，头为多情白。酒醒江南闻谢豹，望断音书河北。屏上云山，帘前烟水，镜里风尘色。吴蚕暗老，后期惆怅相失。

【注】

　　姚鹓雏云："此首好用排句，雄健排奡，词中之昌黎。吾以巨刃摩天拟之，差为得当也。"（《鹓雏剩墨·桐风萝月馆随笔》）

小梅花

　　边庭雪，关山月，长城连绵古无缺。候烽明，控弦惊，一朝汉家东北烟尘生。牙旗惨澹收歌舞，胡骑凭陵杂风雨。五将军，士如云。三岁甘泉，不见捷书闻。　　七国散，南交远，地下终成亚夫反。右银刀，左珠玦。八屯卫尉，历诋五都豪。连营十郡良家子，呜咽声中陇头水。弄西筹，献金瓯。挂观飞廉，万岁复千秋。

【注】

　　姚鹓雏云："古气磅礴，余有继作，殊不逮其雄浑。"（《鹓雏剩墨》）

摸鱼儿

遍江南冷烟衰草，碧云千里迟暮。饯春筵畔商飙起，寥落今年芳树。经过处。明月送、无情淮水西流去。乱山谁主。算雁碛枯蓬，龙沙堆雪，此恨忍终古。　　东山客、豪竹哀丝如故。新亭回首南渡。流人费尽神州泪，赢得丽谯笳鼓。惊倦旅。荒鸡膈膊催天曙。昏灯梦语。道破镜飞天，旌头落地，春满柳城戍。

倾　杯

玉笛催花，翠楼藏柳，春寒二月犹恶。旅病建邺，久别故国，怯晚来杯酌。流莺不管兴亡事，道六朝如昨。千门万户斜照里，隔叶间关相约。　　醉托繁弦急管，等闲陶写，翻被东风觉。数旧曲经过，风流何处，有丹青图邈。锦瑟尘生，铜壶更断，一霎思量着。画阑角。看月上、女墙旋落。

定风波

一叶飘然万里来，梦中不锁望仙台。杨柳新声飞玉琯，筵畔。蒲桃初煮映金杯。　　白雁随阳成阵去。秋暮。红鹃带血亚枝开。日落西川何处认，休问。江投东海几时回？

浪淘沙

眉萼带愁描，人过红桥。花丝衫子木兰桡。玉镜不知春色改，绿上裙腰。　　村外酒旗招，醉也无聊。斜阳一抹葬寒潮。料理花前双鬓去，休待明朝。

霜叶飞·和清真

暮烟秋草。沙场外、征鞍催去江表。就人燐火自然青，向夜阑更悄。渐落落、参辰耿晓。清淮东注彭城小。伴严绳飞过，又路入、衡阳旧戍，一带斜照。　　憔悴故宅江山，荒台云雨，宋玉何意重到。锈馀雄剑尚龙鸣，对远游孤抱。写蜀魄、新声未了。琵琶无此伤心调。纵永夕，蕡腾醉，惊起荒鸡，梦来时少。

曲玉管·宜昌

　　楚雨连天，秦灰入市，夷陵草木荒凉久。昨夜何人横笛，吹动龙愁。倚江楼。　　锦鲤东征，青禽西上，谪居过此空搔首。唵霭层云，早晚遮断神州。泪难收。　　万里烟波，指三五、斜阳明处，羽书两岸飞来，教人慷慨中流。几时休。近黄昏灯火，杜宇深山啼罢，白蘋风冷，水墨屏前，一片沧洲。

蝶恋花

　　头上玉绳西北转。一叶随波，冲破烟如练。海水自加前度浅，月华终让今宵满。　　舶趠风轻吹酒面。阑外鱼龙，待与燃犀看。孤剑十年游已倦，人间不了闲恩怨。

石州引·和东山

　　尺五层霄，襟带二江，星淡波阔。长堤冷落垂杨，谱入笛中难折。金风起处，夜夜捣尽寒砧，征衣休洗胡天雪。频岁玉关游，属谁家芳节。　　临发。画堂回首，双燕丁宁，恁悲生别。剪纸相招，楚只声垂绝。不知何处，妙手可解连环，眉间一点心头结。照我拍阑干，有秦时明月。

过秦楼·和清真

　　锦陌秋生，玉京凉至，向夕水沉飘断。鸣蛩暗井，坠叶重扃，此际赋成纨扇。回首醉里画楼，愁叠金衣，滴残银箭。问山川不语，来时期左，去时天远。　　闲梦落、塞北风沙，江南烟树，酒醒鬓霜淡。天河未没，灯焰犹明，隔舍紫箫凄变。经岁无书，到来云想孤鸾，花猜双倩。仗东流滚滚，将寄罗巾泪点。

姚鹓雏

（1892——1954），名雄全，江苏松江（今属上海市）人。曾参加南社、文学研究社、京江曲社，编辑《太平洋报》《民国日报》、《申报》等。晚年任松江县副县长。有《恬养簃诗》《苍雪词》《沈家园传奇》等。

双调南乡子·瓶中红梅（二首）

（一）

缟袂想癯仙，洞壑沉冥不计年。一酌人间金谷酒，翩然，醉舞霓裳也自妍。　　春浅月初弦，小驿孤村梦化烟。谁记旧时高格调，堪怜，开向银屏画烛前。

己卯后在重庆

（二）

疏影倚春寒，闲飔屏风玉漏残。漫拟小桃红杏色，谁看？强学时妆转觉难。　　香雪海漫漫，归去江南认故山。只恐他时还忆着，前欢，酒污罗裙泪有斑。

台城路·枯树

西风斜照婆娑意，兰成昔年曾赋。雨暗疏篱，烟荒断堑，瘦影髯鬝谁顾？秋声最苦。更阑楯萧疏，几家庭宇。减尽清华，不驯龙性尚如故。　溪山依旧寂寂，笑轮囷坐老，终远斤斧。脱叶难留，盘根自出，一任支离寒暑。前游暗数。是白鹄来时，碧柯交处。五亩嘉阴，唤人闲认取。

临江仙·和倦鹤

禅榻茶烟便小病，病中潇洒无愁。梦乘春水放扁舟。柳塘新绿满，花潋淡烟浮。　薄宦久宜员外置，尊前闲数清流。一帘寒雨漫疑秋。四山红湿处，扶杖且登楼。

忆旧游·闻硕公自贵阳至，因寄

共诗筹访鹤，酒幌呼鱼，人在天涯。暂忍哀时泪，又螺峰送翠，小驻征车。候烽旋闪边垒，残堞动胡笳。叹断雁惊弦，穷猿觊木，旧燕无家。　堪嗟。十年事，有寂寞玄亭，憔悴京华。雨散南楼客，剩相看衰鬓，飘飒尘沙。款门一笑先许，清话付茶瓜。便梦绕吴船，荒江淡月啼曙鸦。

虞美人（二首）

院庭缃桃海棠已花，休沐日独赏，赋此。

（一）

　　脂香粉艳闲庭午，遮莫惊风雨。近来衰病负春红，却许破颜一笑寂寥中。　　枝头翠羽啁啾久，燕子归来否？定巢无计莫思归，只有闹花蝴蝶满丛飞。

（二）

　　嫩黄万缕门前树，惯送离人去。便教相守老江潭，也复攀条惆怅说何堪。　　缁尘九陌长安道，侭诩春光好。板桥流水月如银，肯向东风闲斗舞腰新？

拜星月慢·检箧得大壮词数阕，诵竟，书悼

笛里怀人，尊前温梦，怆绝楼台残烛。幕府清欢，覆深杯醽醁。记霜酽、别馆伶俜，独夜谁语，酒尽人生何促？往事都非，只忧来相续。　　赋招魂、雾掩寒山绿。波纹荡、恍度灵风肃。那向落月江枫，问鱼龙归宿。琢新词、桂棹沧浪曲。骚兰怨、蓦变荆高筑。把蠹简、泪洒行间，耿耿檠重读。（翁旧有诗云："自持残烛照楼台"。居渝日纵饮，夜深瓶罄，辄叹曰："酒尽，此生亦尽矣。"语绝沉痛。）

永遇乐·积雨初霁，秋绿四围，拈管赋之

脱叶嘶风，远芜沉雨，秋已如此。藓径蛩吟，蕉窗漏静，一片凉侵袂。姮娥消瘦，相依青女，妆薄恁禁憔悴。透棍纱、烟浮滟烛，离愁暗沁芳蚁。　　莼乡梦到，露葭苍白，回入扁舟天地。罗縠空明，瑶篹倒影，千尺涵颓翠。澄澄碧落，琼楼玉宇，那许淡云轻缀。沧江晚、深丛数点，蓼花吐绮。

木兰花慢·黄叶

正萧条极目，秋欲尽，雁南归。又平野霜浓，孤村烟淡，触绪兴悲。寻诗。记携旧侣，好园林恁便绿荫稀。错认金章凤子，翩然飞上疏篱。　　凭伊，俊语堪思。声满树，醉休辞。叹旅褐栖尘，衰颜褪酒，憔悴谁知？雄姿。最怜汉武，对河汾草木也沾衣。莫恨风云气尽，还欣芳菊同时。

满江红·论词（二首）

（一）

老去填词，原只是空中传恨。试闲数、晚唐十国，溯源循本。兰畹金荃香草弱，阳春白雪莺簧嫩。问谁将雅郑别风诗，漱芳润？　　东坡去，门庭峻。辛刘出，遥骖靳。抉古怀骚意，更无馀蕴。不落元人推作手，独标南宋非高论。看曝书亭上倚新声，玉田近。

（二）

山水方滋，容老子婆娑风月。抚一曲、海天风雨，爨桐清绝。啼鴂悲春仍掩抑，秋蝉咽露终芳洁。小回旋花外白云间，聊怡悦。　　成项谢，陈朱歿。鹿潭起，重扬扢。逮彊村高密（郑文焯），敦盘相接。七宝楼台迷架构，十围大木森苍郁。比秦王扛鼎我何任，心先慑。

雨中花慢·十月菊

坞竹萦青，汀芦飐白，扁舟一系荒寒。恰将秋雁老，啼梦蛩酸。夜冷蜂妆未褪，杯深鹅酽微澜。黄絁绰约，好持金屑，为驻容颜。　　严霜身世，倦倚东篱，不知今夕何年。看次第、荷塘绿尽，蓼溆红残。道是阳回葭管，依然荐共清泉。枯香自抱，怜渠憔悴，肯落风前？

鹊踏枝

蜃气千年浮作雾。待采明珠，咫尺蛟龙怒。更欲登楼非我土，四山红杀啼鹃雨。　　洞口白云飞似絮。暖翠晴烟，玉箭氄氄舞。笼袖松阴钟院暮，棋声吹落人间去。

齐天乐·忆龙华桃花

玄都残梦无寻处，黄昏瘦鹃凄唤。叠嶂蒸霞，秾妆眩目，曾付游车千转。年芳未晚。已负了当时，避秦心眼。历劫年鬟，翠瀛弹指便三浅。　　飞英随水几度，簌荒波满地，漂恨无断。废圃盘鸦，枯形聚蝮，留与穷檐薪爨。流莺漫盼。尽衰鬟重来，景光都换。颓墨春阴，倚楼人自懒。

徐映璞

（1892——1981），原名礼玑，以字行，晚年自号清平山人。浙江衢州人。十一岁赴县苦学，名列第一。后入鹿鸣书院为廪膳生员。曾任浙江省通志馆历史编纂，晚岁为浙江省文史馆员。精通浙江各志，著述多达四百馀种。喜吟咏，常以词代柬，与太原胡邵、南京徐翼存及杭州马一浮、钟郁云、朱少滨、徐行恭等唱和。与南平陈守治合著《徐陈唱和集》。

浣溪沙·秋感

乍觉名园桂蕊香，旋看老圃菊花黄。秋灯无奈是宵长。　　慢诩素娥能咏雪，谁言青女即繁霜。云阶月地两荒唐。

陌上花·丛菊

秋云渐黯，秋风多厉，秋心凄恻。病起扶筇，偶过寻常巷陌。良朋胜景匆匆地，歌吹尚凝胸臆。剩长天飞雁，横塘野鹤，似曾相识。　　算黄花几簇，神清骨瘦，不改旧时颜色。万紫千红，那复共君幽寂。争妍竞态皆陈迹，空为芳菲嗟惜。待东篱露润，南园日暖，要留寒碧。

西子妆慢·癸卯清和节，步梦窗韵

　　大地韶光，满湖瑞霭，幻作漫天浓雾。刘郎前度滞游踪，也停舟、段家桥堍。莺啼燕舞，都不放、片时闲住。太娇憨，蓦地回眸处，猜伊心许。　　何尝误。流水行云，总是匆匆去。留将倩影画中看，武陵原、绛桃千树。零笺断句。只剩得、中年词赋。正无聊，又值蒙蒙细雨。

夏书枚

（1892——1984），原名承彦，后名叔美，以字行，江西新建人。毕业于北京中国大学。久居香港，教授于大专院校。有《夏书枚诗词集》。

浣溪沙（二首）

（一）

一抹微云掩淡霞，几行疏柳噪寒鸦。冥蒙雨意暗随车。　　梧井漫飘新坠叶，菊篱犹放未残花。无边秋色浸天涯。

（二）

偶傍芦花浅水行，渔灯摇曳觉潮生。月华涵影正盈盈。　　欸乃歌中鸥梦稳，欹斜天上雁书横。却愁无处著秋声。

燕山亭·晚晴

柳浪移鸥，渔艇半篙，几处亭台烟雨。梁燕话归，晚黛迎人，一角乱山无主。漫省前游，又都被西风吹去。谁诉。剩凝碧歌声，暗飘梦缕。　　凭望天外孤云，甚下界悲凉，候虫吟苦。杯酒遣愁，点翠匀红，依然旧家眉妩。小叠吴笺，听塞垣、暮笳如许。延伫。斜月坠、曲栏花曙。

台城路·初夏芳洲社友同作

姑苏台上花如梦，愁心又听南浦。海影藏帆，峦光掩黛，消得江南一赋。流莺未语。渐众绿成堆，乱红飘柱。夕月才弯，软风吹下半汀鹭。　　幽寻曾约俊侣。记芜亭小憩，飞絮犹舞。白下官杨，乌衣旧燕，回首都成凄楚。离思最苦。问上国繁华，几丝烟缕。倦旅孤吟，晚钟传梵宇。

湘春夜月·岁暮杂感芳洲社集作

晚寒轻。小梅初绽墙阴。可奈唤得春回，春意却伶俜。信步水边台榭，有柳丝柔弱，不住啼莺。甚客怀岁晚，山前过雁，谁算离情？　　鸥盟负了，空寻浅醉，谁赏新晴？笠屐平生，来换取、一枝旛胜，南国迎灯。移尊对月，倩留声邀约湘灵。漫自语、又东风弄碧，垂虹远影，波荡无痕。

王 浩

（1893——1923），字然父，又字瘦湘，号思斋，江西南昌人。与其兄王易并有文名。先后任江西财政厅秘书、参议院秘书、币制局秘书、国会史纂修。1920年，偕国际财政会议代表饶孟任赴欧洲考察。归国后，总统徐世昌见其文而异之，擢为统计局佥事。未几以骨疾卒于家。其兄王易刊其遗稿，名《思斋诗集》。

过秦楼·畅观楼

长乐离宫，远条别馆，乍隔阆风玄圃。龙鬐未尽，豹尾初回，道是翠华亲驻。红雾蹴起氍毹，帘幕霏微，绮罗来去。想看朱成碧，新桃偷面，柳花飘户。　　空记取。洞钥葳蕤，屏山重叠，曾有内家分付。唾壶晕碧，妆镜沉绯，寂寞汉宫眉妩。谁更无愁，似他月里麒麟，梦中鹦鹉。自云軿去后，凄断铜仙夜语。

霓裳中序第一·新秋江干步月，依草窗韵

螺环波几叠。暝色沉江舟似叶。遥望羁怀菀结。正旅雁破云，惊蝉嘶月。青芦酿雪。叹素纨、秋恨捐箧。成尘麝、金鞍误约，往事向谁说。　　幽绝，怒潮声咽。指数点、渔簝渐灭。盈盈良夜忍别。怅酒涴红绡，佩遗芳玦。唾壶歌暗缺。倚晚风、鸾箫半阕。归途倦，碧天如洗，梦影锁香蝶。

杨杏佛

（1893——1933），名铨，江西临江人。早年入南社，赴美留学，归国后历任东南大学教授、中国民权保障同盟执行委员。1933 年遭特务暗杀于上海。

贺新凉·送苇煌返蜀

杜宇催归去。正长安、枇杷结子，绿杨飞絮。同学英才多不贱，子又群中钟吕。肆雄辩、折冲樽俎。同是浮萍飘大海，莽征途、无意还相遇。天下事，多如许！　群雄逐鹿忙争据。惨中原、干戈水火，可怜焦土！袵席苍生男子事，肯把千秋自误？但行矣、何须凝伫！愧我庸庸徒哺啜，只随人俯仰谋升黍。祝子去，功名树。

念奴娇·罗花山中，用东坡韵

蔓天衰草，望山光岚气，幻成云物。十里焦原生意尽，满眼蓬蒿颓壁。寂寂寒林，萧萧耕马，雀啄山头雪。一声长啸，古今谁是豪杰？　自笑作客年年，情怀渐减，幽恨因风发。红豆抛残清泪冷，往事心头明灭。鸿雁南飞，大江东去，闲尽冲冠发。凭高无语，前村又见明月。

贺新凉 · 题亚子《分湖旧隐图》

一勺分湖水。问年年、扁舟选胜，俊游能几？乱世不容刘琨隐，满眼湖山杀气。更谁辨、渔樵滋味？莫便声声亡国恨，运金戈、返日男儿事。风与月，且抛起。　　征尘黯黯中原里。四千年、文明古国，兴亡如此。燕子东飞江潮哑，儿女新亭堕泪。何处是、扶危奇士？不畏侏儒能席卷，怕匹夫、不解为奴耻。肩此责，吾与子。

贺新凉 · 吊季彭自溺

九地黄流注。叩苍穹、沉沉万象，当关豹虎。呕尽心肝无人解，唯有湘累堪语。忍独醒、呻吟终古。眼见英雄成白骨，好头颅、未易苍生苦。心化血，血成雨。　　一泓浊水埋身处。赋招魂、胥潮呜咽，蜀鹃凄楚。河汉精灵归华岳，谁向清流吊取？但冉冉、斜阳西去。试向中原男子问，有几人不欲臣强虏？生愧死，死无所。

毛泽东

（1893 年－ 1976），字润之，湖南湘潭人。中国人民解放军和中华人民共和国的缔造者和领导人。是马克思主义中国化的伟大开拓者，是近代以来最伟大的爱国者和民族英雄，是中国共产党的第一代领导集体的核心，是领导中国人民彻底改变自己命运的一代伟人，伟大的无产阶级革命家、战略家、理论家、军事家，杰出的书法家和诗人。毕生词作品较多，间有五七言律。作品大气磅礴，波澜壮观，被誉为"推翻历史三千载，自铸雄奇瑰丽词"，竖起当代中华诗词新的历史高峰。有《毛泽东诗词集》《毛泽东文集》《毛泽东选集》等。

贺新郎

挥手从兹去。更那堪凄然相向，苦情重诉。眼角眉梢都似恨，热泪欲零还住。知误会前番书语。过眼滔滔云共雾，算人间知己吾和汝。人有病，天知否？　　今朝霜重东门路。照横塘半天残月，凄清如许。汽笛一声肠已断，从此天涯孤旅。凭割断愁思恨缕。要似昆仑崩绝壁，又恰像台风扫寰宇。重比翼，和云翥。

（1923 年）

沁园春 · 长沙

独立寒秋，湘江北去，橘子洲头。看万山红遍，层林尽染；漫江碧透，百舸争流。鹰击长空，鱼翔浅底，万类霜天竞自由。怅寥廓，问苍茫大地，谁主沉浮？　　携来百侣曾游，忆往昔峥嵘岁月稠。恰同学少年，风华正茂；书生意气，挥斥方遒。指点江山，激扬文字，粪土当年万户侯。曾记否？到中流击水，浪遏飞舟。

（1925 年）

菩萨蛮 · 黄鹤楼

茫茫九派流中国，沉沉一线穿南北。烟雨莽苍苍，龟蛇锁大江。　　黄鹤知何去？剩有游人处。把酒酹滔滔，心潮逐浪高。

（1927 年）

采桑子 · 重阳

人生易老天难老，岁岁重阳，今又重阳。战地黄花分外香。　　一年一度秋风劲，不似春光，胜似春光。寥廓江天万里霜。

（1929 年 10 月）

菩萨蛮·大柏地

赤橙黄绿青蓝紫，谁持彩练当空舞？雨后复斜阳，关山阵阵苍。　　当年鏖战急，弹洞前村壁。装点此关山，今朝更好看。

（1933 年夏）

十六字令三首

山，快马加鞭未下鞍。惊回首，离天三尺三。
山，倒海翻江卷巨澜。奔腾急，万马战犹酣。
山，刺破青天锷未残。天欲堕，赖以拄其间。

（1934 年到 1935 年）

忆秦娥·娄山类

西风烈，长空雁叫霜晨月。霜晨月，马蹄声碎，喇叭声咽。　　雄关漫道真如铁，而今迈步从头越。从头越，苍山如海，残阳如血。

（1935 年 2 月）

念奴娇·昆仑

　　横空出世，莽昆仑、阅尽人间春色。飞起玉龙三百万，搅得周天寒彻。夏日消溶，江河横溢，人或为鱼鳖。千秋功罪，谁人曾与评说？　　而今我谓昆仑：不要这高，不要这多雪。安得倚天抽宝剑，把汝裁为三截？一截遗欧，一截赠美，一截还东国。太平世界，环球同此凉热。

（1935 年 10 月）

清平乐·六盘山

　　天高云淡，望断南飞雁。不到长城非好汉，屈指行程二万。　　六盘山上高峰，红旗漫卷西风。今日长缨在手，何时缚住苍龙？

（1935 年 10 月）

沁园春·雪

北国风光，千里冰封，万里雪飘。望长城内外，惟馀莽莽；大河上下，顿失滔滔。山舞银蛇，原驰蜡象，欲与天公试比高。须晴日，看红装素裹，分外妖娆。　　江山如此多娇，引无数英雄竞折腰。惜秦皇汉武，略输文采；唐宗宋祖，稍逊风骚。一代天骄，成吉思汗，只识弯弓射大雕。俱往矣，数风流人物，还看今朝。

（1936 年 2 月）

胡先骕

（1894——1968），字步曾，号忏庵，江西新建人。两度留学美国，获植物学硕士、博士学位。历任庐山森林局副局长、中国植物学会首任会长，东南大学、北京大学、北京师大、中国大学植物学教授，"国立"中正大学校长、中国科学院植物分类研究所研究员。南社社员。有《忏庵诗稿》《经济植物学》等多种。

忆旧游·怀仲通，步玉田寄元文韵

看西山已老，落尽桃红，飞絮飘零。旧梦寻难着，剩心田半顷，种遍愁根。满地槐花榆荚，夏木叶深深。怅只赢片纸，为寄殷勤？　　重逢竟何日，尚记得、徘徊刹海，绿荫浓处，同觅残莺。忽忽又经年矣，回首暗心惊。不语对中天，更阑烛焰凉气生。

解连环·甘棠湖秋泛

嫩凉天色，泛明湖、棹入练空无极。指画里、烟水危亭，映环翠香炉，岫岚如滴。冷袭罗襟，渐惊觉肃秋风力。看衔山夕照，半掩暮霞，半皴浓墨。　　愁听断鸿怨抑。和霜天画角，凄动寒碧。任几度梦逐波沉，恐江草江花，乱人愁臆。搅起离情，最厌煞高楼哀笛。待归来、翠衾自拥，坠欢暗忆。

刘孟伉

（1894——1969），名贞健，四川云阳人。少年从堂兄贞安治经史、训诂。后参加刘伯承领导之泸州起义，从事革命工作。建国后在川东行署任职，并任四川省文史馆馆长。有《冉溪诗稿》《冻桐花馆词钞》。

百字令·江楼茶话

暮蝉嘶断，正茶烟半歇，游人初散。万里桥边文字客，古意今情何限。老柳斜阳，平陂春水，绿上江南岸。愁心一段，寄与浣花人远。　　遥忆十幅蛮笺，溪光云影，镂出瑶华片。手把东君灵卉色，偷样人间轻染。琼枝折来，冰囊敲碎，都是骚人怨。无多残卷，谁解蔷薇莺啭。

百字令

奇情一段，是峨眉秀出，云霓高冠。中有仙人洪度薛，手把芙蓉乱飐。初垒赤城，忽登虚境，苍翠天涯漫。曦轮乍转，霞开玉皇深见。　　几时散落人间，夹缬笼裙，砌下丛丛艳。传情每向馨香得，早是秋风不管。锦字缄开，红笺泪湿，猛忆瑶台伴。殷勤来探，青鸟口衔花满。

刘凤梧

（1894——1974），名国桐，一字威禽，号蕉窗老人，又署司空遁叟，安徽岳西古坊乡（昔属太湖县北后乡）人。三十年代初毕业于安徽大学文学院，曾从蜀中李大防（范之）、周岸登（癸叔）二词学教授学词。任安徽省教育厅视导及安庆各中学教师多年。1949 年秋退职归里，改业行医。1957 年，受聘为安徽省文史研究馆馆员。"文革"后期病逝。有《蕉雨轩诗钞》《病蜇吟草》《劫灰集》《绿波词稿》，共诗词四千馀首，由幼子梦芙保存。

浣溪沙

秋景将阑，菊花萧瑟，客中相对，倍觉凄然。

日暮园中玉露深，有人相对自沉吟。朔风吹瘦一篱金。　　明月凄凉形吊影，病蜇呜咽泪沾襟。只凭归雁诉秋心。

（1928 年秋）

望海潮

菱湖公园菊花展览会，偕友往观，赋成此解（次刘平山先生广陵怀古原韵，用淮海词体）。

龙山烟淡，皖江潮咽，荒园荟萃名流。桔柚正香，芙蓉怯冷，梧桐溅泪谁收？枫叶堕寒沟。怅斜阳不语，残碣难求。碧水苍天，一轮新月满湖秋。　　孤亭槛外横舟。看平沙划雁，红蓼藏鸥。西苑镂金，东篱缀玉，有人乍啭珠喉。豪客剑光浮。上小楼望远，帘卷银钩。无那西风，冷凝香艳忆扬州。

琐阳台·校园赏菊

山色苍茫，湖光暗淡，荒园微剩馀香。蛾眉见嫉，酸泪溅斜阳。渐识风霜况味，东篱畔、亦觉神伤。今宵里，三分新月，鸣雁九回肠。　　伊人何处去，天涯飘泊，愁引离舻。怕无限相思，过久都忘。梦亦尚知是客，如何向、秋老寻芳？凝眸处，钗斜粉褪，疏影卸残妆。

菩萨蛮

频年作客销眉绿，画工难写人心曲。何事动归情，月明闻笛声。　　梅花催早发，晓起飘香雪。疏影隔帘看，红妆可奈寒？

高阳台

旧历年本拟归家，忽被风雪所阻，江城淹滞，赋此写怀，窗外梅花，休偏笑我。

远岫笼烟，浓云泼墨，狂飞匝地吴绵。作客江城，谁怜冷度残年？朝朝伫盼征鸿过，念旧情、凭寄鸾笺。又争知，两字平安，不到君边？　　高楼不倚重门掩，任风声猎猎，拥被孤眠。遮莫归期，思量总在春前。无情雪拥蓝关道，阻青骢、漫着归鞭。看窗前，满树梅花，红泪潸然。

临江仙·春夜不寐

　　啼笑无端春色老，镜中销尽朱颜。笛声幽咽若为传。思乡明月里，归梦落花前。　　风雨不情欺久客，梦归难越关山。倚栏遥忆彩云边。泪浇红杏颊，肠断绿杨烟。

（1929 年）

木兰花慢·杨花

　　忆章台系马，曾几度，致缠绵。怅二月江南，重来旅燕，复听啼鹃。华年。纵如云锦，叹一年春事易阑珊。无奈东风作剧，可怜香雪飘残。　　此身沦落复何言，铺径枉成毡。任别馆离亭，烟笼碧树，泪湿青衫。望穿两眸人远，问流莺花片可曾衔？正向陌头凝眼，可堪帘外重看。

玉烛新·早梅

　　江城新雪后。见数朵寒英，粉墙低首。疾风凛冽朱颜变，惧把春心吹漏。故园昨夜，想皎月三分依旧。东阁外、愁抱青琴，无人泪沾襟袖。　　岭头悄对寒枝，问别后情怀，梦魂知否？晓霜冷透。偏不管、倩影客中消瘦。新妆漫斗。怕惹得、寿阳眉皱。须记取、冰雪丰姿，孤芳独秀。

清平乐 · 中秋

目惊烽火，忍看霓裳舞。举首龙山峰缺处，
一片光腾玉宇。　　琼楼玉臂生寒，客中辜负婵
娟。今夜月明如昼，何人同倚阑干？

（1930 年）

解连环 · 月中闻雁

菊花开晚。怅燕云绝塞，战云弥漫。自结伴
欲作南旋，奈霜露方滋，羽毛未满。飞不成行，
反遇着西风拆散。听哀鸣剩了，孤身瘦骨，寸心
枯眼。　　谁怜岁华荏苒。任音沉信杳，梦悲魂
怨。想旧侣、犹伫江干，也曾望天涯，夕阳帆转。
织女相思，恨隔断银河难见。忍看他、明月孤圆，
冷云四卷。

声声慢 · 闻东北警报，感而赋此

秋魂欲断，午梦将回，兵声似动扶桑。衅
起干戈，强敌屡寇边墙。龙庭渐增战垒，问何
时、驱退欃枪？明月里，怅铜驼荆棘，无处佯
狂。　　轻割燕云何忍，任东夷膻种，看舞霓裳。
酒薄难浇垒块，且罢瑶觞。书空独怜雁影，想惊魂、
曾过渔阳。愿伴我，住江南、安梦故乡。

渡江云·秋夜阅报，怆怀不寐

霜凝天色晚，绕阑踯躅，新月照庭除。隔帘听燕语，软语商量，北返共将雏。芙蓉渐老，怨归帆、不渡重湖。犹记得、来时春柳，丝缕系香车。　　愁余。烟云陡起，雾霭沉昏，障家山何处？空太息、书随雁杳，镜怯鸾孤。当年蝶向花丛醉，甚近来、香梦俱无？秋风起，今宵应瘦蘼芜。

庆宫春·感时

羽檄传边，霓旌指敌，鼓声直逼燕云。胡虏腥膻，故宫禾黍，废池乔木无春。战云新布，叹鹓雏、仓皇嚣尘。金戈夜起，满地荒榛，弥望青燐。　　何堪踏水浔，敌马方鸣，野鹤先惊。将伯难呼，深怜武穆，孤军犹作长城。晏安南渡，剩冠盖、纷驰弭兵。请缨心壮，直捣扶桑，痛饮东瀛。

绮罗香·归雁，用张翥一百四字体

冰雪初融，玉梅半绽，记得长征时候。薄着春衫，同看玉关烟柳。青冢畔、明月思乡；黄沙外、芦花为幕。渐惊他、秋老蒹葭，寒蛩衰草断肠诉。　　归装须待自检，羁客天涯，梦冷重寻征侣。塞北江南，总是惯愁风雨。方信阻、万里关河；又怎禁、三边烽火？一声声、泣过南楼，有人情更苦！

水龙吟

余友曹兴震归太湖，江干送别，为之黯然。夜读纳兰词，倚声和之。

须知如锦年华，一般易共沧江暮。宜城晚别，画船人去，锦帆风骤。独寄他乡，相怜孤鹜，此情良苦！对掀天白浪，滔滔远逝，惊胡虏，争南渡。　　方念勾留不住，便添了新愁无数。一轮素月，几行酸泪，雁归云路。竹叶浮香，菊花同梦，知君团聚。正秋深、作客天涯，忍忆家山红树。

声声慢

金瓯渐缺，玉麈犹挥，谁同泣倚新亭？寇陷燕云，尚频浇酒长星。风铃似摇九子，怕春明、草染袍青。空太息，甚英雄骏骨，老负青萍？　　还剩东南半壁，趁斜阳整顿，休仗同盟。听胡笳齐动，暗答边声。台城漫愁病柳，算疏条、烟雨曾经。还怅惘，睡铜驼、酣梦未醒。

木兰花慢

舟次大雷江，夜遇张君伯棠，话上海战事，同声慨叹。伊更新婚远别，言之益黯然魂销。

泊雷阳雨霁，又箫鼓，送归船。正火耀渔灯，星明织女，野色笼烟。湖边。画桡乱点，怅波心月影忒孤圆。击楫凌波晚渡，伤心桃叶歌残。　　相逢萍水意绵绵，斗酒藉联欢。看对峙梁山，千年牛渚，难障狂澜。墨云更垂渤海，任长鲸吹沫自盘旋。一夕朱楼梦醒，倚栏犹怯征帆。

水龙吟·民国廿九年冬别晓天皖七临中诸同学

半年翰墨生涯，凄风苦雨声中过。客怀难遣，新愁又起，伤心还我。雪色盈山，霜华照槛，归思无那。怅催人羌笛，饯行绿蚁，安排在，木兰舸。　　还记初来淮左。看芙蓉、嫣红千朵。绿波深处，而今何有，夕阳烟锁。落木声凄，抚弦韵苦，不听犹可！怕鸿归月夜，阑干有泪，向西风堕。

（1940 年）

满江红·读武穆词有感

热泪染襟，徘徊处、斜阳树隔。刚侧耳、征雁离群，杜鹃泣血。廿载糟糠同困苦，一庭花萼悲残缺。莫淹迟、纵了虎狼心，凭猖獗！　　会稽耻，犹思雪。匈奴敌，能无灭？请长缨、直捣黄龙宫阙。生子当如李亚子，重光应望天边月。愿东风输信到梅花，增春色。

高阳台·过寒翠园怀李啸楼师

望重龙门，经传马帐，李桃争喜春融。久滞宜城，乡心常恋峨峰。墨云渐压江头重，倚危栏、目送归鸿。忍徘徊，百子桥边，寒翠楼东。　　重来已是伊人杳，怅缥缃尽毁，衡宇全空。旧日芳园，几曾剩有芙蓉？伤情怕到荒城畔，盼夕阳、偏作嫣红。动愁怀，鸦噪寒烟，鹤唳西风。

（1946 年）

叶圣陶

（1894——1988），名绍钧，字秉臣，改字圣陶，江苏苏州人。历任大中院校教职、报刊主编、教育部副部长、人民教育出版社社长、中央文史馆馆长。有《叶圣陶文集》《叶圣陶选集》《叶圣陶童话集》《叶圣陶诗词选注》等。

长亭怨慢·颂抗战将士，言不尽怀

最前线、炮声含怨，赳赳桓桓，似潮奔赴。此役光荣，寻常征战岂其伍。众心无二，拚血淹、东方虏。热泪几多腔，保一寸、中华疆土。　　艰苦。尽忍饥耐渴，况复弹飞如雨。伤残死灭，尽都替、国人担负。未愿任、正义摧颓；又挑上、双肩维护。问两字英雄，此外伊谁堪付？

（1937 年）

鹧鸪天·初至乐山

忽讶生涯类隐沦，青衣江畔着吟身。更锣灯蕊如中古，翠巘丹崖为近邻。　　搔短发，顿长颦，雁声一度一酸辛。会看雪冱冰坚后，烂漫花开有好春。

（1938 年）

水龙吟

举头黯黯云山，秋心飞越云山外。风陵渡口，洞庭湖畔，捷音迟至。战士无衣，哀鸿遍地，西风寒厉。听连番烽警，惊传飞寇，又几处，教摧毁？　怅恨良朋悠邈，理舟车、愿言难遂。西窗剪烛，春盘荐韭，谈何容易。江水汤汤，写愁莫去，够尝滋味。更何心、怀土悲秋，点点洒，无聊泪。

（1939 年）

湘春夜月·忆家园榴花

短墙阴，一株还攉琼英。忍问旧日清嘉，犹未洗蛮腥！巷角后庭闲唱，又阛阓台畔，尺八箫声。料萼羞蕊赧，虚廊悄对，无限愁生。　东流逝水，西斜夜月，应诉余情。忆汝频年，赢得是、带宽途远，行行复行行。中原引领，但莽然、云失遥青。有昔梦、尚开轩见汝，依前照眼，邀我壶倾。

梅冷生

（1895——1976），名雨生，以字行，浙江温州人。曾任温州市图书馆馆长。民国间与同里夏承焘、陈仲陶组织慎社，以文章气节相砥砺，并同从词人林铁尊游。有《劲风楼唱和集》《劲风阁遗稿》。

八声甘州

辛酉季春，孤屿与文丞相祠祀事礼成，集慎社同人澄鲜阁禊饮。

送斜阳无语背东流，风吹酒人醒。念飘萧天水，黄龙云跸，白雁江程。灰劫千年未冷，香火一龛青。飒爽英姿杳，烟语涛声。　　天上云车来也，乞残鹃唤起，柴市精灵。恨乘潮人去，碑碣奈中兴。是孤臣行吟愁地，换一尊风色让沤盟。沧桑感，又清流尽，何处新亭？

高阳台·题半樱簃填词图

　　沧海寻桑，神山问药，十年去国心期。西北神州，望中一发凄迷。天涯多少春城泪，怅觚棱、回首都非。付闲情，画里勾留，梦里徘徊。　　旗亭井水都无恙，费成尘麝墨，界限乌丝。开落樱花，新歌合付梅儿。海天大有扬尘感，莽秋心、凉入筝琶。送颓波，无语凭阑，照影深杯。

郁达夫

（1896—1945），原名郁文，别署江南一布衣、春江钓徒等，浙江富阳人。1913 年去日本，1921 年为"创造社"创始人之一。1923 年起，先后任教北京大学、武昌师范大学、广州中山大学。历事新文化建设，主编、创办文艺刊物多种。1936 年去福建任省政府参议、公报室主任。后去新加坡，转南洋，流亡苏门答腊，1945 年 8 月 29 日被日军杀害。著作丰富，有《郁达夫诗词钞》。

减字木兰花·寄刘大杰

秋风老矣！正是江州司马泪。病酒伤时，休诵当年感事诗。　　纷纷人世，我爱陶潜天下士。旧梦如烟，潦倒西湖一钓船。

（1934 年 11 月）

满江红

福州于山戚武毅公祠新修落成，于社同人广征纪念文字，为填一阕，用岳武穆公原韵。

三百年来，我华夏威风久歇。有几个、如公成就，丰功伟烈。拔剑光寒倭寇胆，拨云手指天心月。到于今、遗饼纪征东①，民怀切。　会稽耻，终须雪。楚三户，教秦灭。愿英灵永保，金瓯无缺。台畔班师酣醉石，亭边思子悲啼血。向长空洒酒酹千杯，蓬莱阙。

【注】

① 民间流行之光饼，即戚继光平倭寇时制以代糇粮者。

溥　儒

（1896——1963），字心畬，号西山逸士。满族。为清宣宗（道光帝）之曾孙。宣统三年入贵胄法政学堂，民元后并入北京法政大学。毕业后，入德国柏林大学。返国成婚后再赴德读研究生，获天文学博士。归隐北京西山界台，读书作画十年。后出任北京师范大学及北平艺术专门学校教授。1949 年迁台湾。著有《四书经义集证》、《尔雅释言经证》、《寒玉堂诗集》（内附《凝碧馀音词》）、《寒玉堂画论》等。画尤著名，与张大千有"南张北溥"之誉。

临江仙

飞尽落花池上雨，斜阳剪破新晴。碧波摇影不成明。倚栏多少恨，商略系离情。　　千转绕花无一语，玉阶仿佛寒生。溪烟淡淡柳青青。六畦春不管，流怨满芜城。

鹧鸪天·癸酉九日登高和周士韵

一雁惊秋破晚空，登临遥望暮云中。苑边衰草飘零碧，宫里残花坠地红。　　山远近，水西东，铜盘滴泪恨无穷。当年入破家山曲，散作长门断续风。

御街行·送春

谁家玉笛摧芳树，容易春归去。漫将新恨语流莺，借问天涯何处？繁华过眼，春风吹梦，流水浑难住。　　青山断续芜城路，应是愁无数。楼台消尽可怜春，不信当年歌舞。乱云千叠，夕阳一片，散作黄昏雨。

水龙吟·暮春感怀，寄一山左丞

东风卷地花飞，可怜春尽谁家院？高楼玉笛，边沙落日，碧云低远。破碎山河，莺花如旧，芳菲空盼。望茫茫宇宙，天回玉垒，争留待，江流转？　　此际愁人肠断。送残春、骊歌声变。浮云蔽日，黄昏时近，登临恨晚。古戍荒城，边烽危照，凄凉到眼。问春归何日，平居故国，消沉鱼雁。

虞美人·送章一山左丞南归

城南旧是芙蓉苑，芦折惊秋雁。送君归去赠君诗，恰似离亭风笛叶飞时。　　斜阳芳草迟行迹，留得伤心碧。故园从此见花残，莫向暮云天外倚阑干。

念奴娇·乙亥暮秋陶然亭题壁

梵王高阁，对春山一线，秋光斜景。三十年来陵谷变，极目苍葭千顷。大泽云飞，荒途龙战，边塞西风迥。沧浪回首，夕阳何处孤艇。　　愁见背郭遥村，崩沙断路，无限登临兴。旧苑凄凉来牧马，天地都成悲境。辽海鸦沉，榆关雁度，落叶樽前冷。横云衰草，满城残照烟暝。

八声甘州·秋日怀苍虬侍郎

望幽燕暮色对残秋，千峰送斜阳。正萧萧木叶，沉沉边塞，滚滚长江。已是登临恨晚，谁共赋沧浪？衰草连天碧，故垒空黄。　　尚有梁园修竹，剩青山愁绪，云路悲凉。似猿啼三峡，烟棹下瞿塘。更何堪、江山异色，怨黍离、转眼变沧桑。伤心处，远天鸣雁，声断潇湘。

踏莎美人·金陵怀古

依旧江山，无边云树，六朝陈迹归何处？荒亭古木正栖鸦，犹似台城烟柳夕阳斜。　　玳瑁梁空，郁金香冷，白杨黄土萧萧影。玉人无复倚阑干，一片清溪明月水光寒。

庞　俊

（1896——1964），初字少洲，慕白石道人歌词，更字石帚。四川成都人。自幼家贫，立志读书，勤苦不辍，遂博通经史。年逾弱冠，即受赵熙、林思进等川中名家赏识。历任成都高等师范、成都师范大学、华西协合大学、光华大学、四川大学诸校教授。生前仅刊行《国故论衡疏证》中、下卷，逝世后遗稿多佚。弟子白敦仁辑其诗、词、文为《养晴室遗集》，又汇其学术杂著为《养晴室外集》。

扫花游·清明和少滨用片玉韵

好春过却，又谢了荼蘼，绮怀酸楚。鬓丝换缕。照池塘涨绿，粉绵歇舞。酒醒天涯，倦枕高楼卧雨。唤人去、听格磔怨禽，声在何处？　　词赋，空自许。对画扇青山，梦中归路。翠芹荐俎。倩烧春劝客，暂宽襟素。送日琴书，玉貌危城未苦。小留仁。看西征、竞催金鼓。

翠楼吟

少滨先生还皖南，依白石韵。己卯。

竹径留人，苔栏语雀，春阴护花新赐。风铃喧更寂，款归客、一楼清吹。江城寒峙。正燕幕移巢，龙泉愁翠（时方议疏散人口）。嗟崇丽。几时尊前，论文还细。　　划地。无赖东风，搅乱花如雪，漫天狂戏。故园茅栋在，梦三亩、桑麻邻里。羌村情味。定雨涤征尘，林消兵气。苍松外、老樵闲倚，北山云霁。

减字木兰花·题于右任词卷

汉家陵阙，唯有秦时馀片月。泪尽关山，留得凄凉宝剑篇。　　前身青兕，问讯廉颇今老矣。旧句摩挲，家祭何时告两河。（词皆亡命时往来关洛道中之作，炸后于冷摊得之者。通一属题）

百字令·题季吾和白石诗卷

　　檐花索笑，坐高寒窗户，支颐慵起。残照关河商去住，酒醒埋忧无计。乔木言兵，空城吹角，何似淳熙世。悠然怀古，野云回望天际。　　惘惘梦里丹山，吟边绿鬓，一镜供憔悴。良酝兵厨聊可恋，身自不关朝市。与泪为缘，将金掷牝，还理痴人事。箫声如怨，小红愁损眉翠。

水龙吟·秋夜闻雨

　　霜林绛叶无多，雨声何苦争先坠。潇潇飒飒，将飞又歇，骤添寒意。雁过斋荒，蛩凄簟冷，助成憔悴。只故人甚处，西窗烛炧，浑不是，年时味。　　蓣末鲤鱼风起，隔红楼飘灯归未？江南江北，销魂都在，吴娘曲里。滴柳连昌，淋铃蜀道，几人无寐。奈杜陵今夜，重茅卷后，下吾庐泪。

木兰花慢

傍青烽望远，乱云外，故人稀。似海燕飘零，荒橡愁寄，残社须归。征衣。对花溅泪，梦羌村、何地浣尘缁。眼暗黄垆旧影，鬓添明镜新丝。　　峨眉，多事买箓枝。山鹤怪眠迟。剩灯床乱帙，礼堂谁写，穗帐空披。凄凄。一棺水驿，费侯芭、双袖万行啼。魂断平羌月冷，夜深来鉴虚帷。

百字令·书香港近事，辛巳冬作

蓬莱左股，卷红桑脱叶，今年寒早。目断石壕村畔客，短褐天吴颠倒。蜃市鲛绡，柘枝蛮鼓，绊定鸥夷棹。海烽何处，酒徒历历洲岛。　　最苦乌柏霜啼，催人冒曙，残烛吹笙道。妒煞云端闻犬吠，袅袅胡衫狸帽。八表同昏，三桥未隔，休恨珠宫渺。明朝骑马，淡蛾还斗新扫。

高阳台·酒集枕江楼，和沈祖棻韵

醉总无名，愁唯有骨，举杯刚制应难。吹鬓微霜，诗成锦瑟谁笺？河桥酒幔留人处，对沧波、闲送流年。莫凄然，南渡衣冠，北望关山。　　高楼别有斯文感，早登丘无女，临水闻鹃。灯畔吟声，男儿总是堪怜。家乡作客君知否①，枕幽单、惯得孤眠。更消他，一曲青琴，掩抑弦弦。

（壬　午）

【注】

① "怀人唯故鬼，作客在家乡"，李寒支句。

霜花腴

壬午重九，与客饮西郊，明日程千帆会昌、沈紫曼祖棻、刘君惠道和诸君出示新词，感音率和，不能成章。

泪边荐菊，有古人当年，不尽苍凉。轻命危阑，忘怀村酒，凭浇芒角枯肠。草堂径荒。听点兵、占断秋场。漫魂消、旧赏林亭，喜无风雨冶游忙。　　砧杵万家愁处，又空滩战舰，暗老啼螀。欹帽伤高，卷帘吟瘦，相逢南雁成行。怨谣自长。照翠尊、终恋残阳。渺青山、鹘没天低，几人悲故乡？

水龙吟·壬午除夕

涨林兵气飘残，换年箫鼓郊扉悄。竹榾斜水，鸡豚小市，惯歌衰帽。汉腊依稀，众雏烂漫，梦华空好。甚夷歌野哭，钟鸣漏尽，都不放，春声到。（时禁爆竹）　牢落无心卜境，耿南枝、背人红早。映帘灯火，一回照影，一回人老。彩胜羞簪，屠苏后饮，是何怀抱？算今宵几辈，葡萄美酒，卧沙场笑。

念奴娇·次韵和清寂翁

酒旗风影，送胭脂井畔，丽华擒虎。漠漠车尘人散后，乍见凌波愁步。瘦不关秋，娇如倚病，萍梗知人苦。蔷薇易落，楚宫多少风雨。　休恨蓬鬓惊沙，锦江如锦，还忆横塘否？瞥眼桃花红溅泪，便认刘郎前度。香絮横吹，长条争挽，莫妒垂杨妩。天涯沦落，拨弦心事能语。

齐天乐·落叶

青枫别岛新霜后，郎当怕闻铃语。金井多风，铜铺过月，怨曲哀蝉谁度？无人坠处。正太液波荒，洞庭山古。策策商声，夜阑开户在何许？　　长亭人去怨极，傍江潭总是，当年千树。转绿枝空，流红水断，客老瘴烟蛮雨。啼螀枉诉。怎恋得斜阳，眺来平楚。海水枯桑，翠眉吟更苦。

高阳台·秋感次山公韵

雁外传书，蛮边转枕，无聊排日吟秋。枫叶全红，谁家西北高楼？插椽星斗宵寒重，更惊心、狂矢西流。莽荒林，青是烽烟，乌鹊争投。　　黄金买斗空多计，纵男儿溺死，肯事拘游？一壑能专，千年齿冷穰侯。何心重对峨眉月，下平羌、影落渝州。怕明朝，禁到冰蟾，税到沙鸥。

（己　丑）

茅　盾

（1896——1981），原名沈德鸿，字雁冰，浙江桐乡人。现代作家、社会活动家。有《茅盾文集》《茅盾诗词》等多种著作。

浣溪沙·《帐下美人》重读后（二首）

（一）

写出残山剩水心，烽烟故国化春痕。沉沉埋玉绿蓑村①。　　马下胭脂铺血道，枝头风雨战黄昏。同仇心迹易温馨。

（二）

满纸秋声荡劫灰，英雄儿女恨常埋。青山血泪杜鹃哀。　　狱底英魂招净界，矛头婴孺泣枯骸。无端俱到眼前来。

【注】

① 《帐下美人》中人物梅娘住绿蓑庄。

萧　劳

（1896——1996），字锺美，河南开封人。曾任中央文史研究馆馆员，北京中国书画研究社社长。工诗词及散曲，兼擅书法。有《萧劳诗词曲选》。

虞美人·忆旧

乱离同向深山住，山暖红千树。东家流水入西邻，常喜两边春色得平分。　　闲行细路青苔地，无计相回避。含情今日折花枝，只恐明年肠断杏花时。

浣溪沙·题《梦华图咏》

眉砚携将远度辽，归来人似燕寻巢。画梁蛛网惹青袍。　　没骨缠绵思芍药，灵心舒卷梦芭蕉。春风曾到旧堂坳。

念奴娇·石头城用东坡赤壁韵

买舟东去，少时曾、凭吊六朝人物。午夜闻鸡怀祖逖，频看吴钩悬壁。白日鸣榔，悲风落木，卷起潮如雪。渡头麾扇，犹思当日豪杰。　　不见桃叶桃根，春来江路，仍见桃花发。异代繁华醒后梦，数点渔灯明灭。皤鬓全新，青山不改，换却蒙头发。秦淮流水，依然沙照残月。

贺新郎·白下

虎踞龙蟠地。旧曾闻、东南坐断，紫髯吴帝。钟阜凿穿秦淮泻，犹有金陵王气。数六代兴亡相继。阅尽繁华台城在，剩残红、宫井胭脂腻。虫自泣，傍苔砌。　　烟波也似知人意。莫愁湖湔愁几许，满湖愁思。千顷荷花无客赏，俱付渔家艇子。眼中少、齐梁朝士。后主当年多少恨，念悠悠恰似春江水。流不尽，古今泪。

国香慢·晚雁

又见枫红，赚秋霜两鬓，过雁声中。天涯久无书寄，漫道相逢。自是南飞已晚，带朔雪、行断遥空。连年往还数，草木知寒，关塞先冬。　　那辞征路苦，正汀洲入画，芦荻丛丛。稻，粱河浒，呼侣因避雕弓。莫说衡阳便返，近炎溟犹有宾鸿。归来待传讯，柳暗花明，万里春风。

贺新郎·苏州

信马金阊道。称郊游、垂鞭岸帻，指看林表。芳草绿迷寒山寺，犹听钟声破晓。换白裕、春衣行早。泉泻虎丘莺啼树，料烟花、不让吴时好。绵国祚，古来少。　　吴宫麦秀吴娃老。剩孤城、门题破楚，楚氛吴沼。后日风光诗人管，闲访灵岩啸傲。更几度、琴台凭吊。夕照沧浪亭畔水，有长藤半死松间绕。疏蕊落，不须扫。

贺新郎·彭城

十度过西楚。恰相逢、干戈满目，四郊鼙鼓。自古彭城征战地，不见悲歌项羽。对凄惨、芜城残戍。戏马台空游人少，况萧条九日多风雨。烽燧里，倏来去。　　当年甲士俱黄土。后时看、依然带甲，斗兵如虎。尚记清秋南渡日，行李曾经此路。独拄笏、桓冲幕府。长叹投簪还北上，首重回、烟霭江东树。惊瞥眼，即前古。

贺新郎·柬伯驹

招客论文字。对栏前、芙蓉汎水，玉泉清泚。人似雨中黄叶树，吹落秋风满地。觅坛坫、诗盟寒矣。韵事犹传张京兆，画棋枰、淡扫双眉翠。关塞远，遂归计。　　残编弃尽蟫鱼死。念天涯、朋交在否，雁无书寄。欲访君居潮依旧，偏阻征航一苇。正卧病、哀蝉声里。烛影红摇逢除夕，谱新词、按拍年年记。回首剩，几行泪。

周宗琦

（1896——？），字景韩，别号桥下客，浙江湖州人。同济大学医科毕业，历任研究员、教授。1964年以上海科学出版社副总编辑退休。有《春松斋诗余随笔》。

江月晃群山·斗室群居思过

对待谁能正确，歧途我亦彷徨。几番风雨起苍黄。随波去、只逐浪低昂。　　高喊迎头打虎，慎防失手亡羊。池鱼殃及事寻常。看倾向、角度尽参商。

南乡子·里弄学习纪实

斗室用途宽，食罢眠馀永不闲。老少女男都促膝，悠然，点缀长竿矮凳间。　　有礼话寒暄，菜场风景说难完。针线暂停归正传，茫然，鸦雀无声默半天。

喝火令

　　曾得陈老莲所绘舞女图，出示诸友，或曰"飞燕"，或曰"洛神"。谁眼见来，相与拊掌。戏调此阕。

　　飞燕传神似，惊鸿写影翩。疑甄疑赵太憨憨。除是汉宫明月，曾照几回圆。　　腕弱翻鸳袖，鬟欹弹凤钿。带儿宽褪佩儿寒。不怕天风，凉彻舞衣单。不怕九霄吹坠，幽恨到人间。

林庚白

（1897——1941），原名学衡，字浚南，别署众难，福建闽侯人。家世仕宦，七岁能诗，有"神童"之誉。十四岁入京师大学堂。武昌起义后，与梁漱溟等创京津同盟会。1912年，得柳亚子之介入南社。后赴北京主《民国报》笔政，被推为宪法起草委员会秘书长，暨众议院议员。护法运动中，任非常国会秘书长兼总理秘书。1927后，历任国民政府铁路局长、铁路会办等职。1941年12月9日，在香港被日军杀害。生平著作，已编为《丽白楼遗集》，收入《南社丛书》出版。

满江红·秣陵感怀

水剩山残，伤心地、南都似弈。看几许乱烟残照，旌旗如织。金粉池台虚点缀，管弦巷陌闲抛掷。又神鸦社鼓赛新祠，江流急。 人事换，今非昔。英雄梦，谁能觅？只东风铜雀，小乔颜色。瀚海飞书犹作健，晴川战血空凝碧。猛思量、陇亩一戎衣，销兵革。

双双燕·"一·二八"纪念日感赋

日光乍减，更天际阴阴，隔墙云树。倭氛正恶，扑面春寒如许，长是吹愁不去。"一·二八"、年时情绪。江南自古堪哀，况是招魂吴语。　　羁旅，芳菲又误。念过尽欢场，倦飞何处？黄金青史，莫再等闲孤负。三十头颅记取！算窥镜、朱颜能驻。垆边领略余温，镇把泪痕唤住。

（1933 年）

锦堂春慢·雨窗书感

乍雨帘栊，初寒天气，轻盈何处吴讴？奈闻歌肠断，更不能柔。便有幽欢似梦，怕西风吹梦成秋。渐镜边香冷，小朵玫瑰，共我凝眸。　　晚来无限哀怨，况凭高望远，如此神州！回首年时，何止闲恨闲愁？怆绝淞波凝碧，意万千付与啼鸠。起看小楼外，纸醉金迷，夜色沉浮。

琴调相思引·午夜闻歌

夜半歌声似水柔，梦魂黯逐月光流。玫瑰床畔，倩影暗香浮。　　情到疑深才是爱，心当碎尽不知愁。江风弦管，犹自绕高楼。

菩萨蛮·晓枕闻法国兵营角声感赋

角声呜咽吹愁起，隔窗似有霜华洗。一白隐遥青，东方明未明？　　楼台沉夜气，多少兴亡泪。等是殖民羞，淞波空自流。

水调歌头·闻近事有感

河北不堪问，日骑又纵横。强颜犹说和战，处士盗虚声。拼却金瓯破碎，长葆功名富贵，草草失承平。岂独岳韩少，秦桧亦难能。　　尊国联，亲北美，总求成。横磨十万城下，依旧小朝廷。古有卧薪尝胆，今有金迷纸醉，上下尚交征。安得倚长剑，一蹴奠幽并！

喜迁莺·春尽日感怀

蔷薇红了。渐春远天涯，乱愁烟绕。一碧茸茸，傍墙铺地，中着梦痕多少？楼阴似水，凝眸无那，年华飞鸟。念残客、更倩谁慰藉，柳昏莺老。　　空负朱颜好。废兴满眼，江山萦孤抱。又及斜阳，心头幽恨，肯向渠侬轻道？低徊镇有，昏昏情绪，为伊颠倒。断肠处、况疏钟点滴，催人烦恼。

浣溪沙·法国公园河沿晓坐

　　绿颤烟飘坐惘然，明漪抱柳日初圆。两三禽语昵人怜。　　蜜忆如云来不定，好春似水去无边。四周浓翠自缠绵。

金缕曲·有忆

　　萍水双飞燕。最难忘、那番来去，春风人面。如玉亭亭含情处，脸晕梨涡微见。恨缘法、似深还浅。任是回眸千万态，只帘旌、隔着床头眷。空怅望，莺声啭。　　劳生能几青春恋？况同舟、四人看竹，两家共膳。三数行间簪花字，不道修辞更善。是慧质、生成堪羡。长记下楼徐一笑，这腰肢、恰似波光颤。朝到暮，思量遍。

凤凰台上忆吹箫·海行夜起

　　海色明楼，天风催晓，隔灯新月如杯。甚欲眠还起，思与肠回。无数涛声拍枕，人世事、流水潆洄。休惆怅，秋光负尽，尚有春来。　　低徊。抚今念往，曾出塞投荒，百不能才。揽镜朱颜在，堪掣风雷。依旧江山南渡，歌舞地、金粉成堆。横流急，狂澜砥柱，舍我谁哉？

王陆一

（1897——1943），原名天士，陕西三原人。少年入西北大学法科，贫不能续业，就陕西图书馆任管理员。于右任讨伐袁世凯起靖国军，擢陆一为秘书。1922 年赴苏联留学。归国后任国民军总部办公厅主任、中央党部书记长，嗣任安徽大学文学院院长。1933 年至 1937 年，任国民政府监察院秘书长、国民党中央政治会议委员、民众训练部副部长。1941 年特派为山西陕西监察使，1943 年病卒于任所。喜文学、工诗词，遗稿由泾阳张庚田、合肥江絜生编为《长毋相忘诗词集》，收入沈云龙主编《近代中国史料丛刊》，台湾文海出版社印行。

百字令

和永嘉夏承焘兄长安见赠韵。时天秋落木，西北兵气销矣。

江山摇落，似宋玉悲馀，微辞容冶。不误孤军天下力，往事心头犹画。草檄研冰，移军没雪，笳鼓飘零乍。大风乡里，一时豪意非寡。　　便数成毁难期，风华自惜，寂寂君休讶。都送故人生死去，不到哀弦陶写。北梦如荒，东林何事，相与樽前话。西窗暗雨，数声清角吹下。

庆春泽·俄京记事

璧月闲荒，华灯晚剩，繁霜悄变人音。一样横波，微风吹出楼阴。斜阳旗色双鸥外，是从前、浅草停琴。试重临，双桨红栏，容与闲心。　　还伊宛在清无奈，奈几回明漪，葭荻深深。飞燕飞劳，怜他分到双禽。明窗望去知将睡，又芬凉、长夜沉沉。托微吟，吹雪梨花，域外寒衾。

金缕曲

莫斯科河泛舟，与李毓九、熊保颐、赵文炳、李秉中、梁仲明、张庚田、皮以书、黄文霞诸同学偕，秀清五妹亦在同舟。寒宵冷月，照人于荆榛绝域中，人语呜咽，与水声相凄涩也。

此际添凄楚。共一船、夜凉人静，月痕初吐。身世畸零今未了，忍住悲凉相语。料负尽死生知己。痛狂佯狂都不是，愿寸心化尽成灰土。归去也，归何处？　　深山大泽沉埋路。为从前、饥来驱我，遭逢时故。一曲短歌声泪下，百事今难自己。更莫问、此生愁苦。梦与秋花相对冷，到人间总被痴肠误。拼委叶，随朝露。

水调歌头·安庆送别潘怀素兄，时同教授安徽大学

天地秋如许，堤柳旧垂青。长江远送人罢，烟水冷冥冥。说与芙蓉木末，还指横波为证，何意不凄零！寥落闻消息，行路太伶俜。　散微心，人间世，作繁星。相逢少年词侣，珍重小留停。莫解明珠倚赠，明日相思无住，腐草化为萤。不照蒹葭白，回梦谢前汀。

（民国十九年秋）

沁园春·二十三年中秋北事书叹

绝代山川，一望茕然，沉碎未收。正朝衣无策，苍茫民命；长城如芥，取拾通侯。度我阴山，岂惟胡马，何处筹边更有楼？金城柳，问围腰依旧，换了兜牟。　盘秋呜咽横流，尚泱莽西风兵气稠。怅兰陵破阵，此声长绝；澶渊飞盖，孤注无由。累卵他年，低头此日，都作文章风节忧。铜仙泪，莫中原明月，侨置杭州。

（1934 年）

满江红·临春曲

上国山青，曾俯视齐梁颜色。何从被、衣冠江左，渐忘河北。雪外巫闾沉痛地，云中骁骑苍茫日。对公卿铁拨学鲜卑，琵琶急。　　春不定，天如墨。听打桨，秦淮涩。坠无殊风景，千年谁宅？去住心情红萼忆，低昂裙屐青芜窄。上桥陵从远哭轩辕，天惊恻。

（二十四年）

百字令·二十四年冬夜读《靖康续录》，风霰撼壁，端忧倚声

北檀珥节，有将军还辙，北平秋倦。流转混同江气墨，落日大旗风变。白战馀兵，红弢偃甲，换尽长城险。匈奴等耳，千年边衅谁剪？几看盟会三朝，降王争长，执戟穹庐兔。撒我围场山水外，颜色胭脂啼浅。五国城喧，三垂冈疾，来去黄埃卷。天骄谁族，霜空明月哀远。

庆春泽

南京逢旧时学友，春年域外，不知今日相见之悲也。明月漾水，歌以咏之。

绿萼花低，紫绡人倦，长江东去愔愔。水国层波，无穷往事消沉。森松云母车窗路，捻蔷薇婀娜愁簪。试重寻，春草长堤，深浅红心。　　霜华入塞今何世，怕归来鸦鬓，不耐愁侵。染蕙成思，还君清泪沉吟。双心待挽秋空证，早芙蓉凄到如今。数云岑，不睡和衣，缥缈兰襟。

金缕曲·春事

城上融春雪。又长安芳华如海，哀鸣万玉。记否太平前度事，涌起岿然双阙。有燕燕飞来能说。试展青松红杏卷，好江山谁竟酣眠足。相望冷，辽阳月。　　当年节度今何属。炯双眸、九关无备，此心难赎。环佩可归春草外，无数南枝乌鹊。忍故国相忘吴越。一片长城苍莽碎，向中兴未是闲疆域。看使者，皇华续。

（二十六年春初）

减字木兰花（二首）

　　南京垂破矣。乍遇双方姊弟于和平门外，夹毂惊欢，城闉凄黯，自云苏州逃来，将之上游，各不胜来日天地之痛。悯悯心情，酷去京邑，成词二阕。

（一）

　　飘然别绪，万感幽单无一路。飞堕惊鸿，秋柳孤城画角风。　　流离此际，轻惜红衣成苦慰。雪后吴门，唤起梅花去日心。

（二）

　　轻妆临水，心事白蘋吹不起。蜡泪深更，饮散传花劝远行。　　山川谁惜，玄武湖波留去笛。月又昏黄，别后何人照断肠。

（二十六年十一月）

东风齐着力

二十六年十二月十三日南京失守，时在庐山讲舍，闻讯悲苦。且闻委员长痛哭别陵事，益涌澜翻之泪也。

带甲江山，别陵城郭，深泪戎衣。孤危庙告，最此力穷时。寝殿寒梅旧绕，东风里和月都非。江南北、几多战垒，断戟依稀。　　敌火蠖长围。又忍是、白门碧柳频垂。烟笼梦往，去路草红蕤。愁共趋，行在所，秦淮水、远送还归。怜今日、高穹后土，眷此微微。

疏　影

梅影入窗，有怀不寐，此楚分也。因读《楚辞》，正不似旧时月色矣。

城孤宜月。听笛声远远，换了清郁。芷愿兰情，带与江南，应是好春音息。平生折节疏花际，有万古才人心迹。更不只清浅黄昏，长抱冷香如雪。　　记与填词旧侣，对红裳宛宛，相慰成泣。细雨空山，怅望停舰，转作一时哀冽。可能长爱倾厄地，系一艇胥江潮急。况澧浦今日肠回，早在九阍层叠。

一萼红 • 湘西感怀

向湘西。似干戈隔世，消息楚云迷。山静苗疆，人亲汉腊，来认当日藩篱。渐京邑苍茫浪卷，更念那江左百重堤。润碧溪山，乱红城郭，都衬狂蹄。　　是国家新造，却伤心万户，又见流离。传野旌旗，临风鼓角，行趁芳草雄奇。便扶起中原红萼，倩珍重、还与好风俱。定有骑吹远闻，复我邦畿。

（二十七年一月）

东风第一枝

芷江校经书院见红梅初蕊，知山城已春矣。因念吴越平原飘沦，香雪京华万树，陵庙震惊，哀恫中怀，寄之长调。

唤起春惊，还余坠绪，江山渐扬新暖。记从邓尉轻归，正逢上陵未晚。心香万树，好玉雪苔枝匀点。向神京乔木寒空，别惹旧时哀怨。　　明月外、野烟乍染。湘水去、梦痕欲远。九歌不忍明姿，几生自修倦眼。澜翻吹笛，早爱汝梅边红炫。共迢遥战外荒城，却是好风相见。

浣溪沙

晴川阁晚望。时马当不守，武汉筑垒备巷战，消息日非。人心哀激甚矣。

芳草晴川厌别离，楚宫倾国散花枝。十年江左鹧鸪时。　　玉玦关山生怅望，月华楼殿卷轻衣。满帆风力大王知。

水龙吟·江行

横流天地孤舟，洞庭青草随云挂。排山万弩，板矶黄鹤，灵旗风下。猎火惊川，夷歌转阵，竟何为者？痛书生挟策，修翎整羽，心魂在，江声写。　　原是波澜低亚，过孤山布帆一把。风灯暝宿，荻花凄怨，甚时都罢？可近清秋，还堪摇落，月明偏讶。要金戈故垒，都成采石，壮楼船话。

（1938 年 7 月）

摊破浣溪沙·峡中

阵雨樯风急峡寒，高江悬壁作严关。还是神尧旧家水，殿图间。　　破庙秋僧祠蜀国，孤城春日闭云安。猿啸天哀多杜宇，万重山。

扬州慢

二十七年秋奉命巡察军事，由大别山战场观兵武胜关，入豫境，旋徇襄樊，历历犹记前游，恫怀有作。十月二十五日闻武汉不守，军府再迁。

落木兼山，繁霜匝岸，月华冷送军声。渐芳洲隐隐，断云树晴横。自东望武昌千载，填波心泪，都当神京。对新栽行柳，南楼潮外荒城。　秋风恣别，费长堤营火宵明。尽寂寞壕泥，凄凉墙字，细草还生。户壁湮遮谁帜，愁颜掩、彻夜行兵。念清除故土，明年春水春旌。

八声甘州

二十七年七月奉命再至汉上，将赴鄂东战场监纪，时战事将迫武汉矣。

定清秋云梦楚声明，旌旗耀连波。正江围沉缆，孤山横障，霜黛峨峨。一箭马当风快，北望碎黄河。策府高难问，帘卷愁歌。　警夜对江传火，渐城荒战气，人断岩阿。剩蒹葭乱白，辞国露痕多。痛移军、元规楼下，总南山翔鸟北山罗。艰危最，控长风了，吹泪如何！

买陂塘

行察江防，小舟过长湖、白鹭湖，将之潜江、监利、沔阳。舟中读白石词，藕花拂衣，片云孤飞，景地清绝。

甚江湖飘襟微雨，轻舸径向兰芷。故书零落千缃帙，白手群山如此。春又使。这万水千花、绕映春容止。笙清随指。似细韵商量，皇娥下听，云盼众峰紫。　　还念也、吹彻高寒何世，幽单如诉谁子？碧波楼上新风色，断续澄澄心史。曾不只、把沔梦苕烟，注定词人事。东中何似？问卅六波秋，空城野角，今日况佳丽。

玉京秋

战场春冷，柳淡如秋，忆去南京城外村居时，客散惊蓬，心随明月，悲夫将向天壤何处也。

长笛警重城，渐秋晚、霜枫红紧。万家繁火，几砧疏怨，一霎悄入细定。正江南传遍兵信。风且劲。中央门外，一村花暝。　　小屋相依原冷，自无端支持此境。少酒持温，故香犹忆，一身和影。江海何年，怕只剩、故国罗衣啼粉。劝相忍。燕燕春明藻井。

顾 随

（1897——1960），字羡季，号苦水，河北清河人。1919 年毕业于北京大学。历任河北、燕京、辅仁等大学教授。有《顾随文集》《顾随诗文丛论》。

鹧鸪天

记得飘零碧海滨，枫林霜染最相亲。而今辗转风沙里，尚有殷勤寄叶人。　　真似假，假还真，常疑红叶是前身。夜深持向灯前看，怕有年时旧泪痕。

汉宫春

梦里神游，又观潮海上，拄杖山前。天边数声画角，惊起清眠。阑干遍倚，但心伤、破碎河山。浑忘却、斜风细雨，朝来做弄新寒。　　楼外长杨吐穗，任风吹雨打，权当花看。清明昨朝过了，事事堪怜。垂杨甚处，更红楼、不出秋千。君不见、堂前燕子，只今尚住江南。

木兰花慢

　　正东风送雨，急檐溜，恨楼高。更万点繁声，藤萝架底，薜荔墙腰。深宵。隔窗听取，者凄清、全不减芭蕉。何况长杨树上，平时已爱萧萧。　　迢迢，断梦到江皋。愁思正如潮。恁夜半危楼，一条残烛，争禁飘摇。山遥。更兼水远，想故人此际也魂消。两地一般听雨，不知谁最无聊。

踏莎行·与安波夜谈，赋此

　　对烛长叹，我侬生小，燕南赵北都行到。欲寻屠狗卖浆游，荒山平野馀衰草。　　逐鹿中原，化蛇当道，鱼龙扰攘何时了？自家不肯做英雄，从今莫恨英雄少。

永遇乐

少岁无愁，爱将愁字，说又重说。近日闻人，言愁不觉，先自扪吾舌。沙场炮火，深沟弹雨，愁也怎生愁得。试翘首、战云滚滚，江南直到江北。　　醉乡忘我，桃源避世，堪笑古人痴绝。万丈银河，可能倒挽，净洗平原血。家山自好，韶华未晚，君莫蹉跎悲切。浑无寐、披衣坐听，声声画角。

木兰花慢

宵深归来，独过桥头，戍兵呵夜，冷风挟沙扑面，飒飒然疑非人世也。

又沉沉醉也，却独下，酒家楼。忽一阵风来，惊沙扑面，冷彻棉裘。街头。路灯焰小，正青燐数点乍成球。渐见幢幢暗影，似闻鬼语啁啾。　　心忧，欲去又迟留。春夜冷于秋。恨如许悲凉，全非人世，直是荒丘。悠悠。上天下地，有不知我者问何求。我问红桥春水，谁教无语东流？

八声甘州·哀济南（二首录一）

记明湖最好是黄昏，斜阳射湖东。正春三二月，芦芽出水，燕子迎风。城外南山似幛，倒影入湖中。醉里曾高唱，声颤星空。　　此际伤心南望，有连天烽火，特地愁侬。便梦魂飞去，难觅旧游踪。绕湖边、血痕点点，更血花、比着暮霞红。凭谁问，者无穷恨，到几时穷？

八声甘州·忽忆历下是稼轩故里，因再赋

数今来古往几词人，应推稼轩翁。望长安却被，青山遮住，抱恨无穷。不道好山好水，胡马又嘶风。地下英灵在，旧恨重重。　　不恨古人不见，恨江南才尽，冀北群空。看江河滚滚，日夜水流东。便新亭、都无涕泪，剩望空、极目送归鸿。神州事，须英雄作，谁是英雄？

采桑子

如今拈得新词句，不要无聊，不要牢骚。不要伤春泪似潮。　　心苗尚有根芽在，心血频浇，心火频烧。万朵红莲未是娇。

鹧鸪天

说到人生剑已鸣，血花染得战袍腥。身经大小百馀阵，羞说生前死后名。　　心未老，鬓犹青，尚堪鞍马事长征。秋空月落银河黯，认取明星是将星。

临江仙

皓月光同水泄，银河澹与天长。眼前非复旧林塘。千陂荷叶露，四野藕花香。　　恍惚春宵幻梦，依稀翠羽明珰。见骑青鸟上穹苍。长眉山样碧，跣足白于霜。

贺新郎

秋来寄居西郊。时时散步圆明园废墟中，芦苇萧瑟，弥望皆是。傍晚有人持长矛立高冈上，意其逻者也。

多少萧闲意。废园中、苇塘萧瑟，鸟声细碎。微雨轻风都过了，头上青天如洗。这些事、闲人料理。见说南山曾射虎，算灞陵未短英雄气。千载下，有谁继？　　我如引火烧枯苇。想霎时、飞烟万丈，烈红十里。众鸟纷纷飞散去，火舌直腾空际。制造得、无边欢喜。蓦地回头高冈上，烂红缨正被风吹起。枪矗在，斜阳里。

贺新郎

又是寒冬矣。也颇思、村醪取暖，市楼买醉。踽踽行来举头见，一队明驼迤逦。爱他有些儿画意。曲项高峰肉蹄软，想来从大漠风沙里。一步步，几千里。　　庞然卧息长街内。又木然、似眠似醒，非悲非喜。偶一摇头铎铃响，声落虚空无际。又谁识此君心理？万里长城曾见否，问凋零破败今馀几？驼不语，蹶然起。

木兰花慢

向闲庭散步，忘今夕，是何年。听犬吠鸡鸣，始知自己，身在尘寰。苍天。黝然不语，闪万千星眼看人间。何处琼楼玉宇，几番沧海桑田。　　庄严，依旧是平凡。冬去又春还。问小立因谁，深宵露冷，不记衣单。开残。小梅数朵，剩离离枝上着微酸。病里生机尚在，无人说似诗禅。

贺新郎

烛影摇虚幌。记宵来、扶头酒醒，春寒纸帐。起向炉中添新炭，霍地火光乍亮。勾引起、年时惆怅。一点相思无穷意，化万星迸落青天上。谁为我，倚栏望？　　朝来旭日瞳瞳上。映初霞、红云朵朵，鱼鳞细浪。万颗青星无寻处，着甚闲情闲想？祇一片、春光澹宕。百啭新莺疏林外，是和风微动心弦响。君酌酒，我低唱。

木兰花慢

问长安甚处，人共指，夕阳残。甚上尽层楼，举头见日，不见长安？山川。自今自古，更何须重问是何年。漠漠长空去雁，悠悠自下遥滩。　　苍然。暮色上眉端，做弄晚来寒。看白日西沉，四围夜幕，逼近阑干。东南。素蟾弄影，早今宵不似昨宵圆。收尽双眸清泪，重寻月里河山。

满江红

夜雪飞花，更映衬、宝刀如雪。看今夕、健儿身手，立功奇绝。星斗无光天欲泣，旌旗乍卷风吹裂。只衔枚、袭近敌营时，心先热。　　鸣画角，声清越。扬白刃，光明灭。冒枪林弹雨，裹创浴血。保我版图方寸土，是谁青史千秋业？算英雄死去也无名，肠如铁。

踏莎行·为老兵送人出关杀敌赋

百战归来，半身瘫废，此生自分常无谓。晚来独看鸟投林，宵深相伴灯成穗。　　笳鼓悲凉，河山破碎，阵前嘶马摇征辔。为君重热少年心，为君重下青春泪。

临江仙

记向春宵融蜡，精心肖作伊人。灯前流盼欲相亲。玉肌凉有韵，宝靥笑生痕。　　不奈朱明烈日，炎炎销尽真真。也思重试貌前身。几番终不似，放手泪沾巾。

鹧鸪天

不是新来怯凭栏，小红楼外万重山。自添沉水烧心篆，一任罗衣透体寒。　　凝泪眼，画眉弯，更翻旧谱待君看。黄河尚有澄清日，不信相逢尔许难。

段熙仲

（1897——1987），原名天炯，以字行，安徽芜湖人。东南大学文科毕业，从吴梅治词曲，与赵万里、任讷、唐圭璋、王起等同门。生前任南京师范大学中文系教授。

蝶恋花·辛巳重阳前一日

明日黄花留客住。四度重阳，岁岁渝州路。独上西楼冲晓雾，看他江水东流去。　　归雁能言桃叶渡。依旧园庭，是处花枝舞。夜夜新声调玉柱，隔江曾教盈盈女。

蝶恋花·壬午渝州作

摇荡花枝风乍起。谢了繁英，空自成连理。昨夜月明闻鹊喜，梦中曾渡桑乾水。　　南国经年无驿使。红豆枯时，依旧相思子。乳燕能飞家万里，春归消息凭谁寄？

摊破南乡子·壬午渝州作

乡思托莼波。神州事、说与铜驼。还乡路似长安远，旧时月色，故家乔木，有泪滂沱。　　莫道损修蛾。青青柳、也自婆娑。朝朝望眼登临处，一衣带水，定知夜梦，先渡黄河。

忆旧游·报端转载汪精卫"落叶"词，赋此斥之

问当楼落照，远近长安，泾渭谁清。摇荡西风里，似杨花无主，分作轻萍。准拟随波东去，沧海几曾经。怕弱絮盈盈，惊飙故故，终付飘零①。　　年时又重九，算几番风雨，几度枯荣。日暮移枝去，剩哀蝉未死，犹曳残声。不比春泥能化，红碎有馀馨。况冬青一树，愁鹃和血啼赵陵。

【注】
① 其后汪逆往朝倭皇，果死日本。

陈兼与

（1897——1987），名声聪，号壶因，又号荷堂，福州人。北京中国大学政治经济科毕业。长期任职于财税机关。晚年为上海文史研究馆馆员。有《兼于阁诗》（含《壶因词》）、《兼于阁诗话》《荷堂诗话》《填词要略》等。

蝶恋花·竹间自杭来，见赠其延伫园方竹一枝为杖，书谢

入握筇枝来竹所。棱玉青苍，犹带园中露。一日思君知几度，天涯从此无歧路。　　老益坚顽疏世故。莫削成圆，曾共山公语。明岁还寻湖上去，穿云渡水相随处。

法曲献仙音·中秋前三日太疏楼公饯松峰赴平凉

凉绿摇窗，淡烟栖幕，午夜过鸿时叫。待月闲情，病秋词客，登楼北望舒啸。指汉岭秦川外，黄云卷沙渺。　　境清峭，记西园殢人相劳。诗漫与、江水酿愁深了。郑重别筵前，遣杯行、能尽多少？按曲凉州，倩蟾光、一路朗照。让吟商新笔，去写玉关高调。

鹧鸪天·雨中赵亭至

落叶空阶风满楼，一天秋雨湿闲愁。刚推愁去重寻梦，又遣人来带着秋。　家甚处，舸中流，惊风怕浪几时休？江湖但得无拘管，鸥鹭何因也白头？

洞仙歌·自鼋头渚泛舟太湖

具区玄薮，望琉璃千顷，湖水平连远天静。任飙轮挟鸟，冲入清波，随所至、一片蓬壶真境。　柳丝迷近岸，风雨初过，寂寞鱼龙卧秋冷。夕暝乍分烟，越峤微吟，渔唱起、曼声遥应。问只舸鸥夷几时归，对鹭鸳联拳，自惭孤影。

鹊踏枝·用冯正中韵（四首录一）

画里江南闲梦久。门掩苔深，燕羽浑非旧。对镜颜红端借酒，诗人更比花枝瘦。　二月珍丛三月柳。清影檀栾，未识谁家有？独立天寒回翠袖，多情直到无言后。

黄海章

（1897——？），字挽波，号黄叶，广东梅县人。国立广东高等师范文史部毕业。1943 年起，任中山大学中文系教授，1986年退休。有《黄叶楼诗》（附词）。

如梦令

寥廓秋光无价，一带疏林红赭。古径悄无人，牛载夕阳归也。如画，如画。远水斜晖相射。

浣溪沙

曼舞清歌日易斜，因风飘泊比杨花。不知流转几人家。　　飞上云端风愈紧，妄思天阙驻鸾车。蓦然堕地委尘沙。

玉楼春

越王台上春初晓，十里红棉红未了。珠江滚滚乱帆飞，空际纷纷旋大鸟。　　溪山如画堪倾倒，莫问朱颜今已老。峨峨宫阙黍离离，多少王侯成腐草。

水龙吟

罗浮足底云生，峰头独立高无辈。飞腾壮志，九垓汗漫，仙人游戏。绛阙珠宫，琼楼玉宇，都无凭据。看英雄竖子，帝王寇盗，频起灭，微尘里。　　万树梅花荒矣，喜遍山、杜鹃红丽。瀑泉千叠，白光摇荡，化成云气。云跃泉飞，雷奔电掣，浮生能几？只苍松不老，依稀犹认，当年游侣。（余尝三至罗浮）

任 讷

（1897——?），字中敏，号二北，又号半塘，江苏扬州人。北京大学毕业，为吴梅弟子。历任广东大学、复旦大学、上海大学、南方大学、四川大学、扬州师范学院教授。著有《敦煌曲初探》《唐声诗》《唐戏弄》等，编有《散曲丛刊》《新曲苑》《敦煌歌辞集总编》等。

满江红·抗日

还我河山，指落日、椎胸泣血。存一息、此仇必报，子孙踵接。魂魄萦回辽海阔，精诚呵护榆关密。抚金瓯缺处几时圆，心如爇。　　公理胜，何能必。头颅好，宁虚设？便空拳赤手，也挠强敌。我有男儿三百兆，人人待立千秋业。听神狮雄吼亚东时，君休怯。

高阳台

镇华先生藏顾二娘造砚，浑圆如镜，径二寸许。背微隆，镂成竹丝编织之纹，宽分许，内藏"吴门顾二娘造"六字。

玉镜初胎，筠篮细覆，怀中丸月轻收。文房间气，独怜芳泽淹留。施残镂叶裁云手，剔灵根小变刚柔。念当时，腕弱眸酸，灯暗星流。　　痴心欲往阊门道，问二娘在否，何处妆楼？绝艺惊才，羡卿珍愿都酬。纤纤岂是荒寒物，是人间顽艳千秋。盼天下，真个知音，福慧双修。

喻兆琦

（1898——1941），字慕韩，号剑峰，江苏大丰人。东南大学生物系毕业。留学法国巴黎大学巴黎博物馆及德国柏林大学，研究虾类。1933年归国，历任山东大学教授、北平静生生物调查研究员兼北京师范大学教授。诗词稿多失，其子喻蘅搜辑遗篇，编入《蘦场喻门诗词》油印本，存词十数阕。

石州慢·用方回韵

柳色添寒，沙气弄明，人意空阔。孤鸿远逐征帆，怅望锦书周折。霜红点点，几度困舞沧江，凉飙迎送千堆雪。长记小楼东，绾秋香时节。　　曾发绕檐芳树，楫岸风轮，寄情幽别。那更无凭，烟暝河桥清绝。愁横此际，待把梦向屏山，殷勤倩解相思结。独坐一灯凝，对如钩新月。

玉漏迟

举头江国晚，风摇古寺，日斜荒苑。长啸看天，百事水流云卷。豪气年来困酒，更多少南都新怨。心纵远。诗肠百结，怕吟还断。　　悄悄落叶飞霜，压石子冈头，井床城畔。缕缕青烟，空袅昔时芳篆。惆怅浮生似梦，倩驾苍龙回转。秋意满。柳外栖鸦声乱。

唐多令·巴黎寄内

倩笑展芙蓉，鬓鬟头上风。问何时、尊酒从容？曾记深秋花下坐，夜未半，小庭空。　　魂梦总难通，云山几万重。寄相思、不到梧桐。唯有照人明媚月，忒显得，玉玲珑。

（1932 年）

许宝驹

（1898——1960），字昂岩，浙江杭州人。早年就读于北京大学，参加"五四"运动，为民盟创始人之一。1948 年任民革中央执委。建国后，任全国政协委员。有《月明人倚楼词稿》。

踏莎行·春明

霏雾笼晴，低云压昼，天心未许韶光透。小桃不语琐窗寒，垂杨无力和烟瘦。　　一例成愁，几番中酒，春游容易天涯负。山花红自遍高低，更看绿蘸微波皱。

浣溪沙

云锁梨魂雨散丝，怕愁贪睡起来迟。意深常苦语参差。　　尝药可怜成独活，折花谁料是将离。他生缘会渺难期。

田 汉

（1898——1968），字寿昌，湖南长沙人。早年留日，与郭沫若等组织创造社、创办南国艺术学院。建国后，曾任中国文联副主席、中国戏剧家协会主席。有《田汉文集》。

虞美人·狱中赠伯修

艳阳洒遍阶前地，狱底生春意。故乡流水绕孤村，应有幽花数朵最销魂。　　由他两鬓纷如雪，此志坚如铁。四郊又是鼓鼙声，我亦懒抛心力作词人。

（1935 年）

邓均吾

（1898——1969）四川古蔺人。长期从事教学与文学活动，曾加入创造社与浅草社。有《邓均吾诗词选》。

金缕曲·游狮子峰

决眦入归鸟。立狮峰、松林涛静，犹闻清啸。迦叶西来趺坐处，锦石秋花红袅。问可有、谪仙人到？天际芙蓉青不断，尽苍苍莽莽归残照。且收作，卧游稿。　　思深兴极忧心悄。望神州、几时剪却，当关虎豹。我与期人非楚越，忍看燎原小草。但挽得、天河水倒。涤荡中原安衽席，纵吾庐独破何须道？今古意，山灵晓。

邵祖平

（1898——1969），字潭秋，江西南昌人。章太炎门下弟子。1922 年任《学衡》杂志编辑，执教东南、之江、浙江等大学。1933 年任章氏国学会讲席。翌年任铁道部次长曾养甫秘书。抗战中迁四川，历任朝阳法学院、四川大学、金陵女子大学、华西大学、西北大学、西南美术专科学校等校教授。1947 年任教重庆大学、四川教育学院。建国后 1953 年院系调整返四川大学。1956 年调北京中国人民大学。1958 年调青海民族学院。1965 年退休，归依长子靖宇于杭州，直至辞世。著有《中国观人论》《文字学概论》、《七绝诗论诗话合编》《国学导读》《词心笺评》《乐府诗选》《培风楼文丛》《信芳词汇》《全唐诗选》《孟郊诗选》《培风楼诗集》（含词）等。

虞美人

眉痕消得春山缬，襟韵梅梢雪。峡云埋梦阻归程，家在三湘芳草满前汀。　　乱离旧事从头说，两线连腮湿。何时宴坐锦屏中，羞掩明灯教看壁炉红。

满庭芳·香港沦陷后作

　　浅水湾清，宝云山丽，岛国烟屿纵横。花香雨过，楼阁倚天星。珠市光芒射眼，绮罗焕、不夜仙坰。长街里，夷娃浅笑，牵挽犬儿奔。　　堪惊。烽火起、犀梳抛埃，鸾镜分形。共烟埋奇舞，歌断雕甍。可叹南天姹女，遣重嫁、丑发髯髻。背灯坐、西风雨泣，失恨困蓬瀛。

齐天乐·寄聂钦明

　　四年真愧安巢鸟，伶俜蜀天巴道。玉垒峰寒，铜梁岁晚，参尽离歌楚调。长恩伴少。任芸简蟫栖，缥缃尘袅。长物无多，尚担风月恋吟草。　　金陵翠鬟对绕。忆曾同煮酒，联辔歌帽。弄柳攀花，呼俦啸侣，惟怕刘郎人老。收京渐到。报静奠湘波，峡云行晓。见慰相思，绮窗梅绽早。

念奴娇·詹祝南为龚定庵百年祭索题

涌金门外，记年时、曾上篮舆游冶。衫子藕花娇婢喜，柳下香尘吹马。万玉哀鸣，孤云幽秀，琢就春词雅。狂才高气，一时情态如画。　　念昔脱略公卿，移床骂座，曾黜田巴价。身隶妆台心愿足，好伺横波倾泻。帘底猩红，枝头小翠，雨打风吹罢。寒泉秋菊，百年多少悲咤。

万年欢

瞿禅自沪滨寓书，诵后村词云："但可常留相见面，不宜轻屈平生膝。"意谓东南名士不恤败节者，读之喟感，赋寄此调。

蜃气嘘云，鳄腥翻海，绮窗惊看蛟涎。辇驾麻姑，曾记三变桑田。妩媚词人未老，比希真、渔笠飘圆。应珍重、此膝生平，好留见面依然。　　鸾笺鲫墨，步趁天阙，相哀窈窕，共惜才贤。宛转柔肠千结，对泪潺湲。青鸟西飞万里，几人传、密爱缠绵。伤情处，明月江心，过船商妇调弦。

满江红·真社雅集赠同社

湘管携来，写孤愤、薛涛笺窄。正落日、清江耀彩，乌蛮衔璧。磊落奇才青眼旧，淋漓醉墨苍烟湿。共诸君、渔钓狎云溪，夸真逸。　　东华梦，西风客。天步徙，人心烈。喜前歌后舞，终当歼敌。飞檄共疑猿鸟畏，吟诗尚觉鱼龙出。待还京、重咏蒋山青，秦淮碧。

高阳台

立春日吴良凤莫先秀二女士见过，吴北平人，莫姑苏人。

微雨催花，轻阴笼草，萧斋嫩约盈盈。剪彩芳菲，旧时钗燕飘迎。高门谁送青丝菜，白玉盘、冷对红鹦。但题词，暗诉离愁，伴写春声。　　残山剩水还乡梦，忆风沙北国，罗绮吴城。似水年华，重逢小市张灯。桃花任暖思归眼，仗柳绵、莫诉飘零。待消忧，共发兰舟，直到江陵。

思越人·梅

　　古苔青，鲛背冷，终风万里吹阴。带得阳春暄暖至，自家却是冰心。　　高情懒与群芳竞，冶妆暗笑红杏。不为晓寒能拂损，新妆权助端整。

琐窗寒·题张默君《正气呼天集》

　　骨隽青霞，思传绿绮，展编难尽。呼天正气，散作窈嫣幽警。自天门折翼惨归，伤心雹碎春红影。向雍门弹外，齐城崩后，自森诗境。　　孤愤。龙泉迸。且掩匿珠光，磨笄静等。何日仇头，和泪斟浆同饮。悄寒蟾、鞶锁旧啼；小梅正、弄凄瘦暝。叹深情、地久天长，可奈冬夜永。

满江红·题《国声集》寄唐玉虬成都

　　春水方生，兰舟动、一江消雪。正两岸、清猿引响，蒲帆风发。三户亡秦荆楚奋，连城诳赵相如直。我东方、今有暴嬴邻，同仇切。　　台庄胜，长沙捷。书卷起，壶敲缺。共闻鸡起舞，磨牙吮血。毫素雄涵巫峡雨，襟怀朗映峨眉月。诵国声万遍壮心飞，头难白。

解语花

壬午元夜月色为风雨所败，山城寂冷。追忆曩年广州灯市之盛，怅然赋此。

微云淡汉，梦雨飘窗，风送江声冷。素娥窥镜啼妆浅，隐约漾光不定。吴斤漫引。伤一片、河山碎影。春已来、忘了安排，闹市烧灯信。　　犹记羊城旧令。任鱼龙翔户，幡胜穿径。粉香成阵裳衣窄，共逞沸天箫咏。而今倚枕。谁肯问、沈腰潘鬓？清夜迢、心到君家，悬辘轳金井。

月边娇·同圭璋、持生南园赏白杜鹃花，约同赋此

宫粉妆春，望竞插瑶簪，天然娇鬓。映阶月淡，吹寒角怨，才识此花心影。衣裳缟素，问秀韵、谁争端正？宣城见后，更听取、三巴声进。　　未还词客哀时，绛衫尘满，白华思永。罢弹银甲，细飞梦雨，邀赋玉台新咏。吴霜点镜。且饮水、旗枪烹茗。明朝再到，怕雪残堆径。

齐天乐·过华清池

冷红千树斜阳乱，丹枫茜拥秋霁。玉座尘凝，金阶辇杳，羯鼓繁音难起。兰汤唤洗。记鸳逐流英，笑携妃子。月晕离宫，露花犹自挂冠珥。　　潼关飞报纵骑。舞霓裳未彻，羞进鸳被。锦袜沾泥，红裀葬艳，千古伤心无地。恩情漫理。剩铃阁闻霖，剑门回砉。怕浣征衫，梦侵灯穗里。

高阳台·乙酉上巳禊集武侯祠水榭，感时事约会者同赋

翠柏森虬，雕梁并燕，妍春细数花须。羽扇谁挥，碧瓯芳榭相娱。家山久隔棠梨笑，渍酒痕、怕检裙裾。乍重三，临水难欢，揽蕙堪吁。　　春阴正黯芳菲节，听啼鹃万里，孤馆愁余。报拆秋千，后园草满金铺。罗衣着破前香在，盼东风、再拂红氍。待殷勤，说与相思，锦水双鱼。

易君左

（1898——1972），湖南汉寿人，易顺鼎之子。1921 年毕业于北京大学政治系，1923 年毕业于日本早稻田大学。北伐时投笔从戎，任国民革命军第四十军政治部主任。1928 年离军返乡，任长沙《国民日报》主笔。抗战期间任军事委员会编审室副主任与设计委员。战后任上海和平日报社副社长、和平日报兰州社长。1949 年迁台湾转香港，任教于浸信会学院，1967 年返台，执教于政工干部学校，兼任《中国诗学》月刊社社长、主编。去世后长子易鹦编其遗稿为《易君左四十年诗》。

思佳客·船娘

竹布裤儿鬟角齐，绒花簪出好腰肢。人从隋苑邀明月，梦绕章台折柳枝。　　云淡淡，日迟迟，画船箫鼓几何时？一篙撑向湖心去，流水斜阳两不知。

浪淘沙·秋风

蓦地卷西风，忧思忡忡。泥墙茅舍野葵中。八月衣裳犹未剪，谁念愁穷？　　过眼尽哀鸿，来去匆匆。鼓楼残去寺楼钟。如此秋凉休再冷，百拜苍穹。

虞美人

小园寂寞飘香桂，犹自凄清睡。一重帘子一重楼，看遍青山如黛月如钩。　华筵初散都无据，记得轻鼜处。等闲负了少年时，行到红桥那角耐人思。

玉楼春·夏夜清饮

清宵小院凉如水，烹得鱼儿刚数尾。呼童冰酒酌佳人，对月吹箫移玉指。　碧桃树下谈狐鬼，茉莉花开香入髓。银河一线耀繁星，那个鹅黄衫子美？

绮罗香·闻义勇军迫近辽阳

塞雁南飞，江云北渡，画角悲凉如诉。锦绣河山，霭霭碧云将暮。正风吹、落日荒城；又雨打、乱烟飞絮。莽男儿为国牺牲，长枪匹马杀仇去。　辽阳谁问白骨，但有人间孤愤，哀哀无主。胡骑燕尘，梦里犹怀惊惧。恨书生、多负时艰；还作甚、断肠词句？黯中宵尚在酣眠，闻鸡应起舞。

菩萨蛮·书愤

清宵自酌三钟酒，泪珠雨滴倾如斗。极北望烽烟，胡尘正蔽天。　　梅花红似血，不敌心头热。坐老在江南，含羞月一弯。

浪淘沙·镇阳车中

淡淡藕花衫，似媚还憨。人间消受此双鬟。四面青山螺子黛，都上眉弯。　　深怕污娇颜，玉立珊珊。锦香菱镜几回看。一路春风三十里，同到江南。

清平乐·卖花女

破天光起，不识梳和洗。隔巷歌声星影里，双目明如秋水。　　衫儿新制青纱，脸儿微晕红霞。黄竹篮儿一个，朱门卖白兰花。

满庭芳·忆旧游

心似筝哀，音如箫咽，无端生向名门。渡江而后，清影坠芳尊。回首轻波荡桨，前游处花落缤纷。斜阳里、断霞飞絮，红乱绿杨村。　　销魂。依旧是、琴书黯淡，诗酒平分。剩关河萧瑟，谁与温存？欲向愁边寄迹，寻愁去、愁也无痕。秋山外，荒城画角，孤雁破黄昏。

八声甘州·寄卢冀野

忽茫茫百感荡心胸，清宵逝华年。记携风抱雨，小桥流水，白下卢前。当日胡园偶聚，红染夕阳天。最爱延青阁，一派鸣蝉。　　几载鸾飘凤泊，又京江寄迹，旧梦如烟。剩寻山五岳，差似李青莲。叹文章无补家国，只狂歌当哭亦徒然。真愁绝，起胡尘处，落日幽燕。

沁园春·轫哉招饮赋感

寒夜清宵，美酒名厨，人生几何？笑乱折花枝，朱颜易改；轻描远黛，绿鬓无多。十二三人，百千万事，细把春光当墨磨。愁黯黯，况心原破碎，泪亦婆娑。　　汉家万里山河，让吾侪耳热发长歌。问古冢今陵，长楸安在；东疆西宇，寒雁曾过。号角悲音，琵琶冷怨，一子输赢战与和。从军梦，梦飞书草檄，跃马横戈。

踏莎行·步水心韵

二月飞莺，杂花生树，乱红孤影魂来去。无人再肯忆江南，江南今日知何处？　　远戍旌旗，层楼箫鼓，更无人识流离苦。梦回灯黯少年时，低篷敲碎潇湘雨。

丰子恺

（1898——1975），浙江桐乡人。早年留学日本。归国后曾在上海、浙江、重庆等地从事美术、音乐教学和漫画创作。建国后，任上海中国画院院长、中国美术家协会上海分会主席。有《子恺漫画选》《缘缘堂随笔》等。

贺新凉

七载飘零久。喜巴山客里中秋，全家聚首。去日孩童皆长大，添得娇儿一口。都会得奉觞进酒。今夜月明人尽望，但团圆骨肉几家有？天于我，相当厚。　　故园焦土蹂躏后。幸联军痛饮黄龙，快到时候。来日盟机千万架，扫荡中原暴寇。便还我河山依旧。漫卷诗书归去也，问群儿恋此山城否？言未毕，齐摇手。

（1944 年）

张大千

（1898——1982），字季爱，号大千居士，四川内江人。现代国画大师，晚年居台湾。

谒金门·雁荡大龙湫

岩翠积，映水渟泓深碧。中有蛰龙藏不得，迅雷惊海立。　　花草化云狼藉，界破遥空一掷。槛外夕阳无气力，断云归尚湿。

（1937 年）

满江红·华岳高秋

塞雁来时，负手立、摩天绝壁。四千里、岩岩帝座，况通呼吸。足下河山沤灭幻，眼前岁月鸢飞疾。望浮云、何处是长安，西风急。　　悲欢事，中年剧。兴亡感，吾侪切。把茱萸插遍，细倾胸臆。蓟北兵戈添鬼哭，江南儿女教人忆。渐莽然、暮霭上空悬，龙潭黑。

杏花天·题巫山神女十二峰

逝波也带相思味，总付与消魂眼底。千愁唤起秋云媚，绰约峰鬟十二。　　过朝两眉消梦翠，顿减了襄王英气。人生头白西风里，况此千山万水。

（1942 年）

三姝媚·题《天女拈花图》

天风吹不断。惹娇红纷飘，堕愁沾怨。瑟瑟云裳，拥翠鬟、无奈凤恬鸾懒。月姊相逢，曾记得、霞绡亲剪。病起维摩，烦恼依然，鬓丝嗟晚。　　谁念春光回换。叹几度随潮，泪痕同散。一榻枯禅，任世间儿女，梦惊魂蒨。触处花空，环佩杳、歌尘栖扇。尽有情缘，弹指馀香未浣。

张伯驹

（1898——1982），字丛碧，河南项城人。早年曾在军界，金融界任职，又曾任吉林省博物馆副馆长、中央文史研究馆馆员。著有《张伯驹词集》、《丛碧词话》等，与黄君坦合编《清词选》。

八声甘州·三十自寿

几兴亡无恙旧河山，残棋一枰收。负陌头柳色，秦关百二，悔觅封侯。前事都随逝水，明月怯登楼。甚五陵年少，骏马貂裘。　　玉管珠弦欢罢，春来人自瘦，未减风流。问当年张绪，绿鬓可长留？更江南、落花肠断；望连天、烽火遍中州。休惆怅，有华筵在，仗酒销愁。

浪淘沙·金陵怀古

春水远连天，潮去潮还。莫愁湖上雨如烟。燕子归来寻旧垒，王谢堂前。　　玉树已歌残，空说龙蟠。斜阳满地莫凭阑。往代繁华都已矣，只剩江山。

浣溪沙

飒飒霜寒透碧纱，可堪锦瑟怨年华。风前独立鬓丝斜。　　宛转柔情都似水，飘摇残梦总如花。人间何处不天涯。

摸鱼儿·同南田登万寿山

试登临、秋怀飘渺，长空澄澈如浣。关河迢递人千里，目断数行新雁。杨柳岸。犹瘦曳烟丝，似诉闲愁怨。天低水远。正黄叶纷纷，白芦瑟瑟，一片斜阳晚。　　空怀感。到处离宫荒馆，消歇燕娇莺婉。旧时翠辇经行处，唯有碧苔苍藓。君不见、残弈局，频年几度沧桑换。兴亡满眼。只山色馀青，湖光剩绿，待付谁家管？

东风第一枝·春雪

落地声微，沾衣力软，风欺弱絮无主。蓦催万树花开，旋湿一庭翠妩。熏炉重熨，恁禁得、轻寒如许。待卷帘、双燕来时，应共落梅衔去。　　灯黯黯、小楼雨误；泥滑滑、玉街路阻。怕消剩粉江山，暗融糁银院宇。檐声凄断，怨身世、不胜高处。问谁怜、零霰残霙，借乞宿阴留护？

高阳台·西湖春感

万绿凝烟，千红泣雨，我来春已堪怜。楼外阴阴，倚阑莫卷帘看。裙腰不见当时路，最伤心、苏小坟前。雨缠绵，春去无声，花落无言。　　明朝酒醒逢寒食，怅客中风月，劫后湖山。柳下笙歌，销魂第六桥边。旧时燕子犹相识，又双双、飞上湖船。莫流连，处处啼莺，处处啼鹃。

秋 霁

中秋同韵绮、鹤孙、西明泛舟昆明湖赏月，迟景荣吹笛，王瑞芝操弦和之。

千里婵娟，与玉阙琼楼，共一颜色。寒似层冰，皎如圆镜，照来水天双澈。一叶剪碧，荇飘翠带鱼盈尺。隔树阴蛩语，长桥横卧少人迹。　　歌板暗诉，怨抑沉沉，夜阑秋声，都入瑶笛。倚兰桡、临流顾影，人间未应有今夕。疑是广寒天上客。素娥何处，应似桂殿同游，满身清露，去时还湿。

金缕曲·题寒云词后

一刹成尘土。忍回头、红毹白雪，同场歌舞。明月不堪思故国，满眼风花无主。听哀笛、声声凄楚。铜雀春深销霸气，算空馀、入洛陈王赋。忆属酒，对眉妩。　　江山依旧无今古。看当时、君家厮养，尽成龙虎。歌哭王孙寻常事，芳草天涯歧路。漫托意、过船商贾。何逊白头飘零久，问韩陵片石谁堪语？争禁得，泪如雨。

六州歌头·登黄山天都峰绝顶

擎天拔地，声势走雷霆。俯台荡，睨衡岱，摘辰星，接通明。造化融元气，钟神秀，东南坼，撑半壁，排云雾，划昏暝。翼翼乘风，直上四天外，极望濛溟。看银涛出没，长啸万峰青。岩壑齐鸣，暗魂惊。　　渐流霞灿，残烟断，斜晖晚，月华生。收万象，归神照，证飞升，缅容成。来日方多难，悯虫劫，吊愚氓。巢燕幕，酣龙战，竞蛮争。依恋每瞻北斗，铜驼泣，荆棘神京。欲呼河汉水，一为洗膻腥，寰宇澄清。

双双燕·咏新燕，依梦窗韵

掠烟剪水参差，趁东风、乍窥庭户。香巢觅定，相认应非前度。杨柳楼台静锁，问门掩、梨花何处？江南又是残春，怕说天涯同住。　　轻举，乌衣翠羽。帘卷待归来，乱红如雨。新妆初试，解向玳筵歌舞。凭寄离思倦绪。念身世、飘零谁诉？还愁更对夕阳，一片江山无语。

扬州慢·归故都感作，和白石韵

云驿星津，雨轮风楫，倦游早计归程。豁迎眸一发，认故国山青。向谁洒、伤时涕泪，洗戈银汉，何日销兵？敛西风残照，馀晖犹恋高城。　　少年俊侣，奈如今、潘鬓堪惊。纵万里乘槎，千金买赋，难慰深情。回首十年前事，疏帘外、酒醒钟声。只愁如春水，无人随去随生。

疏影·七里泷严子陵钓台，和白石声韵

　　澄江净玉。唱数声欸乃，岩下初宿。十里苍烟，三尺清波，空山自响风竹。几人雪涕追皋羽，看对矗、双台南北。倚瘦筇、直上孤峰，顾觉此身高独。　　争羡羊裘避世，素丝坐钓久，千籁俱绿。赤帝歌风，白水图云，那抵严家茅屋。鸬鹚一片惊飞处，又乍起、笛声渔曲。早此时、尽息尘心，已入九峰绡幅。

满江红·题黄三君坦《天风海涛楼图》

　　楼外天垂，遥望尽、齐烟九点。惊残劫、梦回孤枕，浪翻潮卷。关塞秋生鸿雁思，风雷夜挟鱼龙惨。指星河、万里泛仙槎，波沧剪。　　思旧泽，芳徽远。怀故国，兵戈满。纵怒涛千尺，客愁难浣。人海倦看朝市改，吾庐幸在山河变。算只馀、泪眼对红桑，斜阳晚。

浣溪沙·咏海棠（二首录一）

　　金屋深深合护持，春风倚槛斗腰肢。玉颜微醉晕胭脂。　　百样娉婷难入画，十分富丽不宜诗。含情无语夕阳时。

扬州慢·武侯祠，依白石韵

丞相祠前，锦官城外，下车拜问前程。尚森森翠柏，映草色青青。似当年、纶巾羽扇，指挥若定，谁解谈兵？看江流石在，寒滩犹咽孤城。　　吕伊伯仲，贯精诚神鬼堪惊。系一发千钧，三分两代，生死交情。忍诵杜陵诗句，还空听、隔叶鹂声。正中原荆棘，沾襟来吊先生。

菩萨蛮·辛巳七夕寄慧素

声声何处吹箫管，可怜一曲长生殿。唱到断肠时，君王也别离。　　露零罗扇湿，疑是双星泣。不忍望银河，人间泪更多。

念奴娇·和枝巢翁展春园坐雨词

海棠时候，廉纤雨、做就浓阴天气。一夜溪流添绿涨，晓看池波平地。金粉香残，胭脂红晕，花雾流光里。风帘不卷，满庭深掩苔翠。　　当日南浦孤篷，西窗短烛，梦影谁能记？旧侣如今无一半，忍问飘零芳事。三月伤春，十年作客，襟上犹馀泪。银灯自剔，不来深巷嘶骑。

金缕曲·题《庚寅词集图》

金粉南唐绪。十年来、延秋衣钵，展春旗鼓。多少缠绵兰荃意，半是伤心泪语。怜我辈、情怀最苦。到死春蚕丝方尽，枉雕琼镂玉终何补？长更是，招人妒。　　江山几换谁为主？但满眼、粘天芳草，飞花飘絮。看遍人间兴亡事，唯有啼莺解诉。算身世、斜阳今古。真幻难明氍毹梦，破樱桃、生怕歌樊素。只风月，还如故。

清平乐·落叶（三首录一）

莺娇燕婉，转瞬繁华换。抱影声嘶蝉噪晚，也怨浓阴忒短。　　如何一夜霜飞，无端飘坠谁依？今日堆尘委路，原来曾在高枝。

虞美人·本意（二首录一）

江东子弟歌中哭，已失秦家鹿。轻撞玉斗范增嗔，何不教伊舞剑向鸿门？　　红颜生死皆千古，怜被英雄误。汉王霸业几秋风，输与美人芳草属重瞳。

沈轶刘

　　（1898—1993），名桢，上海市浦东高桥人。二十年代毕业于上海中国公学中国文学系。曾任福建南平高级商业学校、福州格致中学、陶淑女中语文教员。上海《社会日报》、浙江《东南日报》、福建《南方日报》副刊编辑。五十年代参加中华书局上海编辑所《新诗韵》等书编辑。著有《沈吴诗合刻》《小瓶水斋诗存》《绩清溪三十二咏》《繁霜榭诗词集》《繁霜榭续集》《八闽风土记》、选编评点《清词菁华》。

无闷·湖兴

　　帆隔湖光，云掩山容，烘出鼋头壮彩。渐小艇冲寒，练波双载。闲听吴歈唱罢，便起看长天连银海。树擎高浪，楼吞大绿，醉鞭鳌背。　　难绘，算晴晦。喜丽镜妍螺，乍舒青黛。旋卷地罡风，橘洲都改。收取汪洋万顷，愿尽咒鱼龙烹群怪。倘乱后、重过渔庄，更订一州嘉会。

秋水·读《湖海楼词》

消尽半生湖海疹。酒悲起，红箫喷。奈茶花未髓，古烟谁爨？恰剩与、苦捣珊瑚盈寸。爇锦菊、空馀短烬。豪泻哀丝，凭铸就、竹山孤愤。　　心事旧家阑楯。老怀长绝，故园樱笋。恁庚郎萧瑟，鬓边词赋，倽孤负、席畔南朝金粉。但醉倒青楼休问。放却癫狂，还看取、梦里须眉齐奋。

水天远·俟瞿禅居士

白溪绀雨，迸七尺珊瑚一朵。看独旆横虚，坚芒揭地，早岁占星浙左。风里爰居西飞急，问孰挽中流危柁？灿五色奇葩，笔端炼出，十年兵火。　　谁和？有姮娥前夜，罗襟曾浣。待摽却残烟，惯撑百劫，撩眼空花逐堕。虫沸光宣，四朝末焰，漂霰春淞摧破。双泪经天，湖山好补岁寒课。

腊梅香·柬陈小翠

半袭斜晖，怅前尘西第，惯挹清徽。吟句当年，写遍翠楼，更乞题遍瑶扉。旧社全非。导游废、文苑谁依？纪十三时，芙蓉斗日，赋笔能飞。　烽火久无归。锻诗魂、黄花渐老应稀。梦坠沧江，差迟晚岁，醒来狂嚼红薇。露夕烟霏。繁星小、散作芳菲。冷香餐杜，闻收蓟北，曾夺唐旂。

高阳台

蜀鸟啼烟，江波卷雪，露花泣泪私弹。掐断春魂，何时飞到蓬山？游丝无赖红丝短，错随人、隔幔偷牵。镇难言，有限光阴，无限栏杆。　闲拈梅子愁重数，怪匆匆半纪，误了华年。潮信休凭，弄潮儿去仍喧。分头劳燕东西逝，海东青、依旧长天。更谁笺，前梦荒唐，后梦阑珊。

虞美人

青山欲动帘痕定，梦觉香销鼎。平林漠漠不成阴，起看大江东去日西沉。　　蓬莱有浪真仙死，茧老红蚕翅。晚来罢钓放鱼龙，无数狂花败叶堕罡风。

甘州·答和黄敏捷同学弟成都

仗南鹃、叫起草堂魂，梅花月初宵。伴一枝柔笛，三生绮业，吹送层霄。四顾须眉俱绿，蓦地堕狂飙。莫问西来意，等是无聊。　　回首当年观巷，放凉萤万斛，白塔修箫。点空山落叶，我道喜东朝。漫孤负、苏门前事，广陵琴、未解啸声遥。天涯近，有情难破，泪下如潮。

瞿秋白

（1899——1935），江苏常州人。北京俄文专修馆肄业。投身革命，为中共早期领导人之一。有《瞿秋白文集》。

浣溪沙

廿载浮沉万事空，年华似水水流东。枉抛心力作英雄。　　湖海栖迟芳草梦，江城辜负落花风。黄昏已近夕阳红。

谢觐虞

（1899——1935），原名子楠，字玉岑，江苏武进人。钱名山弟子。历任永嘉十中、上海南洋中学、爱群女中、上海商学院教职。有《玉岑遗稿》。

临江仙

门外新凉无计避，单衾熨梦依依。渐移银浦井栏西。起看蟾魄堕，贪值雁行低。　　闻说蘅芜新院迥，云罗锦字凄迷。帘栊早晚好添衣。为郎双翠萼，弥惜镜中窥。

甘州·玄武湖打桨归赋

又招邀鸥鹭过江来，秋思入斜晖。有六朝旧识，燕边波镜，雁外山眉。打桨依然烟水，未觉素心违。只是台城柳，摇落长堤。　　此地当年陈戏，对萧萧芦苇，犹偃旌旗。怎楼船偷警，王气近来非。也休说沧桑弹指，便芙蓉悴尽不成衣。晚风起，漾湖萍散，何处凄迷？

小重山·遣悲怀

薄怒银灯一笑回。秋春门巷冷，梦先催。乍飞梁燕怯将归。临歧语、凄绝不重来。　　海市旧楼台。鱼龙歌吹沸，报花开。无端锦瑟动深悲。人间世、清浅换蓬莱。

长亭怨慢·过半淞园

窈离梦、车尘吹起。罨画园林，断肠眼底。镜槛春波，当时欲到恨还未。蘸桃染柳，生换了、愁滋味。弹泪向流莺，问可有、花前铃佩？　　憔悴。叹娉婷眉影，断送五噫歌里。狂欢海市，任轻负、水边天气。剩此后、孤燕东风，怎提到、玳梁归计？枉酒眼灯唇，百事为他回避。

三姝媚·偕春渠、小梅、子健太湖看梅赋

镜浮云贴翠。趁春晴招邀，层楼同倚。万树寒香，背乱山吹角，东风何厉。未浣淄尘，谁解道甲兵能洗？一梦鸥边，清游误了，十年才地。　　雪点夜潮初起。傍嫩柳天桃，算他憔悴。曲里相逢，早江城明日，堕情随水。不是沧桑，也抵得湖波成泪。慢约渡头芳草，画舟重舣。

月下笛·曾允元体

鼓浪浮花，乱云启晚晴楼阁。弄春弦索，似长宵雨怀恶。柔柔约略无多土，付陌上飙轮骤毂。只婆娑蛮舞，羽衣叠破，无端凄角。　　帘箔，阑干曲。有久咽箫心，未凋剑萼。歌离吊梦，好是碧衫鹳雀。人天也识消恩怨，奈恩怨而今说著。思归句，欲和南飞羽，远树正绿。

木兰花慢

颤清歌玉树，夜星烂，最高楼。任曙误铜龙，云迷锦雁，舞倦还留。绸缪。钧天残梦，赌东风帝子自无愁。衫影初低蛱蝶，胡尘渐迸箜篌。　　神州。春事百分休，天意付悠悠。只巢燕飘零，黄昏阑角，银钥谁收？应羞。辞林红蕊，逐春波自在又东流。草木本无情思，年年悔望枝头。

解珮环

三月七日坐沪西兆丰园，缃梅未尽，玉树已花，宛然春好矣。彭元逊《解珮环》，万红友谓即白石《疏影》调也，惟《疏影》为仙吕宫，宜用入声韵，而彭押去声为不同耳。

试春游早，隔街尘暂放，屐随青到。细柳回塘，几日鸣禽，已变故家吟抱。梅边小立犹吾土，况能寄、孤根便好。只匆匆蝶乱莺娇，催送韶华易老。　　轻薄彩幡风信，又饕霜瞒过，萋萋芳草。粉腻珠堆，一树依然，奈欠玉阶围绕。何人梦着乌衣事，便梦也、渐非年少。黯晚阳、摇曳林梢，明日阴晴休道。

疏　影

河梁杏叶。颤燕钗误了，彩绳消息。榆火新烟，行处楼台，不分去鸿相识。娇红占得春如海，只忘了、空阶暗碧。算年年凄雨江城，悔向踏青人说。　　绣毂香车何处，怎寂寥还傍，夜桥吹笛。天半歌云，银蒜珠尘，欲挽东风无力。垂杨轻薄尊前舞，听曲里、龙堆已雪。且安排、画扇青山，心事图中寻觅。

李冰若

（1899——1939），名锡炯，号栩庄主人，湖南新宁人。1923年入东吴大学国文系就读，1924年转广州中山大学。1927年初国民革命军北伐，曾参加总政部工作。同年秋回乡，创办新宁县乡村师范并任教员。1929年至上海国立暨南大学文学院，历任讲师、教授。1937年抗战爆发，回新宁乡村师范授课。1938年至武冈黄埔军校第二分校任上校政治教官。1939年7月赴重庆中央训练团受训，9月初疾卒。著述大多散佚，仅有《花间集评注》《苌楚轩诗》《闲庐余事》传世。身后诗词稿，由其女庆粤、庆苏搜集整理，并夫人翟涤尘遗作，合为《栩庄诗词集》印行。集中有《绿梦庵词》一卷。

鹧鸪天

过雨微闻草木馨，野塘蛙鼓敌虫鸣。一弯云影溶溶月，几点萤光淡淡星。　铃语细，竹烟轻，松阴分绿覆孤亭。诸天尘梦销沉尽，默坐凄清到二更。

浣溪沙

万苇摇风夕照寒，湖光碧浸紫金山。归鸦点点入苍烟。　撒网洲边渔父啸，浣衣矶畔女郎喧。料无幽恨在眉弯。

高阳台

露沁琼葩，风鸣玉叶，翠阴密洒闲庭。寻梦幽栏，花阶悄换残更。银河鹊噪佳期近，甚流云、偏阻双星？怎人间，苦恋今生，苦约来生。　　红楼珠箔玲珑影，只窥帘古月，犹记深情。料理鹍弦，凤槽尘涴馀馨。惊禽绕树栖何处，念家山、怕说零丁。更凄然，一杵钟声，一院蛩声。

霜花腴·次梦窗韵

凌波换世，数故家、空思王谢衣冠。烟锁陈宫，鹤归辽海，沧桑认取应难。强怀自宽。任管弦、吹沸尊前。乍微醺、笑抚吴钩，举头云外剑光寒。　　江表滞留何事，又西风卷地，响咽哀蝉。灵曜将沉，秋芳无主，闲情忍写涛笺。醉招酒船。泛碧波、为吊婵娟。只怆然、艳冶销磨，镜川愁再看。

鹧鸪天

晚枕馀醒倦不支，迷离梦境太顽痴。重湖鼓枻群龙舞，大漠扬鞭万马驰。　　伤往事，写新词，秋灯候馆夜凄其。浊醪能驻朱颜未？留取河山照鬓丝。

鹧鸪天

落叶飘庭怯影单,孤行玉砌袜罗寒。念中碧月人千里,望里银河水一弯。　凭密字,记幽欢。叮咛鹦鹉莫轻传。琐窗朱户分明在,还恐红楼梦到难。

齐天乐

霜帘风逗炉烟袅,丝丝暗萦愁绪。岁晚江关,天涯寄旅,赢得鬓华如许!人生最苦。念碧血黄花,翠钿金缕。一例销沉,茫茫幽恨倩谁补?　飞光惆怅坐负,叹搜金铸错,深怨难赋。玉液延年,雕戈驻景,换却沧桑无数。更长梦阻。漫自想春台,万花娇舞。候馆灯昏,拥衾听夜雨。

水龙吟

海波新浴凉蟾,光摇万户千门露。星河影里,危栏一角,悄然延伫。蜃市方兴,蛟宫洞启,软红如雾。只黄垆旧侣,云飞水逝,身还在,天涯住。　因念高寒玉宇。蹑长虹、甚时归去?金壶倾尽,几曾馀沥,化为霖雨?重到欢场,惊心犹是,承平歌舞。纵华胥梦好,清辉自惜,待东方曙。

长亭怨慢

记连蜷秦州归路，跃马呼鹰，健儿豪举。事往音沉，别愁空托掣霄羽。沪滨欣晤。疑梦里，重相聚。荏苒十年心，耐几许翻云覆雨。　　追数。鸰班后彦，半化北邙尘土。戎衣换了，算赢得旧衫如故。听檐际万木号风，似宜写一腔幽绪。对照瓶花，凝想春红万树。

木兰花慢

聚东南涕泪，酿春雨，送花朝。任蛛网频残，蕉心常卷，庭院清寥。飘萧。乱红万点，倩谁移、锦幄护兰苕？消受东风几许，峭寒还困柔条。　　楼高。帘幕撼狂飙，寂坐思如潮。念燕垒初成，莺巢未稳，怎奈飘摇？鲛绡。漫题恨句，怕蛾眉、多妒不相饶。那得琼箫唤起，金乌飞上林梢。

蝶恋花

烟月迷茫何处去。欲觅香尘，露重空凝伫。不是孱身须爱护，翠禽枝上妨惊寤。　　经眼楼台飞碧雾。窈窕林园，付与谁为主？傍砌幽虫愁自语，明朝知是晴还雨？

鹧鸪天

罗带同心一夕分，十年枉自说承恩。新愁蜀国难寻理，旧梦江南不忍温。　　春寂寂，夜昏昏，谁怜孤馆瘦吟身？费词费泪终何益，半坼瓶花冷笑人。

方东美

（1899——1977），安徽桐城人。早年毕业于南京金陵大学，旋赴美入威斯康辛大学，获哲学博士。返国后历任武昌高等师范大学、东南大学及中央大学哲学教授。后迁台，任教于台湾大学与辅仁大学。曾数度赴美讲学，先后任密西根州立大学、密苏里大学与南达柯塔大学客座教授。中英文著作甚丰，有《坚白精舍诗集》，内收《侔天阁诗余》。

解连环

万年孤鹤。怅行云眇忽，梦痕无着。奋迅翮、流昑人寰，叹沙散蚁游，霸危风恶。故垒烟浮，但空有、绿杨城郭。甚雕楼画阁，忍忆旧时，锦绣河岳。　　沧溟喜看日落。渐潮平浪伏，人恋京洛。待措施、来日宏猷，把胡虏蛮腥，一体除却。立马昆仑，漫醉舞、长松盘礴。仗同心、快刀破虏，国魂震灼。

清平乐

箫声好处，事与烟云去。梦里难寻天上路，剩有人间愁绪。　　瑶池朗月初开，佩环冉冉归来。疏影暗香空满，东风荡漾春台。

采桑子·月夜鹤唳，遥想太平洋上风色

长风吹落颓阳去，元气纵横，海立山倾。虎变经宵宇宙平。　　珠光络月团香雪，踏碎琼英，八表神行。泄漏天机鹤一声。

木兰花慢·辛巳除夜渝州值雪

送梨云好梦，谁妆出，万重花？恁密意缠绵，深衷融泄，心地无瑕。侬家一身亮采，似婵娟姑射幂轻纱。今夕玉尘凝藻，明年银海扬华。　　奇葩。清兴自豪赊，莫漫说浮夸。纵瘦损孤根，寒冲秀萼，也绽琼芽。纷挐。万千芳思，荡暄妍春色满天涯。看取晶莹三界，疏香淡影横斜。

木兰花·乙酉回京作

绿杨芳草台城路，恨极归来狂横处。会人言语燕无踪，续我离骚鸿有据。　　飘魂征泪秋声赋，细写浮生千万绪。国殇民瘼黯消场，眦裂问天天不语。

（1945 年）

陆维钊

（1899——1980），字子平，号微昭，浙江平湖人。毕业于南京高等师范。任教于清华研究院、圣约翰大学、浙江大学、杭州大学。晚年任浙江美术学院教授。有《陆维钊书画选》《庄徽室文集》。

鹧鸪天

余而立之年，未能为家，遑云救国。或有以近况见询者，感于世事之蜩螗，习于书生之愤懑，聊书一词，以代小柬。

楼上纱留褪色痕，楼前风扫蝶馀魂。近来家似无僧庙，冷雨寒窗独闭门。　　无一语，对黄昏，半窗残蜡旧温存。深宵起视人间世，依旧天低碍欠伸。

踏莎行·苏嘉道中

云外钟声，渡头人语，江天一鸟冲波去。夕阳如睡客孤行，残山青到途穷处。　　断塔风铃，遥村烟树，旧游不记何年驻。即今花冷寺无僧，红墙半落空啼宇。

风入松

　　一春难得醉花朝，踏叶过红桥。飘零我亦泥途絮，甚燕梁、还垒新巢。折柳长堤大道，天涯畅好魂销。　　浮名应惜泪同抛，尘远玉骢骄。镜屏梦熟西泠路，卷荒波、呜咽吴箫。辛苦钱塘江水，年年风雨回潮。

一萼红·侍瞿安师访散原于青溪寓庐

　　傍城阴。访青溪水阁，迟我浣尘襟。颂橘无辞，来禽有馆，还认一缕青琴。乍立尽、篱花霜讯，唤玉笛、哀和废宫砧。紫陌调莺，芳洲络马，不分重寻。　　长记秦淮夜散，正红桥月堕，萧寺钟沉。燕子春灯，苍烟乔木，翻讶别后凄吟。换冰泪、修罗劫尽，满斜阳、树树压寒岑。忍约故园老鹤，为话余心。

玲珑四犯

伯沆师索观近词，适师有《玲珑四犯》之作，因和呈政。

澹日水繁，高城风定，登临秋事谁主？抗歌千载意，俯仰人前趣。莼鲈漫催别绪。记年时、拂衣归去。两袖黄花，一林霜磬，月夜剪灯语。　　吴天几回重叙。甚香销酒醒，愁思难数。江空天不动，野阔星如雨。栏杆是处堪惆怅，莫轻过、重阳风雨。怎划地楼台，悄笳声如许！

水龙吟

放翁生日，与廖忏庵、吴眉孙二丈及胡宛春、吕贞白、郑午昌、黄清士诸君同赋。

伤心南渡衣冠，千年重迸词人泪。渭南怅望，山川戎马，儒臣匡济。蜀道闻鹃，云门待捷，千秋一例。算迎神此日，破空灵雨，尚仿佛，平生意。　　犹是窥江胡骑，痛腥染鉴湖难洗。茫茫禹甸，大难来日，乾坤同闭。酹酒悲歌，沈园事往，春波桥废。只驿亭依旧，夕阳题壁，短英雄气。

高阳台

斐云来书谓，明月台城，浑不似吹箫时候，一年容易，又未免无事伤心独费情矣。

槐叶晴分，宫花雨暝，旧游记上台城。才一番风，秋心冷到壶冰。月圆悔把嫦娥负，渺层台不忍重登。黯销凝，鼓角谯楼，又听边声。　　劫灰到处司空惯，怎斜阳双燕，还恋空营。见说江南，数峰依旧青青。霜螯不分归来晚，甚东篱换了残英。正沉吟，一枕清商，聊遣愁醒。

踏莎行

薄幕无尘，鸭香云聚，梦回醉与愁争侣。一楼消息欲斜阳，卷帘错放莺飞去。　　燕子归来，落红如雨，菱花不耐朱颜驻。问他今夜秣陵山，为谁青得眉如许。

浣溪沙

万感春红赴镜中，遣愁曾共五更风。可堪香梦竟匆匆。　　为觉当轩人不在，似随水殿月朦胧。此生终分一相逢。

周重能

（1899——1982），名裕冕，以字行，别署六守斋，四川金堂人。国立成都大学中文系毕业。历任江安、阆中、重庆、新繁、成都各中学、师范教师。建国后任教于新都中学及弥牟新一中，至于退休。遗稿由弟子张学渊编为《水竹山庄诗文集》，卷之五为词集。

望海潮

龟城更静，琴台声歇，秋河万点星稠。斜月上窗，初凉透席，突闻画角惊愁。鸳梦正悠悠，唤玉人速起，同避荒丘。草径纷纷，坠钗遗珥未能收。　　犹思涉水横沟。竟褰裳援手，支枕扶头。尘劫易销，飞轮既返，绵绵此忆难休。回首怅淹留，又群鹰纵击，已隔他州。相见何时，再邀明月共逃忧。

高阳台

二十九年六月十一日敌炸成都已一年矣。追赋一阕以志哀愤。

哀角惊天，殷雷震地，沉沉暮色昏黄。锦里繁华，可怜一炬炎光。焦头烂额凭谁问，剩春风、吹遍城厢。待重来，栋尽梁灰，败瓦颓墙。　　成都自古笙歌盛，有崇楼丽宇，裙屐冠裳。窈窕如云，钿车过后留香。春花秋月江南好，看游人、老此柔乡。怎禁他，雨打风吹，陆海茫茫。

东风第一枝·岁暮未归，梅花艳发，忧国思乡，慨然有作

北郭风吹，西园梦醒，香沾点点寒雨。倚栏满目绯红，攀条此心谁诉。沉沉春信，先飞到、南枝开处。怕见那、剪彩东君，惹起惜花情绪。　　伤岁暮、别离正苦；愁烂漫、众香无主。看花岂待明年，击壤空怀故土。江山破碎，怎管得落红无数！更当此、流雪回风，觅我旧山归路。

齐天乐

三十三年八月二十三日，盟军自英伦渡海，登陆屡捷，遂克法京巴黎，感赋。

烽烟馀烬西州遍，荧荧燐光无数。雨坠金枪，云沾障壁，缥缈魂招何处。孤嫠暗诉。叹谁负犁锄，顿空机杼。哄汝英雄，穷途潦倒甚心绪？　　神京遥望故土。正连环未解，膏液漂杵。壮士横空，楼船跨海，飞弹频抛如雨。鱼龙漫舞。笑涂染衣冠，粉柔儿女。夜晓腾欢，竟忘颠覆苦。

念奴娇·壬寅五日吊屈感怀用稼轩韵

柳阴风飐,看腰肢妖媚,婆娑佳节。万古湘累同一痛,每读怀沙心怯。画鹢飘舟,彩丝沉黍,特地悲生别。江干憔悴,至今渊水争说。　　遥想当日灵均,冠缨三濯,光比常新月。呵壁呼天哀郢恨,江上风涛重叠。薜荔山阿,有人苦在,杜若还堪折。此时休叹,暗中添了华发。

念奴娇·壬寅九日登八阵图用东坡韵再赋

我来吊古,览风云、呵护千秋神物。少壮平生飞动意,频上当年军壁。羽扇纶巾,轻裘缓带,挥帜飘风雪。一时嘉会,蜀中无数雄杰。　　遥想诸葛风流,还都复汉,北伐元戎发。此日黄花开万朵,似照旌旗明灭。南海波生,西天尘起,怒我冲冠发。关山何处,请缨欲系秋月。

水龙吟

癸卯中秋后三日，于成都购得惜阴堂影印临桂况氏第一生修梅花馆珍藏半塘老人精校《梦窗四稿》，摩挲感叹，因赋此阕，即用梦窗原韵。

论词独擅高名，倚声古调悲文苑。梅花馆没，梦窗稿在，吟魂凄断。蟫蠹侵书，楼台拆宝，凄凉一片。叹百年万里，飘零到蜀，山川窎，风云变。　　尝感春花泪溅。尽无端、地回天转。焉知饿死，惟怜饥鼠，素心如浣。谣诼蛾眉，诗标轻薄，不胜清怨。把残篇酹酒，神游唱和，慰精灵远。

绮罗香

凌霄，一名紫葳，由夏经秋，其花黄赤而紫。园中一株盛放，颇邀赏异。惟惜朝开暮落，残红满地，虽蓓蕾连枝，而实飘摇莫定也。昔白傅吟诗，讽其依附，今作此阕，更悲其零落耳。

带雨飞花，随风坠草，零落何堪朝暮。委地销香，红瘦绿肥谁护？惊九陌、已过春风；叹三径、又逢秋雨。更堪怜、蜂蝶徘徊，采香难上翠微路。　　飘摇群蔓乱飐，蒙络柔条未稳，低垂何处。早读香山，讽刺咏陈诗句。谈擢秀、非挺孤标；笑弱苗、附攀他树。剩残红、沟水西流，定悲歧路苦。

水龙吟·读《蜀雅》即用先生题《湘绮楼词》韵（两首录一）

旅愁万里归来，几时故国伤残碎。斜街跰踬，锅庄妩媚，都成前事。蜀学谈经，峨眉避寇，江山垂泪。看佛光云海，人天梦幻，山颓叹，神思睡。　　还忆飞觞微醉。祖行旌、师门琼佩。黄流乱注，陆沉堪惧，尘奔劳悴。万卷诗书，百年身世，一朝同坠。更何人拜扫，墓田荒翳，认题碑字。

【注】

［编者按］《蜀雅》，周登岸（癸叔）词集。作者曾向周氏请教词学。

贺新郎·甲辰重九小集二仙庵用刘克庄韵

深感头非黑。试沉思、当年旧友，往来如织。时到而今馀三老，唯有昂藏七尺。且就彼、黄花秋色。白发未须妨游兴，举牺尊、饮尽真珠滴。佳丽地，记遗迹。　　骚人自古挥词笔。但休谈、悲秋宋玉，暗怀萧瑟。谁与渊明长同醉，偏喜龙山俊客。看菊意、纵横斜出。不向东篱先浇酒，怕花开真也愁孤寂。天可怨，日西匿。

钱昌照

（1899——1989），字乙黎，江苏常熟人。1919 年赴英国留学，先后就读于伦敦大学、牛津大学，研究经济。归国后从政。曾任全国政协副主席，倡立中华诗词学会，为首届会长。

菩萨蛮·三元里广东人民抗英斗争烈士纪念碑

举城自古英雄地，百年回首三元里。南国一声雷，九州万马嘶。　　挥戈驱鬼蜮，多少英雄血。碑际气如虹，花明日正中。

菩萨蛮·东江

人人尽说东江美，今朝得见东江水。薄雾满江干，高低千万山。　　江山真似绣，天际风云走。连日沛甘霖，秧苗一路青。

汪石青

（1900——1927），字炳麟，安徽黟县人。读书于家之俪乐园，古文诗词俱工，兼擅制曲。曾从天虚我生陈蝶仙学琴。1927 年年丁卯春，自沉于邑之屏山湖。遗著经长子稚青整理钞写，编为《汪石青全集》，由次子亚青在台湾影印。集中词名《黟山新籁》。

沁园春·咏梅

小院闲窗，东阁南枝，一样轻盈。问胎含冷艳，无多色相；魂归倩影，几许娉婷？短策羊裘，灞桥风笛，流水空山访旧盟。而今也，对铜瓶纸帐，消受芳馨。　　看来云淡烟横，问袖薄谁怜太瘦生？但琼台风细，春魂欲活；茅檐酒熟，处士多情。三尺瑶琴，满身香雪，同向罗浮伴月明。莓苔暖，有人飘缟袂，鹤刷疏翎。

高阳台·旅怀

烛影摇红，帘波隔梦，月明遥念伊人。书报平安，奈他消息沉沉。霜华满地愁何限，剩虫声伴我长吟。更难禁，剔瘦银釭，冷瘦秋心。　　迢迢长夜轻辜负，恨蓬山咫尺，谁约刘晨？十二雕栏，枉教凭到宵深。依然星斗离离处，听千家、断杵残砧。思惛惛，不耐孤眠，不惯孤衾。

满江红·牡丹花谢凄然有作

惨绿愁红，春去也、了无颜色。没情的、三番两次，风颠雨急。嫩叶香梢曾几日，繁华如梦无消息。任朱幡百尺系金铃，终岑寂。　　阑干外，珠钿湿。空怅望，胭脂泣。是断肠时候，伤心痕迹。春意三分归幻化，柔魂一缕还萧瑟。对流莺百啭并呢喃，情何极！

杏花天

别时多少相思事，怎相见疑人到底。不将恩爱从头记，动不动冤家两字。　　重重束茧眉间缀，一句句微词诟詈。千回密恳红灯里，博不得些儿转意。

减　兰

雕栏绣户，悔煞匆匆轻别去。镇日伤心，难道相逢恨转深？　　不瞅不睬，教我如何能暂耐？还说恩情，比着当时没半分。

黄孝纾

（1900——1964），字頵士，号匑庵，福建闽侯人。历任北京大学、北京师范大学、青岛大学、山东大学文科教授。1926 年晤况周颐，精研词章。1927 年，与陈三立、朱祖谋、潘飞声、夏敬观、吴昌硕、诸宗元诸老宿诗酒唱酬。工诗词古文，有《匑庵文稿》《黄山谷诗选注》《碧虑簃琴趣》等。

汉宫春

真如张氏蘦园杜鹃盛开，榆生有看花之约，后斯而往，零落尽矣，因赋。

残醉楼台，又行芳无处，啼老鹃声。猩红渐疏倦眼，愁草花铭。飘烟坠萼，数番风梦窄春程。归去也、倦姝阆苑，明妆初洗蛮腥。　　津桥旧眼谁省，向江南憔悴，阅尽阴晴。东风暗吹泪雨，寒殢帘旌。黄昏庭院，惜心期、且忍伶俜。闲酹酒、温寻绮绪，恁禁一往深情。

玲珑四犯·夏夜枕上闻雨声寄怀曛弟用清真韵

淅沥梧阶黯。簌簌釭花，初吐丹艳。冷逼琼楼，应损影娥丰脸。欹枕窗听荒鸡，试起舞、壮怀零乱。料晓来、时序都换。遮莫陆沉惊见。　　夜深凉透红蕤荐。镇销凝、舞葱歌茜。萧萧忍忆吴娘曲，啼泪伤心眼。怊怅剪烛旧情，剩数尽、银虬残点。纵梦魂归去，愁一缕，风吹散。

西河·游拙政园

觞咏地。重来自异人世。危楼轻命倚。黄昏晚霞缋霁。枯桑覆瓦雨声乾，残阳遥挂林际。　　断桥畔，空徙倚，盈盈愁鉴池水。萧疏鬓影对西风，暗寻影事。宝珠阅世已陈芳，寻花还泻清泪。　　歌台舞榭胜国寺。黯销凝、何限罗绮。怕听梵音凄厉。叹龙华小劫，推排百计，愁入西廊秋声里。

鹧鸪天

聘月高楼炙玉笙，欢丛长记绣春亭。曲翻金缕歌犹咽，尊倒银蕉酒不停。　　心上事，负多生，烛奴相伴泪纵横。高丘终古哀无女，凄诉回风一往情。

浪淘沙慢·彊村下世已浃月矣，感念旧游，歌以当哭

岁华晚、沧江日短，冻雨次霎。高阁思悲菀结，望京遂暝倦睫。怅曲谱鹧鸪声乍阕。片云散、魂断苕霅。念华表胎禽去何许，江南暮天阔。　　凄切，夜台倘道千劫。向藕孔藏身，高寒感、耿耿心印月。怜老去阳阿，廿载晞发。恨肠自热。馀梦痕应在，陈芳宫阙。　　邻笛黄昏添呜咽。笺天恨、暗消语业。叹从此琴尊欢会缺。酹芳醑、一盏重泉，剩泪彻春兰，终古长无绝。

一萼红·暮春偕蠠弟瓠庵登崂山明霞洞观海

石栏阴。有缃桃一树，娇小不胜簪。箭路冲云，笋将穿岭，薄暮人意冥沉。碧山悄、松萝无极，渐梵呗、催起绕枝禽。青豆房栊，丹华洞府，且共凭临。　　缥缈隐娥珠阙[①]，怕蓬山鸟使，易损初心。海外云来，中原地尽，还怜残客相寻。羁思共、灵潮朝暮，送春归、难买万黄金。刻意参天寻碑[②]，不恨山深。

【注】

① 东海夫人名宋隐娥。

② 道旁有碑，刻“渡海参天”四字。

雪梅香

九日独游梵王公园，凉秋沉寥，木叶微脱。记去年焦庵招我焦山，信宿松寮，正此日也。抚时念远，倚声为此词。

对斜日萧萧，落木下亭皋。听鹢雌烟语，愁漪暗蹙江潮。楼笛吹残影娥月，水渶红到泰娘桥。黯枨触、旧雨神京，望断兰桡。　　朦胧隔年事，几点烟鬟，重忆松寮。刻画秋痕，枇杷黄亚廊坳。残霸江山几棋局，随缘湖海一诗瓢。澹兹夕、梦飐吴灯，阑外惊飙。

霓裳中序第一·青岛归途作

天雨似织，却背宾鸿归塞北。穷愁渐销酒力。正孤馆昼阴，虚檐烟涩。平芜自碧。渺去尘、春伴孤客。家何在，瑶京梦浅，又被乱山隔。　　无极，翠瀛荒汐。恼望眼阁扶片翼。灵修断无信息。长笛关山，虚舟踪迹。伥伥催去国。漫惜取、投人短策。空回首、沉沉暮霭，潮落海天黑。

满江红

青州城西范公祠侧水木明瑟。每值清明日士女翕集为踏青之人。乱后重游，感念盛衰，为赋此解。

水郭低杨，漾一缕、纸鸢风起。真不减、江南春晚，妒花天气。软翠沁尘车辙浅，轻烟笼树禽声碎。甚年年白袷学春狂，青丝骑。　欢约坠，随流水。斜照暖，娱残世。遍城南城北，愁多如荠。蕙盼兰情迟暮感，琴歌酒绪伤心地。待停鞭一笑问东风，人何似？

蕙兰芳引

归自青岛，倏忽秋深，忧生闵乱，枨触百端，歌和醇庵，并柬榆生广东。

湖海倦游，暂来酹、旧时明月。正万籁鸣秋，黄叶似人恋别。五更烛炧，奈断梦、乱鸡啼彻。揽乡心一片，飞入南云空阔。　归约乌头，新愁鹑首，暗雨呜咽。侭玉柱移宫，聊写衍波怨阕。行藏何处，怕歌散雪。生事忧、闲与岁寒人说。

过秦楼·题《讱庵填词图》

散圣安禅，逋仙招隐，罨碧旧家池馆。微云画境，皱水吟情，大好夕阳无限。投老剩有风怀，按拍尊前，浮生能遣。怅愁莺怨宇，瑶京回首，梦和天远。　　还念。想蜡屐寻诗，云鬟玉女，伴咏岳莲千瓣。吞声海曲，晞发阳阿，一夕羽音先换。哀乐无端，老怜笛谱家江，千尘搜遍。但丹铅送日，慵看枯棋万幻。

三姝媚·二月十五日梵王渡公园作

青莎明十里。飏游丝晴空，试衫天气。雾咤烟娇，有早莺争树，水边多丽。缱绻东风人意，共垂杨酣醉。乱眼明妆，积李崇桃，打围红紫。　　侧帽花前何似？向短约寻诗，旧狂慵理。百劫心期，怕蔫香易褪。讨春无地。费泪园林，斜日伴、危阑孤倚。瘦雪荼蘼开否，年芳漫系。

陈　寂

（1900—1976），字寂园，号枕秋，广州人，祖籍怀集（原属广西）。早年在粤东、南各地中学任教，后任中山大学教授。有《鱼尾集》《枕秋阁诗词》《粤讴评注》《二晏词选》等。

虞美人·十月十六日晚眺作

平生已分凄凉过，且伴寒山坐。断笳声咽送残秋，又是夕阳烟柳向人愁。　　几年飘泊还依旧，无奈空消瘦。可怜心绪不堪论，拟把一尊沉醉遣黄昏。

（1925 年）

鹧鸪天

百战山河草木腥，白头为客盼承平。谁知短晷山阳笛，却向蛮溪掩泪听。　　书断续，梦伶仃，故人江海数晨星。明朝不敢登高去，愁满西风野史亭。

（1943 年）

包树棠

（1900——1981），字伯蒂，号笠山，福建上杭人。历主集美航海学校、福建音乐专科学校、福建省立师范专科学校、国立海疆学校讲席。退休前任福建师范学院中文系教授。著作数十种，有《笠山诗集》《笠山词集》及《笠山诗话》。

声声慢·秋感

残荷收暑，弱柳惊秋，无聊客邸心情。叫彻鹧鸪，添来宋玉凄清。披衣石阑徙倚，看横江、渔火星星。初三夜、正玉钩斜挂，秋水方生。　　消息云边归雁，盼寄书难到，驿使遥程。劫换沙虫，飞声警电孤城。伤心析骸易子，效江南、哀怨兰成。听牧马，风萧萧、何处角声？

木兰花慢·鼓浪屿

正波澄海镜，满斜照，木兰舟。转曲岸风微，明沙沙退，浴鹭翔鸥。凝眸。雾林暮色，有摩空片石峙山陬。留作天南砥柱，几人挥泪神州？　　悠悠，白绕青浮。云树杪，出朱楼。自倚阑无语，画眉带恨，鹦鹉前头。帘钩。是歌舞地，听琵琶此日总生愁。台榭前王不见，国魂付与东流。

望海潮·读清高宗平台告成碑抒感

台澎形势，闽瓯屏蔽，千军直渡楼船。图籍甸畿，提封海峤，纵横扫荡蛮烟。豪气想当年。指断碑犹在，人说燕然。瞥眼河山，鲸鲵翻浪陡惊天。　　于今此恨绵绵。叹兴亡浩劫，呜咽流泉。襟上泪痕，天涯暮色，苍茫落照前川。怀古几流连。又中原鼙鼓，南海丝鞭。剩得囊钱沽酒，还上翠微巅。

高 亨

（1900——1986），字晋生，吉林双阳人。清华大学研究院毕业。历任东北大学、河南大学、武汉大学、西北大学、山东大学中文系教授。有《周易古经今注》《诗经今注》等著作十余种。

青门引

秋老江山净，白荻丹枫相映。满城风雨过重阳，重阳过了，更觉青衫冷。　十年历尽艰难境，磨得心如镜。一尘不著，只是深深，印个红梅影。

满庭芳·游泻红涧

狮岭青髻，鸡峰翠羽，平分午日瞳眬。乱山深处，流水泻残红。著屐寻芳未厌，怎奈春色成空。苍苔路、莺呼燕唤，留不住东风。　濛濛。烟树远，乡关望断，水叠山重。自虾夷伐鼓，便作孤蓬。坐看神州破碎，屠鲸事、付与英雄。归去也，此身无翼，怎得化飞鸿。

沁园春

东望神州，滚滚烽烟，莽莽边荒。叹金瓯形缺，铜驼影暗；沙虫泣月，猿鹤惊霜。河浪腥风，江潮血雨，麦秀黍离对夕阳。涂毒处，是千秋仇恨，一度沧桑。　　思量，往事堪伤。记当日仓皇去沈阳。更燕台飘泊，梁园羁旅，武关南下，鄂渚西航。万里流萍，八年零雁，直把他乡作故乡。家何在，有白山邈邈，黑水茫茫。

（1938 年作于四川嘉定）

夏承焘

（1900—1986），字瞿禅、瞿禅，晚号瞿髯，浙江温州人。1918 年毕业于温州师范学校。建国前历任杭州之江文理学院、无锡国专、太炎文学院、之江大学、浙江大学教授。建国后任浙江大学、杭州大学中文系教授，中国科学院文学研究所兼任研究员，中国科学院浙江分院语言文学研究室主任兼研究员，《词学》杂志主编，中国韵文学会名誉会长及多种学术职务。著作颇丰，由吴战垒编为《夏承焘集》共八册，浙江古籍出版社、浙江教育出版社印行，内收《夏承焘词集》《天风阁词集》。

鹊桥仙·过解县怀黄仲则

梅边山店，枕边城角，昨梦相逢奇绝。九原精爽逐人来，有一片马头黄月。　　高堂灯火，儿时声口，能学鹃啼猿咽。风前骨相问谁寒，正满眼中条残雪。

（1925 年）

浪淘沙·过七里泷

万象挂空明，秋欲三更。短篷摇梦过江城。可惜层楼无铁笛，负我诗成。　　杯酒劝长庚，高咏谁听？当头河汉任纵横。一雁不飞钟未动，只有滩声。

（1927 年）

金缕曲·胡汀鹭画家藏顾梁汾书寄吴汉槎《金缕曲》词笺，谢玉岑嘱题

展卷寒芒立。有当年、河梁凄泪，扪之犹湿。比赎蛾眉艰难事，多此几行斜墨。便万古神暗鬼泣。何物人间情一点，长相望、旷劫通呼吸。携酒问，贯华石。　　生还忍数秋笳拍。念苏卿、雁书不到，乌头难白。绝域头颅知多少，放汝玉关生入。天要与、词坛生色。渌水亭头行吟地，谢故人、轻屈平生膝。东阁酒，咽邻笛。

（1930 年）

石湖仙·题孤山白石道人像

朗吟人去。剩一片湖山，仍对尊俎。唤起老逋魂，能同歌远游章句。江湖投老，又看柳长亭几度。容与，招素云黄鹤何许？ 红箫垂虹旧伴，忆黄月梅边新谱。环佩胡沙，肠断江南哀赋。听角长淮，送春南浦，此愁天付。携酒路，马塍连夜风雨。

（1931 年春）

徵招·闻彊村先生十二月三十日上海讣，用草窗吊紫霞翁韵

乍惊辽鹤尧年语，骑鲸又传仙杳。楚些漫相招，正昏昏八表。半生垂钓手，应不恋、棘驼残照。一暝同忘，九州幽愤，五湖高操。 愁眺海东云，幽坊宅、花时梦游长绕。佛火数扬尘，念看桑垂老。鄞山青未了。更谁续、四明孤调？听鹃恨、怕有来生，奈暮年哀抱。

（1932 年春）

十二郎

客杭州之三年，始尽夜湖之胜。人定后舣舟苏堤待月，绕三潭折入里湖，高荷如幄，俯见银河，冷香袭人，如在梦境。少选，吴山出日，外湖绛云荡射，一镜皆赪。里湖犹残月疏星，荧然在水。一堤之隔，划分晓夜，尤为奇观。归用梦窗垂虹桥韵赋此。同游陈竺同有怀归之咏，并以调之。

梦华逝水，剩一鉴、冷光未凝。换语鹤湖山，听蛮灯火，过我翩然一艇，水佩风裳无人唱，问旧谱、凌波谁定？容独占鹭汀，一竿丝外，万千人境。　　归兴。浮家旧约，待描奁镜。挽百丈秋潢，白荷花底，看写高寒双影。问讯南鸿，江楼今夜，风露单衣冷。嘱晓角、莫唤城乌，隔水数峰犹瞑。

（1934 年）

一萼红

鹤望翁导游大鹤山人故居，水石未荒，已数易主矣。大鹤尝以白石此调赋园居，邀鹤望同赋。

短垣阴。黯题门墨泪，斜日散朋簪。棋劫湖山，酒悲身世，到眼灯炮歌沉。讶何处、吴娘碎语，是叶底、相唤旧青禽。邀笛帘空，吹花径合，听角愁临。　便道一闲天放，问娃乡鬓雪，送老何心？化鹤归迟，拜鹃泪尽，关塞旧梦难寻。吊残霸、当门悴柳，几番看、丝眼变衰金。辛苦啼乌，夜来树树霜深。

（1935 年）

虞美人·望孟劬翁南归

百书一面重回首，归计吴侬后。严滩负了钓丝风，莫问铜驼陌上约相逢。　燕南赵北今何世，鹃语堪垂涕。围城玉貌十年心，忍见幽州日与陆同沉。

（1937 年）

水龙吟·丁丑冬偕鹭山谒慈山叶水心墓，时闻南京沦陷

九原人比山高，海云过垄皆奇气。草间下拜，风前共忍，神州凄涕。梁甫孤吟，南园尊酒，谁知心事？招放翁同甫，精魂相语，南渡恨，鹃声里。　　沉陆相望何世。送千鸦、苍茫天水。遮江身手，可堪重听，石城哀吹。临夜回飙，排阊馀愤，定惊山鬼。待铜铙伴打，收京新曲，唤先生起。

（1937 年）

水龙吟

题霜崖翁遗札。翁以己卯三月十八日谢世云南大姚村，后八日方闻其讣，后半月接其三月十日书，作此志痛。

要离冢畔青山，五噫歌罢愁风雨。滇云南望，烽高雁断，此行良苦。楚畹都空，吴歈纵好，何怀故宇？诵远游一喟，昆仑阆阖，骖鸾到，鞭龙去。　　昨夜天风一纸，伴清箫、梦中亲付。开天旧事，人间谁记，霓裳宫羽。风洞山头，杜鹃声里，神游前度。料逢迎犹有，村姑野老，唱霜花谱。

扬州慢·送丁怀枫归扬州

　　白雁谣长，啼乌泪尽，江船归兴何浓。折秋花赠别，满鬓是西风。寻梦路、已非故国，竹西消息，歌断箫空。看二分月底，惊飞阵阵哀鸿。　　春衫白纻，正年年、邀约芒筇。奈回首先惊，山河垆下，身世墙东。珍重冰霜颜色，涉江人、手把芙蓉。梦锦囊醉墨，春风世界重逢。

（1939 年）

洞仙歌·沪市见卖盆梅，念西湖红萼，有天末故人之思也

　　灯唇酒眼，唤芳魂不起，梦里前游堕烟水。怎初归金屋，便改冰姿，浑不管、容易尊前换世。　　西湖香影曲，谱入琼箫，不是幽人旧宫徵。双鹤欲何归，黄月楼台，但一片、暗尘哀吹。莫问我天涯岁寒心，忍满面风霜，与春回避。

（1941 年）

洞仙歌·庚辰腊月，东坡生日，
与诸老会饮，归和坡韵

词流百辈，望惊尘喘汗，回首高寒一轮满。
料海山今夕，伴唱钧天，笑下界、无限筝繁筑
乱。　　竹枝三两曲，出峡铜琶，打作新腔满江
汉。忍听大河声，四野哀鸿，盼天外、斗横参转。
但羽觞黄楼几时归，怕腰笛重吹，梦游都换。

（1941 年）

玲珑四犯·过旧友寓庐感事

听笛江关，已过尽春鸿，还劝离罦。残柳官桥，
日日送春车马。妍唱艳舞谁家，漫斗扫、淡蛾如画。
数燕环、一例尘土，临影定惊腰衩。　　不成便
没相逢梦，漏沉沉、似年遥夜。当时背面回身地，
重到馀凄诧。谁信镜约易寒，应相惜双鬟无价。
待东窗、换了颓阳，才许袖罗重把。

（1942 年）

长亭怨慢

壬午四月十九日，闻海东近讯，日军有败象，次日与无闻上海周园看樱花，缤纷谢矣。

忍阁定、泪珠相觑。绝世芳华，尽情风雨。阅劫楼台，沉沉笳语燕无语。关山心事，算只有、鹃啼苦。辛苦劝春归，可自信、欲归无路？　　归去。任飘江浮海，难过河干淮浦。流红旧水，有波底、蛟腾龙怒。是旧识、垂柳垂杨，也能作、漫天风絮。剩一寸乡心，便托鹃魂怎诉？

（1942 年）

虞美人·感事

千红一片残鹃血，犹自惊啼鴂。双鸳头白尚思归，莫待红桑谢了海尘飞。　　关山夜夜闻孤管，数尽更长短。情天老了梦沉沉，只有一星识我倚楼心。

（1942 年）

贺新郎·雁荡灵岩寺与鹭山夜坐

办个蒲团地。好同君、僧房分领，十年清睡。钟鼎箪瓢都无梦，但乞松风两耳。便无事、须人料理。倦矣平生津梁兴，念兵尘藕孔今何世？滩响外，夜如此。　　昨霄梦跨双鸾逝。俯下界、云生云灭，洞箫声里。唤起山灵听高咏，山亦阅人多矣。问磊落英奇谁是？突兀一峰云外堕，更破空、飞下天河水。山月落，晓钟起。

（1942 年）

洞仙歌

龙泉夜读《中州集》，念靖康、建炎间北方故老，当有抱首阳之节者，遗山不录生存，遂不传一字，感近事作此。

扶风歌断，数孤亭野史，千载幽并几奇士。任琼华艮岳，自换斜晖，都不管、栗里山中甲子。　　宝岩清梦了，一老闲闲，来领英游阅朝市。回首乱山鹃，啼过青城，还艳说、洛阳花事。可知有江南老龟堂，正盼凤招麟，为君横涕。

（1943 年）

水调歌头

九月十七日灵岩寺楼夜起看月，万峰雪玉相映，光景奇绝，作此寄鹫山。

谁种万莲朵，镜破一青天。天边看涌凉叶，云片各田田。我挈横江鹤梦，来觅藏身藕孔，尘劫此何年。欠子一枝笛，离思满风烟。　　千嶂顶，倘招手，有飞仙。笑予不肯轻举，未了几吟篇。唤起五峰浪语，重对双鸾天柱，掷笔复茫然。一笑愧禅老，闭户已酣眠。

（1944 年）

洞仙歌·重到杭州

过江乡讯，负谢邻燕子，归梦年年画难似。怎招来旧月，正好听箫，又城角、吹愁如水。　　六桥携酒约，盼得春来，第一番风遽如此。吩咐试妆人，慢画眉峰，怕明日、还无晴意。谁会我江湖种花心，又料理锄笭，杜鹃声里。

（1945 年）

洞仙歌·戊子中秋前夕，钱塘江口王盘洋看月

闲鸥没处，看连峰突起，一浪一番换人世。倚危栏轻命，不待言愁，中年感、禁得茫茫对此。　　舵楼呼酒去，吸尽青天，梦踏蛟宫似平地。镜影问姮娥，不见山河，但积雪层冰无际。笑绮阁秋人赋相思。也解道今宵，月华如水。

（1948 年）

编者按：以上词录自《天风阁词集》，以下词录自《天风阁词续集》。

齐天乐·重到杭州

十年南北兵尘后，西湖又生春水。鸥梦初圆，莺声未老，知换沧桑曾几？湖山信美。莫告诉梅花，人间何世。独鹤招来，伴君临水照憔悴。　　苏堤垂柳曳绿，旧游谁识我，当日情味。禅榻听箫，风船啸月，笑验酒痕双袂。嬉春梦里。又一度斜阳，一番花事。如此杭州，醉乡何处是？

（1927 年）

水龙吟·壬申五月，之江诗社集秦望山

乱莺换了春声，客怀渐爱危阑凭。垂杨西北，千红一瞬，啼鹃怎听？渡海箫声，过江诗句，暂同高咏。笑昂藏自放，观天双眼，年年向，樽前醒。　　下界浮云未定。待张筵、上昆仑顶。沧洲回望，扇尘乍敛，斜阳欲暝。烟艇呼鸥，水楼传盏，且迟清兴。任江城入暮，鱼龙风恶，又寒潮打。

（1932 年）

水调歌头

我有一丝泪，弹泪与姮娥。九秋江上潮汐，千丈接银河。和泪经天东注，赤手凭谁倒挽，一夜洗兵戈。隔岸有牛女，鹊背两滂沱。　　携铁板，吊金狄，抚铜驼。人间天上，年年幽怨问谁多？满眼北风白雁，招手西台朱鸟，此曲不能歌。明镜莫重验，一寸旧横波。

（1933 年）

燕山亭·元日超山宋梅亭作

孤角风前，不诉暝愁，重叠关山哀怨。一线斜阳，难挽飘零，烂漫岁华虚转。流水前村，比环佩、曲中人远。惊换。又旧月楼台，海尘吹满。　　休问高处春寒，只一面东风，已飞千片。双栖翠羽，纵守苔枝，天涯梦痕同短。绿遍湖堤，恐万树、暗香齐断。横管。仍伴和、山猿夜半。

（1935 年）

水调歌头·丁丑中秋，南北寇讯方亟，和榆生

今夕汉家月，含恨向谁圆？胡尘弥满银界，劫外几山川。谁击虚空粉碎，纵有灵光不昧，飞辙若为安？霜吹不堪听，秋梦一城寒。　　据梧客，依树鹊，各无眠。广寒儿女何苦，风露斗婵娟。盼到十分圆好，谁料五云蓬岛，后夜亦桑田。海水飞不尽，秋泪欲经天。

（1937 年）

水调歌头·赠朝鲜志士

　　短筑唱先咽，大白泪同吞。九原荆聂相望，耿耿几精魂。照眼光芒百字，瞰户咽填万鬼，风雨正昏昏。一映吐真气，翻海倒昆仑。　　归国谣，收京乐，付诸君。当场只手能了，儿女莫霑巾。待饮黄龙杯酒，忽动长城鼓角，黯黯九边尘。我亦有孤剑，植发望燕云。

（1937 年）

金缕曲·辛巳重阳闻雁，寄滇蜀故人

　　懒赋登高句。望人间、青山影断，盘雕没处。独守孤灯听雁阵，相唤千俦万侣。凄咽似、送春鹃语。冰雪故交馀几辈，料相逢、都在关山路。书不到，恨难诉。　　邻家弦上平沙谱。问佳人、玉纤银甲，能无愁否？我有商声乌啼曲，难和庭花玉树。但绕指、秋空风雨。拣尽寒枝栖不稳，算羁孤始信飘流苦。霜吹里，夜如许。

（1941 年）

俞平伯

（1900——1990），原名俞铭衡，笔名屈斋，浙江德清人。1919 年毕业于北京大学，1921 年与茅盾等十二人发起成立“文学研究会”，次年与朱自清等创办《诗》月刊。曾在燕京大学、清华大学、北京大学等校任教。建国后，任北京大学教授、中国科学院哲学社会科学部文学研究所研究员。有《红楼梦研究》《燕郊集》《俞平伯诗全编》等。

齐天乐·残灯

沉沉寒雨如年夜，西窗只馀凄哽。渐减清晖，频移永漏，自惜伶俜孤影。瞢腾梦醒。已金粟垂花，玉荷生暝。几许兰膏，为谁辛苦镇长炯。　　华堂欢宴乍歇，背人深拥髻，娇倩曾凭。未驻春嬉，唯怜岁晚，咫尺天涯愁凝。凭伊管领。点无际昏茫，一星犹迥。伫立遥天，晓风帘外冷。

蝶恋花

闻寅恪言，今岁太液池及公园荷花均盛于往年。余惜未往观，新秋初三日始偕莹环至公园。今年六月逢闰，秋凉较早，偶徘徊临水，同赏一退红莲，秋晚岑寂，翠叶成群，孤芳在眼，谓有遗世之心，迟暮之感焉。昔白石翁好作词序，余所作视翁何如，而亦有为序之举，弥可哂矣。

睡起残脂慵未洗。却忆斜阳，小立明秋水。憔悴心怜花妩媚，好花可管人憔悴？　　今日初三眉月细。已见西风，叶叶摇波翠。明日重来看汝否？沉吟对汝都无计。

苏幕遮·新月

碧天沉，红日丽。银样镰弯，时样眉弯翠。终古问谁猜此谜。才卷帘衣，一剪西方媚。　　未辉光，先旖旎。青姊迟来，我侑长星醉。秋永尘寰添一例。约袖盈盈，不拜团圆你。

玲珑四犯

坐公园古柏下，斜日高树，一片明瑟。情异儿时，怃然成咏。

支柱晴空，淡树色轻飔，金翠零乱。飒合萧森，如画冷红愁颤。枯坐念我无憀，共旧迹旧情都换。倚暮天约略年时，深巷夕曛还暖。　　货郎挑担迎门看，叩圆钲卖糖声软。灯前怕读欧阳赋，凄绝垂髫心远。尘梦有忆温馨，乳燕春来频见。怎凤城秋早，归思迥，难排遣。

浣溪沙

夜久谁来款绮寮，空庭渐有屐声高。黑貂裘上雪鹅毛。　　乍握柔荑欢意浅，重逢樱颗旅情骄。倾残银蜡泪花飘。

浣溪沙

飒飒西风夜已凉，灯清人也倦思量。薄帷如纸月如霜。　　为盼归鸿舒泪眼，飘然黄叶满江乡。遥知此夕共茫茫。

（1922年10月8日纽约城作）

鹧鸪天

明镜为缘贮好春，亦缘春恨见眉颦。年光何似西流水，风月皆为陌上尘。　　思俊侣，感前因，落红如海乱愁新。渔郎归后无相识，赢得仙源梦里身。

陈沧海

（1901——1964），原名季章，浙江温岭人。浙江两级师范毕业，为李叔同弟子。后就读于厦门大学，以病辍学。曾削发为僧，法名蕴光，四十年代初还俗。有《拈花词》《遗珠词》《味雪诗》等。

忆秦娥

荒畴阔，黄沙碧海斜阳没。斜阳没，肩挑泥担，手撑腰骨。　　三春何处花枝发，三冬愈见乾坤白。乾坤白，晓天霜雪，老农鬓发。

鹧鸪天·秋雨

绿涨寒池日夕催，巴山久绝故人杯。梦从遥夜檐前断，愁自残蕉叶上来。　　云雁杳，泽鸿哀，楚天风物漫低徊。旧时落帽龙山路，剩有黄花带泪开。

满江红·吊文信国

　　敌忾同仇，痛敌国、山河变色。便从此、玉楼罢吹，金戈歼敌。公子生涯曾是梦，男儿肝胆原如铁。只伤心回首望南朝，风云歇。　　三载狱，无天日。利难诱，威空胁。到头来、不屈胡廷双膝。碧血香凝青史卷，丹心光夺中天月。问世间、有几读书人，如公节？

唐　兰

（1901——1979），号立厂，浙江嘉兴人。北京大学教授。长期从事文字学、史学及文物考古工作，论著甚丰。

虞美人（二首）

冬至后与侗伯、立之两公市楼望雪，戏用彊村翁拟小山二词韵并效其体。

（一）

来鸾飞舞临妆镜，似絮浑无定。薄寒帘幕晚风开，俯见瑶林琼树似曾来。　　阿谁梦忆越溪上，月底舣孤桨。谢娘消息旧书笺，欲待春塘水涨寄时难。

（二）

瑶台谁说如天远，刚是天心转。玉妃舞困倚银床，道是薄施铅粉不成妆。　　清时只爱无能味，愁也何须避。但都不似水东流，拼得暮时堆上万千愁。

胡士莹

（1901——1979），字宛春，室名霜红簃，浙江平湖人。1920 年考入南京高等师范，从刘毓盘、王瀣、吴梅诸词曲名宿受业。毕业后任南京、扬州各中学国文教员。1940 年后，陆续执教于暨南大学、无锡国专、复旦大学、圣约翰大学、光华大学、之江大学文学院。建国后任浙江师院、杭州大学教授，1961 年兼任中国科学院浙江分院语言文学研究员，研究生导师。著有《话本小说概论》《弹词宝卷书目》等多种，早年所作《霜红簃词》，收入《宛春杂著》。

霜叶飞·谒明陵用梦窗韵继声越作

暮天游绪。车尘外、荒陵鸦绕昏树。四山花冷杜鹃春，谁吊清明雨？叹一霎、风流逝羽。神碑坚卧莓苔古。念杏绿桃绯，草际拾、遗宫废瓦，薄烟横素。　　还记故国衣冠，韩陵片石，过客千载愁赋。禁门铜辇想承平，指点行人语。挽落日、垂杨万缕。年年潮打空城去。待酒醒，休回望，殿角觚棱，怪鸥啼处。

蝶恋花

　　陌上钿车春共远，懊恼芳心，暗逐香轮转。几日絮云吹不断，东风冷却闲庭院。　　曾记桃花窥半面，香沁罗衣，泪湿双飞燕。旧日绿杨犹梦见，红楼那角寻思遍。

木兰花慢

声越寄示此调，词旨哀婉似蒋鹿潭。微昭和之，余亦继声。

　　倚危楼一角，看落日，大旗遮。指一发中原，百年乔木，草草京华。昏鸦衰杨自恋，叹飘零王谢燕无家。谁道风流老子，犹歌铁板铜琶。　　空嗟。往事委尘沙，客思乱如麻。奈野店鸡声，霜桥马影，岁月无涯。兵车辚辚几度，怕江山开遍杜鹃花。多少蘼芜巷陌，伤心付与秋笳。

浣溪沙

　　漫寄明珠缭绕簪，断无消息报青禽。五更风雨十年心。　　紫玉双枝灯影浅，红绵一枕泪痕深。不辞憔悴到而今。

夜飞鹊

红栏印江水，肠断回波。排日倦领笙歌。霜
笳一夜迸秋起，荻花枫叶愁多。昏烟荡无霁，暗
斜阳楼阁，涕泪关河。经年赋笔，尽消他、铁马
金戈。　　怜我醉襟尘帽，江上易西风，惊见驾
鹅。憔悴莺花旧客，承平年少，回首如何。笑桃门巷，
惯凄凉、尚有人过。但红桑如拱，空尊自酹，冷
月荒萝。

秋霁·寄怀声越鸳湖用梅溪韵，时江浙风云日亟

残照离亭，问旧袂京华，几染尘色。闹叶辞秋，
阵云流暝，病怀暗销吟力。故园乍息，野桥一桨
莼波碧。念水国，应笑浣花江上少年客。　　临
槛驻笛，坐月移尊，旧游低徊，诗酒今寂。对西风、
霜襟细说，芦花先我头竟白。何处鹧鸪行不得。
怕乱烽起，惊见满地江湖，雁投荒渚，马嘶危驿。

莺啼序 · 秋感和梦窗

烽烟莽然四起，黯千门万户。岁华晚、兰泽行吟，楚客空感迟暮。画楼外、长风雁急，骚魂暗绕天涯树。怪秋来离绪，纷纷竟成春絮。　　独立苍茫，酒醒梦冷，奈愁浓似雾。剑花冻吹裂霜袍，壮怀消尽平素。悄登临、云横塞北，指一发、江南如缕。问沧波、多少闲盟，漫猜鸥鹭。　　当时紫燕，此日黄花，寂寥伴倦旅。且俯仰百年身世，事往肠断，画角荒鸡，晦明风雨。沧洲旧恨，关河残霸，承平箫鼓浑无赖，甚扁舟、短楫秦淮渡。旗亭败壁，伤心故国斜阳，岁月总是尘土。　　哀歌自拍，怨曲重招，早泪凝白苎。但听遍、笳声一概，海水群飞，到处江山，怕闻歌舞。回头一笑，人间何世，鱼龙风恶波浪浊，望神州、谁作中流柱？刀光旗影萧萧，野哭魂归，杜鹃化否？

八声甘州·九月避兵海上感赋，用梦窗韵

怪天涯飘泊似杨花，离怀恁零星。正旌旗四出，群山无语，笳鼓连城。剑气刀光不断，草木亦膻腥。忍听哀鸿唳，满地秋声。　　回首铜街车马，倘歌休舞倦，月冷花醒。漫穷途雪涕，相向眼谁青？念家山、鹤愁猿病，问甚时归梦落寒汀？披襟望，又危樯外，风卷云平。

六幺令

绿波芳草，南浦黯然别。此时此情深诉，鹦鹉苦饶舌。取次离歌怨曲，吹得琼箫咽。酒醒寒怯，行云空远，一镜眉山正愁绝。　　前度楼头陌上，未解丝杨结。昨夜风雨声声，又送花时节。不信残春归去，梦冷衾尘热。江南三月，吟红写翠，总是相思杜鹃血。

扬州慢

丙寅秋暮，旅食白门。东南烽燧，又逼故乡。因拈白石此调写之。忧生念乱，情见乎词。

古垒旗挛，夕林鸦飐，画笳正沸危城。看单衣匹马，又落叶长征。算烽火频年已惯，旧家楼阁，犹倚秦筝。甚哀丝豪竹，尊前无泪堪倾。　　故园怅望，莽斜阳、一片鹃声。奈岁月栽桃，关河种柳，憔悴兰成。况忆弟兄南北，（时煊弟客厦门，焌弟客济南）登高处、更不胜情。叹芦花身世，秋来一样飘零。

念奴娇·秣陵岁暮，得微昭杭州书，却寄

故人不见，对江山似画，依然凄丽。裙屐千秋湖上路，销尽剑铗龙气。髡柳霜桥，蟠松雪圃，幽兴还慵理。梅花无恙，岁寒遥想高致。　　甚日猿鹤同招，烟萝深隐，旧梦追驴背。一证禅心清梵寂，独醒沧波何地？冷月林梢，斜阳木末，未断凭高泪。可堪南望，乱云如墨无际。

浣溪沙

十二楼西紫阁东，银灯如雪月如弓。风光约略去年同。　　江水难量深浅意，巫云欲断去来踪。不成幽忆转朦胧。

鹧鸪天

镜里朱颜一晌非，泪痕新旧间罗衣。残红尽逐东流水，万一多情肯向西？　　从别后，忆将离，小屏虚幌恨依依。东风错种相思柳。镇日青青不展眉。

齐天乐

乱鸦啼破荒崦梦，层阴渐凝穷野。门柳披风，汀芦飏雪，送尽长桥车马。湘帘漫挂。尽添了吴绵，晚寒犹怕。唤起秋魂，一丸霜月逗林罅。　　西楼人去未远，烛花红换世，杯共谁把？泪掩哀筝，愁挥醉墨，赢得中年陶写。殊乡恨惹。奈菊驿枫邮，客袍慵卸。历历星河，素书催雁下。

西子妆 • 西湖兵后，故人云集，眷念昔游，曷胜依黯，赋此寄怀

粘草屐香，倚花笛醉，旧赏西湖亭馆。小楼风月不胜春，绕六桥、梦魂零乱。胡尘事远。剩南渡、江山一片。冷斜阳、想柳边花外，劫灰仍暖。　　烟萝伴、北岭南峰，记否腰脚健？玉尊断送少年狂，恁匆匆、舞葱歌茜。无多泪眼。料西子、残妆羞见。问沧波、可许征衫共浣？

徐震堮

（1901——1986），字声越，浙江嘉善人。毕业于东南大学文史部，从王瀣、吴梅受诗、词、曲之学。通英、法、德、意、俄、西班牙六国文字及世界语。生前历任浙江大学、华东师范大学教授，华东师大古籍整理研究所所长、博士研究生导师。著有《唐诗宋词选》《汉魏六朝小说选注》《三家注李长吉歌诗》《敦煌变文集校记补正》及《再补》《世说新语校笺》、《梦松风阁诗文集》等。

霜叶飞·谒明陵用梦窗韵

　　帝京遗绪。空山里、萧萧风起陵树。庙门杯酒酹沧桑，天半神灵雨。但寂寞、金支翠羽。荒祠谁拜衣冠古？望淡日觚棱，剩拂拭残碑薜字，托情豪素。　　因念画壁前朝，朱轮贵里，故国兴废谁赋？女萝山鬼冷秋坟，付与残僧语。算独客、牢愁万缕。疲驴归趁斜阳去。背暮山，重回望，殿阁微茫，乱云深处。

（1922 年）

临江仙

镇日情怀如中酒，依依绕砌闲行。忽随蝴蝶到中庭。夕阳红薄，花影不分明。 长记那回高阁上，倚栏同看双星。如今相望隔重城。绮窗朱户，留月照银屏。

（1923年）

高阳台

泪印书鸦，尘惊筝雁，赚人终是华年。吹絮帘阴，东风摇梦成烟。柳丝系得斜阳住，甚亭台、换了啼鹃。又无端，旧事零星，都到尊前？ 如今暗雨衰灯外，但飘零酒盏，掩抑朱弦。海思云愁，不堪料理吟笺。红楼咫尺关情地，寄瑶华、枉托芝田。太凄凉，燕语黄昏，第几阑边？

木兰花慢

　　听荒城雾角，正千里，阵云遮。问满地江湖，连天烽火，何处京华？惊沙。回旋大野，算十年、开遍战场花。多少锦衣绣裼，谁怜杜老《兵车》？　　交加。风雪绕天斜，肠断后栖鸦。叹汉月何年，青山一发，残泪飘筕。天涯。旧人尚在，恐江南、燕子已无家。回首冷云江上，愁闻商女琵琶。

八声甘州

　　指冻云城阙阵鸦回，珠帘月如弓。正梦啼秋水，酒悲高阁，霜枕来鸿。苦恨星寒剑涩，一叶感飘风。千万蓬山路，青鸟难通。　　莫问旧时阑楯，早梁空尘冷，憔悴珍丛。唤炉峰小雁，魂影隔冥濛。似仙人、观枰柯烂，现海山、弹指彩云空。天人感，听残灯外，街鼓鼕鼕。

（1926 年）

唐多令

暝色夺归鸦，秋风引断箛。任愁云糊住窗纱。黄叶声多灯影薄，又魂绕，旧天涯。　　魂绕旧天涯，珠帘燕子家。有当时春水春霞。一片夕阳烘涕泪，照江上，去帆斜。

木兰花令

支颐默数桥南树，策策阵鸦催急雨。青溪寂寞柳弯腰，几日西风吹不去。　　虫窗驼坐愁如絮，黄叶声中惊得句。一重树影一重帘，最是秋来难画处。

蓦山溪·北书至，有感，却寄

看花迸泪，惯到残春病。门掩绿苔深，正愁绝、天涯芳讯。杜鹃声里，强起倚阑干，寒犹凝，红成阵，寂寞江南景。　　烽烟北望，寸寸关河影。慷慨筑声哀，甚荆高、风流顿尽？平原绣出，笑煞卖浆家（时晋阎据平津抗命），长剑耿，孤檠静，我辈生涯定。

月华清

戊寅（1938）闰七月之望，白露始降，避地沪壖，已逾半载，诵杜陵"露从今夜白，月是故乡明"之句，为之黯然。

客枕迎凉，虫窗款夕，酒怀吟事都懒。赁庑光阴，忽忽素秋将半。溯归心、残梦河山；顿闲泪、暗蛩庭院。愁畔。有谁家怨笛，雁帘孤卷。　今夜清光还满。奈露湿梧宫，草迷萤苑。菱唱江南，凄入倚楼心眼。倩箫声、唤起城乌；问何处、旧巢堪恋？魂远。傍西风茅屋，绕枝千转。

念奴娇·用东坡居士韵，继宛春作

劫灰红处，莽天涯、谁是人间英物？整顿乾坤须此手，莫学灵均呵壁。倚剑空同，洗兵辽海，气作胥涛雪。泰山难撼，背嵬多少豪杰！　君看鼙鼓声中，雄狮睡起，一怒春雷发。指点蓬莱清浅水，会见胡氛当灭。麟阁功名，龙门史笔，不负将军发。一杯笑属，汉家无恙明月。

水龙吟·挽瞿安夫子（戊寅）

伤心海雪诗人，抱琴竟向蛮中老。干戈满眼，田园万里，王风蔓草。药裹关心，长镵托命，瘴江春渺。记南明旧事，玉箫曾谱，缄愁地，今亲到（先生早年有《风洞山》传奇，谱瞿忠宣事）。　　廿载湖山吟啸。都付与、秣陵凄调（吴骏公《秣陵秋》传奇多沧桑之感，先生最为激赏）。画船携酒（讲学南雍日，赁秦淮画船曰"多丽"，休日辄与友朋为诗会），玄亭问字，前尘如扫。虎阜埋云，蛉川涨雨（卒于云南大姚），骑鲸路杳。剩哀时馀泪，大招赋罢，洒霜花稿（卒前以自定词稿邮沪，乞序于夏映庵，书未付梓而先生已归道山矣。）

（1938 年）

鹊桥仙

萤流暗竹，蛙鸣浅水，夜静阑干独倚。热风吹得酒唇干，知身在、何人梦里？　　乱山深处，芳春过了，惆怅云鬟玉臂。谢郎愁鬓上新霜，空解道、月明千里。

临江仙

晓枕绿分帘雨，夜窗红谢瓶枝。一春不是不相思。稍谙为客趣，懒赋忆人诗。　　梦里梅花故国，愁边燕子来时。羁情畏被柳条知。何人携玉笛，偏傍画阑吹。

（1940 年）

清平乐

镜中眉影，瘦比年时甚。帘卷东风寒食近，天气阴晴难定。　　黄昏丝雨阑干，青山一片啼鹃。不是垂杨多事，那知春在人间。

临江仙·风雨龙吟楼呈养癯先生，和瞿禅

种树已看过屋，买云便欲将家。小楼杯酒送年涯。天风澎翠壁，乡月咽胡笳。　　俯视茫茫尘世，几多猿鹤虫沙。何人丈室散天花？且携黄岳梦，来赋赤城霞。

鹧鸪天·赠瞿禅

有客相从寂寞滨，书堂遥忆谢家邻。新词漫遣供惆怅，矮屋犹堪一欠伸。　　歌抑塞，酒逡巡，未妨高卧北山云。龙蛇影里钩帘坐，不染西风庾亮尘。

水调歌头

山中月色甚佳，与瞿禅徘徊松影间久之，走笔为词，邀瞿禅和，兼戏江冷。

何处无明月，秋色满人间。不知今古几客，如我两人闲。却似承天寺里，荇藻满庭交影，回首一千年。公复知吾否？一笑问坡仙。　　几回看，天倚杵，海成田。更后千年相见，鹤发已垂肩。寂寞广寒宫殿，桂树团团露湿，下有老蟾眠。唤起为公舞，吹笛万山巅。

朝中措

连宵风雨禁窥园，坐卧一楼宽。倦枕渐消吟力，深杯强敌春寒。　　千红万紫，一齐收拾，付与啼鹃。唯有苔痕得意，朝来绿上阑干。

龙山会

竹楼风暮,与敬老、瞿禅、季思、心叔取词调中有风雨龙吟楼字者各拈一调,余得《龙山会》。

石上尧年树,冷露无声,稳作骊龙睡。四山云气合,凝望久、鳞甲森然欲起。凉吹入虚阑,岁华晏、吟屏倦倚。似年时春江暝宿,雨来潮尾。　　山阁夜永钩帘,但有鳌蟾,为铜仙无寐。乱鸦啼恁早,灯晕冷、依旧钧天如醉。溪晓不闻钟,动檐马西风万里。暗漏递,梦正在、沉寥云水际。

百字令

丁亥(1947)中秋前一夕,与诸公会宛春山斋,围尊待月。

空山烟敛,晚香飘、风堕遥天笙磬。十二玉楼云栉栉,伫想一夜端正。秋色西来,流光东注,不负尊前兴。姮娥何事,背人偷掩鸾镜?　　我欲烂醉高歌,举杯相属,中有沧桑影。老桂婆娑谁斫却,放出清光千顷。无定河边,纥干山上,几处霜华冷。一声裂笛,四山栖鸟都醒。

姜世刚

（1901——1986），字毅然，天津人。北平美术学院肄业。建国后，历任天津人民出版社及天津杨柳青画社编辑。曾参加梦碧词社与延秋词社。

长亭怨慢·两宋词人分赋，得吾家白石

叹词客、飘零如此。野鹤孤飞，冷鸥闲寄。半壁山河，独弦高唱倍心悴。遣愁无计。聊写出，凌云气。白石洞天旁，领略尽、浮峦晴翠。　且喜。小红低唱罢，回首水天无际。西泠几度，泛小艇、鸳鸯曾记。自去后、冷落湖山，总输与、塍花妍丽。听十四桥边，时有箫声清细。

庆春宫·壬子除夕访梦碧，雪甚，不及见而归

雁怯僵弦，莺沉远树，夜寒渐满春陌。唤起玉龙，翩翩欲舞，飞琼将洒天末。王郎休赋，念桃叶、孤芳自发。情怀长绕，歌底樽前，茜裙愁压。　斜街旧泪飘灯，鸥梦依依，醉魂一霎。馀辉空照，幽阶人独，天际寒云如墨。罢催箫鼓，雪花粘、一簪华发。断肠谁续，回首孤城，冷飙自阔。

黎心斋

（1901—1988），字廷棨，广东顺德人。早岁毕业于广东省立法科大学。1949 年后居香港。有《心斋诗词》。

鹧鸪天·瓶菊

恨结西风瘦不禁，卷帘消息奈沉沉。终悲明旦非今日，真恐寒花有碎心。　　山已断，梦犹寻，孤云谁念抑江浔。一瓶故国遗香在，浅水相逢意度深。

扬州慢·秋日澳门松山

风约轻阴，天怜倦客，好山还付闲行。叹潮吞远岸，教逝水何声。望东望、云昏山断，人秋并老，空守峰青。甚粘天帆影，蹉跎犹滞归程。　　十年几劫，料苍松又讶飘零。剩笔底幽蛩，吟边病叶，一往凄清。憔悴千生休问，霜红外、冷落堪惊。尽琼楼如画，总输蔓草滋荣。

唐圭璋

（1901—1990），字季特，满族，先世驻防江宁甚久，遂寄籍为南京人。1928年毕业于中央大学中文系。历任中央大学、南京大学、东北师范大学、南京师范大学教授。晚年为博士研究生导师兼国务院古籍整理规划小组顾问、中国韵文学会会长、中华诗词学会名誉会长、《词学》杂志主编等。为吴梅弟子，毕生致力于词学。编纂《全宋词》《全金元词》《词话丛编》，著《唐宋词简释》《宋词三百首笺注》《词苑丛谈校注》《宋词纪事》《宋词四考》《词学论丛》《元人小令格律》等二十馀种。自为词名《梦桐词》，附于《词学论丛》内行世。

绮寮怨·倚清真四声

满眼神州沉醉，海风吹异腥。背水驿、照野旌旗，斜阳里、浩气填膺。牛羊纷驰塞北，英雄恨、解甲双泪倾。叹杜鹃、溅血千山，销凝久、故国空梦萦。　　乱世寄身似萍。烽烟遍地，江关顿怨兰成。画角凄清。奈憔悴，懒重听。追思汉时飞将，扫寇虏，万方宁。楼高易惊。寒星照永夜，潮未平。

高阳台·访媚香楼遗址

晓梦迷莺，暖香簇锦，秦淮曾照惊鸿。花里调筝，垂杨十里东风，南都盒子争罗帕，算儿家、第一玲珑。想柔情，描黛双修，灯影纱红。　　尘飞沧海江山换，念天涯客子，一例飘蓬。薄命春丝，知谁重访芳丛？冰绡洒血贞心在，也应羞、中阃元戎。吊兴亡，斜径苔深，何处遗踪？

踏莎行·拟饮水

残月供愁，断鸿传恨，新来苦作春蚕困。今生无分惜婵娟，他生可有鸳鸯分？　　翠被寒侵，金炉香烬，千回百转无人问。赠君那得觅明珠，空馀双泪凭君认。

琵琶仙

甲戌春，同榆生游莫愁湖，湖涸楼空，四顾凄清，因相约为赋，依白石四声。

烟渚莎萦，暖风漾、乍立垂杨阑曲。天半潮落澄江，千帆蔽林木。鸥梦远，蘋洲望断，问十里、藕吟谁续？一卷生绡，齐梁旧月，伤尽心目。　怅无计、消得春愁，共清赏、天涯爱幽独。尘网文梁题字，只平芜新绿。花外引、红襟燕子，尚一双、软语空谷。隔岸天阔云闲，翠峰如簇。

忆秦娥·怀中敏栖霞

西风咽，梦魂长绕栖霞月。栖霞月。万人如海，一人愁绝。　关山直北劳吟睫，眼前红叶心头血。心头血。悲歌慷慨，唾壶敲缺。

忆秦娥·萤

穿修竹，夜深一点微微绿。微微绿。渐飞渐近，伴人幽独。　多情争忍轻罗扑，爱他不照繁华屋。繁华屋。笙歌如沸，银灯如簇。

虞美人·丁丑避地真州

绿荫罨画修蛇路，细印双鸳步。天宁寺塔与云平，十四年来重到梦魂惊。　　空蒙一镜芳踪杳，谁理沙棠棹。西风吹泪看残荷，无限离愁却比一江多。

行香子·匡山旅舍

狂虏纵横，八表同惊。惨离怀、甚饮芳醽？忍抛稚子，千里飘零。对一江风，一轮月，一天星。　　乡关何在，空有魂萦。宿荒村、梦也难成。问谁相伴，直到天明？但幽阶雨，孤衾泪，薄帷灯。

踏莎行·自莲花洞至好汉坡，倏雨倏晴，光景奇绝

初日渲空，鸣禽迎曙，扶筇直上层峦去。眼前一霎白云飞，濛濛忽失千岩树。　　雨洗轻尘，风干藓路，四围景色明如故。二分浓绿一分红，秋山不减春山趣。

鹊桥仙·宿桂湖

昏灯照壁，轻寒侵被，长记心头人影。几番寻梦喜相逢，怅欲语、无端又醒。　　字盈凤纸，粉沾罗帕，往事重重谁省。红栏老桂散幽香，只不是、桐阴门径。

踏莎行

锁梦山高，留云风软，白门万里难重见。蓬飘岁岁苦思归，征衣都被啼痕染。　　密帷熏香，曲屏拈线，承平旧事和天远。秋来寂寞卧荒江，满楼明月无心管。

好事近·雨后坐北泉爱莲池上

不见镜中云，都被翠盘遮了。盘上明珠千点，拥红妆缥缈。　　垂杨低拂石苔凉，坐久爱清晓。省识翛然真意，只落花啼鸟。

蝶恋花（二首）

（一）

梦里江南欣乍遇。不忍分襟，偏是天将曙。心事万千无一语，低垂红泪从君怒。　　门外春残风又雨。试听青山，多少啼鹃苦。百转车轮肠自煮，天涯忘了侬和汝。

（二）

楼外眼穿当日暮。一寸雕阑，一寸伤心处。旧月不知花影误，夜深犹照双携路。　　不恨韶光如水度，只惜离人，不惯经风露。字字回文和血吐，寻思血也如尘土。

菩萨蛮（二首）

（一）

烽烟遮断江南路，飘零燕子归何处？去住两无聊，笑人江上潮。　　旧绡香尚在，冰雪年年耐。一醉落花前，此生休问天。

（二）

曲屏香暖罗衣重，鬓云自委慵簪凤。终日有
谁来，落花铺碧苔。　　十年真太促，天外回峰绿。
残梦一春迷，杜鹃无血啼。

阮郎归

松根蛩语入窗纱，夜深风雨加。江南总被乱
山遮，今宵梦到家。　　言未了，笑声哗。倚阑
云鬓斜。觉来依旧在天涯，残灯映泪花。

兰陵王·成都遭敌机空袭

晚烟幂。云里残阳渐匿。千家院、消受好风，
隔沼临花卧瑶席。哀音恨警急，赢得仓皇四逸。
通衢上、争走竞趋，一霎黄尘乱南北。　　郊行
长叹息。奈犬吠篱根，鹊诉林隙。长堤分水新秧碧。
嗟忽溜珠钿，骤遗鸳履，排空机阵似雁翼。但潜
避茔侧。　　悲恻，弹雨密。料血染游魂，楼化
瓦砾。城闉火炬连天赤。记岸曲酾酒，翠帘飞笛。
伤心今夜，冷露里，万户泣。

周梦庄

（1901——1998），字猛藏，江苏盐城人。曾任中华诗词学会及江苏省诗词协会顾问、湖海艺文社名誉社长、江苏省文史馆员。有《水云楼词疏证》《海红词》，与汪东合刊《汪周词》。

声声慢

章台冷落，灞岸萧条，夕阳影弹荒烟。金粉飘零，伤心最是南天。江山六朝送尽，阅兴亡、沧海桑田。风瑟瑟、正寒鸦飞过，树色凄然。　　瞥眼韶华不再，对翠楼残日，噤了哀蝉。凉透征衫，乱丝马上垂鞭。腰肢为谁减瘦，更难消、别恨绵绵。霜信逼，叹人非、张绪少年。

木兰花慢

甲申闰月十四日绮社再集，湿云如絮，小雨成丝，芳信早阑，峭寒犹逼。抚年华之荏苒，感良友之流离，慷慨悲歌，情不能已。

碧云春信断，思往事，惨无欢。记倚槛调莺，分灯走马，人醉轻寒。相看飘零社燕，任画帘不卷玉钩闲。天外征帆隐隐，庭前小雨珊珊。　　长潸。花落乱红残，生怕倚阑干。怅声冷瑶笙，尘侵锦瑟，忍复吹弹。无端泪珠暗籁，叹流离踪迹聚时难。回首旧游俱误，凭谁划却春山？

如此江山·丙戌中秋时避乱海上

柳丝低罥黄昏月，濛濛湿烟浮翠。冷露无声，清华有影，秋入广寒云閟。归期未计。只如水流光，蓬飘萍寄。聚散匆匆，江南江北总憔悴。　　沉思十年往事，叹风尘颎洞，销尽英气。圆缺阴晴，穷通得失，天上人间相似。团栾有几？问无语姮娥，又添离思。隔断乡心，暗垂游子泪。

鹧鸪天

已近黄昏梦不还，落花飞絮泪空弹。月明衾冷相思错，欲结同心两字难。　　流水逝，晚香残，尚留燕子报平安。情深一往终无益，奈此西风玉帐寒。

蓦山溪·闻雁

阑干漫抚，月色知愁处。归梦碧山，遥水云空，苍茫难住。长风万里，断影落江湖。怜永夜，念前途。兵气昏如雾。　　楚天残雨，远过潇湘去。岁晚厌闻歌，弄银簧玉笙寒沍。雄关未越，憔悴惜初心，休喉怨，莫书空，总是相思苦。

金缕曲·题《天外归戎剑游图》

万里天风起。睇高空、苍然长啸，唏嘘灵气。大帽深衣携短剑，洒洒寒光秋水。饮热血花斑犹紫。羞作侯门弹铗客，揭沧波欲试屠龙技。时不遇，且休矣。　　十年梦影谁能记。忍销磨、书生狂态，雄心宜死。南北东西何处去，楚水燕山迢递。但烟柳斜阳而已。搔首问天天不应，瘦乾坤无可埋忧地。千岁酒，待君醉。

蝶恋花 · 寄柳亚子

万劫江山春不管。鹤梦梅花，冻醒苔衣满。休向云涯舒望眼，流光易去人归缓。　　欲上高楼心又懒。弹彻琵琶，莫放愁音转。天外玉龙吹泪怨，昨宵红雪东风卷。

齐天乐 · 和汪旭初

艳阳留得春魂住，芳情那禁疏雨。眠鸭收香，翔鸳碎梦，遮断巫山归路。檐声更苦。算醉也慵听，哀弦危柱。枕上钗痕，夜潮心涌旧游处。　　凄凉休忆往事，尽烧残绛烛，密意犹阻。晕月无凭，碧云半敛，来日阴晴难悟。佳期自误。念酒取东垆，雁横南浦。倦眼凝愁，万花谁做主？

八声甘州 · 壬辰重阳应诸子约入城社集

任西风吹送白衣人，新鸿下芳洲。把词仙唤醒，相逢话旧，逸兴难收。净洗菊萸香色，吟思且登楼。只恐斜阳影，不照东流。　　醉里乾坤颎洞，想杜陵老眼，阅遍春秋。尽长歌惨淡，意气逐吴钩。剩多少悲凉怀抱，赖碧云黄叶识闲愁。清钟动，念微波远，怕问盟鸥。

渡江云·秋柳

隋堤芳草歇，晚烟卷絮，别燕掠寒沙。一钩残月影，袅袅腰肢，不似美人斜。梁园胜事，黯魂销回首天涯。都付与夕阳流水，萧瑟段侯家。　悲笳。玉关哀怨，灞岸苍凉，指浮云日下。何处是旗亭过客，板渚栖鸦。黄金抛尽无青眼，问绿窗多少年华。休再忆、东风愁绝杨花。

水龙吟

十月十五日与寤庵夜话，听其述少年往事，意多郁伊。自端忧闭门，无复曩时游赏，寂处萧然，感音思旧益深，因谱此调寄之。

淡烟吹冷雕阑，惊心怕倚斜阳暮。灯边笑底，醉馀梦醒，顿成轻负。吟鬓霜新，歌眉愁沁，朱颜非故。怅明珰声断，镜华尘翳，幽思积，欢盟误。　回首莺花前度，尽飘零少年词谱。如今怕说，绮情豪气，酒龙诗虎。麝土香销，当时已惘，那堪重数。剩琴书助懒，佳音迢递，有消魂处。

西子妆慢·西湖重游寄陈蒙庵龙忍寒

临水寻芳，吹云选梦，万感旧游情思。怕随莺燕绕春宽，望湖山、懒描眉翠。残红唤起。又落尽、词人暗泪。更相怜、算淡妆浓抹，依然佳丽。　　勾留地。过眼行吟，莫怨流光驶。断桥西堍柳枝多，倚东风、向谁凝睇。茫茫往事。漫惊怪、园林新异。黯销魂、何况尊前镜底。

高阳台·晚游莫愁湖

燕子南来，大江东去，几人弹碎铜琶。小舸招携，晚山一抹残霞。六朝陈迹纷无据，只名湖、依旧卢家。想容华，一镜凉波，万朵莲花。　　明妆倩睐归何处，问故宫金粉，还剩些些。生受烟云，美人多少输他。苍寒老境箫声寂，望愁根、不见蒹葭。话相思，梦冷雕梁，肠断天涯。

买陂塘·题蒋鹿潭小像

望东淘、水流云散，词人遗迹留几？菰乡旧侣应相忆，谁写薜萝高致？常买醉。任落魄江湖，洒尽伤时泪。才名盖世。怅行路歌难，家山念破，直恁岁华驶。　　秋风里。泊翠评红，乐地游踪，芳兴曾寄。琵琶低诉琴心在，遥见烛光腾气。归棹理。有故国梅花，约尔为知己。飞鸿梦底。叹老去愁怀，垂虹烟雨，略识望乡意。

念奴娇·戊寅秋自题《风满楼谈词图》

一天秋色，把纤云卷尽，长空凝碧。胸次难消家国恨，刻骨烦忧如织。胜日寻芳，花时弹泪，此意无人识。愁怀漫遣，小楼同倚横笛。　　遥指剩水残山，商量领取，画里佳泉石。不见当年风景地，旧约前欢难觅。南渡斜阳，西风凉月，极目凄陈迹。秋声多事，晚来偏战芦荻。

陈九思

（1901——？），原名樾，别号挹芬，浙江义乌人。上海圣约翰大学毕业。历任浙江大学、浙江农学院教师。1957年后，为上海师范学院中文系语文教学法教研组主任。晚年工作于该院古籍整理研究所。有《转丸集》、《转丸续集》（诗词合集）。

浣溪沙

漠漠轻烟柳外横，鹁鸪偏作断肠声。恼人天气半阴晴。　　愁似春潮来有信，诗如芳草剪还生。落花飞絮又清明。

念奴娇·为友人题《夷陵秋漪图》

披图惊叹，是谢公官阁，分明能辨。隔岸青山栏槛外，一抹澄江如练。巫峡船归，衡阳雁度，指点烟中见。西园冠盖，荷衣曾侍游宴。　　讵料卷地烽烟，巢痕扫尽，忍说堂前燕。耆旧凋零宾客散，弹指沧桑千变。断轴充薪，残缣覆瓿，流落归荒店。为君题咏，滴将清泪盈砚。

壶中天·答仁偶见怀

如烟旧梦，被阳春一曲，无端钩起。白袷当年游钓侣，屈指惟君而已。倚马徒夸，呼牛漫应，悟彻穷通理。悲歌底事，先生宜可休矣。　　漫说太上忘情，相怜迟暮，海内存知己。同是龙华身待丙，何用恩牛怨李。却病求方，哦诗送日，生计聊堪喜。独来独往，壶中别有天地。

顾衍泽

（1902——1953），字仲蓼，江苏沛县人，祖籍丹徒。建国前任沛报编辑。后任沛中教职，卒于任。有《剑外吟稿》《剑外词》。

菩萨蛮·填词

擘笺拈韵填词曲，乌丝二十余年续。早岁柳屯田，中年辛幼安。　　近来都不似，又与花间异。促拍最凄清，南唐亡国声。

乳燕飞·端阳感怀

又是端阳矣。闹长街、蒲青艾白，黍香酒美。谁氏娇儿名镇恶，玉腕彩丝双系。问续得、春蚕命未？自劳一杯难免俗，只今年不似当年耳。谙尽了，乱离味。　　昏昏永日惟余睡。再休言、三闾独醒，众人皆醉。卷地腥风罗刹舞，浊了汨罗江水。恨不化、灵馗啖鬼。何日神龙身毕现，逐鲸鲵、直下沧溟底？天宇净，万方喜。

水调歌头·寓感

　　长鲸吼西海，呼吸便吞舟。篙师眦裂发指，慷慨顾同仇。昔日曾遭灭顶，今日安能听命，束手任沉浮？誓死与鲸战，宁复为身谋！　　横江锁，射潮弩，钓鳌钩。肉飞血雨，惊起壁上几诸侯。我有兰桡桂楫，竟被虾兵蟹贼，蚕食似桑柔。天外腥风急，不忍话神州。

破阵子·和稼轩壮词

　　天堑荒凉故垒，雄关寂寞边营。莫道时多风鹤唳，要使胡无甲马声，骠姚呼老兵。　　挥手西山日没，抗歌东海雷惊。但得沙场摧敌寇，何必云台挂姓名？男儿为国生！

台城路·柳絮

　　莺痴燕懒花无赖，园林绿荫亭午。已瘦纤腰，将穿俊眼，思妇楼头凝伫。飘来甚处？暗溜入帘栊，上伊钗股。蓦地惊看，几丝白发镜中苦。　　隋堤风日正好，趁游童细马，酣醉恣舞。那识天高，偏争路狭，一味飞扬跋扈。春光向暮。纵堕溷谁怜，逐波谁顾？太也轻狂，误人还自误。

沁园春 • 壬午元旦

　　竹爆声稀，贺岁声喧，又是元辰。笑先生高卧，炉留榾柮；馆童遥语，釜熟馄饨。静掩茅斋，自开茗碗，免却相逢拱手频。微醺后，便闲行散饭，独步寻春。　　春来已是经旬，甚料峭东风未转温。看寂寞桃符，红飘篱落；酣嬉稚子，白打庄门。客里新年，寰中故我，好似抛家为国人。何时也，仗倚天长剑，迅扫胡尘？

　　　　　　　　　　　　　　（1942 年）

桂枝香 • 闻蝉

　　无情树绿。听刻羽流商，初度林麓。早是勾人悲感，沸羹时局。北窗寄傲今何世，抱低枝、暗伤乔木。露凉风定，几声还引，汉宫遗曲。　　待秋晚、余音更促。乱幽梦闲愁，凄断难续。堪忆荷边柳外，旧游芳躅。衣香鬓影迷离似，傍栏杆、羞掩冰縠。任他齐女，催春都了，放怀丝竹。

金缕曲·寒夜望月有怀

月色何曾苦？是人间、伤离怨别，自家凄楚。移向少年行乐地，一样照他歌舞。况又值、当头三五。比似元宵犹美满，俏嫦娥不怕青娥妒。扬翠袖，半眉妩。　　谁能留得朱颜驻？忍回思、西楼香梦，南园絮语。昨日欢娱今日恨，孤负秋娘金缕。剩零落、花枝几许？踏遍空阶黄叶碎，断烟斜、笼却寒沙渚。更隐约，隔江树。

百字令·歌风台用东坡赤壁韵

泗亭亭长，问当初、可识帝王何物？一自咸阳徭役后，郁郁不甘徒壁。仁失分羹，智惭借箸，义假君仇雪。成功天幸，算他能用三杰。　　便教万乘归来，四方底定，一曲风云发。也似沐猴夸昼锦，富贵骄心难灭。走狗朝烹，牝鸡夕唱，炎运几如发。沛宫人散，未央长乐斜月。

南柯子·感兴

避地逋逃客，依人文字囚。年来无复赋登楼，便借一椽五亩作菟裘。　　失学从儿懒，长贫任妇愁。杜陵野老比风流，只欠锦江花月草堂秋。

水调歌头·中秋无月，九月中旬
无夜月不佳，喜而赋此

记得东坡语，有月即中秋。中秋今岁无月，风雨暗神州。莫是吴刚偷懒，醉卧广寒深处，桂影不曾修。直过重阳节，才自醒扶头。　　喜秋晚，金风淡，碧云浮。草间吟露清绝，虫也解消愁。夜夜玉壶天地，任我高歌起舞，汗漫与同游。未许海南客，占断此风流。

满江红

夏末沛城阻雨，用武穆韵抒感，投之沛报。劫后余生，犹有相识否？

听雨西楼，帘不卷，市声初歇。凭砚几、胆瓶艳滴，兽烟香烈。世态有时形笔墨，闲情最喜嘲风月。赚朝朝、一纸众争看，何殷切！　　更桑海，迷鸿雪。青鬓减，豪情灭。让他人慷慨，浩歌壶缺。两载已收猿鹤泪，三边不尽沙虫血。又一番风雨滞孤踪，新城阙。

赵尊岳

（1902——1960），字叔雍，号高梧主人，江苏武进人。况周颐弟子。客居星岛以殁。有《填词丛话》《明词汇刊》《高梧轩诗集》《珍重阁词集》。

好事近

蕙风师曾号玉梅词人，旧藏倚声集，缪艺风丈假观未还。丈归道山，遗籍散落坊肆，是集适在其中，余辗转得之。蕙师谓入他人手多矣，赋此志快。

珍重旧金荃，曾见玉梅风度。无那移阴院落，怅飘零谁主？　多情脉望作清缘，来伴锦芸住。从此奇珍什袭，秘鸳鸯旧谱。

一萼红·秋泛西溪谒樊榭故宅有作

暝烟空。带寒鸦三两，云意淡遥峰。丝钓风微，椿移水浅，倦橹空诉游踪。颓垣一角，今古意、寥落付支公。老柳无阴，夕阳如梦，消领疏钟。　无复乌丝红袖，剩清商邻笛，憔悴吴侬。凤纸题残，翠奁尘掩，白月依旧帘栊。甚寒芦能禁秋恨，恨韶华一晌怨霜鸿。依约红箫凄怨，萦损垂虹。

玉楼春（二首）

（一）

　　新腔金谱翻歌舞，卷曳鸾绡移雁柱。扶醒休去倚阑干，特地香秾花满树。　　寸心可奈天涯去，已忍蓬山隔烟雾。不须携手共黄昏，拼得韶华无掷处。

（二）

　　梦魂惯识兰皋路，梦醒金猊销篆缕。隔帘月妒夜乌栖，绕砌寒惊秋蟀语。　　眼前兰夕仍三五，分付浓愁与谁语？银河总在画楼西，不照年时携手处。

南浦·将去燕台，留别次公仲坚

　　风雪渐关河，问岁华、匆匆底事归去？策马向残阳，烟芜外、高柳送人无绪。仙逢满眼，梦魂欲乞云边住。好春未许。空检点征途，雁程催度。　　看山晼晚流连，尚一抹修眉，窥帘凝伫。作计贳清欢，丹青笔、从此小屏风路。愁宽带眼，断无佳句偿幽趣。自惊倦羽。消日暮城南，缁衣尘土。

双调望江南

山自绿，临镜倦眉妆。消领柔春何处是，淡烟丝柳意微茫，无奈付斜阳。　　弹锦瑟，谁与诉回肠。絮果兰因原是梦，绿肥红瘦只寻常，多事怨韶光。

摸鱼子

带斜阳、绣阡芳草，惊看一阵红雨。番风几换阑干曲，早是绿荫深处。莺燕语。怕昨梦依稀，说与天涯路。筝尘雁柱。尽憔悴韩娥，清商未彻，满目已飞絮。　　游丝误。萦损闲愁几许，啼鹃不共春住。春泥何况无花落，茵溷总然黄土。花莫妒。恁烂锦年华，转眼成今古。离肠最苦。问香冷金猊，未灰心字，得似九回否？

杨柳枝

点检离襟酒着斑，旧攀条处望关山。河桥烟水无情碧，白袷经春各自寒。　　也曾鼌画斗新妆，夹岸青丝踠地长。不画春人伤别意，更教烟树接微茫。

龙榆生

（1902——1966），名沐勋，号忍寒、龙七，江西万载人。历任暨南大学、中山大学、中央大学、上海音乐学院教授。曾主编《词学季刊》《同声月刊》。有《词曲概论》《龙榆生词学论文集》《唐宋名家词选》《近三百年名家词选》《唐宋词格律》《风雨龙吟室词》等。

汉宫春

春晚游张氏园，见杜鹃花盛开，因约彊村映庵子有三丈，及公渚来看。后期数日，凋谢殆尽，感成此阕，用张三影体。

　　香径徘徊，又连朝风雨，净洗轻埃。平沙细履，嫩晴潜长莓苔。鹃啼不断，染山花、泪血成堆。曾几日、零红消尽，凭谁约取春回？　　哀时赋客重来。要狂歌斫地，总费清才。斜阳院落，输他燕妒莺猜。方塘照影，乱朱颜芍药旋开。扶浅醉、惊飚未已，隔篱闲酹馀杯。

莺啼序·壬申春尽日倚觉翁此曲追悼彊村先生

凄凉送春倦眼，问芳林怨宇。甚啼损、红湿山花，似泣春去无路。旧题认、苔侵败壁，斜阳冉冉江亭暮①。怅临风、笛（作平）韵悲沉，梦痕尘污。　　病起红楼，对酒话雨，溯追游几度②。又铅椠、商略黄昏，断缣闲泪偷注。忍伶俜、银灯自剔，更谁识、当时情苦。故山遥、听水听风，总输汀鹭。　　巢沤未稳，旅魄旋惊③，夜台尚碎语。咽泪叩、天阍无计，道阻荒蘦，日宴尘狂，懒移宫羽④。狼烟匝地，胡沙遗恨，他年华表归来鹤，望青山、可有埋忧处？伤心点笔，元庐早办收身，怨入历乱箫谱⑤。　　流风顿歇，掩抑哀弦，荡旧愁万缕。漫暗省、传衣心事⑥，敢负平生，蠹墨盈笈，瓣香残炷。疏狂待理，沉吟何限，深期应许千劫在，怕共工、危触擎天柱。萋萋芳草江南，戍角吹寒，下泉惯否？

（1932 年）

【注】

① 去年张氏园（在真如）杜鹃盛开，约翁往看，有《汉宫春》词纪事。

② 翁下世前一月，予冒雨趋谒，坚邀往市楼小饮。相对殊依黯，嗣后一返吴门，遂病卧不能复兴矣。

③ 翁自题曰"寿藏"，曰"沤巢"，卒厝湖州会馆，淞沪战起，几濒于厄。

④ 翁晚年填词绝少，尝有理屈词穷之叹。

⑤　丙寅岁，翁于湖州西坞营生圹，有《鹧鸪天》词乞郑海藏翁书墓碑，碑曰"疆村词人之墓"。

⑥　翁病中以三十年来所用校词砚授予曰："子其为我竟斯业矣"。

减字木兰花

乱后返真如村居，夜望三公司灯塔，红光如血，慨然成咏。

荒萤照水，隔断嚣尘三十里。罢举清尊，零落川原见泪痕。　　珠光宝气，不夜层楼连汉起。歌舞春融，怪道灯红似血红。

一萼红

壬申七月自上海返真如，乱后荒凉，寓居芜没，惟秋花数朵欹斜于断垣丛棘间，若不胜其憔悴。感怀家国，率拈白石此调写之，即用其韵。

坏墙阴。有黦颜堕蕊，华发忍重簪。幽径榛芜，斜阳泪满，兵气仍共沉沉。卧枝胃、馀腥未洗；破暝霭、凄引响羁禽。髡柳池荒，沉沙戟在，波镜慵临。　　太息天胡此醉，任残山剩水，怵目惊心。战舰东风，戈船下濑，谁办铁锁千寻。算惟见、当时皎月，过南浦、空漾万条金。悄立危亭欲去，风露秋深。（春间，东夷巨舰破浪而来，我海军全无抵御，令敌得从浏河登陆，真如遂陷。）

石州慢·壬申重九后一日过彊村丈吴门旧居

急景凋年，凉吹振林，双鬓微雪。伤高展却重阳，眯眼惊尘飘瞥。庭空鸟噪，映带几朵黄花，秋魂栖稳馀芳歇。孤负百年心，逐寒流呜咽。　　凄切。听枫人远，结（作平）草庵荒，旧情都别。留命桑田，万感哀弦推拨？独怜憔悴，料理尔许骚怀，荒蟫销尽啼鹃血。异代一萧条，怆无边风月。

八声甘州·九日鸡鸣寺分韵得"沙"字

正穷阴乍敛倚高寒，碧天绚明霞。对长林霜染，重湖水涸，历乱苍葭。漫道龙蟠虎踞，六代竞豪奢。兴废成何事，枯井鸣蛙。　　胜会聊追急景，怅荒荒海气，红日西斜。又征鸿嘹唳，回首总堪嗟。正流连、风流自赏，待放怀、谈笑净胡沙。相将去，进黄花酒，暂制槎枒。

水调歌头·乙亥中秋海元轮舟上作，用东坡韵

沧海渺无际，星斗远垂天。举杯属影狂顾，明月自年年。迁客何心南去，差喜尘清玉宇，与我共高寒。俯仰发深趣，金碧晃波间。　片云扫，孤光净，对闲眠。银蟾有意相伴，今夕十分圆。休叹浮萍离合，试问金瓯完缺，二者孰当全？击楫一悲啸，风露媚娟娟。

（1935 年）

鹊踏枝（八首录四）

半塘老人谓冯正中《鹊踏枝》十四阕郁伊悱恍，义兼比兴，次和十阕，载在《骛翁集》中。予转徙岭南，抑塞谁语，因忆不匮室赠诗，有"君如静女姝，十年贞不字"之句，感音而作，更和八章（录四），以无益遣有涯，不自知其言之掩抑零乱也。

（一）

斜掠云鬟凝睇久。宜面妆成，绰约仍依旧。病起情怀如中酒，带围省得新来瘦。　折尽青青堤畔柳。梦结多生，未分今生有。悬泪风前沾翠袖，忍寒留约黄昏后。

（二）

扑簌鲛珠灯下坠。碧海青天，夜夜愁难寐。弹折素弦推案起，月明鉴取心如水。　　金井梧桐闲络纬。枉自多情，阛阓看深闭。谁与目成还两地，寻思抵得人惟悴。

（三）

谁道侬家心漫许。盼到佳期，一箭流光去。未恨枝头莺乱语，思量总被婵娟误。　　自掩镜鸾愁万缕。水阔风高，涨断兰舟路。回首众芳零落处，抛残红泪君知否？

（四）

多事金风催昼短。弱线慵拈，盼得番风换。院落凄凉人不管，雁音兵气连还断。　　嘶过玉骢衰草岸。哀角荒波，仿佛通霄汉。独坐黄昏谁是伴，殷勤为祝清光满。

摸鱼儿·丙子上巳秦淮水榭褉集，
释戡来书索赋，走笔报之

任流莺、唤回残梦，青溪知在何许？六朝金粉飘零尽，凄断凤箫闲谱。君试觑。甚几缕烟丝，能系斜阳住。惜春将去。怪燕子乌衣，暂离飞幕，犹趁乱红舞。　　兴亡恨、输与岸边鸥鹭，新亭挥泪如雨。昏昏海气连朝夕，溷裓也应无补。休再误。待来岁花期，可似今年否？危弦独抚。正绿遍天涯，子规声切，心事更谁语？

贺新郎

用张仲宗寄李伯纪丞相韵赋呈不匮，兼示大厂，更端以进，亦无聊之极思也。

梦逐寒潮去。望中原、重遮岭树，静临江渚。将帅何人思宗泽，岸上不闻呼渡。渐报得、边烽几处。我欲为公罗豪俊，待他年、好击平蕃鼓。要起趁，荒鸡舞。　　蓬莱此去无多路。试平量、衣冠上国，肯为奴虏？似血红棉擎高干，斯意凭谁共语？细领略、异方风土。白下欹眠时难更，问诗人、果合南迁否？（香宋老人寄予广州诗有"从古诗人过岭南"之句）憎短翅，阻冲举。

鹧鸪天·和元遗山《薄命妾辞》（三首录一）

暗数君恩本自深，画堂闲锁昼阴阴。宫砂点臂痕犹湿，纨扇迎秋恨怎禁？　　惊雾重，怅更沉，只馀魂梦苦追寻。分明留得前情在，一纸书来抵万金。

虞美人·丁丑秋日寄怀孟劬先生燕京

可怜霸上真儿戏，怎觅埋忧地？旧时明月照燕山，闲听雁音啼过一凭阑。　　暮年萧瑟情何苦，愁绝兰成赋。醉来莫唱望江南，渺渺天低鹘没阵云酣。

念奴娇·庚辰初秋重游玄武湖，用白石韵

绿云依旧，但重游、不是当时吟侣。白发愁生明镜底，羞对嫣红无数。倦舞绡衣，暗倾珠泪，错怪朝来雨。惊回鸥梦，冷香都化酸句。　　薄暮。钟阜低迷，黛痕烟锁，波掠双鬟去。尽有野鸳沙际宿，禁得魂销南浦。玉笛飞声，银盘写影，还解留人住。凉飔初起，采莲歌怨征路。

八声甘州·庚辰重九蔡寒琼招登冶城，分韵得"寒"字

听萧萧落木下亭皋，客心似枫丹。正极天兵火，秋生画角，无语凭阑。金粉南朝旧恨，还向镜中看。争奈登临地，都是愁端。　　何许堪纫兰佩，对水明沙净，旅雁惊寒。便招携红袖，难揾泪痕干。总输他、中年陶写，又梦飞沧海漾微澜。空回首，旧题名处（时有客得往岁"乌龙潭登高题名册"者，首署"石遗老人"，予亦与焉），万感幽单。

金缕曲·闻去岁瞿禅得予告别书，为不寐者数日，感成此解

此意那堪说。数平生、几人知己，经年契阔。揽镜添来星星鬓，忍向神州涕雪。算咽恨、须拚一决。伫苦停辛缘何事，奈虚名误我情难绝。肝共胆，为君热。　　故人自励冰霜节。问年来、栖迟海澨，梦馀梁月。几度悲歌中宵起，和我鹃声凄切。诉不尽、口衔碑阙。填海冤禽相将去，愿寒涛化作心头血。休更惜，唾壶缺。

（1941 年）

鹧鸪天

曾与移根向白门，长条犹带旧烟痕。鸦翻落照归栖急，燕蹴残英软语频。　　云黯淡，月黄昏，未须攀折已销魂。西风一夕生离思，孤负灵和长养恩。

木兰花慢·秋宵闻雨

滴空阶碎雨，和蛩语，诉秋心。正画角声酸，银潢信杳，海气沉沉。芳林。骤闻坠叶，带清砧惊起绕枝禽。倦枕才醒短梦，旅怀凄入商音。　　微吟。浊酒更谁斟，心事寄瑶琴。爱净洗浮埃，重悬明镜，不怨单衾。侵寻。鬓霜渐满，媚疏檠牢落意难任。一卷陈编坐拥，宵阑四壁愔愔。

水调歌头（二首录一）

辛巳中秋前一日，柱尊招饮北极阁下。酒罢登山，素月流天，繁灯缀地，与数客歌啸林樾间，不知今夕何夕也。

坐拥一螺翠，银海看舒波。真成未饮先醉，镜面好山河。筛出林端疏影，淡着倪迂小景，老子自婆娑。狂客南朝擅，拍手且高歌。　　笙竽起，琼瑶醉，奈情何。藤萝攀向高处，簌簌撼寒柯。俯仰百年身世，尽挹乾坤清气，吾腹倘能皤。绝胜南楼夜，占取问谁多？

台城路·辛巳重九北极阁登高，分韵得"气"字

摘星楼观高寒甚，江山看来如此。树染霜红，波涵黛碧，游目危栏闲倚。惊飙乍起。但群集飞乌，暗消英气。漫检萸囊，啸馀谁共话兴废？　　清秋经闰正好，未妨相伴去，花下同醉。倦鸟还巢，残阳暖客，翻觉风光旖旎。疏狂待理。听落叶声声，满林歌吹。向晚归来，梦迷樵唱里。

水龙吟·六月既望，挈儿辈泛舟玄武湖，夜静归来，写以此曲

我来刚及红酣，乱峰衔取残阳坠。画桡点镜，沙禽按拍，冰奁乍启。素影徘徊，清辉散朗，万姝娇睇。问初醒宿酒，暗摇仙佩，知解得，留人未？　数点荒萤照水。织苍蒹、似森兵卫。侏离蛮语，悠扬笛韵，一时俱起。风月无边，湖山信美，与谁同醉？但沧波返棹，团栾几处，领新凉味。

木兰花慢·闻海绡翁以端午后一日在广州下世，倚此抒哀

剩芳菲楚佩，尽孤往，恋斜阳。奈撼地鲸波，极天烽火，瞬尽沧桑。兴亡。那知许事，咽危弦酸泪不成行。未信春蚕已老，肯同辽鹤来翔？　繁霜。百感共茫茫，还饱一枝黄。甚忍寒滋味，方凭雁信（去秋曾得翁书，并见寄《木兰花令》词，不料竟成绝笔），竟泣蒲觞。凄凉。几多怨悱，寄骚心异代黯相望。泉底冰绡泡透，一灯乐苑重光。

木兰花慢·吴门初夏

怅哀弦罢抚，对流水，问归期。奈蜃气浮天，腥埃匝地，谁护荷衣？凄迷。乱烟落照，向吴台苦听夜乌啼。一树新桐涨绿，半轮孤月扬辉。　　支离瘦影自相依，几处动荒鸡？便为伊憔悴，惜花心事，只有天知。低徊。小窗短榻，礼空王、梦逐片云飞。医得众生无尽，休论芥子须弥。

詹安泰

（1902——1967），字祝南，号无庵，广东饶平人。生前任广州中山大学教授。有《鹪鹩巢诗稿》《滇南挂瓢集》《无庵词》《詹安泰词学论集》等。

琵琶仙

如此江山，更寒艳、搅碎千岩风色。芳意轻落鸣潮，潮翻柳波直。听隔水筝琶竞奏，又惊起一双鸂鶒。倚醉敲春，和香煮梦，山鬼知得。　　再休讯、箫剑当年，已流月空花自今昔。依约旧家门巷，只归魂难觅。清泪断、关河寸寸，问几人万一怜惜？最苦残照当楼，乱红飘笛。

扬州慢

癸酉十月，霜风凄紧，缯纩无温。忆枯萍狱中情况，悲痛欲绝。用白石自度腔，写寄冰若、逸农。

髡柳欹台，毒腥挝鼻，倚天剑气凝霜。望边城一角，影旧日斜阳。自湖上清欢老去（枯萍旧曾共事两年，重来又三易寒暑矣），病怀欺酒，羸马逢场。甚多情依恋，年年消受凄惶。　　俊才漫许，有飞花飞絮癫狂。况海国嘘龙，孤亭唳鹤，大野荒荒。说与故山猿鸟，罡风紧、片月微茫。剩沧桑危涕，愁听空外吟商。

木兰花

清明节近毛毛雨，山崦浮烟花着露。傍檐怕见燕雏飞，贴枕如闻雷母语。　　城外春波山外路，多少行人驮梦苦。算来和酒最宜诗，写向碧天天睡去。

长亭怨慢

乙亥三月初六日大水冲城，往还阻绝，夜复风雨交作，因篝灯倚此。

甚一片、春声凄异，做就春昏，更催眠起。静掩梨门，寸肠谁惯舞杨系？战檐风马，帘隙过，千红泪。燕子旧归来，曾细说、江山如此。　　何计。任天胸吸吐，万丈鬓尘难洗。无题赋了，诗浅约、闲游闲醉。梦怕到今日清狂，况凄绝年来风味。剩残杯孤檠，明媚瓶花痴对。

永遇乐·仲琴丈属题陈恭甫旧藏武梁石刻

灵剑飞霜，冤禽衔石，遗恨江表。黄土丹花，青闺红泪，鬼母腾空啸。白衣豪送，头颅轻掷，感慨悲歌燕赵。自当年天留祸水，那关匕椎颠倒？　　愁云万叠，伤心重见，休问舞阳图貌。梁燕巢林，仙娥荷担（用《通鉴·宋纪》），说与旁人笑。古今一梦，山河睡去，裂肚斩袍谁吊？试呼唤，英雄画里，听吟变调。

翠楼吟·乙亥新秋登清凉山扫叶楼

石蹬嘘凉，楼风扫叶，当年隐仙何许（楼为龚半千隐处）？官杨摇乱绿，有迎客翩翾灵羽。莫愁延伫。问万劫京华，香车谁驻？荒庵古。梦深恩怨，故宫零谱。　　寄语。拖帚残僧，暗伤亡国，旧城东路。夕阳无限好，伴无恙、年年玄武。羞花颦雨。算换得人怜，还招天妒。归程误。望昏双眼，白云来去。

水龙吟

得夏瞿禅病讯，倚此慰问，兼抒近怀。用瞿禅秦望山席上韵。

午禽啼梦危楼，不成西笑还轻凭。素心人远，山门深闭，鬼车惊听。八表同昏，一丘未老，嵇怀谁咏？怪岩堂死守，桑田坐阅，长痴望，东风醒。　　瘴海阴晴无定，荡吴魂、网梢松顶。绣春待款，登临费泪，镜华流暝。局外承平，人间游戏，偶然乘兴。漫连环索解，蓱渔残谱，付红涛打①。

【注】

① 薛据登秦望山诗："南登秦望山，极目大海空。朝阳半荡漾，恍若天水红。"

燕山亭

书感分寄榆生羊石，瞿禅杭州。时廿四年十一月。

空外哀筇，吹落冻禽，暝色旋笼高树。待指斗牛，与说开天，一觉前宵风雨。惨碧楼台，问经碎、秋魂知否？迟暮。长梦涩关榆，教儿闲谱①。　　须信掩泪孤吟，误几度凭栏，片帆南浦。腰肢瘦了，翠翳携归，知他舞杨谁妒？万一回头，看海水横飞天宇。休诉。离雁共、夕阳凄苦。

【注】

① 刘后村："生怕客谈榆塞事，且教儿诵《花间集》"。

虞美人

荒亭红叶谁还扫，恨逐漂春老。剑花如雪艳郊畿，又听百虫凄语马频嘶。　　丛残铭碣寒鸦紧，烟月千家冷。笺天何意博痴顽，梦破十年哀乐气如山。

木兰花慢

春光明媚，不成薄游。坐忆游踪，惟客秋勾留湖上五日最乐。即赋此解，寄瞿禅、泳先杭州。用遗山孟津官舍韵。

际春光淡荡，忽回梦，过杭州。正高柳层层，圆荷柄柄，湖上清游。谁收。蘋渔艳唱，趁行云、都幻作离愁。裙屐招邀甚处，莺花历乱江头。　　休休。难唤旧风流，空典鹔鹴裘。看万翠封庵，千红障艇，结想前秋①。闲鸥。倘来问讯，道家山念破怕迟留。烟水凄迷肠断，斜阳犹恋南楼。

【注】

① 潮州城东韩山西，西湖湖上，山中多古庙。

一萼红

秋老风高，繁声激耳，山楼坐对，情见乎词。丙子重九前三日。

苦秋吟。甚凉蛩抱恨，篱角引疏砧。剪径风骄，题红叶瘦，云水何限冥沉。正消领、荒城岁月，怅落日腥雨万家深。点翠楼台，庆平歌鼓，欢梦贪寻。　　空惹客愁千里，又涛翻岛外，旆触天心。门掩灯昏，山空玉碎，零泪凄吊冤禽。漫回首、东华坠迹，鬓花老、颓垒废孤斟。趁约重阳，到时恣意登临。

玲珑四犯

廿四年七月，余自沪之杭，访夏瞿禅教授于秦望山，因与纵游湖上，忽忽周三年矣。大好湖山，已非复我有，余寄食枫里，瞿禅亦避地瞿溪。寇氛载途，清欢难再，月夜怀思，凄然欲涕。因仿白石旧谱，倚此寄瞿禅。

玉殿啸狐，宫花围展，江南哀赋无地。乱山腾野火，故国浮新垒，相看月明泪洗。惜分飞、寸心千里。泛海迷槎，叩阍无路，孤剑向谁是？　　天涯夜，凉如水。想幽单万感，骚怨难寄。敛愁随客坐，唤笛当楼倚。芳华尽卷狂涛去，漫追忆、风流前事。闻说起。湖山在、弓刀影里。

长亭怨慢·将离潮安，赋赠饯别诸友

算谱尽、十年风露，世海茫茫，别程何许。挂眼苍云，去来如笑乱蝉诉。夕阳高柳，分一半天涯树。画角又声声，蓦起落、哀禽无数①。　　凝伫。早心肝杂碎，梦破故家禾黍。青袍误老，忍重觅、玉娇花步。便月影艳照歌尊，待他日看谁豪举。怕容易飘零，休唱渭城朝雨。

【注】

① 时各地难民来潮者众。

齐天乐

国难日深，客愁如织，孤愤酸情，盖有长言之而犹不足者。香港作。

海天风日波涛壮，凭将劫灰磨洗。去国陈辞，横戈跃马，眼底英豪馀几？风怀老矣。听商女琵琶，隔江犹是。杯酒长空，望深到处腾光气。　　东华事随流水。梦骄天路远，愁恨谁寄？红雨迷春，娇花拥月，多少前游佳丽。消残痛泪。忍重觅秋魂，鬼歌声里。怅断关河，倚楼中夜起。

齐天乐

　　罗元一（香林）教授兄索题手册，走笔成此。遭世乱离，寸情天远，不觉其言之凄异矣。

　　玉箫吹断南州雁，清盟俊游何地？海角涛翻，山城绿绕，梦醒月明千里。吟怀似水。又一片边声，怨红啼翠。绝徼相看，醉魂孤剑向谁是？　　长安西笑尚隔，古香零乱处，门巷空记。点勘丛残，激凉琴筑①，别有风云生指。雄心未死。肯泪渍青袍，恨题宫纸？预约荒鸡，浩歌中夜起。

【注】
① 元一精考古，余学诗词。

壶中天慢·兵火连天，乡音沉滞，分寄渝沪诸友

　　连天烽火，共飘零万里，乡心绵邈。废社丛祠青百叠，与守春魂一角。铡墨慵镂，痴云自笑，情事城乌觉。瀑梁飞溅，酿愁如海谁捉？　　肯信十载词场，听歌呼酒，转眼都无着。甚日收京灵气进，归管故山猿鹤。咽月凉箫，倚天长剑，去住真难确①。前途珍重，壮怀未许消削。

【注】
① 时友人约余赴渝。

霜叶飞·澂江重九

异乡长苦。清欢渺、霜风吹老边树。冷红千片下寒塘，妆晚棠梨雨。已一觉伤春未许，登高何意悲今古？剩旧约疏狂，断梦入孤楼，借酒换宫移羽。　　休道马足能骄，年华无恙，久客难旷延伫。万山深处锁吟魂，那更山深去。早百曲抽搔乱绪，关天心事天无语。正画角，声声紧，来岁重阳，看谁愁赋？

念奴娇·送郑国基之任南洋

电轮飙起，看长空杯酒，放愁何地？汝自鱼龙工变化，我已鬓星星矣。幽恨难埋，才名多误，大梦真儿戏。青山如笑，狂歌飞上天际。　　那得无限风流，舞裙游屐，蹴踏繁华碎。百万香鬟齐下拜，一别可堪重记。惨极人寰，劫馀身世，孰洒伤离泪？未须魂断，十年霜刃初试。

倦寻芳·芳华易逝，欢事去心，慨乎言之，不自知其意之谁属矣

浣痕未浣，梦雨惊回，凉夜如水。借酒颓颜，禁受几番憔悴。去雁苍茫天渐老，护花心愿春难死。更凄然、有摇鬓影薄，渡江烟碎。　自封泪，题红人杳，裙屐千年，佳丽谁记？篱脚山唇，依约赋秋闲地。斜照一鞭长剑折，舞风万叶昏鸦起。莫凭栏，动商歌、暗尘无际。

念奴娇·沪上胜流于八月十二日为龚定庵百年祭，瞿禅词来，约同作

浊尘轻坠，便红禅艳说，奇情谁晓？待去詧蛟潭底月，惊听玉龙哀调。愤极能痴，愁深留梦，分付闲花草。消魂一晌，鸳鸯卅六颠倒。　多少箫剑平生，狂名辜负，赢得伤秋稿。怕是沧桑残影在，和泪和烟难扫。关塞风高，齐梁劫永，今古成凄照。杯尊遥酹，百年人共悲啸。

齐天乐·壬午冬至前三日和竹屋

笼寒罨月千岩外，宵深更离魂远。脱叶萧萧，飞云片片，几处年涯惊晚。江楼旷览。正坏塔雕盘，丛祠烟黯。一样征尘，剑歌怀抱与年减。　　垂垂双鬓渐白，任春风十里，珠帘谁卷？嗥野荒鹃，嘶风战马，换与血花红软。凄迷废苑。念万劫京华，九霄灵观。又老斜阳，梦中山数点。

鹧鸪天·丁亥三月

花满园林绿满塘，惊风断雁过江乡。画堂深浅情如会，别院筝琶意有伤。　　芳袖冷，晚烟凉，沉檀一炷对苍苍。但教明月当楼起，不向人间看夕阳。

鹧鸪天·戊子首春（三首录一）

心上清光月不如，十年城外听啼乌。归看鬓发羞临镜，梦懒人间几食鱼。　　伤历乱，采蘼芜，还能对坐一灯孤。春街闻说花成海，如此江山眼见无。

木兰花慢

乙酉三月，大学文院东迁梅州，赁居角塘。惊魂未定，又传风鹤，不知来者之何如今也。为之一解，寄呈雁师龙泉，并示瞿禅。

试排闾细叩，更何处，断魂栖。正泪溅荒陬，声销闹市，蔽海旌旗。凄迷。剑歌旧馆，料装春、惊梦杜鹃啼。剩取山塘一角，避人能忍长饥。　　痴期。大药种灵芝，枯守待扬眉。便了却哀弹，留将狂气，酝造神奇。谁知。灯唇絮语，总缄情无路到天西。多恐樊楼酒醒，涛笺空赋无题。

霜花腴

雁来红一名老来娇，禾丈词来命同作。品草描花，非所夙尚，即其名而写所感，必非于体物矣。戊子杪秋。

晓霜渐落，望翠云、南归旅雁声残。丛柏欹风，独枫横路，前游老遍千山。护娇耐寒。任旧人愁说华年。误芳韶、冶蝶狂蜂，野塘荒圃恋流丹。　　头白絮芦休笑，剩纤腰一捻，醉舞鬈姗。桃叶分歌，榴裙争拜，谁怜万感幽单？去程更艰。梦乍回、香雾云鬟。滞天涯、未了红情，漫将花树看。

黄咏雩

（1902——1975），号芋园，广东南海人。祖上业商，经营米粮。咏雩青年时代步入商界，二十年代曾捐粮助孙中山北伐，创办地方小学与图书馆。1932 年任广东省商会联合会首届主席，收藏文物甚富，因藏有唐代"天蠁"名琴，故以此为斋名。著《天蠁楼诗词》一千四百余首，共三巨册，花城出版社据手稿影印于世。

朝中措

万鳞寒皱碧天纹，海气淡黄昏。沉睡鱼龙不起，玉箫吹裂哀云。　　重帘掩梦，曲栏凭晚，又负芳尊。风雨无人管得，飞花试与敲门。

（1932 年）

玉楼春

绿云深拥鸳鸯住，流水不流香梦去。芙蓉红泪夜惊霜，莲子有心都已苦。　　无时无处无风雨，风雨未阑天又暮。玉楼贮梦隔重帘，辛苦寒虫谁与语？

（1933 年）

菩萨蛮·香港寓楼

斡云黛敛烟蛾蹙，沧波照影明寒玉。日暝莫凭栏，愁心千叠山。　　惊鸦辞落木，雨飐灯花绿。海气入楼寒，家山梦里看。

（1938 年）

八声甘州·吊王半塘，约霞公、双树、六禾、慈溪同作

问柏台校梦尔何人，凄凉一龛灯。念当年袖墨，春阴欲乞，夜奏通明。徙倚江关日暮，最苦是鹃声。无那苍天老，风雨冥冥。　　惆怅几番花落，叹无多生意，谁惜谁矜？算彊村知己，今日又凋零。寒林外、独寻人去；只乱鸦斜日下芜城。相望冷，有蓬山路，隔住银屏。

（1938 年）

黄钟乐·铜鼓

苔花青涩怒蛙暗。横海登坛谁在，珠蓍恨难任。分付马流人惜取，金钗敲唱武溪深。　　铜柱而今都陆沉。愁绝鼓鼙声死，天地久萧森。呼起云雷寒碧动，夔龙醒也夜沉吟。

（1939 年）

玲珑四犯·次夏瞿禅韵，拟梅溪

悄揾鲛绡，待挽尽江流，泪斠盈罦。醉梦温存，
无那冻生屏罅。偷眼落木关山，剩一抹斜阳如画。
看比邻、教得歌舞，憨小故拈裙钗。　　向人宛
转凌波步，弄娇腔、强支残夜。笑啼怎称新欢意，
秋扇成悲诧。为语未嫁翠娥，都漫许、量珠身价。
自卷帘无语，黄花消瘦，镜奁慵把。

（1941 年）

【注】

［编者注］此词讽刺抗战中投奔日伪者。

水龙吟·秋日咏黄叶，和心叔、瞿禅

萧条树树秋声，故家门巷人烟少。空山行迹，
相寻风雨，荒芜谁扫？委地哀蝉，离巢冻雀，露
迷衰草。总音尘盼断，天涯飘泊，无可语，青蝇
吊。　　漫说花魂未歇，挽西风、柔柯重绕。乌
飞惊夜，蛩啼怨曙，阴燐凝照。古社芜城，槐薪
空仰，更何人到？试停车凭晚，酣霜红脸，乍如
花好。

（1941 年）

蝶恋花

划地轻寒春渐去。飞絮流尘，黯黯天涯暮。蔓草斜阳愁远路，莺花身世东风误。　　自抱梨云和梦住。峭月危栏，梦里昏鸦语。遮眼屏山山外雾，江山却被残红污。

（1942 年）

贺新郎·壬午重九，寄怀铁夫香山，玉虎申江，瞿禅永嘉

横海鲸鲵斗。问伊谁、夜来移壑，藏舟何有。清峭数峰分远影，列我窗中峦岫。算只有、青山如旧。望断江关人何处，剩寒虫、相语还相守。风雨至，又重九。　　娑罗双树孤栖久。念年时、铁汉无心，也忘笤帚。玉虎晨鸣雷怒应，隐隐阿香随后。奈越鸟、惊飞南走。山泽癯髯犹健在，更龙湫手挽归怀袖。秋思远，暮云皱。

（1942 年）

贺新郎

壬午九秋，瞿禅自永嘉以《雁荡灵岩寺与天五夜话》词见寄。何来思归之操，宛闻蛩然之音，水仙移人之情，小山招隐之什。念此茧足，岂能奋飞，答尔嘤鸣，用寄玄想。

那有埋忧地。好家居、纤儿撞坏，他人鼾睡。过雨空巢飘摇也，可奈刁调聒耳。予尾乱、翛翛犹理。偌大刀轮诸天转，更修罗暗换人间世。宁郁郁，久居此？　　玉虬叫月银鞿逝。挟双鸾、吹箫归去，步虚声里。汗漫卢敖原有约，抗手若人来矣。恒沙劫、我闻如是。待挽龙湫千尺瀑，注愁肠、和泪为云水。浇下界，漫尘起。

瑶花慢

番禺坑头村有晋松一株，乃陈将军元德避刘宋乱，南来所植，近已枯槁。慈溪访之，赋此索和，乃继声以答其岁寒之契云。

元熙日月，付与苍龙，向南天高揭。之而欲动，孤迥处、可奈冥冥风烈。雪凋霜瘁，尚独立不移如铁。消几番今古兴亡，莫问寄奴城阙。　　世间匠石何人，总材大身闲，愁与谁说？亭皋抚树，还又叹、生意无端消歇。过江鲫似，更那补新亭呜咽。剩岁寒老眼枯心，看尽铜驼芜没。

解连环 • 寄怀叶退庵

众芳消歇。便春鹃叫尽，尚馀凝血。正冷落、孤蕊零枝，又风雨杳冥，那堪攀折。故国东风，早换了一番蜂蝶。看沧波薄照，乱草暝烟，总颦眉睫。　　依依为谁怨别？想婵娟照影，千里明月。笑众女、谣诼蛾眉，自玉佩兰纕，满襟馨洁。翠袖琅玕，倘念我、天寒娇怯。渺相思、望中雁字，暮云万叠。

水龙吟 • 和慈博"月当头夕小虎山望海"之作

渴龙为我沉吟，颔珠一颗光如昼。冯夷漫舞，姮娥无语，插天星斗。意气吞牛，文章炳豹，眼中谁某。又江关萧瑟，岁寒凋后，立风露，相看久。　　翻欲从风长吼。正人间、於菟酣斗。负嵎奋力，望洋兴叹，踟蹰搔首。雾隐南山，此时闲了，阿侬身手。料池娥笑我，天涯袖薄，怕清寒否？

东风第一枝·鉏经招饮小黄山馆赏梅，庸斋约演此调

冷眼看人，冰心傲世，水云香梦清浅。半规璧月钩愁，永夕翠禽慰伴。相思无那，应忆取、天寒人远。漫惹起、一曲玉龙，吹作万方哀怨。　词赋手、众芳尽管；铁石骨、冻时尚惯。折枝欲寄天涯，索笑自酬岁晚。空山猿鹤，好携醉、黄昏池馆。便为我、呼醒东风，长护万花春暖。

齐天乐

咏藕。吾友藕庵病废，索读拙词。因念词人咏藕，甚少见载籍，《法苑珠林》：阿修罗与天帝释战败，藏藕根孔中。辄倚声谱此，并柬半园、午堂、荐庐、刚斋、曾庵、采庵、逸斋、劲庵、墨斋、庸斋、瑞麟、季行、筱竹、子玉、荔夫诸子拍和。

西风吹散文鸳梦，凄凄夜凉如许。玉臂揸寒，冰丝缀泪，身世沉冥怜汝。菱塘芰浦。又鸥鸟翻波，蜻蜓搅雨。微步生尘，佩环凋尽罢歌舞。　湘娥昭质尚在，奈飘零翠袖，偷怨迟暮。心苦先枯，根深有节，禁得风波几度。秋怀漫诉。问凿窍谁教，出泥奚污。只恐修罗，孔中藏不住。

庆春泽

吾邑麻奢乡象林寺，康熙初生在慘和尚所建，规制甚伟，中供星岩石浮图，方丈额榜，吴甡柴广隶书"草堂"二字，薛始亨撰书碑记。乙酉春游过此，尘榻无人，狂花满屋。悄然倚声，倘亦清碧之谷音乎？

狞石挐云，渴苔酣雨，草堂暗倚修竹。香冷螭头，尘荒鱼眼，人天一梦方熟。万花吹散，料天女、应颦怨绿。铜铃何语，莫是分明，秀支劬秃。　　孑遗总是无馀，心苦身危，泪枯陵谷。薇蕨常饥，卷葹不死，弹断水云哀曲。古今相接，总愁我、长歌当哭。山空人渺，零落南枝，故园乔木。

（1945 年）

玉京谣·乙酉秋日书事叶梦窗

日暮天涯远，万里神山，海上多风雨。弱水难填，冤禽还自辛苦。不死药、谁与秦皇，奈渴死、犹怜夸父。蓬莱路。神仙琐骨，终成尘土。　　金轮轧露回龙驭。听秋郊、又夜阑鬼语。青雀来时，珠丘云掩荒树。五十弦、弹怨湘娥，便冻泪、琅玕红污。人何处，江上数峰愁仁。

（1945 年）

破阵乐

邻寇降伏，距跃歌舞，不可无词。因抚《乐章》斯调，以鸣欢臆。

血沟激橹，硝烟泼墨，雷动风扫。见说虾夷挠败，便转瞬、如摧枯槁。豚犬笼东，貔狮逐北，破巢直捣。似当时、帝子高阳战，笑共工、头触不周山倒。更问麻姑，海桑几度，扬尘蓬岛。　谁道跋扈修鳞，跳梁捷足，偏好勇，长可保？自古穷兵原是祸，覆辙有人还蹈。叹兴亡，犹朝暮，天荒地老。且看旌旗霞蔚，破阵铙歌，还京鼓乐，欢声腾沸，若个降表先修，又烦李昊。

（1945 年）

蝶恋花·秋感

缩首妖龙归藕孔。左股蓬莱，风雨神山动。吹断绿尘鲸沫冻，海桑又见麻姑种。　万里西风秋颔洞。枯叶僵虫，尚挂残阳梦。璧月不教云播弄，花间清影还相共。

八声甘州

初春偕六禾访闇公、荫庭，复与慈博探梅北郊，小酌甘泉山馆。荒城废垒，野草斜阳，惘然不胜今昔兴替之感，约演耆卿此调。

又飙轮阅世正匆匆，人天劫无涯。对荒城野戍，烟煨马粪，风咽蛮笳。俯仰已成陈迹，人物付虫沙。还怕归来燕，错认人家。　　独是青山无恙，剩潺愁泉水，舒啸云霞。便旧时猿鹤，相见漫惊嗟。念天寒、蘅皋晼晚；奈斜阳、树树有昏鸦。消闲处，携芳尊去，慰我梅花。

（1946 年）

望海潮·越秀山怀古

兔丝年邃，龙天人杳，红云今已吹残。波竭草枯，蛟冥蜃诞，江山终付荒寒。一雨洗尘寰。楚庭旧乔木，犹护文鸳。五岭风烟，百蛮笳鼓对芳樽。　　有人高处凭栏，念绿眉绣盖，翠鬣珠鞍。金粉醉浓，莺花梦浅，狂歌惊起痴顽。眼底水天宽。且与移沧海，作我杯盘。斟酌无穷世事，今古几悲欢。

（1946 年）

霜花腴

咏雁来红。与六禾、柏孝、荫庭、伯端、叔俦、庸斋、秋雪、纫诗、菊初、季谋、君华、少痴、楚宝、奇桐同作。

瘁枫舞叶，纵媚人、风霜总怨飘摇。芦影惊寒，花妆妍晚，秋容老去犹娇。酒痕半销。傍画栏、扶醉金翘。最低徊、故国西风，有人愁唱雁来谣。　　春色几番消歇，又斜阳木末，赤映霞标。朱雁闻歌，筝鸢传讯，关山落叶萧条。瞥鸿可招。奈南云归路迢迢。伴黄花、悄倚东篱，少年颜未凋。

（1948 年）

摸鱼子

戊子仲冬，客有自江南来者，言途中见群雁为设网者所困。一雁逸去，回顾悲鸣，先自投地而死。予闻而义之。因和遗山"雁丘"原阕，偶拂古弦，不胜清怨，审音好事，倘复有杨正卿、李仁卿其人否？吾友六禾、仁孝、叔俦、庸斋、少痴、纫诗、菊初相与和答，同有风嘹月唳之感也。

路漫漫、横汾回望，西风吹散箫鼓。不鸣自分先应死，他日代人何慕？摧倦羽。待鹤化归来，华表伤心语。艰危记取。念尾赤鱼劳，怀安鸩毒，身世奈何许！　　江湖远、冉冉寒云又暮。霜魂归也谁诉？枯灯油尽疏星黯，只有笛声凄苦。春已去。君不见、关山摇落皆红树。秋声万户。奈锦字书沉，银筝柱冷，卧听打篷雨。

（1948 年）

一萼红·己丑初夏书事

问雕尊。有几多清醑，应与洗愁痕。哀笛伤离，危栏念远，子规空唤行人。更那堪、关山极目，残照外、东北有浮云。杂树莺飞，平沙雁渡，暗换芳春。　　苏幕重遮香梦，有歌鹦红豆，舞燕红巾。晴暖难留，阴寒未散，东风长被花嗔。算多事、金铃彩缕，矗高幡、招领万花魂。竟日蜃楼烟雨，贝老珠昏。

（1949 年）

黄君坦

（1902——1986），名孝平，号牲翁，福建闽县人。少时与兄公渚、弟公孟于袖海楼读书，三兄弟并工诗词、骈文、绘画，有"江夏三黄"之目。其词由叶恭绰选于《广箧中词》。建国后为中央文史馆馆员。八十年代兼任《词学》编委、中国韵文学会顾问。著有《左海黄氏三先生骈文集》《红踯躅庵词》《清词纪事》《演连珠诗》等。

满庭芳·题埃及女王像拓本

珠凤欹鬓，明蝉照鬓，鬟天影事留痕。诃梨半掩，镜里月黄昏。十种宫弯夋艳，可怜是、金塔离魂。空相惜、摩诃曲子，钗钿逐时新。　啼妆窥半面，咒心化石，捣麝成尘。任压装海客，分载残春。谁解兰闺索笑，飞鸾影、空剩青珉。依稀认、劫灰罗马，留有捧心矍。

齐天乐 • 乙亥重九心畬昆玉导游宝藏寺

层冈迤逦招提境，画廊更依翠巘。鸡犬云中，钟书世外，羽客衣冠未幻。茶烟别院。羡宝玦王孙，留题都遍。眼底西湖，共谁残照话清浅。　　萧辰试招游屐，相逢张打鹤，丝鬓愁绾。鹫寺风光，狮窝粉本，弹指华严隐现。白头宫监。尽采蕨西山，翠华望断。醉墨分笺，一庵苍雪晚。

虞美人 • 题《讱庵填词图》

榕阴罨霭闲池馆，坠纸清商满。眼前重见旧京人，不道江山如梦鬓如银。　　蛮笺小擘云罗缬，题遍江南北。天涯犹有阿干词，最是凉灯秋蟀寄相思。

菩萨蛮·乙亥暮春北都感事

（一）

剩梅搓雪茸窗暝，钩帘一霎红桑影。消息水沉微，春归人不归。　东风刚识面，暗絮飞金茧。未敢细思量，玉珰缄恨长。

（二）

灵犀一点情无据，隔花禁住笼鹦语。钿毂隐雷声，骄骢故故明。　柳丝牵梦远，镜槛栖尘满。默默欲何言，眉痕恣汝怜。

（三）

红墙咫尺消魂地，愁闻青鸟殷勤意。又是五更寒，恼人山上山。　相思难自信，赢得恹恹病。泪眼望巫峰，金鹅屏影重。

花发沁园春

阴雨连日，不觉春阑，客馆梦回，万端横集。作此寄匐兄，当与凄婉也。

　　檐溜潇潇，漏残灯烬，虚堂清夜难曙。寒入蜀帏，梦回角枕，斗异旧时情绪。芭蕉自语。长是惹、一春凄楚。叹故园花事阑珊，剩红零白如许。　　枨触横流是处。料空江潮回，蛟鳄群舞。补罅心危，移床事拙，怎耐十年羁旅。美人迟暮。枉忆对小窗残炬。分明湿、沙际年华，凄咏回肠诗句。

渡江云·步遏庵韵

　　海天真一角，碧云合处，萧瑟白鸥心。新凉添近泪，休倚危栏，灯火暮愁深。横流底事，剩此地、披发沉吟。望中原、夕阳鸦点，筎吹送潮音。　　凄寻。明湖烟柳，岛屿夷花，恨秋风期准。谁解识、馀情侧帽，危涕疏襟。江南梅雨迟归棹，又长星夜夜横参。肠断处、斜帆载梦惝惝。

刘祖霞

1902 年生，江西萍乡人。获日本九州帝国大学医学博士学位。曾任清华大学校医，北平大学讲师，中山大学教授兼医学院院长。抗战中避居北婆罗洲行医，后退居香港。1948 年移居澳洲。有《椰风集》《椰风续集》《椰风三集》。

南歌子

东海风云恶，珠江日月闲。无端鼙鼓至人间。鸳枕梦惊，挥泪唱阳关。　　爱极频吩咐，离难数往还。春来依旧带愁颜。惆怅黄昏，空望海中山。

（1937 年）

减字木兰花

婆洲虽好，那有薰风肥绿草。梦浅思深，椰雨频敲故国心。　　邻鸡凄咽，啼落海天千里月。晓镜添霜，任是无情也断肠。

点绛唇

几阵椰风，晚来吹送芭蕉雨。黄莺不语，似惜春光去。　　满目花飞，引得归心苦。凝眸处。乱山无数，遮断来时路。

玉楼春·观海

抬头远望天边翠，相隔盈盈浑绿水。朝观巨舰逐波来，暮见轻帆傍日驶。　　汪洋海量何能比，后有耶稣前孔子。蕴藏万物汇千川，人类交流尤赖此。

苏步青

（1902——　　），浙江平阳人。日本留学获理学博士学位。
任中国科学院院士、复旦大学名誉校长、博士生导师、教授。有《原
上草集》《青芝词稿》。

鹧鸪天·送春

　　驹隙浮生底事忙，无情风雨断春光。桃花贪
结枝头子，兰蕊暗消谷底香。　　人寂寂，讯茫茫，
舳棱金爵转斜阳。梦魂似绕舆图走，万里关山尺
许长。

（1943 年）

沁园春·用刘克庄韵

　　我本渔樵，东海云边，越溪钓台。记荷香露
里，迎风作伴；梅薰雪后，邀月为媒。自可悠悠，
狂歌草泽，也向闲鸥举一杯。蜉蝣世，拚披蓑戴笠，
藏尽庸才。　　中原万里惊雷，谁把缺金瓯重补
回？羡长江滚滚，怒涛东注；吾侪碌碌，布履西来。
宁食无鱼，未将腰折，梦想旧山安在哉？干戈久，
但琴书零落，鼓角悲哀。

（1943 年）

水调歌头

1945年古历5月15日，贵州人欲称大端午，是夜月华皎洁，全家乘凉。

> 黔北大端午，明月小中秋。风开万里澄碧，云淡数星流。自古晴无三日，难得凉宵如昼，闲坐话神州。绕膝小儿女，羁泊不知愁。　父之邦，母之国，竟相仇。同文同种底事，煮豆抱其忧。羞对茫茫宇宙，益感人生渺渺，天地一沙鸥。□□□□□，□□□□□。

【注】

［编者按］原作缺两句。

顾毓琇

（1902——2002），字一樵，江苏无锡人。1923年毕业于清华学校。1928年获美国麻省理工学院科学博士学位。回国后，历任浙江大学电机系主任，清华大学工学院院长，中央大学校长。1950年定居美国，后任麻省理工学院、宾夕文尼亚大学教授。有《顾毓琇诗歌集》《顾毓琇词曲集》。

永遇乐·金陵怀古

雨打风吹，青山无语，大江东去。千古兴亡，黄昏灯火，寂寞台城路。斜阳芳草，熏衣对镜，舞榭歌台空顾。想当年、六朝金粉，秦淮韵事谁诉？　　堂前燕子，寻旧时王谢，犹记南唐二主。画院初开，诗词赓唱，曲奏鸣箫鼓。不堪回首，雕栏玉砌，枉说龙蟠虎踞。又谁问、朱颜改矣，月明何处？

念奴娇·抗战时作于重庆，用东坡韵

大江东去，销磨尽、多少英雄豪杰。顾曲周郎，千载后、击楫空怀赤壁。蜀水长清，吴峰永翠，恰好当头月。人生如梦，江山一片如雪。　　回忆血战经年，长空万里，警报时时发。入地升天云黯淡，仰望疏星明灭。夜半醒来，依然故我，举手搔华发。来年归去，清风两袖何物？

满江红·次岳武穆韵

倭寇兴戎，腾杀气、几时销歇？随处有、仁人志士，牺牲壮烈。寸寸黄金鸡塞土，森森白骨卢沟月。好河山，终不让人侵，心头切。　　马关约，耻须雪。高句丽，恨曾灭。受降台重筑，紫金山缺。一代凌烟燕许手，千秋流碧苌弘血。看今朝大纛引神鸦，瞻陵阙。

祝英台近·春分用稼轩韵

过春分，新涨渡，何日泛黄浦。浩荡长江，大小孤山屿。庐峰九老迷蒙，众仙飞去。有谁管、几番风雨？　　梦游处。借问春到江南，春归又何许？桃李花开，万紫千红妒。试听柳浪啼莺，柔情难诉。剩一片江山无语。

青玉案·和苏东坡韵

扫除荆棘当前路。向青岭，登高去。冉冉碧云飞鸟渡。一湖烟雾，四围岚色，尽是经行处。　　旅人苦遇春江暮，彩笔轻题断肠句。锦瑟年华天可许。落霞飞雁，桃花流水，长记清明雨。